U0017048

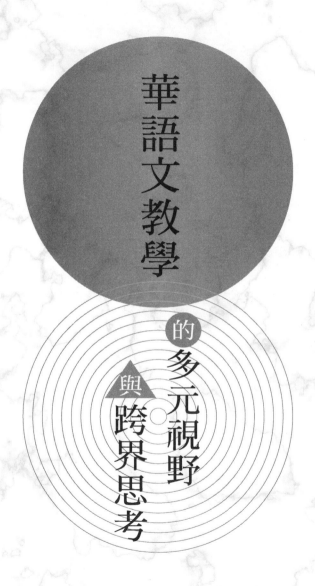

華語文教學的多元視野與跨界思考

國立臺灣大學華語教學碩士學位學程　編

目　次

序

　　華語文教學是一門跨領域的學科，學科專家不斷地探知該教什麼、怎麼教最好、怎麼學最有效等問題，這些問題至少涵蓋了語言本體（知識）、教育學、心理或認知語言學等領域。但沒有所謂的標準答案，因為教學與學習都是動態的過程，教學者與學習者都有不同的人格特徵或風格，跨文化因素、學習者的母語背景，種種變因也影響著教學設計與學習成效。也因為如此，這個領域的學者以及第一線的華語教師都應該有開放的態度，吸納百川，並以科學的精神來檢視不論是理論或實務的成果，促進這學科的發展。

　　本書的內容即呈現「多元視野與跨界思考」的精神，第一編從理論出發，有四篇論文，分別是白樂桑從學科範式的角度討論華語文教材詞本位與字本位之爭；陳立元談語言學理論應用於華語教學時的取捨原則；嚴翼相主要從類型學的角度談韓語背景學習者學習華語的優勢部分；邱力璟從形式語言學的角度來論證「連…都」和「賓語前置」為不同類型的移位。

　　第二編則是從學習者出發，也是四篇論文，分別是陳純音從英、韓、印尼這三種不同母語背景學習者習得漢語「把、比、被」三種特殊結構來驗證習得理論中的三個假設；張莉萍利用語料庫語言學方法，探討不同類型母語者在漢語關係子句的產出表現；王萸芳考察英、日、韓三種母語背景學習者習得「都」的情況；劉德馨則是透過功能性核磁共振造影（fMRI）實驗來比較母語人士和學習者在理解中文成語時的腦神經網絡是否不同。

　　第三編是從師資培訓與教學現場出發，有五篇論文。第一篇是曾妙芬針對線上教學必備技能與教師專業能力的培養進行定量與定性的分析；第二篇是彭妮絲針對商務華語師資培訓的研究，採用的是逆向課程設計方法；第三篇是劉力嘉通過分析26名教師的反思週記，在師資培訓理論的基礎上探討新手教師的教學思辨能力；第四篇是陶紅印探討選取精當的影視材料真實語料，可以是有效的補充教材，突破傳統的教學設計與評估方法。第五篇是蔡宜妮採用會話分析的理論，分析課室中教師的是非「嗎」問句以及學習者回應，來探究師生如何建構課室言談並討論學習者的回應互動能力。

　　這本專書的出版要感謝學程全體師生與行政幹事吳凱翔的付出，其中，蔡宜妮老師負責全書編輯大小事宜，勞心勞力；劉德馨老師統籌2018年「華語理論與實務國際學術研討會」事務，功不可沒。當然學程兩位前主任—台大中文系李隆獻教授、梅家玲教授，更是這本專書成形的重要推手。最後我也要特別感謝聯經出版公司胡金倫總編輯、李芃主編為專書論文聯繫外審委員等工作不遺餘力、政大鄧觀傑同學協助排版校對的辛苦。期待這十三篇論文在新的一年能帶給讀者不一樣的感受。

臺灣大學華語教學碩士學位學程主任

張莉萍

2020年元旦於台大

第一編

從理論視野到教學實踐

華語文教材的本質性標準：
一元論抑或二元論

白樂桑
Joël BELLASSEN
（法國東方語言文化學院）

摘　要

　　華語文教學論，即華語文教學作為一個學科，歷來存在著認識論和本體論的問題。如像哲學方面存在是世界的本體、本原、根源，如像本體是普遍的，也是特殊的，華語文教學的本質從教學論到課堂也在於這一學科的基本屬性是什麼，學科性質與歸屬問題如何，以及這一學科的最小單位是否有一個還是兩個。這一點直接支配著華語文教材的基本編寫原則。自從20世紀中葉華語文教學在中國開始成規模到現在，主流教材（即中國大陸和臺灣的絕大多數教科書）歸屬於華語文教學一元論，基本上以詞為唯一單位，否認字和語素作為語言教學單位之一。我們認為因為這一認識局面，所以華語文教學論自從學科建設成形到現在，在本質問題上處於危機狀態。鑒於學科範式（disciplinary paradigm）存在於學科範圍內關於學科核心問題的基本意向，我們認為漢語二語教學的學科範式有待徹底改變。範式是存在於某一科學論域內關於研究物件的基本意向。它可以用來界定該領域範圍內問題的提出，如何對問題進行質疑以及解釋我們獲得的答案時該遵循什麼樣的規則。

　　主幹教材或稱為教科書（狹義的教材）的本質及其關鍵性作用，在於落實施行一定的教學路子和教學方法，是教學論和課堂教學的結合體。主幹教材是教學實踐的有效工具，從研究和評估的角度，也是教學法戰略性選擇的一面鏡子。因為如此，探討漢語教材路子與華語文教學本體之間的關係是十分必要的。

關鍵詞：華語文教學論、一元論、二元論、華語教學單位

一、以識字為基礎的中國傳統語文教學

　　以識字為漢語學習的基礎並設定漢字門檻，其實正是中國傳統語文教學的古老傳統。古代語文啟蒙教材《文字蒙求》、《千字文》、《百家姓》和《三字經》都是中國最早的識字教材。其中，中國南朝梁周興嗣所作的《千字文》這首長韻文，是傳統中國啟蒙教育的一個主要教材。從華語文教學的視角來看，《千字文》由一千個不重複的漢字組成，是應用經濟原則的出色範例，也是一個非常有效的嚴格議題上的學習策略。從現代教學論的立場觀察，學習《千字文》是一個能夠有效地促進獲得、存儲、運用資訊的過程。

　　另一位在中國對漢字門檻設定有貢獻的人物是洪深（1894-1955）。他曾就讀法國人在上海創辦的教會學校徐匯公學。他是一位戲劇家，也是中國話劇和電影的奠基人和開拓者之一。特別值得一提的是，洪深編著的1100字表是中國掃盲字表歷史上最早的。他沒有高估最常見漢字的數量：這一掃盲表由1100個基本漢字和500個特別字組成。他所選的1100個基本字，都是漢語中最常用的字，覆蓋率可達90%以上，這是他的一大貢獻。儘管洪深的觀點有待進一步討論，但是他的出發點既是我們所說的「漢字門檻」（「漢字入門級」）也是經濟原則。

　　第三個值得我們注意的人物是安子介。他是香港著名的實業家和社會活動家。他並非一位元語言專家，然而他意識到掃盲與高頻字的關係，在漢字量化方面卻做出了仍可謂高品質的工作。1991年，他以繁簡體出版了《安子介現代千字文》的啟蒙篇、書寫篇。安子介的嘗試源自周興嗣和他的《千字文》。他的貢獻在於將最常用的漢字放在不超過30個句子的語篇中。認識這些漢字

就意味著學習者能夠理解一般語篇的基本意思。安子介意識到我們所說的「漢字門檻」這個漢語教學二元論的關鍵概念。

此外，中國50年代展開的掃盲運動也非常重視漢字的學習問題。掃盲的標準之一是漢字字數的掌握，一度在農村以1000個漢字作為門檻，城市以1500個漢字作為門檻。有意思的是，對於漢語作為第二語言的學生來說，進入漢語初級水準的學習以後，在交際能力方面可以比較快地達到一定的水準，但是在認讀方面卻還一直處在「文盲」階段。也就是說，不能自主地閱讀比較簡單的讀物，如報紙上的日常內容。我們認為，如果在承認漢語是二元性的基礎上守其教學的經濟原則，依據漢字頻率和複現率。設置由那些大致理解一篇有關日常話題的文章或作品所需的高頻詞所組成的最低漢字門檻，那麼我們的教學效果顯然會大大提高，也就能早日實現「自主閱讀」，從而脫離漢語第二語言學習者在初級階段處於的「文盲」狀態。

二、中國對外漢語教學一元論──「詞本位」教學法

1898年《馬氏文通》的誕生，標誌著中國有了第一部系統性的漢語語法著作，在中國語言學界產生了巨大的影響。然而，由於其語法框架是模仿西方語法而建立起來的，詞類就理所當然地成為了全書的重心。《馬氏文通》因此而成為了根據西方語法規則建立起來的漢語「詞本位」語法體系。

二十世紀初，漢字在中國被妖魔化。當時不少學者、思想家，其中包括譚嗣同、魯迅、瞿秋白、陳獨秀等人把中國落後的責任歸咎於漢字，對漢字產生了一種強烈的自卑情緒，將之視為

一種文化上的負擔。魯迅就曾控訴道：「漢字不滅，中國必亡！」、「漢字是愚民政策的利器」、「漢字終將廢去，蓋人存則文必廢，文存則人當亡。在此時代，已無幸運之道」、「漢字也是中國勞苦大眾身上的一個結核，病菌都潛在裡面，倘不首先除去它，結果只能自己死。」（魯迅 1973）瞿秋白也堅決主張廢除漢字，提出：「現代普通話的新中國文，必須羅馬化，就是改用羅馬字母，要根本廢除漢字。漢字是十分困難的符號，聰明的人都至少要十年八年的死功夫⋯⋯要寫真正的白話文，就一定要廢除漢字，採用羅馬字母⋯⋯，漢字真正是世界上最齷齪最惡劣最混蛋的中世紀的茅坑！」（瞿秋白 1998）於是，在這樣一股激烈的反抗漢字的浪潮中，人們開始以西方語言以及西方語言教學為模仿物件和參照點，忽視中國語言的固有特徵。

這種以西方語言為參照系的、詞本位的漢語語法體系也對中國的對外漢語教學界產生了重大的影響。我們發現，大約從二十世紀中葉開始，華語文教學中，漢字以及漢字的字形、字意、語素凸顯、組合規律被完全忽視，在中國出版的大部分教材隱含了漢字並不是語言教學單位這一觀念。長期以來，「詞」在華語文教學中被視為唯一的基本教學單位，而「字」卻被冷落甚至被根本忽視。然而，在我們看來，這一做法抹殺了漢語的特性，忽略了要傳遞的基本知識，也違背了教學法上的經濟原則。正如朱德熙先生所言，「把印歐語所有而為漢語所無的東西強加給漢語」（朱德熙 1985）。

印歐語是形合語言，形態變化豐富，詞類的劃分也主要是依靠形態標誌；而漢語屬於綜合表意型語言，具有形散意合的特點，它缺乏形態變化，詞類不好劃分。因此，適用於印歐語的規則並不適用於漢語。漢語強調的是對語義的分析。再從語言與文

字的關係來看，索緒爾曾提出著名論斷：「語言是一個符號系統，而文字是符號的符號。文字存在的唯一價值就是記錄語言」（de Saussure, Ferdinand 1980）。然而，漢語與漢字的關係卻並非如此。柳詒徵在其所著《中國文化史》中認為，在地廣人眾的國家裡，語言難以整齊劃一，而中國文字的特點就在於，「雖極東西南朔之異音，仍可按形知義」（柳詒徵 2010：45）。法國的汪德邁先生指出，漢語是獨特的語言文字，具有特殊的偉大的文化意義。從漢語文字的發展歷程來看，中國古代的圖形語言經歷了大約五百年左右，只限於占卜者使用。後來，由占卜者所發明的文字體系發展成為了官方文書的工具，文字根據「六書」方法得到了系統的改進。他們首先出現在銅祭器上，之後出現在所有用來作檔案保存的行政檔上。就這樣，「由占卜者所發明的文字體系逐漸演變成了文言文」（汪德邁 2010）。汪德邁先生的這一解釋也從漢字的源頭上與索緒爾「文字是用來記錄語言的，是符號的符號」這一觀點保持一點距離。

　　中國對外漢語教學中的「詞本位」理論，即漢語教學一元論實際上是採用英語教學法來教漢語的結果。這種教學法是否適宜，須視教學效果而定。在呂必松先生看來，從1950年代初直到現在的華語文教學的品質和效果都不太令人滿意（呂必松 2016）。儘管今天學漢語的人越來越多，但是漢語依然被視為世界上最難學的語言之一。之所以出現這種情況，我們認為這與缺乏換位思考、套用「詞本位」教學法有著直接關係。首先，絕大多數遵循「詞本位」理論編寫的漢語教材，往往將一個雙音節或多音節詞作為一個整體處理。以1982年出版的中國主流教材《簡明漢語課本》（趙賢州等 1982）裡邊的一張詞彙表中的「工程師」一詞為例，該教材對「工」、「程」、「師」這三個表意單位不進

行釋義，也沒有解釋為何如此組合。此外，對每個字的筆劃、筆順、部首、偏旁均不提供任何資訊。這一路子反映了人們對漢語的一種認識，會使學習者產生種種認知和記憶障礙。

　　這種處理方式完全使漢字成為詞的附屬品，漢語教師不能充分利用漢字的頻率進行教學，並把識字與閱讀相結合，由此導致了學習的集中度分散，實際教學效率低下，嚴重違背了經濟原則。其次，「詞本位」教學法也不利於發展學生擴詞猜詞的能力，不能通過學習一個詞而舉一反三、由此及彼。最後，在「詞本位」教學法下，學習者不容易以部首對漢字進行歸類，把漢字拆分為不同的部件。這樣一來，漢字當然會成為「難學難寫」的文字。

三、重視漢字教學的法國漢語教學

　　19世紀初中期，法國的高等學院和專門語言學校開始開展漢語教學。我們不難發現，在這一時期裡出現的教材裡，漢字教學在漢語教學中有著舉足輕重的地位。

　　王若江曾專門研究過19世紀初中期法國的漢語教材（王若江2004）。首先是雷慕沙（Abel Rémusat）編寫的《漢文啟蒙》。該教材反對套用西方語法結構，因此不談動詞變位，也不談性、數、格，而以一種講究科學邏輯的方法來總結漢語語法。並從學術角度講解漢字，強調中國文字之特性。該書體例是將漢語語言文字知識分成一個一個小條目，排上序號，依次講解文字知識。以「字」為單位，逐字注音釋義，從字義過渡到詞義。這部教材還涉及漢字六書、漢字發展、異體字、古今字、214個部首、659個聲旁（史億莎2012）。

　　第二本著名的教材是雷慕沙的得意門生儒蓮（Stanislas
Jullien）編著的《三字經》。這部拉丁文版《三字經》最突出的特
點就是對每個漢字進行了解析，區分部首與筆劃。正如王若江教
授所說，「這是強化漢字概念的做法，使學習者一入門就認識到
方塊字是可以用部首和筆劃進行拆分組合的」。

　　第三本著名的教材則是哥士耆（Kleczkowski）編寫的《中文
教科書》。作者在漢字方面也頗下功夫，在書中介紹了楷書的永
字八法，並附214個部首，重視漢字識字規律，堅持循序漸進、
由簡到繁的識字原則。這些教科書反映了法國漢語教學對漢字教
學的重視由來已久。

　　最後，不得不提的一個重要人物是美國的漢學家、語言學家
德範克（De Francis）。雖然他編寫的中文教材一直沒有法文版，
但對法國現代字本位教學卻有著一定的影響。20世紀60、70年
代，耶魯大學出版社出版了一套12冊包含初、中、高級由德範克
編寫的漢語教材，被稱「德範克系列」。這套漢語教材中的初級
漢字本的每篇課文對生詞的解釋都是從字到詞，即先從解釋高頻
單字字義入手，再解釋由這些字組成的相應的詞。這套「De
Francis 系列」的課本成為了當時美國從事中國研究的學者的主要
教材，也是當時美國漢語教室裡最廣泛使用的教材。

四、華語文教學二元論（「法式字本位」）之緣起

　　從語言學的角度來說，華語文「字本位」理論是由中國學者
首創，旨在克服漢語研究中的「印歐語眼光」，解決由此產生的
一系列問題的學說。它把「字」作為漢語的基本單位，認為字是

漢語中語音、語義、詞彙、句法等各平面的交匯點（王駿 2009）。「字本位」這個概念最早見於郭紹虞寫於1938年的《中國語詞的彈性作用》一文，以「字本位的書面語」與「詞本位的口語」相對（徐通鏘 2008: 1）。趙元任也提出漢字在中文研究的重要性，他在〈漢語詞的概念及其結構和節奏〉一文（趙元任 1975）指出：「在說英語的人談到word的大多數場合，說漢語的人說到的是『字』。這樣說絕不意味著『字』的結構特性與英語的word相同，甚至連近於相同也談不上。」從20世紀90年代初誕生以來，徐通鏘、潘文國等學者致力於這方面的研究，使得其理論著述漸趨豐富，也引起了學界的一定關注，尤其是在華語文教學界產生了深遠影響。「字本位」的「本位」主要是指語言的基本結構單位。它的對立面是「詞本位」，即在採用印歐語眼光研究漢語的視野之下，以詞作為漢語的基本結構單位。

在法國，「字本位」在漢語作為第二語言教學學科化過程中早已開展。值得注意的是徐通鏘創立的「字本位」本體理論與華語文教學論的「字本位」，是在互不知情的情況下同時獨立發展起來的。但是，2000年後，隨著字本位理論開始在漢語教學界產生一定影響，兩者在根本原理、方法論原則上的相對一致性使它們互相促進（王駿 2009）。儘管如此，兩者的基本關注點有差異。前者以語言學為參照範圍，後者以漢語學科教學論為參照範圍。另外，前者可歸結於一種語言學一元論（即字為唯一基本單位），後者可歸結於華語文教學二元論（即承認字與詞為需要單獨處理的語言教學單位）。與語言學視角不同，漢語學科教學論視角注重知識的轉化和知識的頻率，也注重學習者的習得過程。

我們認為漢語教學的字本位與詞本位是本體論問題（更確切的表達形式為二元論和一元論），是對華語文教學基本認識上的

關鍵性選擇，並非漢字教學的問題。漢語教學中的「字本位」有「絕對字本位」與「相對字本位」之分。「絕對字本位」的代表人物是巴黎七大前中文系教授來仙客 Nicolas Lyssenko。該教學法主張以字為主導單位，從字形出發，由獨體字產生合體字。單字與語法是組詞造句的絕對推動力，由此實際的交際功能則被完全忽視。1986年由來仙客主編的初級漢語教材《現代漢語程式化教材》第一冊採用的就是這一方法（Lyssenko & Weulersse 1986）。譬如，該教材第一單元的四篇課文完全不涉及任何實際的交際內容。第一課與第二課每課僅介紹15個可作為漢字偏旁的獨體字，如「人」、「火」、「馬」等；第三課與第四課也同樣先介紹15個獨體字，然後由這些字與之前兩課所學的字進行組詞，例如第三課開始學「力」字，在詞彙表中就出現了「人力」、「火力」、「馬力」等。這一做法完全忽略了學習語言的實際交際目標，因此學習者先接觸「魚」、「京」、「小」、「少」、「沙」接著接觸「鯨魚」、「鯊魚」等詞，要過很長一段時間才能學到諸如「謝謝」等日常生活中的高頻詞。因為過分強調由字形來生成新字，在該教材第一冊中出現了一些沒有任何實際使用價值的字，如第二單元第五課出現了諸如「彳」、「亍」之類的低頻字，目的是為「行」字的出現做準備。由此可見，「絕對字本位」是一種文字的單向教學，幾乎把詞彙作為被邊緣化的附屬品。這一種教學論傾向於以字為單位的一元論。

　　不同於「絕對字本位」，「相對字本位」[1]是指筆者於上個世紀

1　為了避免「字本位」引起的「只注重漢字」的誤解，從語言教學角度出發，筆者主張「漢語教學二元論」這種提法，即在語言教學中存在兩個基本教學單位：口語中以詞為單位，書面語中以字為單位，由字帶詞。

80年代在法國提出並逐步系統發展的適合漢語初級學習者的漢語教學理論，是法國現代漢語教學中的主流教學法。這一教學法既注重字作為單位也注重交際，在高頻字控制詞的基礎上注重交際。筆者也主編了一系列堅持「相對字本位」教學的教材：《漢語語言文字啟蒙》、《說詞解字》、《通用漢語》、《滾雪球學漢語》、《漢字的表意王國》。這一種教學論是漢語教學二元論的典型方向。

五、法國現代漢語教學二元論──「相對字本位」教學法

筆者在法國巴黎第七大學及法國國立東方語言文化學院的中文系授課期間，都曾開設過為期一年的專門的漢字課。值得注意的是，這門課不僅面向中文系的學生，也面向日語系、韓語系的學生。這一課程設置的成功，正是《孫子兵法》中「集中兵力」原則的體現，同時也恰恰說明了漢字作為一個獨特的教學單位的存在性及其必要性。

法國現代漢語教學二元論，即「相對字本位」教學法主要針對初級漢語教學，在注重語言交際的同時，尊重漢語的特性，注意將漢語與印歐語言區分開來，承認漢語教學中有「字」與「詞」這「兩口鍋」，兩個基本單位。作為教學的一個獨特的單位，漢字的核心意思和它的結構、發音一樣，都是漢語教學的出發點。對學習者而言，在書面活動中，現成的就是字。將漢字作為基本教學單位，在初級階段以高頻字控制詞的出現，給每個字（語素）釋義，以便體現出漢語這一語素凸顯的特徵，從而培養和加強學習者的獨立閱讀理解能力，而這正是中高級水準學習者

的主要目標。在漢字教學中，經濟原則意味著在編寫教材時選擇漢字的首要標準是漢字的頻率與構詞能力。這就要求我們在漢語教學中規定學習者必須掌握的漢字，即漢字門檻。考慮到漢語作為第二文字語言教學 [2] 的特殊性，我們需要在漢字頻率的基礎上量化漢字，並進行分級，同時根據學習者的水準區別主動字和被動字。概括來說，法國的「相對字本位」教學法包括以下幾項內容：

（一）它首先強調按照字頻和字的構詞能力選字，並在此基礎上層層構詞，選字在先，構詞在後。在詞的基礎上，再組合成句子、語篇。

（二）漢語是表意型語言，因此在講解漢字時，注重分析漢字的筆劃、筆順、字源、部首以及拆分部件並為部件命名。這一做法符合人的認知和記憶規律，可以幫助學生記憶並增加其學習興趣；漢字因為與西方字母文字截然不同，因此常常成為一部分漢語學習者學習漢字的一個巨大動力。

（三）以已學過的字組成的詞彙編出「滾雪球短文」，以便保證字的複現率。

（四）制定了與《歐洲語言共同參考框架》對等的漢字門檻與漢語詞彙門檻，並進一步區分主動漢字與被動漢字、主動詞彙與被動詞彙。

（五）擴大漢字學習的功能，通過漢字來講授中國文化；同時，漢字學習也有利於學習者視覺記憶力的開發。

2　第二文字語言指的是與母語文字不同的文字體系。

在法國，現代「相對字本位」教學傳統的形成可以追溯到1985年制定的第一個基礎漢字表「四百常用漢字表」。這個漢字表的制定反映了中國政府實施改革開放的政策之後漢語教學在法國的快速發展。如今，開設漢語課程的法國中學數量已經從1958年的一所（蒙日隆高中，Lycée de Montgeron）發展到2016年的663所學校。「四百常用漢字表」是根據漢字在筆語和口語中的頻率、漢字的構詞能力以及文化和漢字字形方面的考量而設定的。與此同時，語感也是進行再選擇的依據。因為假如我們盲目相信詞典，就會導致忽略掉一些重要的漢字。比如「餓」，這個字不在400個最高頻字之內，而在1000字之後。而事實上，這個漢字結構簡單，學生也喜歡寫這個字，所以我們就將這個字納入「四百常用漢字表」。

我們認為，字與詞的區別是漢語教學運用經濟原則的前提條件。而漢字門檻是避免分散的漢字學習的捷徑，稱得上是漢語教學中經濟原則運用的最好詮釋。教授非字母語言中，漢字的門檻設定是非常有效的。所有選定的漢字都是基於它們本身的，而非基於詞。在前述「四百常用漢字表」出版之後，又以法國教育部的名義分別於2002年、2008年相繼出版了適用於法國中學漢語教學課程的五個其他的漢字表。同時，我們也給出這些漢字的相關例詞。

在中學漢語課程裡，我們從2002年開始就明確區分主動知識和被動知識，包括主動漢字與被動漢字、主動詞彙與被動詞彙、主動語法與被動語法、主動文化點和被動文化點。這也是第一次在官方正式檔裡明確區分主動字（運用）和被動字（理解）。這些區分與教學中的螺旋式上升過程是相應的。隨著電腦的普及、中文拼音輸入法的使用，漢語教學進入了全然一新的時代。區別

主動書寫字及被動認讀字，使漢字學習所需的記憶包袱大大降低，同時也為書面表達能力提供更大的空間。如此一來，學生在低頻漢字學習上花費的時間減少，從而可以把更多的時間與精力放在比較重要的基礎漢字學習或其他漢語技能（發音、口語表達、語法等）上了。

在法國使用的官方發佈的漢字門檻[3]如下：

漢語第一外語：805字門檻，其中包括 505 主動字

漢語第二外語：505字門檻，其中包括 355 主動字

漢語第三外語：405字門檻，其中包括 255 主動字

中文國際班：1555字門檻

104高頻漢字偏旁門檻

我們之所以為漢字偏旁也設定了門檻，是因為偏旁是漢字的一個記憶單位，因此從偏旁入手幫助學生記憶漢字是符合記憶規律的。在必要時，我們還需引用含有學生已知偏旁部首的相關字（字族）來加強其組字之記憶。誠然，漢語教學並非單純地在黑板上或課本上展示一組合詞之形音義，以為學生在作業本上抄下所學漢字便可完成習得目的。事實上，記憶是需要工具輔助的。在進行偏旁教學時，我們還需要用學生的母語對偏旁進行命名。譬如，夕《crépuscule》、蔔《divination》、言《parole》、五《cinq》、口《bouche》。

在很長一段時間內，中國的對外漢語教學專家都主張最常用的漢字大約為3000個。而事實上，這是針對漢語母語者而言的。忽略漢字的門檻設定很可能是因為在中國對外漢語教學中，長期以來是以詞作為教學單位的，而非以字作為基本的教學單位。這

3　即高中會考漢字教學目標。

就導致了長期以來的「語」、「文」分離。然而，在與筆者交談過的專家中，曾參加過中國掃盲運動的張田若先生則認為，最常用的漢字應該是1200至1300字之間，比筆者預估的1400至1500字要略微少一些。這些漢字都是頻率最高的、構詞能力最強的字。在此基礎上，我們可以實驗性地將閱讀的漢字門檻設定為1500個字。這意味著，在法國主修漢語的國際班學生可以在他們畢業之前就達到自主閱讀的水準。

六、法國漢語教學二元論——「相對字本位」下的字詞關係

隨著語言的發展變化，漢字定量在漢語教學中變得越來越重要。2007年中國教育部和國家語委發佈的《中國語言生活狀況報告》揭示，在2005年、2006年、2007年，覆蓋率達到80%的字總數分別是581、591、595，覆蓋率達到90%的字總數分別是943、958、964，覆蓋率達到99%的字總數分別是2314、2377、2394。

在華語文教學中，將漢字定量並根據不同水準分等級反映了螺旋式上升的教學目標。然而，我們需要進一步澄清的問題是：定量工作是否還需要考慮詞頻。假如回答是肯定的，經濟原則可能會受到威脅，因為構成高頻詞的字不一定是高頻字，譬如「咖啡」。對於這個問題的一個解決辦法是在實際教學中，我們進行「語」、「文」分步走。也就是說，先教「咖啡」的拼音，後教漢字。另一個解決辦法是在注重日常語言行為的同時，也關注字的複現率（recurrence）、字頻（frequency）與字的構詞能力（combinatory capacity）相結合。在釋詞中，將字的重複與詞的釋

義結合起來。這是指，運用有限的、已學過的字來解釋新詞，進一步說，是用不同級別中最有限數量的漢字來解釋新詞。通過重新利用已經學習過的字與詞的知識來理解新詞，於是已學的字與詞由於被重複而更便於被記憶。由此，學習者的記憶負擔大大減輕，可以使學習效率得到很大的提高，在一定程度上幫助學習者培養出自行猜測推導詞義的能力。這種練習有利於培養學生用目的語思維的能力，以激發他們的成就感和自信心。

以下是一些解釋新詞的例子：

作家（writer）
寫小說的人。（people who write novels）
從事文學活動，比如寫小說等，十分出色的人。
（remarkable person who is engaged in literary activities, such as writing fiction）
從事文學創作並有成就的人。
（successful person who is engaged in literary creation）

由上可見，我們對同一個詞語採用階梯式分級解釋：第一級別：用最高頻的200個字說明詞語的基本意思。第二級別：選用頻率表中前400個漢字（包括前200個字）中的字來解釋新詞更豐富的意義並涉及大部分語法功能。第三級別：使用頻率表中前900個漢字中的字來解釋新詞的擴展意思，表明學習者可以在生活中自由輕鬆地表達他們的想法。

筆者在漢字教學上也嘗試利用不同級別的有限的高頻字來編寫很多段短文，以達到漢字學習上「滾雪球」的效果。具體來說，就是利用回收原則，盡可能使用學生已經學過的字來編寫小

短文。這也是筆者1989年編寫的《漢語語言文字啟蒙》(«Méthode d'initiation à la langue et à l'écriture chinoises») 一書的思路：該教材的所有文字都是四百字表中選出來的；每三篇課文後，都會有一篇「滾雪球」文章。該篇文章會重複使用學生已學的字，加強字的複現率。新的詞彙是在已學的高頻字的基礎上形成的，也就是說，學生可以根據已學的字猜到新詞的意義。而這正是真正意義上的閱讀理解。

以下是筆者用400個字表中的198個最高頻字編寫的一篇滾雪球短文（《啟蒙》最後一篇滾雪球短文）：

親愛的文平：

你好！好久沒有收到你的信了。你最近怎麼樣？身體好嗎？我現在天天在想你。你想我嗎？你快把我忘了吧？為什麼不給我來信呢？難道是生病了嗎？三年以前，我認識你的時候，你很年輕，剛剛出國回來。我在校園門口問了你一些資訊學方面的問題，因為我聽過你的課。雖然你講課的時候有點兒黑龍江口音，可是我覺得你講得很有水準，很認真。那天，你開始跟我說話的時候還有點兒不好意思呢。當然，過了一會兒就自然多了。後來，是你主動找了我幾次。一次是給我講電腦。當時，我覺得你的腦子就跟電腦一樣。一次是給我講成語。你講的兩個成語是「一心一意」和「三心二意」。你說做事要一心一意，不能三心二意。不知怎的，現在我一聽到這兩個成語，就想起你。一次是講李白，你說你最喜歡李白。還有一次是你給我唱民歌。你唱的民歌真動人，真好聽。看來，你還是一個歌唱家呢。從那以後，我就愛上了你。真的，當時我時刻想跟你在一起，坐在你身旁，

聽你講知心話。最讓我難忘的是前年秋天。有一天，我們一起去看一個外國動畫片。回來的時候，下雨了。我忘了帶雨衣，著涼了。你跟我一起去醫院看病，去藥房買藥。我沒有帶錢包，是你拿錢買的藥。我生病的那幾天，你天天騎自行車來看我。有時在我這兒吃點兒便飯，很晚才回家。當時，我真有點兒心疼你。去年新年的時候，我收到了你的明信片和一張唱片。明信片上寫著：「給我的意中人」。看到這幾個字，我高興得不知怎麼好。

　　親愛的，我們在機場分手的時候，你說：「我是講信用的，你一定等著我。我得了學位，就馬上回來。」我沒忘你的話。我在等你，時刻在等著你，等著你早一天回來。
祝你萬事如意！

　　你的心上人　園園

　　　　　　　　　　　　　　　　　一九八九年九月三日　北大

　　通過這一示例，我們可以更清晰地瞭解到「滾雪球」的教學策略：在嚴格控制字數的基礎上挑選高頻詞、堅持經濟原則在教學中的運用、尊重漢語的內在邏輯。其目標是，在激發學習者被動理解能力的同時，培養他們的主動表達能力。學習者只需掌握有限的漢字便能理解盡可能多的文章，並用有限的字編寫無限多的文章。這對學習者而言，無疑是一個巨大的信心鼓舞。「滾雪球」的學習策略是法式字本位的集中體現。它不僅充分彰顯了由字擴詞再組句成章的理念，也能夠有效地幫助學生將其被動詞彙升級為主動詞彙。

　　漢字量化與詞頻之間的關係可以通過統計學的分析得到科學的說明。以下統計資料可供參考：

　　第一個統計資料是使用高頻字作為人名和沒有使用高頻字作為人名的一個比較測試。通過笪駿的《現代漢語單字字頻列表》，筆者計算了自己的教材中使用的漢字人名的頻率以及其他教材中的人名頻率，並作了比較。

　　以下是在不同教材中使用的一些人名：

　　帕蘭卡、古波、鐘斯、王萍（《實用漢語課本》、《簡明漢語課本》）

　　行彳亍、木爿片、皮及殳、甲田曰（來仙客《現代漢語程式化教材》«Méthode programmée de chinois», Nicolas Lyssenko, 1987）

　　王月文、田立陽、關放活（白樂桑 J. Bellassen, «Méthode d'Initiation à la langue et à l'écriture chinoises»《漢語語言文字啟蒙》）

　　下表是計算結果：

表1

人名例子	漢字頻率	漢字覆蓋率
琼斯（趙賢州、黎文琦、李東編著，《簡明漢語課本》）	11870 + 252553 = 264 423	0,0456 + 0,09750 = 0,1206
行彳亍、木爿片 （Nicolas Lyssenko，來仙客《現代漢語程式化教材》«Méthode programmée de chinois»）	693612 + 0 + 0 = 633 612 79917 + 0 + 97994 = 177 911	0,2679 + 0 + 0 = 0,2679 0,0308 + 0 + 0,0378 = 0,0687

人名例子	漢字頻率	漢字覆蓋率
王月文、王里重、关放活（J.Bellassen白樂桑，《漢語語言文字啟蒙》，«Méthode d'Initiation à la langue et à l'écriture chinoises.»）	379946 + 419841 + 392026 = 1 191 813 379946 +703578+336945 = 1 420 469 338479 + 181 974 + 201 464 = 721 917	0,1467 + 0,1631 + 0,1518 = 0,4618 0,1467 + 1,271 + 0,1302 = 1,5485 1, 2718 + 0,0703 + 0, 0778 = 1,419

　　第二個統計資料涉及《漢語語言文字啟蒙》教材中使用的飲料名稱。「可樂」一詞用漢字和拼音標出，「咖啡」、「雪碧」用拼音標出。根據筥駿的《漢字單字字頻總表》，可樂、咖啡、雪碧的排位如下：「可樂」的「可」字列在30位，「樂」字列在619位。所以，這兩字屬於高頻字，教師既需要教授拼音，也需要教授漢字。而「咖啡」的「咖」字列在2379位、「啡」字列在2326位。「雪碧」的「雪」字排在1003位，「碧」字排在2165位。這幾個字除了「雪」字相對常用外，其他幾個字的字頻都比較靠後，因此對於初學者，我們提倡先只教拼音。

　　第三個統計資料是北京大學王若江教授的研究成果。她對不同教材中的字詞比率做了比較。以下是王若江研究中的一些簡要的統計資料以及筆者所瞭解的《新實用漢語課本》第一冊的統計資料：

表2

教材	字、詞數	字詞比率
《基礎漢語課本》 1、2冊，外文出版社，1980年	489個字，534個詞	1：1.09
《漢語初級口語》 北京大學出版社，1997年	600個字，733個詞	1：1.22
《漢語語言文字啟蒙》 華語教學出版，1998年	400個字，1586個詞	1：3.97
《新實用漢語課本》 第一冊，北京語言大學出版社，2002年	364個字，488個詞	1：1.34

　　從以上比例數位可以看出，以「詞」為教學出發點，「字」則處於從屬的地位，漢字的利用率便很低，也就是說為了詞的常用性，就不能太考慮學習漢字的數量問題。相反，如果以「字」為教學起點，就會注重字的複現率和積極的構詞能力，字詞比率自然比較高。當然，不可否認，照顧「字」時，有些常用詞語就可能被回避了。以字詞作為起點的選擇問題，進一步講就是分散識字與集中識字的選擇問題。分散識字緊跟著詞帶字的原則，字就成為了附屬品。在此種選擇下，學習者不容易以部首、部件、形聲部件進行歸類。分散識字也不能充分利用漢字的頻率進行教學，不能將識字與閱讀相結合，從而導致了學習的集中度分散。

　　在當今漢語教學飛速發展的背景下，正視本學科的主要問題是至關重要的。在中國，自1950年開創華語文教學以來，一直把「詞」作為基本教學單位，堅持漢語教學一元論。誠如呂必松先生所言：「漢字教學和漢語教學一直是『兩張皮』，口頭漢語教學與書面漢語教學一直處在互相制約的狀態。」而這一問題的存

在，「並不是漢字和漢語的固有特點決定的，而是因為我們弄錯了基本教學單位」（呂必松 2016）。

總之，以問題的形式來概括一元論和二元論的基本衝突：

（一）中國文字作為表意文字的表意性，為什麼沒有在中國大陸及臺灣教材中體現出來？是否也應該在漢語教材體現出來？有生詞表，是否也應該有生字表？

（二）唯有漢語才有兩種「典」，即詞典和字典。這反映了什麼樣的與西文不同的一個語言狀況？是否反映了漢語是二元？

（三）是詞生成字呢？還是字生成詞？兩者之間是否應該在教材體現出來？

（四）漢字的字形是否需要記住？如果需要記住，是否需要遵守記憶規律，並提供最基本的助記辦法，即字義和合體字每個偏旁或部件的名稱？

（五）注重知識的頻率、出現率和複現率是任何科目教學的基本原則，漢語的字與詞是否也不能例外？

（六）漢語等級標準以及相關測試是否也應該把漢語的兩個單位均為等級描述的依據？

「不識廬山真面目，只緣身在此山中」。在當今漢語教學在全球發展的關鍵時期，我們應當認清漢語的獨特性，承認漢語教學中有「字」與「詞」兩個基本單位，並需要在「字」與「詞」兩個層面上都遵循經濟原則。

徵引文獻

王駿（2009）。《字本位與對外漢語教學》（上海：上海交通大學出版社）。

王若江（2004）。〈法國十九世紀中期漢語教材分析〉。《世界漢語教育史》no.6: 66-70。

史億莎（2012）。〈試論白樂桑的「法式字本位」教學法〉。碩士論文，南京大學漢語國際教育學系。

朱德熙（1985）。《語法答問》（北京：商務印書館）。

呂必松（2016）。〈我為什麼贊成「字本位」漢語觀──兼論組合漢語教學法〉。呂必松的博客（http://blog.sina.com.cn/lvbisong）。

汪德邁（2010）。〈從文字的創造到易經系統的形成：中國原始文化特有的占卜學〉。北京，中國文化書院講演。

柳詒徵（2010）。《中國文化史》（長沙：岳麓書社）。

徐通鏘（2008）。《漢語字本位語法導論》（濟南：山東教育出版社）。

趙元任（1975）。"Rythm and structure of Chinese word conception."（〈漢語詞的概念及其結構和節奏〉）《考古人類學學刊》no. 37-38: 1-15。

趙賢州等（1982）。《簡明漢語課本》（上海：上海外語教育出版社）。

魯迅（1973）。《且介亭雜文》（北京：人民文學出版社）。

瞿秋白（1998）。〈普通中國話的字眼的研究〉。《瞿秋白文集》文學篇第3卷，（北京：人民出版社），247。

Bellassen, J. (1989). «Méthode d'initiation à la langue et à l'écriture chinoises»（《漢語語言文字啟蒙》（Paris: La compagnie）） de Saussure, F. [費爾迪南・德・索緒爾] (1980)。《普通語言學教程》 (*Cours de linguistique générale*) [1916]。高名凱（譯）（北京：商務印 書館）。

Lyssenko, N. & Weulersse, D. (1986). *Méthode programmée du chinois moderne 1-A -Cours*. (Paris: Lyssenko).

華語文理論應用於實務上的取捨
——以詞與非詞的判定為例[*、**]

陳立元
Li-Yuan CHEN
（國立臺灣大學國際華語研習所）

---

* 衷心感謝評審的建議。本文基於筆者從事對外華語教育近四十年所目睹的沈
　痾，而提出的沈痛呼籲。因篇幅之故，但求問題意識的佈達與引介良方。

** 本文撰寫的動機源自於恩師鄧守信教授的教導與啟發，在此向恩師致謝。若
　文中有任何不當之言或謬誤之處，皆因個人才疏學淺所致，由筆者個人概括
　承受。

摘　要

理論應用於第二語言教育實務的關鍵任務，是藉由理論所建構的規則或模式，使教學實務得以達到馭繁為簡的科學化境地，進而使學習者在最短的學程裡掌握目標語，得以進行跨文化的交流、工作、研究等活動。此一理想不容置疑，然而理論應用於實務時是否是全盤轉移，抑或得有所取捨？若為後者，又當如何取捨？取捨的確據為何？

根據（Chomsky 1965; Comrie 1987; 鄧守信 2009）[1]所言，二語習得的成效是檢視理論是否完備的關鍵參數（parameters）。

基於上述的大前提，本文旨在揭櫫華語文理論應用於實務時的取捨原則，供學界參考。限於篇幅，本文僅以詞與非詞的判定理論，通過二語習得的偏誤語料、教材篇章的斷詞、注音拼寫、生詞表編列的處理，以及詞典、語料庫、斷詞軟體等的檢視與分析，提出取捨的確據。進而，找出華語界詞與非詞不分的癥結，而後，建立理想的漢語詞庫、詞法、句法模式來對症下藥，以期呼籲理論學界與中文作為第二語言教學界通力合作，應用漢語理想的詞庫、詞法、句法模式理論，開創短時有效的第二語言教學產業。

關鍵詞：詞與非詞、斷詞、第二語言、語言習得、偏誤

1　文獻內容與出處請參閱本文第四小節。

一、開宗明義

本文理論與實務並重，立基於人類語言共性，關注中文的特性，側重於中文作為第二語言教育的師資培育。唯有如此，才得以有理想的教材編寫、課堂教學、語言測驗、學習詞典編撰、線上平台、語料庫斷詞造句設置等實務及其驗證。呼籲學界通力合作，進行全盤總體檢驗，以利中文作為第二語言教育達到事半功倍之效。

本文所指稱的「中文」意指語言學上的「漢語」，也是漢語作為第二語言教育的「華語」，以下行文以「中文、華語、漢語」交叉使用。本文對於詞（word）與非詞的界定是立基於人類的共性，詞的定義是指言談時構成句子的基本成份，絕大多數能單說，除了部分語法功能詞（了、著、過等）之外；非詞即是指稱小於詞的詞素（morpheme，如：桌、影等）與大於詞的詞組結構（phrase，如：紅色的帽子、在黃昏的時候等）。漢字在本文則是屬於詞素而不是詞，本文認為漢字是音節的書寫體，就如同注音符號（bpmf）與日文的片假名（kana）一樣。語音中所有可能的音節，不論是以拼音標記，或是漢字書寫都是詞素，其中有的是自由詞素，有的是非自由詞素。詞與非詞的判定在第二語言教學上有其關鍵性的目的，乃是為了協助學習者藉以掌握目標語的規則，進而驅動規則遣詞造句，輸出符合目標語規範的語句。

Miller（2002）的前言指出，每個詞都是一個觀念的合成，一個口中發出的聲音，一個語法的角色。倘若一個人認得這個詞，便知道這個詞的意思，如何發音，並知道可以使用其情境；他們

不是獨立的三個知識，而是一體的三面[2]。Fromkin & Rodman（2002）在該書第三章專論構詞學的首頁，即表示詞是語言知識中重要的一環，為建構心理語法的要素。Chomsky（1965）認為建立規則，能達到以有限規則創造無限語句的效益。Paribakht（2004）的摘要指出，句法學習是系統性的學習，是提供學習者輸出和創造語言的基礎[3]。上述的相關研究證實了句法知識能夠增加學習者在運用語言時的正確性，達到更有效的溝通，甚至加速習得。顯見，詞與非詞的判定是何其重要。

*她將來要到世界上的國去旅行。　　　　（臺師大中介語料庫）

*門太窄！車開不入了。　　　　　　　　　　　　（同上）

*他們從很遠就聽到大雁的聲。　　　　　　　（張博等，2008）

　　上述的偏誤（error）語料是成千上萬語料中的隨機舉例，都是學生自行根據中文的句法規則遣詞造句而成的。導致學生語句偏誤的癥結，就在於學生誤以為「國」、「入」、「聲」是可以直接進入句子擔任句子成份的詞。追蹤問題的根源，乃是教材生詞表將「國」、「入」、「聲」等詞素視為詞，列入生詞表中，分別給予英語詞 country、enter、sounds 的註解，也給予詞類標記所致。因篇幅之故僅以三筆學生偏誤語料為例，但這類的偏誤有如秋風落葉般，是不計其數的。

2　此段引自洪蘭（2002：20）中譯版。本文筆者為了避免詞與漢字的混淆，而將洪蘭（2002）中譯版中的「字」改為「詞」。

3　原文："The findings of the study reveal the importance of learners' knowledge of grammar in L2 lexical processing and L2 vocabulary acquisition process, and lend support to the intrinsic value of grammar instruction."

　　學生詞與非詞不分所造成偏誤的現象，只是冰山的一角，其背後所涉及的層面既深又廣。涉及了教材處理不當，也涉及了教材編寫者與教師有詞與非詞不分的問題，以致於未能在教材上加以防範，教師也未能及時在課堂教學上予以補救等。而教材編寫者與教學者都是屬於專業師資培育的一環，師資對詞與非詞不分的問題，實際上涉及了華語文相關系所等的相關課程，並未意識到詞與非詞不分的問題所造成的嚴重後果。如果再深入追究，問題出在中文母語教育其中的國語文教育。國語文課程的目的是為了協助國人藉由文字獲得世界的知識，而非母語的規則，畢竟母語規則在三歲以前已大致習得，以致於母語教育對詞與非詞的問題未予重視，這原是無可厚非的。然而，中文作為第二語言教育既然已經提升為國家產業之列，上述提及造成華語教師詞與非詞不分這個問題的背後所隱藏的種種因素，不但錯綜複雜，而且是一個不容忽視的問題了。

　　以下將分別從教材、師資、學習詞典、數位平台，逐項舉證說明詞與非詞不分的事實，進而直指問題癥結，而後對症下藥，提出改弦易轍之道。

二、問題的提出

　　華語界詞與非詞不分的情形無所不在，以下將逐項舉證。

（一）教材的問題

　　教材對於詞與非詞的概念模糊，以美國市佔率極高的1997與2007更新版的《中文聽說讀寫》第一冊的第四課為例。第四課大約是開學後第四週的進度，其課文以對話的方式呈現，前兩句對

話如下：

> 小白：小高，你周末喜歡做什麼？
> 小高：周末，我喜歡打球、看電視，你呢？

　　這短短兩句中文對話的內容何其自然與生動，也是一般初級教材常見的內容。但是如果深入解析，就會發現其背後存在著不少棘手的問題。將問題一一陳述如下，首先，課文對話句並未加以斷詞，對於歐美初學者而言，看到漢字與漢字緊緊連在一起的中文句，必然方寸大亂，因為他們無法知道詞與詞的界限何在？詞與詞之間的關係為何？等棘手的問題，因而不知從何解讀語句。其次，該教材在該課生詞表的處理，很令人玩味。將該教材對上述兩句對話的生詞處理，列表如下：

「表1《中文聽說讀寫》第一冊第四課對話一的生詞表」

生詞	拼音	詞類	英語注釋
電視	diànshì	N	TV
電	diàn	N	electricity
*視	shì	N	vision
電影	diànyǐng	N	movie
*影	yǐng	N	shadow
*…的時候	...deshíhou	CE	When...; at the time of

　　生詞表顧名思義是為陌生詞而服務的。生詞表列出的生詞，目的是協助學習者迅速掌握生詞的語音、語義、語法信息，以便理解課文篇章，以利於課堂練習。從邏輯角度而言，凡是列入生詞表的成份都應該是詞，也就是能藉由句法規則進入句子擔任句

法成份的單位。上表中以星號＊加以標記的，即是表示小於詞或大於詞的單位，理當不可以列入生詞表的。「視」、「影」都是小於詞的詞素，「…的時候」即是大於詞的詞組結構。若編寫者為了協助學生理解「…的時候」，則必須通過兩道程序，才得以完備，一是將「…的時候」切分為「的」與「時候」這兩個詞，列在生詞表中，再將「…的時候」列為語法點中，以便交代該語法點的功能、結構、使用原則，並且附上練習。

教材編寫者一旦將「視」、「影」列入生詞表，就意味著他們是「詞」，也就是可以通過句法規則而遣詞造句的單位。如此一來，學生理所當然將其視為遣詞造句的單位，而導致偏誤句不斷繁衍。

當詞素要進入句子時，得經過詞法規則的運作，若是雙音節的詞，還得與適切的詞素搭配，才得以形成「詞」，再提升至句子中，擔任「語」的功能。學習者並不知道詞素還得經過詞法的層次才得以進入句子，而直接將詞素視為詞，就會產生偏誤現象。該教材將「視」收入生詞表中，並且標記其語法信息為名詞，其英語的註解為 vision。學習者就會根據該生詞表的所提供的詞彙語法信息，主動形成「＊他的視很好。」、「＊臺北101的視很好。」這類的偏誤。這乃導因於英語 vision 這個詞對應於漢語有兩個意思，一個是「視力」，一是「視野」。

從上述教材編寫的實例，足以反映教材的編寫者若不諳詞與非詞判定的原則，也就意識不到詞與非詞不分對學習者所造成的後遺症是何其棘手。

教材編寫者若是確知生詞表的功能，是為協助學習者理解課文篇章而服務，以便學生課上練習順利，課下得以學以致用。在編列生詞表時，僅須將「電視」、「電影」、「時候」列為該課的

生詞，而會將「視、影、…的時候」這三個非詞加以排除。即能減輕學生備課與學習上50%的額外負擔，更能有效圍堵學生以非詞造句的偏誤。上述所舉證的問題，普遍存在於各等級教材中。顯見，這已經是一個不容忽視的議題，也印證了「小心魔鬼藏在細節裡」的名諺。

（二）師資的問題

在國人中，即使受過高等教育的各行專業人士，詞與非詞不分的情況相當普遍。以臺大國際華語研習所教學模式師訓班第五期44名學員為例。學員都是主動自費接受培訓的各行各業人士，接受五個週末的密集培訓。學歷背景分佈為大學在學或大學畢業或碩博士學位，大學以上學歷有17位，佔38.64%；大學畢業者27位，佔61.36%。其中現職華語教師有6位，佔13.64%。華語文教學相關系所的碩博士研究生有21位，佔47.73%，其中不乏臺大、臺師大、政大、清大的學生；國外研究所取得碩博士學位者7位，佔15.91%。男性與女性的比例為8:36，也就是18.18%：81.82%。為了清楚起見，將上述的描述製表如下：

表2　臺大國際華語研習所教學模式師訓班學員背景分析表

學歷背景	男女性別	現職華語教師	華語相關系所	國內外學位
大學 61.36%	男性18.18%	教師13.64%	相關47.73%	國內84.09%
大學以上 38.64%	女性81.82%	非教師 86.36%	非相關 52.27%	國外15.91%

在一份斷詞與詞類標記實作的作業中，如期提交者共32位，佔72.72%。其中在句子中加以斷詞者僅有14位，佔43.75%，有

趣的是以漢字作為斷詞單位者有10位，高佔71.43%，其中不乏現職華語教師與華語文相關習所的研究生。4位以詞為單位的斷詞者，有3位詞與非詞的判定仍模稜兩可，例如：「愛哭」、「不會」、「一位」仍視為詞。在34份回收的作業中，只有1份具有詞與非詞的知識，不但能清楚斷詞且正確標記詞類，佔2.27%。顯見，詞與非詞的問題是具體存在的。為了清楚起見，將上述的描述製表如下：

表3　臺大國際華語研習所教學模式師訓班學員詞與非詞調查分布表

作業提交者	斷詞與否	以漢字為詞者	斷詞與標記正確
提交72.72%	斷詞43.75%	漢字為本71.43%	正確2.27%
未提交27.28%	未斷詞56.25%	非漢字為本28.57%	不正確97.73%

　　臺大國際華語研習所教學模式師訓班於2016年底創立，迄今已培訓出將近200位學員，前四期斷詞與詞類標記的實作情況與第五期相仿，顯見，國人詞與非詞判定的能力確實尚待加強。詞與非詞的判定能力是從事中文作為第二教育人士的基本功，這個基本功是不容小覷的。

（三）學習詞典

　　學習詞典顧名思義即是協助學習者學習的詞典，不論是第一語言或第二語言的學習詞典都不例外。以下分別以第一語言的學習詞典 - 鄭定歐主編（2014）的《小學生詞性造句詞典》與第二語言的學習詞典 - 鄭定歐主編（2013）的《國際華語學習詞典》為例。

1. 第一語言學習詞典

　　鄭定歐主編（2014）《小學生詞性造句詞典》的封面除了書名以外，還有兩個明顯的標題，一是了解詞性、訓練造詞、造句能力，是寫好作文的基礎；一是專門為十歲左右的小學生量身訂作的詞典。該詞典在特色說明的第一項指明，該詞典共收錄 1,700 個詞條，且一一標記詞性，為市面上詞典所沒有的。其序言有一段話語陳義動人，引述如下：全世界的兒童社會學家、兒童心理學家、兒童教育學家一致認為，兒童語言能力的培養是基礎教育的核心環節。語言能力是什麼？就是造句能力，就是懂得用正確得體的句子自我表達、人際交流的能力。於此，造句詞典是不可或缺的工具。

　　觀察該詞典第一頁詞條的處理，第一個詞條是「一」，而後在「詞性」欄位表明為「數詞」，並提供該詞的造句範例「我沒買兩張票，我只買了一張。」，緊接著在其說明項中，對該詞做出如下的定義：最小的數字，我們說「一張」、「兩張」等。此後同頁所列的六項詞條分別是「一…也」、「一…就」、「一下」1、「一下」2、「一下子」、「一切」，各詞條處理原則一致，包含詞性、造句範例、定義。該詞典將「一…也」與「一…就」的詞性處理為「關聯詞」，「一下」1 的詞性為「副詞」，「一下」2 的詞性為「助詞」，「一下子」的詞性為「副詞」，「一切」的詞性為「限定詞」。

　　從第一頁內容顯示，該詞典存在著詞與非詞不分的問題。該詞典的書名既然為「詞典」，那麼，詞條就應該是「詞」，而不應是「詞組」與「句構」，一旦「詞典」的詞與非詞不分，使用的小學生們也就無法建立詞與非詞的概念。該詞典將「一…也」與「一…就」在詞性項明載為「關聯詞」，這就意味著兩者是屬於詞

彙層次的成員，事實上，兩者應為句子結構的層次。該詞典後幾頁也有諸多將句子結構當作詞彙處理的詞條，並且都指派詞類。例如：「又…又」、「有多久」、「不但…也」、「不見了」、「不是」、「不是…而是」、「不要/不能/不夠/不敢/不舒服/不對」等。

　　此外，該詞典將「一切」的詞性歸為「限定詞」類，也待商榷。因為「限定詞」（determiner）其句法功能是擔任定語，其語義功能是將名詞或名詞組的指稱性（reference），從不定指（non-definite）轉為定指（definite），不同於指示功能，這是其他詞類所無法勝任的。其句法結構位於名詞組的首位。而「一切」出現於名詞組結構時，既無將名詞的指稱性從不定指轉為指稱性的語義功能，在「一切」之前還可以出現「這」、「那」的限定詞，由此可見，「一切」並不是限定詞。舉中研院現代漢語平衡語料庫的語料作為佐證：

　　　　　　　她還年輕，這一切都不該發生在她身上的。
他可以吃早餐、午餐或晚餐，這一切都包括在價錢裡。

2. 第二語言學習詞典

　　第一語言學習詞典既然存在著詞與非詞不分的問題，而第二語言的學習詞典的情況又如何呢？

　　鄭定歐主編（2013）《國際華語學習詞典》的英文名稱為 *Learner's Mandarin Chinese Dictionary for Beginner Level*，顧名思義是為中文作為第二語言的初級學習者所編撰的。該詞典的背頁明載其功能，有如下五項：(1)華語學習者學習之參考，(2)對外華語課程設置與教學設計之參考，(3)華語教材編寫、教材軟體研

發之參考，(4)華語測驗與命題之依據與參考，(5)華語教師備課之參考。顯見其服務對象多元，影響者眾。

　　隨機翻閱該詞典，其詞條並非都為詞的單位，有不少大於詞的結構，也有不少小於詞的詞素。大於詞的結構，例如：「不但∥而且」、「不但∥也」、「越‧越」等；小於詞的詞素請見下表：

表4　鄭定歐主編（2013）詞與非詞不分的詞條隨機舉例表

詞條	詞類標記	英語註解	例句
疹	N	rash	Mary喝酒就會起疹子。
汁	N	juice	只剩下一盒蘋果汁。
證	N	bound word for card	我還沒拿到學生證。

　　該詞典將不自由詞素「疹」、「汁」、「證」都指派其詞類為名詞，又給予相對應的英文詞，就意味著這些是可以直接進入句子擔任主語、賓語、定語。如此一來，學習者據此遣詞造句，即會產生偏誤。例如：＊我不喜歡疹。／我要買汁。／＊我的證不見了。

　　目標語的詞與非詞概念與語法知識的建構，對初級學習者而言是何等重要，然而該詞典若詞與非詞不分，就無法協助學習者藉以建構正確的目標語詞與非詞的概念，也就無從掌握目標語的詞法與句法規則，其後果已不堪設想，更遑論作為教材編寫、測驗與評量、課程設置與教學設計等之參考或依據？該詞典出現詞與非詞不分的現象，就意味著詞典編撰者也是詞與非詞不分，這個問題就更非同小可了。

（四）斷詞數位平台

隨著數位科技的發展，不少科技公司與華語界合作，開發出各種數位學習或教學工具，而用以協助教材編寫的斷詞數位工具也應運而生。斷詞數位工具的目的即是為了在短時內為大量篇章進行斷詞，以便達到事半功倍之效。然而，斷詞工具對於詞與非詞的準確性如何呢？由於篇幅之故，僅以Google翻譯平台的中文句轉換為漢語拼音句的斷詞效益為例。本文之所以選擇Google翻譯平台，是基於該平台有大數據庫支撐，準確性應比一般平台相對高。

筆者基於好奇，將大會標題「臺大華語文教學碩士學位學程『華語文理論與實務』國際學術研討會」這一大串字符置入Google翻譯平台，在0.32秒之間，經由794,000項資料的比對後，產生了斷詞處理後的漢語拼音句，列出如下：

Táidà huáyǔ wén　jiàoxué shuòshì xuéwèi xué chéng `huáyǔ wén lǐlùn yǔ shíwù'guójì xuéshù yántǎo huì

為了清楚起見，將該平台斷詞後的漢語拼音句，以中文句列出於下，以便作為比對。

臺大　華語　文　教學　碩士　學位　學　程「華語　文　理論　與　實務」國際　學術　研討　會

該系統將「臺大華語文教學碩士學位學程『華語文理論與實務』國際學術研討會」的中文字串分出「臺大」、「華語」、「文」、「教學」、「碩士」、「學位」、「學」、「程」、「理論」、

「與」、「實務」、「國際」、「學術」、「研討」、「會」這十四個單位，其中是「詞」的單位有十二個，「詞素」有三個：「文」、「程」、「會」。

　　筆者將「臺大華語文教學碩士學位學程『華語文理論與實務』國際學術研討會」字串先行人工斷詞為「臺大　華語文　教學　碩士　學位　學程『華語文　理論　與　實務』國際　學術　研討會」，再將斷詞後的字串置入該平台。結果，漢語拼音句的斷詞依然如故，仍將「文」、「程」、「會」當作「詞」的單位。

　　從上述的實驗顯示，Google翻譯平台的漢語拼音句的斷詞系統由固定的演算規則所操控。若華語界要藉以作為教材上中文句與拼音句的對應，或生詞表的處理，顯然，是無法直接使用，而勢必得經過教師以人工方式做出正確斷詞的微調的。

　　本文固然關注斷詞平台的準確性，然而畢竟數位工具的演算規則是由人所設計的，而設計者若缺乏中文詞與非詞的知識與判定能力，其所設計出來的斷詞系統的效益低是不言而喻的。而補救之道，就必須依賴具有詞與非詞判定能力的華語教師做出正確的微調了。由此可見，華語教師必須具有詞與非詞的判定能力，才得以勝任教學與教材編寫及詞典編撰工作。

　　從電腦的本質而言，電腦之所以能計算或活動，先決條件是必須有人寫入電腦能懂的程式，電腦才得以按寫入的程式運作。引述Chomsky Noam的感觸如下：

　　　　除非有人寫入程序，否則電腦什麼也做不成。……。這一項研究課題毫無知識意義，也不可能有什麼研究結果。（Wolfgang 2006: 53）

Chomsky Noam多年前因科學技術領域的貢獻，獲得了班傑明・富蘭克林獎章。在獲獎時，Chomsky Noam說出上述參與電

腦發展過程的感觸。

　　由此可見，數位工具的背後是人為的規劃與設計，因此，數位工具是否好用，專業人員對詞與非詞的知識與判定能力是相當關鍵的。

（五）華語測驗

　　「華測八千詞表」是由教育部國家華語測驗工作委員會，簡稱為華測會，花費大量人力與經費，歷時多年所制定的，目的是作為國家華語能力測驗與命題及各等級教材編寫的依據，責任重大。八千詞表顧名思義所選入的成員都為詞的單位。

　　本文就2018年版的「準備一級」與「準備二級」加以觀察。這兩級是初級階段，「準備一級」共有144個詞；「準備二級」共有176個詞。這兩個等級的詞表都分別存在詞與非詞不分的現象。「準備一級」如：非自由詞素「第」、詞組結構「打電話」，分別標記Det（限定詞）與Vi（不及物動作動詞）。「準備二級」也有非詞成員，都是詞組結構「一點兒　」與「一些」，分別標記詞類，都為Det（限定詞）。2016年版在初級詞表中將「這些」這個詞組結構列為詞。顯見，八千詞表中存在著詞與非詞不分的問題。限定詞的問題已於3.1小節說明過，在此不再贅述。

三、癥結所在

　　上述以教材、師資等舉證說明國人詞與非詞不分的問題是何其普遍。追究其原因，原因有三，一是國人對漢字的迷思，二是傳統語言學理論的侷限，三是引進西方理論的不察。分別說明如下。

（一）漢字的迷思

　　詞與非詞不分的問題普遍存在於各種語言，然而此一問題在漢語更顯得嚴重。其原因在於，漢字習得的後遺症所致。古代漢語單音節特徵明顯，詞（word）與漢字（character）能夠整齊對應，換言之，即是一個漢字代表一詞。漢語雙音節化以來，漢語「詞」與「漢字」之間的關係不再是整齊對應的，漢字與詞的關係，逐漸傾向於「詞素」與「詞」的關係。然而，由於漢語母語教育習而不察之故，至今一個漢字等於一個詞的觀念，仍然是主流。從對外教材生詞表所列的所謂的生詞，數量繁多且細瑣，就足以證明。以僑委會華語教材《五百字說華語》[4]為證。

　　該教材課文以對話方式呈現，皆以漢字作為詞的單位，生詞表的標題為「字與詞」，其英語的對應為word and phrase。顯見，教材編寫者確實將漢字、詞、詞組混為一談。僑委會是母語教育系統，其目的與母語教育相同，希望國人或僑民通過漢字的辨識能力，協助國人或僑民獲得華文知識與世界知識。國人母語教育因字詞不分，而大大犧牲了國人從牙牙學語就培養出詞的心理知識，以致於加深了對外華語師資養成上的難度。

　　國人字詞不分的證據還包括如下的現象。語言教學中，對於新學詞彙，理當以「生詞」來指稱，然而，國人經常說的是「生字」或「字彙」，即使翻譯自英語教學的教材亦如是。以朗文出版社出版的《英文核心字彙》為證，其英文原版名稱為 *Wordsmith-A Handbook:7000 English Core Words*，該書的英語標題使用的是word，而中文標題則翻譯為「字彙」。此外，洪蘭

4　僑委會華語教材《五百字說華語》的網頁如下：http://edu.ocac.gov.tw/interact/ebook/digitalPublish/MPDF/E-U-N.pdf。

（2002）翻譯Miller（1991）*The Science of Words*的中譯本《詞的學問》與黃宣範（2002）翻譯Fromkin & Rodman（1998）*An Introduction to Language, Sixth Edition*的《語言學新引》第六版的中譯版裡都存在著字詞不分的現象。

戴浩一教授在洪蘭（2002）中譯本《詞的學問》的推薦專文當中，清楚述說出將「詞」翻譯成「字」的苦衷，引述如下：大部分的英語辭典把英文的「word」翻譯成「詞」或「字」。漢語語言學家一般都會把「word」翻譯成「詞」，而不用「字」，原因是他們把口說的話與文字分開來看。「詞」指口語裡出限於句子的最小、獨立而有意義的單位，「字」則指漢語書寫系統中的最小單位。因此，「辭典」（詞典）有別於「字典」。但是一方面受了書寫系統的影響，一方面也是因為漢語詞彙中單音節的詞相當多，剛好可以以「字」來對應，因此在漢語的習慣用法常常以「字」來代替「詞」。洪蘭教授的譯本，有些部分以「字」來譯「word」，也是為了一般讀者的習慣用法。

Miller（2002）認為在語言學上，書寫是來自於口語，並且次於口語，許多著名的語言學家特別強調口語的重要，把它放在書寫語言之前。理由很簡單，他們認為：第一，每個人類的社會都有語言，然而並非每種語言都有文字；第二，每個正常的小孩僅藉著玩語言遊戲，便可以學會說話，但不是每個人可以學會閱讀及寫字。簡單的說，語言是自然演化而來，而文字是文化的發明。一個忽略口說語言的文字定義是無法令人滿意的。

以下再以馬建忠（1898）《馬氏文通》的言論作為佐證。馬建忠的《馬氏文通》（1898）是漢語語法研究的先驅，從該書的例言中顯示，馬氏將「字」等同於「詞」，認為詞類是語法的核心問題，是組詞造句的條件。引述如下：

　　惟字之在句讀也必有其類，而字字相配必從其類，類別
而後進論夫句讀焉。（見《馬氏文通·例言》）

　　從上述戴浩一教授與 Miller（2002）及馬建忠先生三位學者
的觀點顯示，漢字對中文為母語者造成字詞不分的困擾其來有
自，而且根深蒂固。本文認為，事實即便如此，然而，從事第二
語言教育的專業人士，必須培養出詞與非詞的分辨能力，是責無
旁貸的。

（二）傳統漢語語法理論的侷限

1. 字本位說的再度抬頭

　　傳統漢語語言學家對於漢語「詞」與「語法」的研究，在
晚清得歐洲研究風氣之後，馬建忠（1898）率先藉由先秦與兩漢
的文言文，建立了漢語語法體系的理論，後繼學者在原則上是一
脈相傳的。

　　到了二十世紀又引進了博愛士（Boas 1911）、布龍菲爾德
（Bloomfield 1926, 1933）、海里斯（Harris 1946, 1951）等結構主義
語言學家提出的分布理論與詞類理論。在王力、呂叔湘、朱德熙
等先生倡導下，形成了中國特色的結構主義語言學理論，延用迄
今（陳保亞1999/2008: 330）。

　　詞與詞組是中國結構主義語言學派的兩個重要的平面，不論
是語法組合層面或是語義組合層面，都以詞為基本組合單位，以
主謂、述賓、述補、偏正、聯合、連謂等詞組類型為基本組合模
式，詞通過這些基本組合模式有層次地反覆使用，形成複雜的句
子或句式。換言之，中國結構主義語言學派是一個詞本位的概
念。由於漢語的詞缺少形態變化，在提取詞和確定詞組間的語法

結構關係時都遇到了困難，於是陸志偉（1957）提出了區分詞與詞組的擴展法；朱德熙（1962）與石安石（1978）提出了確定詞組間結構關係的推導式。但是用擴展法提取詞還會遇到一些困難，"很好"、"第五"、"老張" 都不能擴展。至於推導式作為語法結構關係的判定標準，缺乏理論基礎（陳保亞1999/2008: 331）。

　　為了解決上述問題，徐通鏘（1991, 1992, 1994, 1997）率先提出字本位的研究模式，並且反覆論證漢語「字」在漢語研究中的核心地位。字本位說的核心理論是，字是語法結構的基本單位，字總體上具有「1個字‧1個音節‧1個概念」的一一對應特點（陳保亞1999/2008: 332）。

　　字本位說近來因呂必松教授的大力推動，在大陸對外漢語教學界再度盛行。本文認為字本位說在古代漢語時期確實能發揮作用，然而現代漢語雙音節化後，一字一音一義的整齊對應關係的特點僅限於單音節的單純詞，而單純詞的數量遠不如雙音節詞的數量。根據《現代漢語頻率詞典》統計，使用度最高的9,000詞當中，單音節詞為2,400個；多音節詞為6,600個，其中雙音節詞為6,285個。因此，字本位說若是為了應用於現代漢語語母語教學，協助國人認識漢字，以便藉以獲得華文知識與世界知識，則是無可厚非的，然而若是為了應用於漢語作為第二語言教學，則是值得商榷的。從近期第二語言教育高揭以學習者為中心的教育觀而言，字本位教學只會讓外籍學習者怯步，就教學與研究的歷史進展而言，猶如開倒車。

2. 雙音節詞的困境

　　現代漢語的雙音節化的趨勢，使得雙音節詞不斷繁衍。雙音節詞到底為合成詞？複合詞？還是詞組？由於三者之間存在著模

糊性而陷入了困境，尤其在中文母語教育字本位的迷思下，更加上了一層困難。合成詞、複合詞、詞組的區辨，不僅僅只是理論學界的辨證議題，在中文作為第二語言教育上，有具體操作與驗證的實務需求，亦即是雙音節詞的數量會隨著學習者語言晉級而增加。因此，教材編寫、課堂教學、測驗與評量、學習詞典編撰、數位斷詞系統等都迫切需要有一套清楚簡易的操作模式，才得以協助學習者迅速培養目標語遣詞造句的能力。

　　中國結構主義語言學派對於單純詞、合成詞、複合詞、詞組的判定理論一脈相承至今，學者間的文獻內容大同小異。以邵敬敏主編（2007）的《現代漢語通論》為例。邵敬敏（2007: 116）言明，構詞法是指用語素構成詞的方法。漢語構詞的類型可以從不同的角度認識。一般首先區分單純詞和合成詞，合成詞再區分為派生詞和複合詞，複合詞再區分為偏正、述賓、述補、聯合、主謂等類型。由於現代漢語以雙音節詞為主，因而詞的構造也是詞彙研究的重點之一。構詞法的的對象是詞語，屬於詞彙問題，但因為涉及詞的內部結構，所以也屬於語法問題。掌握構詞法不僅有助於詞語結構的了解，而且對詞義的理解也有顯著的作用。為了清楚起見，本文將其詞的類型加以圖表化於下，以便於觀察。

圖1　邵敬敏（2007:116）詞的類型

　　該書於次頁進一步就詞的類型加以細說時，其分類與前段內容卻有明顯的出入。前者的派生詞與複合詞是屬於合成詞的下屬次類；而後者則將單純詞、合成詞、複合詞並列為詞的下屬次類。列圖表如下：

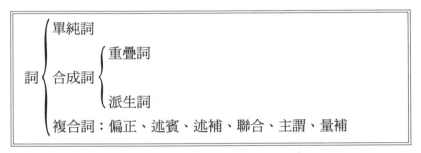

圖2　邵敬敏（2007:117）詞的類型

　　為了便於後續說明與比較，將該書的此段描述列於下：詞是由語素構成的，從構詞成份來說，語素也可以叫詞素。詞素分為兩大類：詞根與詞綴。詞根是詞語結構體的基本構成部份，意義比較實在。例如「電腦」中的「電」和「腦」、「桌子」、「木頭」中的「桌」和「木」；詞綴是詞語結構體的附加成份，沒有具體的意義，主要起構詞作用。詞綴還可以根據它在構詞時出現的位置，再分為前綴、後綴、中綴三類。例如：「阿姨」、「桌子」、「來得及」中的「阿」、「子」、「得」。以構詞法的角度看，現代漢語詞可語分為以下幾大類：

　　(1)單純詞：單純詞是指只有一個語素構成的詞。漢語中一個語素往往是一個音節，因此，單音節詞都是單純詞（書、筆、走、說、好等），也包含雙音節的連綿詞（伶俐、逍遙、蝴蝶等）、口語詞（蹓躂、嘀咕、吩咐等）、音譯詞（咖啡、幽默、引

擎等）。

　　(2)合成詞：兩個或兩個以上的語素構成的詞叫合成詞。從構造上看，合成詞也有不同的類型：1.重疊詞：詞根重疊而成的詞，又分為(1)AA式（爸爸、媽媽、剛剛等）與(2)AABB式（形形色色、密密麻麻等）；2.派生詞：由詞根與詞綴組合而成的詞。分為三類：(1)前綴＋詞根（阿姨、老虎等）、(2)詞根＋後綴（椅子、花兒等）、(3)詞根＋中綴＋詞根（對得起、來不及、土裡土氣等）。

　　(3)複合詞：由詞根與詞根組合而成的詞。其類型有六類：聯合式（思想、領袖、反正、國家）、偏正式（黑板、宣紙、朗讀、馬上）、述賓式（出席、注意、放心、畢業）、述補式（擴大、降低、壓縮、說服）、主謂式（面熟、虛心、眼花、年輕）、量補式（書本、人口、花朵、紙張）。

　　從邵敬敏（2007）對於詞的類型的說明，雙音節詞的分類不論是派生詞與複合詞是屬於合成詞的下屬系統（圖1）或是合成詞與複合詞並列為詞的下屬系統（圖2），都是以詞根與詞綴的概念所進行分析的。這足以反映其內容是延用中國結構主義學派的概念，而中國結構主義學派的概念則是套用西方上世紀初葉以來的結構主義派理論，其唯一的區別只是將其中文化。

　　本文認為詞根（root）與詞綴（affix）的概念是源自於屈折語類型的印歐語系，是因應其詞的形態特徵豐富且顯著而發展出來的理論。而漢語則屬於孤立語，漢語之所以歸屬於孤立語，正因為詞的形態特徵不明顯。若是將屬於孤立語類型的漢語硬要套用詞根與詞綴的分析法，產生諸多無謂的困擾是可想而知的。

　　陸儉明（2003：7）表示現代漢語詞彙上的特點是，一、雙音節詞佔優勢，根據最高頻的8,000個常用詞統計，佔71％。二、

在雙音節詞中，從構詞上來看，合成詞佔絕對的優勢。從世界已知的語言來說，合成詞的構詞方式主要有三種：(1)重疊——詞根的重疊，如：爸爸、星星、試試等。(2)派生（附加）——主要是詞根前加或後加詞綴派生，如：老師、桌子、饅頭等。(3)複合——詞根與詞根的複合，如：學習、聰明、白糖等。漢語的合成詞以複合為主。三、有豐富的成語，而且大多是四個音節的。四、漢語有量詞和語氣詞。

從上述陸儉明（2003: 7）的說明，顯見與邵敬敏（2007）對於現代漢語構詞與詞的類型是完全一致的，也顯示兩者的傳承其來有自。兩者都是傳承自套用歐美對構詞的分類法則，而將其內容改為漢語詞語。董秀芳（2004）的分析則從完全不同的角度切入。該書立基於西方的構詞法理論，認為漢語詞彙中複合詞佔優勢地位，漢語詞法應以複合法為主要研究內容。董秀芳（2004）推翻了前人合成詞佔多數且派生法是雙音節詞的主要構詞法的觀念，成了中國特色的詞法理論。引述董秀芳（2004）的話語於下：

> 語素是漢語詞法操作的基本單位，在詞法中佔據重要地位。漢語中詞根語素與詞綴語素的差別不很顯著，語素普遍在構詞中起著積極的作用。派生詞法在漢語中不佔強勢地位，派生結構是不穩定的，有從句法模式進一步向詞庫單位變化的趨勢。漢語詞彙中複合詞佔優勢地位，漢語詞法應以複合法為主要研究內容，而這正是由漢語語素的特點所決定的（董秀芳 2004:iii）。

　　本文關注的不僅僅只是理論上的辨證層次，更關注理論落實於現代漢語成千上萬的詞語的判定。中國傳統結構派對於合成詞佔多數與複合詞佔多數的主張，顯然各有理據，然而兩者的理論應用於詞語的判定上，不僅僅只是合成詞與複合詞在統計數字上的天壤之別而已，而是涉及現代漢語詞法與句法的重大議題，更是如何協助學習者有效遣詞造句的現實議題。兩派理論如何取捨？是否有客觀的原則作為判定的依據呢？

四、理論取捨的依據

　　Chomsky（1965）早就建立了評量語言理論的兩項標準，一是描寫的充分性（descriptive adequacy）；一是解釋的充分性（explanatory adequacy）。這兩項標準就成為生成語法學派評量理論是否完備的關鍵指標，也成為語法理論學界藉以評比理論優劣的指標。引述如下：

　　　　一種好的語言學理論應該是具有預見性，不僅可以解釋目前看得清楚的語言現象，還應該可以解釋目前看不到但在理論上是可能的現象，換言之，它還可以對理論上可能的現象做出預測，並為它們提供同樣的理論解釋。……。在語言的研究問題上，我們不僅應該關注具體語言結構和語言現象本身，還應該關注這些結構和現象的學習問題或習得問題，並且以此為基礎對諸如語言習得的邏輯問題等關係到語言和思想的根本性問題的重要方面做出合乎情理的解釋（司富珍（譯）2008: 86-87）。

　　對語言共性的描述不能局限於純形式方面，也不能限於
對一種語言的分析，理想的做法是必須考慮語言的使用…。
通過對語言週期性變化的研究，特別是對那些自發的變化而
不是由於地區接觸而發生的變化的研究，能為我們了解語言
的一般性質提供一個窗口。可以研究自發變化的另外一個方
面是兒童語言，…第一語言習得研究仍然能夠很好地提示我
們哪些可能的共性和成人語言研究有關。…同樣，我們還可
以研究第二語言的習得，觀察是否有任何共性在這種習得過
程中得到反映，這特別適合於本族語或目的語缺乏直接證據
證明那些共性的情形（Comrie 1987/2010: 270-271）。

鄧守信（2019）也呼應著Chomsky（1965）的觀點，引述如
下：

　　教學語法是一門實證性學科，其理論觀點正確與否，是
可以驗證的，驗證的方法必須透過對學習者學習效果的觀
察。觀察效果，一方面可以檢視教學方法（即語法教）「好
不好」，同時也可證明教學語法所根據的基礎－教學語法－
是否「正確」（鄧守信 2009:14）。

　　從上文的引述顯見，生成語法理論與語言類型學，甚至於教
學語法都將語言習得作為驗證語言理論的假設是否正確的窗口。
Chomsky（1965）認為語言習得（母語或非母語）是一個轉換生
成語法規則形成的過程[5]。Chomsky（1995）甚至認為語言習得是普
遍語法（Universal Grammar）假說的有利證據，Chomsky

5　引述原文：“Language acquisition (native or non-native language) is a process of
forming transformational generative grammar rules.” 資料來源：鄧守信
(1974b/2005:79)。

（Wolfgang 2006）進而認為語言學家的根本任務之一，就是揭示這種兒童建構語言的過程和能力。

　　本文認為語言習得規律與語法理論的驗證有著唇齒依存的關係，因此，何者能夠對語言現象做出充分的描寫與充分的解釋，同時有效圍堵（blocking）[6]學習者偏誤，進而協助學習者輸出最大句法效益的理論，則是理想的理論。反之，則不可取。這是本文認為可以作為理論取捨的依據。

五、對症下藥

　　本文第二小節藉由1)漢字的迷思、2)傳統漢語語法理論的侷限其中的「字本位再度抬頭」、雙音節詞困境的說明，揭示了國人詞與非詞不分的癥結所在。該如何對症下藥？良藥何在？本文認為建立「理想的漢語詞庫、詞法、句法模式」即是良藥所在，唯有如此，才得以解決漢語詞素、詞、詞組之間的模糊性問題，使現代漢語的詞法與句法則得以建立，並且達到充分描述與充分解釋的理想。

　　傳統中國結構主義學派的問題在於未能意識到「複合法」與「派生法（derivation）、屈折法（inflection）」是不在同一個平面上的。事實上，「派生法、屈折法」是在詞庫的詞法中操作，而「複合法」則是在句法層次上操作，由此可見，三者並不都在同一個平面。此外，傳統中國結構主義學派也未能意識到「派生

6　這是鄧守信教授原創的語法理論的創見，圍堵（Blocking）立基於理想詞類系統所預測出最大句法效益的理論，以便預先防範學習者偏誤的產生，為的是解決傳統不明就裡的導正（Correcting）所衍生的問題。詳文請見陳立元（2017）。

法」與「屈折法」是應印歐語言這種屈折語類型的特性而產生的。漢語是屬於孤立語類型，詞形變化貧瘠，因此採用「派生法」與「屈折法」來分析，就顯得格格不入且捉襟見肘。傳統中國結構主義學派套用西方理論從事漢語的研究，從某個角度而言，是依循從人類共性著眼的美意，然礙於研究工具的侷限，因而無法擺脫表象的障礙，以致於無法透視共性的核心。以下就「理想的漢語詞庫、詞法、句法模式」加以描述。

（一）漢語理想的詞庫（Lexicon）、詞法（morphology）、句法（syntax）模式

　　漢語理想的詞庫、詞法、句法模式是立基於 Teng（鄧守信 1974, 1975, 1985, 2009, 2011a[7], 2011b[8]），而此一模式與人類自然語言的詞庫、詞法、句法模式的共性大於個性。固然，在詞彙表象上，各語言確實差異性很大，然而在詞法層次上卻能取得最大共性。引述 Packard（2001: 13）為證：「漢語的詞彙面貌表面上看起來與印歐語言有很大的不同，在一個更為抽象的層次上，漢語與其他語言的詞法又會表現出深刻的一致性。」理想漢語詞庫的構詞法（morphology）與造句法（syntax）是一組對立的概念，不但有助於漢語語法的分析，而且能處理詞素、詞、詞組之間的模糊性，尤其是雙音節詞其中的合成詞、複合詞、複合詞組之間

7　鄧守信（2011a）〈漢語基式與非基式〉於 NTU-ICLP 7/27/2011 的教師在職培訓講座的內容，此場次的演講也是全球理論語法學界與華語學界首次相關議題的發表。

8　鄧守信（2011b）〈漢語信息結構與教學〉於 8/23/2011 於北京語言大學 - 臺大海外師訓班講座，此場次的演講也是全球理論語法學界與華語學界首次相關議題的發表。

的模糊性。

1. 英語與漢語詞庫、詞法、句法的比較

Chomsky（1981）最簡方案的詞庫是以詞具體的表現形式為單位，舉例來說，take、takes、took、taken、taking是不同的詞，分別列入詞庫。每個詞都視為多方面特徵的總和，包括語音特徵、語義特徵、語法特徵，例如take與takes有不同的人稱特徵，take與took有不同的時態特徵。這些特徵相當於一般詞典中提供的讀音、詞義、詞類（詞性）、用法等等。因此，在最簡方案裡，以詞庫裡的詞為單位，運用句法知識，即能創造出句子。該理論認為所有語言的造句法都一樣，句法就是普遍語法（Universal Grammar），而不是英語、法語、漢語等各種語言各有一套句法。換言之，人類固然有各種各樣的語言，然而，就句法而言，僅僅只有一套，即是通用於人類各語言的一套語言運算系統（human language computational system）。然而由於不同語言的詞庫不同，輸入的詞和詞的特徵也有所差異，因而運算系統操作起來就有所差異，而創造出來的句子也就有所不同。

為了清楚起見，以下分別以表過去時、複數、格的規則加以舉例說明。英語若要表示過去時，則在詞的內部做改變，或在詞上添加表過去時的詞綴-ed。例如：take（拿），其過去時的詞形是took；open（開），其過去時的詞形是opened等，這是英語等屈折語的構詞法；漢語是孤立語類型，要表示動作外部時間概念的時態時，並不是在詞形上變化，而是與時間名詞通過句法的搭配。若是要表示「數」概念的形式，英語必須在名詞上加上表複數的詞綴-s或es或-ies，例如：hat表單數，hats表複數；漢語在名詞上不須與表示複數的詞綴組合，除了代名詞（你、我、他）

表複數時，而是與詞綴「們」組合，這類詞綴與印歐語言的數量相較極為稀少。表示格關係的形式，英語在代名詞上做主格、賓格、所有格的詞形變化，例如：I是主格，me是賓格，my是所有格等；漢語表示格關係的方式還是經由句法完成，例如：表示我與母親的領屬關係，是在我與母親之間插入領屬標記「的」，而成為「我的母親」這樣的詞組結構。以下是根據上述內容所呈現的漢英對比句：

我的母親 昨天 買了 兩頂 帽子。

My mother **bought** two hats yesterday.

通過英語詞庫、詞法、句法與漢語詞庫、詞法、句法的比較，顯見，漢語詞庫規模小於英語等具有形態語言的詞庫，也因此，漢語句法關係更依賴語序，而不是詞的形態（Li &Thompson 1981等）。

2. 漢語理想詞庫的內容與層次性

漢語理想詞庫的內容是使用者所使用的詞的總集，但小於最簡方案的詞庫。漢語理想的詞庫藉由兩項判定標準，一是意義的存在與否；二是詞素的自由程度，提取出構詞的兩個單位：自由詞素（free morpheme）、非自由詞素（bound morpheme），以便通過詞法與句法的運作來創造新詞語。具有句法功能的句法詞素（syntactic morphemes）不論是否具有實在的意義，都是屬於自由詞素的成員。漢語理想詞庫為追求「詞」層次與「語」層次的分明，以「詞素」指稱傳統研究的術語-「語素」。

漢語理想的詞庫具有層次性，為的是以詞庫的層次性來解決

漢語複合詞與複合詞組夾纏的問題，以及句法詞素（syntactic morphemes）入句的路徑等問題。「詞庫」最底層是「不自由詞素」、「自由詞素」這個內部層次。請記住，「句法詞素」是屬於「自由詞素」的成員。「不自由詞素」、「自由詞素」這個內部層次是前者在下，後者在上。

　　從「詞庫」底層往上是「構詞層次」，而後是「造句層次」。「構詞層次」其中又分出「詞素」（morphemes）與「詞」（word）的兩個層次。「詞素」（morphemes）層包含「自由詞素」與「不自由詞素」上下兩個層次。「詞」的層次則又分出單純詞（simplex）、合成詞（complex）、複合詞（Compound）這三個層次，單純詞在下；合成詞居中；複合詞在上。「造句層次」則包含詞組（phrase）與句子（sentence）這兩個層次，前者在下，後者在上。

　　漢語理想詞庫的構詞法會驅動詞素層中具有詞彙意義或具有句法功能的個別「自由詞素」（free morphemes），提升為單純詞。也會驅動具有詞彙意義的「不自由詞素」（bound morphemes）與「自由詞素」（free morphemes）彼此間進行搭配，可以搭配出「不自由詞素＋不自由詞素」（如：喜歡、研究等）、「不自由詞素＋自由詞素」（如：喜愛、國人等）、「自由詞素＋不自由詞素」（如：愛情、家庭等）這三種隨機組合。這三種隨機搭配而成的雙音節詞，就是合成詞。換言之，合成詞的特徵就是詞義單一，也就是說，已經無法從構詞內部結構分析出個別的意義來，兩者完全融合了。例如：黃金指的是gold的意思，已無法從「黃金」中分別出何者為「黃」，何者為「金」。又如：喜歡，就是like的意思；家庭就是family的意思等。

　　一旦驅動「自由詞素＋自由詞素」的搭配組合，就會發生

「詞」（word）與「詞組」（phrase）之間詞法與句法模糊性的現象。詞法是屬於詞的層次，句法則屬於詞組與句子的層次，為了確保詞法與句法規則清晰，絕對不可混為一談。漢語理想詞庫為了解決此一模糊性問題，建立一條清楚簡易的判定標準，即是「詞義是否有所延伸」。例如：「白菜、吹牛」的詞彙意義已經有所轉變，「白菜」不再指「白色的蔬菜」，而是指稱某一種類的蔬菜；「吹牛」不再指「對牛吹氣」的動作，而是指「說大話」的意思。

　　從上述的說明可知，漢語詞彙中真正的「複合詞」的數量不多，而是「合成詞」的數量多。這一點與董秀芳（2004）等認為漢語複合詞多的理解是截然不同的。為了清楚起見，將上段針對理想詞庫的詞法層所述的內容加以表格化，以便於理解。

表5　理想詞庫的層次性

層次	詞素組合完整式	詞素組合簡式	實例	辨識特徵
合成詞	不自由詞素+不自由詞素	BB	喜歡、研究	詞義單一
	不自由詞素+自由詞素	BF	喜愛、黃金	詞義單一
	自由詞素+不自由詞素	FB	愛情、家庭	詞義單一
複合詞	自由詞素+詞自由素	FF	白菜、吹牛	語義延伸
詞組	自由詞素+自由詞素	FF	牛肉、打球	無語義延伸

　　在本文第三小節提到邵敬敏（2007）與陸儉明（2003）的複合詞詞例，筆者通過漢語理想的詞庫、詞法、句法模式加以檢視，除了主謂式的「虛心」（表謙虛之義）以外，全部是合成詞，這是本文主張的現代漢語合成詞的數量多於複合詞的有利佐證。

　　漢語理想的詞庫、詞法、句法模式的「構詞層次」，再往上是「造句層次」，包括「詞組（phrase）」與「句子（sentence）」這兩個內部層次，前者在下，後者在上。漢語複合詞組，如：牛肉、打球，即是在「造句層次」所形成的。此一層次的詞組與「構詞層次」的「複合詞」絕對不能混淆。前者是屬於句法機制的運作；後者則是歸屬於詞法的運作，各自分屬不同的層次。這是本文與董秀芳（2004）最大的不同，本文也藉以凸顯董秀芳（2004）主張放棄構詞法（morphology）與造句法（syntax）這組對立概念所面臨棘手問題的所在。

　　為了從語言共性凸顯漢語為孤立語類型的特性，漢語理想詞庫的雙音節詞的構詞規則，僅需(1)「不自由詞素」與「自由詞素」的四種機率組合；(2) 語義是否延伸，也即是詞彙化與否的判定，即可有效解決合成詞、複合詞、詞組之間模糊性的問題，而完全不需依賴描述印歐屈折語言的派生法、屈折法的術語與分析。傳統分析所謂的「詞綴」概念即等同於理想詞庫的「不自由詞素」；「詞根」的概念即等同於「自由詞素」，如此即能解決問題。為了便於直觀，將「漢語理想詞庫、詞法、句法層次與關係圖」與「人類自然語言（英語）詞庫、詞法、句法層次關係圖」列出於下（朴庸鎮 1999: 37）：

現代漢語詞庫構詞造句的程序圖（製圖者：陳立元）			
句法 **Syntax**	句子 Sentence		她最喜歡外婆滷的<u>白菜</u>。這一頂<u>非常典雅</u>的<u>帽子</u>和 圍巾是男朋友送給她的。
	詞組 Phrase		外婆滷的<u>白菜</u>／滷白菜／男朋友／這一頂<u>非常典雅</u> 的帽子
詞法	詞 Word	複合詞 Compound	<u>白菜</u>
		合成詞 Complex	喜歡　朋友　非常　典雅　外婆　帽子 Vst　　N　　Adv　　Vs　　N　　　N
		單純詞 Simplex	她最　的　滷白菜男　雅送一項這和　給 N Adv　Ptc　V Vs N　N　Vs V N M Det Conj Prep
	詞素 Morphemes	自由詞素 Free	她　做　滷　白　菜　外　雅送　一
		不自由詞素 Bound	最　喜　歡的　朋友　非　常典　婆　這帽子頂和給
詞庫（**Lexicon**）			

圖3　理想漢語詞庫、詞法、句法層次關係

人類自然語言語詞彙形成的層次過程圖		
句法 **Syntax**	句子 Sentence	
	子句 Clause	
	詞組 Phrase	write of Women, Fire, and Dangerous Things the first major hair-designer mystery of black-hole writing out of list
構詞	複合詞 Compound	hair-designer　　black-hole
	詞 Word	writer　hair　designer　black　hole　writing
	語素庫 morphemes	Write, -er, hair, design, black, hole, -ing
詞素庫 **Lexicon**		

圖4　英語詞庫、詞法、句法層次關係

　　從「漢語理想詞庫、詞法、句法層次與關係圖」與「人類自然語言（英語）詞庫、詞法、句法層次關係圖」的比對，足以證實與派生法對立的應該是屈折法，理據在於兩者都在「詞法層次」運作。董秀芳（2004）與邵敬敏（2007）將漢語詞庫的複合法與派生法對立起來，乃是將詞庫視為平面線性過程所致。

3. 漢語理想詞庫、詞法、句法模式的句法模式

　　漢語理想詞庫、詞法、句法模式一旦建立，詞庫、詞法所產生的詞都得以指派詞類。換言之，得以標記詞類，也即是可以通過句法來遣詞造句。本漢語理想詞庫、詞法、句法模式中的句法模式[9]，是具有「以最少詞類數預測最大句法效益能力」（minimal categories with maximal syntactic consequences）的漢語理想詞類系統，及其所預測出的6個基式結構（Base structures）與12個信息結構（Information structures）。基式結構是由動詞的三個次類：動作動詞（Action verb）、狀態動詞（State verb）、變化動詞（Process verb）所決定的，而信息結構則是在基式結構（base structures）的基礎上，通過移位（movement）、刪除（deletion）、

9　根據鄧守信（1974a, 1975, 1985b, 2009, 2011a, 2011b）所建構的理論，基式結構（base structures）與信息結構（information structure）是相對的，前者的概念等同Chomsky（1965）標準理論中的深層結構（deep structures），但漢語的基式結構的數量少於英語的深層結構；信息結構的概念就等同於Chomsky（1965）的表層結構（surface structures），但數量上也大大少於英語的表層結構。

插入（insertion）、複製（copy）、分離（separation）、代名詞化（pronominalisation）等機制，進行信息重新包裝（Packaging）而成的。六個基式結構分別是：SVO/SV、AP+S VO ~ SV AP+O、S Adv VO、S PP VO、S Vaux VO、S VP C；十二個信息結構分別是：SVO：SVO、OSV、SOV、VO、SV、OV、V；SV：SV、VS、V；S-PP-VP：S-PP-V、SV-PP。

　　漢語理想詞類系統的第一層只有8大類，卻足以反映人類語言共性並兼顧漢語的特性。動詞是依據 [± 時間內部結構]（temporal structures）、[± 及物性]（transitivity）、[± 定語性]（attributive）、[± 謂語性]（predicative）、[± 分離性]（separability）等語義與句法特徵，劃分出三個次類，使詞類系統的層次性得以深至五個層級。因此，不僅能夠充分描寫（descriptive adequacy）與充分解釋（explanatory adequacy）漢語句法規則與句式（Chomsky1965/1985: 23），同時能有效圍堵（Blocking）學習者偏誤。符合了 Chomsky（1965, 1981）提出的理想語法理論的標準。將漢語理想的詞類系統圖示於下（陳立元 2013: 6）：

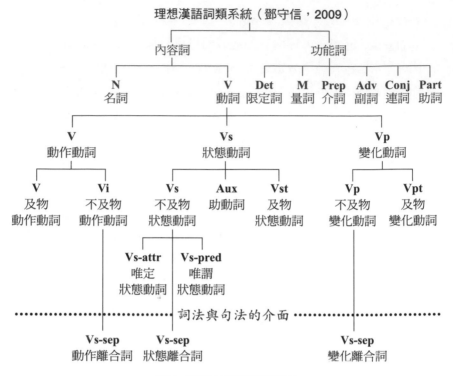

圖5　理想的漢語詞類系統

4. 漢語理想的詞庫、詞法、句法模式的實證

　　上述漢語理想的詞庫、詞法、句法模式已經實際應用於華語教材編寫、師資培訓。目前已經出版的教材，如：《當代中文課程》系列六冊[10]、《情境華語》系列[11]、《臺大華語》[12]，以及臺大國際

10　鄧守信教授主編，師大國語中心策劃，2015商務版由聯經出版社正式出版。

11　陳立元主編，臺大國際華語研習所策劃，2009與書林圖書公司合作出版。

12　臺大產學合作計畫「臺大華語」數位學習平台的課程，2008由臺大國際華語研習所陳立元、范美媛、柴菁菁三位老師主編。

華語研習所[13]各等級核心教材，如：《新編會話》、《中國文化叢談》、《思想與社會》、《台灣社會短文集》與《新聞與觀點》、《中國寓言》等數十本常用教材。學生在使用上述教材時，其效益是遣詞造句上的能力明顯提升，而偏誤率隨之而降低，主動表達的意願也隨之而提高。臺大國際華語研習所以理想詞類系統所進行教材生詞的詞類標記，光各等級核心教材的生詞就已有上萬個，顯見，此套詞類系統高據可操作性。

在師資培訓上，自2006起臺大國際華語研習所就引進漢語理想的詞庫、詞法、句法模式，進行全體在職教師的培訓，新進教師都必須跟進。教師有能力應用於課堂教學、教材更新與編寫，發表相關論文等。2016年起臺大國際華語研習所進而開設ICLP教學模式師訓班，專門培訓有意從事中文作為第二語言教育的各行各業人士。該師訓班課程中，漢語理想的詞庫、詞法、句法模式的課程佔相當的比重。經過60個學時的密集培訓，學員們對於漢語理想的詞庫、詞法、句法模式即能有所掌握。以第五期師訓班為例，在教材編寫實作的作業上，能進行正確斷詞與標記者高達94%，能分辨基式結構與信息結構者高達87%。這份作業距離本文（二）師資的問題該小節所提及斷詞標記的作業，僅有一週之隔。顯見，漢語理想的詞庫、詞法、句法模式的知識易懂且很容易轉換為操作能力。

---

13 國立臺灣大學國際華語研習所，英文為 International Chinese Language Program，簡稱為 ICLP 是由美國長春藤盟校在海外設置的第一所專門培訓漢學家與高階漢語的菁英，自1962年創所以來已經培養無數歐美菁英，校友75%服務於歐美學術界；25%的校友服務於政法商界。本所自創所以來不斷在教學與研究上鑽研，以短時有效，口說能力帶動聽、讀、寫、譯能力同時並進著稱。

　　上述的說明，足以顯示漢語理想的詞庫、詞法、句法模式，不僅高具簡約的系統性，而且易於理解與操作。

六、結　語

　　本文通過學生偏誤、教材、師資、學習詞典等的問題，揭示國人對於詞與非詞不分的嚴重性，而指出其癥結在於二，一是母語教育漢字導向的迷思，二是傳統理論的莫衷一是，進而提出理論取捨的依據，而至提出漢語理想詞庫、詞法、句法模式與理論來對症下藥，同時也提出其實務操作上的驗證效益。以期呼籲理論學界與中文作為第二語言教學界通力合作，積極應用漢語理想的詞庫、詞法、句法模式與理論，共同致力於如下幾項大業：

　　(1)中文作為第一語言與第二語言師資的培訓，使其掌握漢語理想漢語詞庫、詞法、句法模式，徹底擺脫詞與非詞不分的困境，進而成為理想的教師。(2)中文作為第一語言與第二語言各等級詞表的制定。(3)中文作為第一語言與第二語言各等級教材的編寫。(4)中文作為第一語言與第二語言學習詞典的編撰。(5)中文作為第一語言與第二語言數位學習平台的設置。

徵引文獻

司富珍（2008）。《語言論題》（北京：中國社會科學出版社）。

朴庸鎮（1999）。《現代漢語之詞法與句法的界面》。博士論文，國立師範大學國文研究所。

邵敬敏（編）（2007）。《現代漢語通論》（第二版）（上海：上海教育出版社，2007）。

馬建忠（1898）。《馬氏文通》（北京：商務印書館）。

陳立元（2013）。《面向教學語法的理想漢語詞類系統》。博士論文，北京語言大學語言學暨應用語言學研究所。

陳立元（2015）。〈漢語的理想詞類系統及其預測句法效益的能力〉。朴庸鎮等（編）：《鄧守教授75華誕賀壽論文集》（北京：北京語言大學出版社），頁187-224。

陳立元（2017）。〈動態語法觀的偏誤分析與圍堵〉。《第十六屆臺灣華語文教學學會學術年會論文集》（臺北：臺灣華語文教學學會），613-622。

陳保亞（1999/2008）。《二十世紀中國語言學方法論》（山東：山東教育出版社）。

陸儉明（2003）。《現代漢語語法研究教程》（北京：北京大學出版社）。

董秀芳（2004）。《漢語的詞庫與詞法》（北京：北京大學出版社）。

鄧守信（1985）。〈功能語法與漢語信息結構〉。《第一屆世界華語文教學研討會論文集》（臺北：世界華語文教育學會），163-171。

鄧守信（2005）。《漢語語法論文集》（臺北：文鶴出版社）。

鄧守信（2009）。《對外漢語教學語法》（臺北：文鶴出版社）。

鄧守信（2011a）。〈漢語基式與非基式〉。NTU-ICLP教師在職培訓講座演講。7/27/2011。

鄧守信（2011b）。〈漢語信息結構與教學〉。北京語言大學–臺大海外師訓班講座。8/23/2011。

鄭定歐（編）（2013）。《國際華語學習詞典》（臺北：五南書局）。

鄭定歐（編）（2014）。《小學生詞性造句詞典》（臺北：五南書局）。

Bloomfield, L. (1926). "A set of postulates for the science of language." *Language* 2.3: 153-164.

Boas, F. (1911). *Handbook of American Indian Languages* (Washington, D. C.: US Government Printing Office).

Chomsky, N. (1965). *Aspects of the Theory of Syntax* (Cambridge: MIT Press).

Chomsky, N. (1981). *Lectures on Government and Binding* (Dordrecht, Netherlands: Foris).

Chomsky, N. (1995). *The Minimalist Program* (Cambridge, MA: MIT Press).

Comrie, B. [柯姆里] (2010)。《語言共性和語言類型》（*Language Universals and Linguistic Typology. Second Edition.*）[1987]. 沈家煊等（譯）（北京：北京大學出版社）。

Harris, Z. S. (1946). "From morpheme to utterance." *Language* 22.3: 161-183.

Harris, Z. S. (1951). *Methods in Structural Linguistics* (Chicago: University of Chicago Press).

Miller, G. [米勒] (2002)。《詞的學問》（*The Science of Words.*）[1991] 洪蘭（譯）（台北：遠流出版社）。

Packard, J. L. [帕卡德]（2001）。《漢語形態學：語言認知研究法》（*The Morphology of Chinese: A Linguistic and Cognitive Approach.*）（北京：外語教學與研究出版社）。

Paribakht, T. S. (2004). "The role of grammar in second language lexical processing." *RELC* 35.2: 149-160.

Robins, R. H. (1990). *A Short History of Linguistics* (3rd ed.) (London: Longman).

Teng, S.-H. [鄧守信] (1974). "Verb classification and its pedagogical extensions." *Journal of Chinese Language Teachers Association* 9.2: 84-92.

Teng, S.-H. [鄧守信] (1975). *A Semantic Study of Transitivity Relations in Chinese* (Berkeley: University of California Press).

Fromkin, V., & Rodman, R. (2002)。《語言學新引》,第六版(*An Introduction to Language.*, Sixth Edition)[1998]。黃宣範(譯),(臺北:文鶴出版社)。

Wolfgang, B. S. [沃爾夫岡] (2010).《喬姆斯基》(*Noam Chomsky*)[2006] 何宏華(譯)(北京:北京語言大學出版社)。

從類型學的比較看對韓華語教學需要考慮的問題[*]

嚴翼相

Ik-Sang EOM

（首爾漢陽大學中文系）

* This work was supported by the Ministry of Education of the Republic of Korea and the National Research Foundation of Korea (NRF-2017S1A5A2A01027702). 中文部分由中國社會科學院語言研究所錢有用博士修改。

摘　要

　　學習者的母語和目的語之間共有的類型學特點幫助學習者的外語學習。共有特點越多越容易發生正面遷移現象。各種比較韓語和華語類型特徵的研究指出此兩種語言含有大約29-33%左右的類似度。根據Dryer（2009）提出的十五個核心詞和附加詞之間語序參項也可以得出相似結果。除了兩個韓、華語缺少的參項以外，韓語和華語之間四個參項是完全相同，六個參項是部分相同，而三個參項是完全不同。不過考慮出現頻率，韓語和華語之間相同語序參項就增加到八個。因此韓語核心詞和附加詞的搭配語序與華語的搭配語序相似度高達約62%（8/13）。本文的結果提示學習華語的韓語話者在搭配語序方面相當有優勢，同時對韓華語教師若懂韓語會更有效地教華語。

關鍵詞：韓語、華語、類型學、正面遷移、語序

一、序言

根據美國國防省所屬的國防語學院（The Defense Language Institute）和國務省所屬的外務學院（The Foreign Service Institute）的分類，對於以英語為母語的學習者而言，韓語、華語（官話和粵語）、日語、阿拉伯語是最難學習的語種。這種分類當然是基於他們長期教學的經驗，同時應該也考慮到了英語和目的語之間類型學上的差異。要達到第三級，即一般專業水平（General Professional Proficiency），與法語、義大利語、西班牙語和葡萄牙語相比，學習這些語言需要幾乎兩倍以上的時間。下表是國防語學院規定的基礎課程教學時間（DLI Foreign Language Center General Catalogue）：

（1）美國國防語言學院對重要語言的教學時間表[1]

難易程度	教學期間	語言
I	26 週	French, Italian, Portuguese, Spanish
II	35-36 週	German, Indonesian
III	48 週	Dari/Persian Farsi, Hebrew, Hindi, Russian, Serbian/Croatian, Tagalog, Thai, Turkish, Uzbek, Urdu
IV	64 週	Arabic（Levantine, Iraqi）, Chinese, Japanese, Korean, Pashto

雖然韓語、華語和日語屬於東亞語言，但從類型學的角度看，以英語為母語者學習華語可能更容易習得，因為華語和英語的基本語序都屬於SVO，而韓、日語的語序則是SOV。與韓語最

---

[1] 德語屬於第一類語種，但需要與第二類語種同樣的學習時間。

接近的語言是日語，因此以韓語為母語的人一般都認為學日語最簡單，學華語和英語比較難。他們認為華語的聲調、捲舌音難學，寫漢字也很麻煩。因此掌握韓、華語之間的差異，應有助於提升對韓國人的華語教學效果。

　　華語教師不懂學習者語言的話，無法用語言對比的方法來解釋語法點。他們就沒有辦法理解學習者母語的正面和負面遷移（positive transfer and negative transfer）現象。假如教師懂一點學生母語，他們就能理解為什麼學生很容易學會有些語法點，而對於有些語法點學生持續犯同樣錯誤。解釋並比較韓語與華語的語法差異，能幫助學習者快速理解。同時教師不必花太多時間解釋韓華語之間完全一樣或類似的一些語法點。本文擬指出韓、華語之間類型學上的區別，之後從類型學的角度探討對韓華語教學需要考慮的語序問題，旨在向教韓國學生華語的教師提供對教學助益的信息。

二、韓、華語類型學綜合比較

　　類型學的研究按照比較基準可以有不同結果。譬如，羅傑瑞（Norman 1988:11）提出如下亞洲語言的類型比較表。本文的表中，加號"＋"表示符合條件，減號"－"表示相反：

（2）亞洲語言的類型特點

	單音節	有聲調	輔音	分析型	量詞多	形名序	主動賓
現代華語	＋	＋	＋	＋	＋	＋	＋
古代華語	＋	？	－	＋	－	＋	＋
泰語	＋	＋	－	＋	＋	－	＋
黎語	＋	＋	－	＋	＋	－	＋
越南語	＋	＋	＋	＋	＋	－	＋
高棉語	－	－	－	＋	＋	－	＋
苗語	＋	＋	－	＋	＋	－	＋
瑤語	＋	＋	－	＋	＋	－	＋
書面藏語	＋	－	－	－	－	－	－
彝語（邏羅）	＋	＋	＋	＋	＋	－	－
景頗語	－	＋	－	＋	－	－	－
馬來語	－	－	＋	－	－	－	＋
魯凱語（臺灣）	－	－	＋	－	－	＋	－
蒙古語	－	－	＋	－	－	＋	－
滿州語	－	－	＋	－	－	＋	－
維吾爾語	－	－	＋	－	－	＋	－
韓語	－	－	＋	－	－	＋	－
日語	－	－	＋	－	－	＋	－

　　羅傑瑞的七個比較基準當中，韓語和華語只有兩個基準一致，即28.6%相似。韓、華兩語共同的兩點是均缺少復輔音頭音（聲母）和定語在被修飾詞之前。其他五個基準都不同。

（3）韓語與華語類型比較（一）

共同點	不同點	
	華語	韓語
無復輔音頭音	單音節詞	多音節詞
定語在被修飾詞前	聲調語言	無聲調語言
	分析型	黏著型
	量詞多	量詞少
	主動賓語序	主賓動語序

　　嚴翼相（2011）以華語教學為目的，用下列12個條件對比了韓語和華語的類型特點：

（4）韓、華語類型比較（二）

比較條件		華語	韓語
語音	輔音韻尾多	－	＋
	有聲調	＋	－
	復輔音頭音	－	－
詞彙	單音節詞多	＋	－
	詞彙	＋	－
	孤立語	＋	－
	性數敏感	－	－
語法	主動賓語序	＋	－
	語法	＋	－
	修飾詞在被修飾詞前	＋	＋
	話題顯著	＋	＋
修辭	敬語發達	－	＋

　　以上十二個條件當中韓語和華語共有四條相同的特徵，顯出33.3%相似度。根據上表嚴翼相（2011）主張，面對韓國人的華

語教學，教師不必提及復輔音和名詞的性數等兩個語言都缺少的現象，而應簡要教授修辭詞語的位置和話題的功能等韓語與華語共有的特點。他還強調華語老師應注意教聲調、量詞、基本語序等韓、華語不同的特點。

　　最近Ansaldo and Matthews（Ansaldo & Matthews 2017）通過比較全面的研究總結了華系語言（Sinitic languages）的十個類型特點：

（5）韓、華語類型比較（三）

比較參項		華語	韓語
孤立語	Isolating language	＋	－
聲調語	Tonal	＋	－
單音節詞	Monosyllabic	＋	－
詞綴有限	Limited affixation	＋	＋
同詞反復	Productive reduplication	＋	－
混合語序	Mixed word order	＋	－
話題顯著	Prominent topic	＋	＋
句尾助詞	Utterance final particle	＋	＋
必要量詞	Mandatory classifier	＋	－
南北連續體	South-north continuum	＋	－

　　華語是通過長期的歷史演變變成南北語言的一個連續體，這一事實也許與教學沒有緊密關係。不過其他參項多少都與華語教學有關。上表韓語部分是筆者補充的。韓、華語在Ansaldo and Matthews的十個比較參項當中有（a）詞綴有限、（b）話題顯著、（c）有句尾助詞等三項相同，只佔30%。此比率與羅傑瑞的和嚴翼相的差不多一樣。

　　以上資料顯示，從類型學上看，韓語和華語類似程度只佔29-33%左右。華語教師教韓國學生時要多加關注的語音、詞彙、語法要點可總結如下：

（6）對韓華語教學要點

語音	詞彙	語法/修辭
聲調	單音節詞	孤立語的語序功能
輔音韻尾較少	量詞種類和用法	動賓/賓動語序
	同詞反覆詞型	敬語不發達

　　類型學的比較參項隨意型較強，但是不管用哪一家的基準基本會得出如（6）的結果。類型學的比較還可以幫助教師找出教學要點。因此我們從類型學的比較還是可以得到值得參考的信息。類型學上大約30%的類似度看來不是很高，但考察下面要探討的動詞類和賓語類的語序，韓語和華語之間的相似度就會提高。

三、韓、華語語序類型比較

　　語序類型學的研究可以為華語教學提供更有用的資料。Dryer（2009）提出十五個參項符合SVO和SOV語言共有的附加詞和核心詞之間句法配置傾向。嚴翼相（Eom 2018）參考金立鑫（2016）和Dryer and Haspelmath（2018）的研究，得出下列與SVO語言語序比較的結果。具體內容與他們的研究結果稍微不同。譬如金立鑫（2016: 4）認為華語有冠詞但沒有系動詞和時體助動詞。Dryer and Haspelmath（2018）認定華語系動詞和時體詞的存在。表裡的句法用語多參考金立鑫（2016），但下表修訂自

嚴翼相（Eom 2017: 381）的初步比較表。嚴翼相的初步研究包含如下錯誤：否定華語關聯副詞的存在以及認定華語標句詞跟韓語冠詞的存在。一個表格裡加號和減號一起出現時，前面寫的是頻率上多次出現的。

（7）韓、華語語序比較

動詞類型	賓語類型	英文例子	華語	韓語
附置詞	名詞短語	＋	＋／－	－
名詞	關係小句	＋	－	－
冠詞	名詞	＋	／	／
系動詞	述謂句	＋	＋	＋
Want	動詞短語	＋	＋	－
時、體助動詞	動詞短語	＋	－／＋	－
否定助動詞	動詞短語	＋	＋	－
標句詞	句子	＋	／	－
疑問詞	句子	＋	－	－
關聯副詞	句子	＋	＋	－
複數詞	名詞		－	－
名詞	領屬成分	＋	－	－
形容詞	比較基準	＋	－／＋	－
動詞	複置詞短語	＋	－／＋	－
動詞	方式副詞	＋	－／＋	－

　　韓語和華語都缺少冠詞。韓語的「그」和華語的「那」都是指示詞（demonstrative），與英語定冠詞 "the" 不同。華語當然可以出現像「今天星期六」等沒有系動詞的句子，可是像「他是我爸爸」等句子一定需要有系動詞。金立鑫認為華語的時體詞不是助動詞。本文認為在類型學的語序比較上更關鍵的並不是語法

範疇的問題而是作為這些詞功能的詞彙與搭配成分的語序。因此可以認為說華語有系動詞和時體詞。華語的否定詞可以出現在動詞的前或後，例如「張三不打開門」和「張三打不開門」。華語缺少標句詞（complementizer），而韓語有對應的表達。上表表明華語與VO語言有四項參項相符，同時與OV語言也有四項參項相符。華語在五個參項帶有VO和OV語言語序特徵。金立鑫（金立鑫 2016: 7-10）指出了華語混合語序語言內部和外部的原因。內部原因是約三分之一的現代漢語動詞可以將賓語置於動詞之前。例如，「北京隊打敗了上海隊，上海隊打敗了」和「父親死了，死了父親」。外部原因是華語與中國北方OV語言接觸。但他的語言內部原因也與語言接觸有關。華語裡OV語序的出現如羅傑瑞（Norman 1988:11, 20）的推論一樣，一定與漢族遷移和語言接觸有關。華語的相關例子如下：

（8）華語語序例子

	VO	華語例子	OV	華語例子
1	附置詞-名詞短語	到學校	名詞短語-附置詞	學校裡
2	名詞-關係小句	？OSU是學校我教的。	關係小句-名詞	OSU是我教的學校。
3	冠詞-名詞	n/a	名詞-冠詞	n/a
4	系動詞-述謂詞	我是學生	述謂詞-系動詞	*我學生是
5	want-動詞短語	想去學校	動詞短語-want	*去想學校
6	時體助動詞-動詞短語	我在吃飯	動詞短語-時體助動詞	我吃過學校飯
7	否定助動詞-動詞短語	不去學校；沒去學校	動詞短語-否定助動詞	去不了學校；*去沒了學校
8	標句詞-句子	n/a	句子-標句詞	n/a

	VO	華語例子	OV	華語例子
9	疑問功能詞-句子	*嗎去學校？	句子-疑問功能詞	去學校嗎？
10	關聯副詞-句子	因為你去學校，我不去。	句子-關聯副詞	*你去學校因為，我不去。
11	複數詞-名詞	*們我	名詞-複數詞	我們
12	名詞-領屬成分	*學校我的	領屬成分-名詞	我的學校
13	形容詞-比較基準	我高過你。你快於我。	比較基准-形容詞	我比你高。你比我快。
14	動詞-附置詞短語	跳在桌子上	附置詞短語-動詞	在桌子上跳
15	動詞-方式副詞	走慢點兒	方式副詞-動詞	慢點兒走

除了韓語沒有的冠詞以外，韓語十四個參項全部明顯表顯出OV語言的語序特徵。韓語還擁有非常典型的OV語言的語序特點。韓語的相關例子如下：

（9）韓語語序例子

	VO	韓語例子	OV	韓語例子
1	附置詞-名詞	*에서 學校	名詞-附置詞	學校에서
2	名詞-關係小句	*OSU는 學校이다 내가 가르친.	關係小句-名詞	OSU는 내가 가르친 學校이다.
3	冠詞-名詞	n/a	名詞-冠詞	n/a
4	系動詞-述謂詞	*나는 이다 學生	述謂詞-系動詞	나는 學生이다.
5	want-動詞短語	*學校에 싶다 가고	動詞-want	學校에 가고 싶다.
6	時體助動詞-動詞短語	*學校에 않갔다.	動詞-時體助動詞	學校에 갔었다.
7	否定助動詞-動詞短語	*學校에 않갔다. （안 갔다=副词）	動詞-否定助動詞	學校에 가지 않았다.

	VO	韓語例子	OV	韓語例子
8	標句詞-句子	*것을 학교에 간 알고 있다.	句子-標句	學校에 간 것을 알고 있다.
9	疑問詞-句子	*니 學校 가?	句子-疑問詞	學校에 가니?
10	關聯副詞-句子	*니까 네가 學校 가, 나는 안 갈래.	句子-關聯副詞	네가 學校 가니까, 나는 안 갈래.
11	複數詞-名詞	*들 學生	名詞-複數詞	學生들
12	名詞-領屬成分	*學校 우리	領屬成分-名詞	우리 學校
13	形容詞-比較基準	*커 보다 나	比較基準-形容詞	너보다 커.
14	動詞-附置詞	*뛰다 卓子 위로	附置詞-動詞	卓子 위에서 뛰다.
15	動詞-方式副詞	*가다 천천히	方式副詞-動詞	천천히 가다.

　　總之，韓、華語之間四項完全一致，六項部分一致，另外三項完全相反。因此韓語和華語的關係可以說比較密切。以上研究結果提醒我們，韓、華語完全相同的四項語序不需要仔細介紹，但六項部分相同的語序需要重點介紹。部分相同的意思是華語有兩種語序：一種與VO語序相符，另一種與OV語序相符。教韓國學生的教師應該多解釋那些與VO語言相符的例子。另外三項韓語和華語完全不同的語序，必須仔細地說明。這三類的具體參項和例子如下所示：

（10）完全相同

	華語	韓語
關係小句+名詞	我讀的學校	내가 다니는 학교
句子+疑問詞	去學校嗎？	학교 가니？
名詞+複數詞	同學們	학생들
名詞+領屬成分	老師的	고사의

（11）部分相同

	華語	韓語
附置詞＋名詞	在學校/學校裡	학교에서
時體助動詞＋動詞	在去學校/去過學校	학교 간 적이 있다
否定助動詞＋動詞	不去學校/去不了學校	가지 않는다/ 갈 수 없다
形容詞＋比較基準	我高過你/我比你高	너보다 크다
動詞＋附置詞	跳在桌子/在桌子跳	탁자에서 뛰다
動詞＋方式副詞	走慢點兒/慢點兒	천천히 가다

（12）完全不同

	華語	韓語
系動詞＋陳述句	我是學生	나는 학생이다
Want＋動詞	想去學校	학교에 가고 싶다
關聯副詞＋句子	因為你去學校，我不去	네가 가기 때문에

四、結語

　　本文從類型學的角度探討需要多加關注的對韓華語教學重點。類型比較的基準有兩個：綜合性條件和Dryer（2009）提出的語序條件。兩種比較的結果可總結如下：

（13）韓、華語綜合性類型比較

語音	詞彙	語法/修辭
聲調	單音節詞	孤立語的語序功能
輔音韻尾較少	量詞種類和用法	動賓/賓動語序
	同詞反覆詞型	敬語不發達

（14）韓、華語語序性類型比較

a. 完全相同	b. 部分相同	c. 完全不同
關係小句＋名詞	附置詞＋名詞	系動詞＋陳述句
句子＋疑問詞	時體助動詞＋動詞	Want＋動詞
名詞＋複數詞	否定助動詞＋動詞	關聯副詞＋句子
名詞＋領屬成分	形容詞＋比較基準	
	動詞＋附置詞	
	動詞＋方式副詞	

　　根據本文的研究結果，對韓、華語教師應多關注(13)裡所提到的語音、詞彙、語法、修辭方面的類型特點。對韓、華語教師可以簡單介紹韓語和華語完全相同的（14a）關係小句在名詞前、疑問詞在句子後、複數詞在名詞後、領屬成分在名詞後等語序。但他們需要重視教（14c）裡所提到的系動詞、"要"類動詞、關聯副詞（副詞性從屬連詞）等與韓語語序完全不同的結構。（14b）裡韓、華語部分相同的語序中與韓語不同的例子也需要仔細教學。比如，附置詞在名詞前、時體助動詞在動詞前、否定助動詞在動詞前、形容詞在比較基準前、動詞在附置詞前、動詞在方式副詞前等語序與韓語完全相反。因此這些與VO語言相符的語序比相反語序難度高。對於韓國學生而言，（15a）的語序比（15b）難。

（15）韓、華語部分相同語序的例子

a. VO語序	b. OV語序
在學校看書	學校裡有很多人
在穿白鞋	穿著白鞋
不吃飯	吃不下飯

a. VO 語序	b. OV語序
他大過我	他比我大
跳在馬背上	馬背上跳
吃快點兒	快點兒吃

　　本文的大前提是教學目的語和學習者母語的類型越相似，正面遷移越多發生，越有助於學習。反之，負面遷移容易發生，學習就困難。Dryer的十五個參項中，一個參項韓、華語皆缺。另一個華語缺。除了這兩個，只剩下十三個參項。韓語和華語之間的十五個語序參項中四個完全相同、三個完全不同、六個部分相同。因為完全相同和完全不相同的次數差異並不很大，韓語和華語可以說比較接近，也可以說不太接近。假如積極解釋，將（14a）和（14b）的例子合併，韓、華語在十三個參項中總共十個語序相同。這肯定對學習者有幫助。假如消極解釋，將（14b）和（14c）的例子合併，也可以說韓、華語在十三個參項中九個語序不同。但是多次出現的語序比少次出現的應該要受到更重視。譬如「在+V」的出現頻率比「V+了、過、著」低。六個部分相同參項中除了附置詞和否定助動詞的語序以外，其他四項的華語語序與韓語互相符合。（14a）加（14b）是8，而（14c）加（14b）是5。考慮出現頻率，韓語和華語語序相同的參項以8:5的比率 是占多數。這意味著韓語和華語在動詞類和賓語類搭配語序方面相當類似。因此本文在第三節的總結還有效。對韓華語教師還要關注韓華語不同語序的語法點。

　　最後，本文的結論與國際華語教學界一直存在爭論的華語教學共性和個性問題有關。不管教哪國人，華語教學一定有必備的知識和基本教學法。因此國際華語教師先要具備共性部分。但只

具備共性部分而缺乏個性部分的教師仍有不足。國際華語教師還要具備關於學習者語言與文化的基本知識。理想的華語教學應兼備共性和個性的要求。[2]追求全球化容易重視世界共同的標準和工作效率，而容易忽略世界各地學習者個別本土化的要求。總之，本文希望對外華語教師為提高個性和本土化指標，應多研究學習者的母語和文化。

2　請參看嚴翼相（2017）。

徵引文獻

金立鑫（2016）。〈普通話混合語序的類型學證據及其動因〉。《漢語學習》3:3-11。

嚴翼相（2017）。〈對韓華語教學的共性和個性問題〉。「臺灣華語文教學學會國際研討會」，2月18-19日，國立清華大學，新竹。

嚴翼相、朴庸鎮、李玉珠（2011）。《中國語教育編》（韓文）（首爾：韓國文化社）。

Ansaldo, U., & Matthews, S. (2017). "Typology of Sinitic languages" R. Sybesma (ed.): *Encyclopedia of Chinese Language and Linguistics*, vol. 4 (Leiden: Brill), 463-466.

Defense Language Institute Foreign Language Center (2018). *General Catalogue 2019-2020* at https://www.dliflc.edu/dli-catalog, 26, 34-36.

Dryer, M. S. (2009). "The branching direction theory of word order correlations revisited." S. Scalise, E. Magni, & A. Bisetto (eds.) *Universals of Language Today* (Dordrecht, Netherlands: Springer), 185-207.

Dryer, M., & Haspelmath, M. (2018). *The World Atlas of Language Structures Online* at http://wals.info.

Eom, I.-S. (2017). "Chinese and Korean." R. Sybesma (ed.): *Encyclopedia of Chinese Language and Linguistics*, vol. 1 (Leiden: Brill), 376-385.

Eom, I.-S. (2018). "Chinese and Korean: Relationship through typological comparisons." The 30th North American Conference on Chinese Linguistics, 9-11 March, The Ohio State University, Ohio.

Norman, J. (1988). *Chinese* (Cambridge: Cambridge University Press)

華語賓語前置的結構位置[*]

邱力璟
Liching Livy CHIU
（國立臺灣大學華語教學碩士學位學程）

---

[*] 本文部分子議題分別曾於2018年5月23及24日於臺灣大學舉辦之「第一屆華語文理論與實務國際學術研討會」以及2018年4月27日國立中山大學外文系所舉辦的「第十二屆形式句法學與語意學研討會」口頭發表，感謝與會的先進同行的指正建議。另外，最終的稿子得以完成必須感謝的人很多包括：李隆獻主任、宋麗梅老師、謝舒凱老師、梅家玲主任、李子瑄老師、巫宜靜老師、蔡宜妮、劉德馨、張莉萍老師、竺靜華。

摘　要

　　華語為「話題」及「焦點（focus）」豐富的語言，其賓語前移的現象有三種類之多，因此特別適合討論前移名詞組成分在地貌上的定位。文獻對於命題詞組（CP）以及輕動詞詞組（vP）的左緣結構已有所記載，然而這些研究大多根基於左移行為豐富的西方語言，如義大利語。華語左緣結構的研究近期開展起來之後，以「賓語前置（object fronting）」來論證的語法研究目前仍付之闕如。本文的目的有二：目的之一乃藉由已知地貌圖（Cartography）的理解，定位出前置賓語的確切位置以及相對地貌，擴展當前對「前置賓語」的語法知識範圍。目的之二為定位「連…都」焦點現象為焦點移位的代表之一，與「賓語前置」應分屬兩個不同類型的移位。

關鍵詞：賓語前置、前置賓語、『連…都』焦點句、左緣、地貌、華語語法

一、簡介

華語有三種「賓語前置」的例子如（1），第一種是主題句（1）a，一般來說認定在時制詞組（TP）以上，另外兩例雖然在文獻中有一些爭論，不過討論集中在（1）b及（1）c兩者是否為相同的名詞組成分移位；其句法定位仍尚無定論，必須與內外狀語做結構位置的對比。本文將（1）b稱作「賓語前置」、而（1）c則以「『連…都』焦點句」來稱呼。另一方面，很多文獻均討論了關於命題詞組（CP）以及輕動詞詞組（vP）的左緣結構（Belletti 2001, 2004; Cinque1993; Rizzi 1997, 2004; Rizzi 1997, 2004; Saito 1989, 1992），這些研究大多根基於左移行為豐富的西方語言，如義大利語。華語左緣結構的研究則在近年大大地開展，到了Tsai（2015）集大成，可惜對於華語「輕動詞組」的左緣地貌尚無全面性的對比研究；且以「賓語前移」為經驗事實來辨明為左緣焦點位置的研究目前也有缺口。

(1)　a. 那本書 i，張三唸過 t_i

　　　b. 張三那本書 i 已經唸過 t_i 了 [1]

　　　c. 張三連那本書 i 都唸過 t_i

　　　d. 張三只有那本書 i 唸過 t_i

---

[1]　感謝一位匿名審稿者提出沒有焦點（本文（1b）和有對比焦點（下(i)）兩個句式應當所差異。筆者亦同意本研究應該釐清，因此本文集中討論不需要焦點對比的賓語前置句型。

　　(i) 張三那本書；唸過 t_i，這本；沒有唸過 t_i

　　華語為「話題」及「焦點」豐富的語言，特別適合討論前移的名詞組成分在高度上的定位。本文所針對的「賓語前置」文獻中已有一些討論（Ernst & Wang 1995; Paul 2002; Shyu 1995, 2001; Tsai 2001），其中以Shyu（2001, 2014）以及Paul（2002）的辯論最為精彩，這兩位前輩爭辯前置賓語究竟是焦點或是主題，且甚至有人（Shyu 2014）已經認為兩者兼具。本文的目的之一：藉由已知地貌圖的理解，定位出前置賓語的確切位置以及相對地貌，擴展當前對「前置賓語」的語法知識。本文目的之二：藉著與「『連…都』焦點句」的對比，定位賓語前置現象為焦點移位的代表之一。本文的結構如下：第二節簡介左緣地貌相關文獻；第三節進入到賓語前移的位置相關現象之觀察；第四節深入討論焦點移位與賓語前移的相似性及相異性，並提出證據說明兩者如何歸屬；最後第五小節則將全文總結。

二、文獻回顧：有關CP和vP左緣的理論

（一）命題詞組（CP）左緣

　　所謂的「左緣結構」是兩個語段（Phase）[2]最大投射邊緣的結構位置序列，換句話說句子邊緣A槓位置應有多個、且有固定的語序的結構位置，因此可依據不同成分的排列繪製出地貌圖。Rizzi（1997）指出補語代詞系統中，由左而右體現念力（Force）、主題1（Topic1）、疑問（Interogative）、焦點（Focus）、主題2（Topic2），以及限定性（Finiteness）等成分，

2　在Chomsky (1995)之後，命詞詞組以及輕動詞組所管轄的範域，即所謂phase，在本文中中文翻譯為「語段」。

只要將各個成分體現出來，便可以排序其先後次序。

(2) Force Top*³ Int Foc Top* Fin [IP

    Force > Top* > Foc > Top* > Fin

    └── illocutionary force or clause type of the sentence

        └── topicalized constituent

           └── focalized constituent

              └── finiteness of the selected IP

圖表一，擷取自 Rizzi（1997; 2004）

在此說明上述簡表 (2) 即圖表一，乃為了提供 Rizzi（1997）地貌圖的結論，省略左緣成分各自的語料。其中由最左側到最右側依序的「念力」表示說話者影射的的話語行為、「主題1」表示說話者要說明的話題成分、「焦點」表示受強調的成分、「主題2」同「主題1」為話題，「限定性」標示句子有定無定的屬性。

（二）輕動詞組（vP）左緣

同樣在日耳曼語系中的輕動詞邊緣也相當豐富，Belletti（2001, 2004）用共現語料的次序離析出各種邊緣成分的相對位置，描繪出與命題詞組相仿的左緣結構地貌圖，最後結果如下（3）。由左而右依序為主題1（Topic）、焦點（Focus）、主題2（Topic）、輕動詞組（vP），因為描繪的是 VO 語序語言的輕動詞組左緣，最右邊一個成份為 vP。

---

3 右上角標星號(*)表示該成分可以重複出現多個。

(3) … Top ... Foc ... Top … vP（Belletti 2001, 2004）

（三）內外層「自己（self）」以及疑問副詞

　　華語左緣結構的研究前些年大大地開展，於Tsai（2015）集大成，可惜對於華語「輕動詞組」的左緣地貌尚無全面性的對比研究。Tsai and Chang（2003）依照中文的語料提出的內外層狀語的理論，其中包括內外層疑問狀語（wh-adverbials）(4)a-b以及內外層反身狀語(4)c-d，均以模態助動詞作界標區分上下層成分(4)，並呈現不同語意：

(4)　a. 他們怎麼（*-樣）會/可以 處理這件事？
　　　　b. 他們會/可以怎麼（-樣）處理這件事？
　　　　c. 阿Q自己會辭職？
　　　　d. 阿Q會自己辭職

　　根據Rizzi's（1997, 2004）的命題詞組左緣地貌圖以及Belletti（2004）的輕動詞左緣地貌；我們將外疑問狀語與左緣結構連結，而將內疑問狀語與輕動詞組做相關連結。結果可以得到下面的圖示(5)；內外層「自己」的體現則如圖示(6)。外層反身狀語出現在兩個主題位置中間的焦點（Focus）位置；內層反身狀語則出現在典型狀語（副詞性成分）的位置。

(5)　**Force　Top*　Int　Focus　Mod*　　Fin　[IP Infl　Mod***

Force	Top*	Int	Focus	Mod*	Fin	[IP Infl	Mod*
怎麼	怎麼	為什麼	模態助動詞				怎麼（-樣）
	為什麼						為（-了）什麼

(6) **Top** **Focus** **Top** **Mod*** **[vP Adv*** **[VP**
　　自己　　　　　會　　　自己

三、現象討論

（一）賓語前置於狀語位置

如前述華語有三種「賓語前置」的例子重述如(7)，文獻中已有一些討論（Shyu 1995, 2001; Paul 2002; Tsai 2001）。第一種是主題句(7)a，它毫無疑問在時制詞組（TP）以上，另外兩例雖然在文獻中有一些爭論，不過討論集中在(7)b及(7)c兩者是否為相同的名詞組移位現象；筆者認為其句法定位仍尚無定論，本研究必須與內外狀語做結構位置的對比。

(7)　a. 那本書 i，張三唸過 ti
　　　b. 張三<u>那本書</u> i 已經唸過 ti 了
　　　c. 張三連<u>那本書</u> i 都唸過 ti
　　　d. 張三只有<u>那本書</u> i 唸過 ti

下列的(8)-(10)例子為疑問外狀語「怎麼」和賓語前置的相對位置關係，「這件事」為此三句賓語，本文認定(8)中賓語目標的位置為輕動詞左緣、而(9)(10)為命題詞組邊緣的位置，其中(9)前置的賓語一定要有對比焦點，且放在「怎麼」和模態助動詞[4]的

4　模態助動詞結構（modal construction）有諸多的分析，其中一說為提升動詞和控制動詞的區別；也有說法認為應該分析為包孕子句（bi-clausal）。換句話說，這裏的例子極有可能有兩層子句，自然提供更多空位。本文跟隨

中間。(10)則是出現在主題的右邊，不需要對比焦點的允可。

(8)　a. ＊他們怎麼會／能／肯［這件事］處理

　　　b. 他們怎麼會／能／肯［這件事］處理，［那件事］不處理？

　　　　　　　　　　　　　　　　　　　　　　　　　➡vP

(9)　a. ＊他們怎麼［這件事］會／能／肯處理？

　　　　　　　　　　　　　＊[Top + Int + Obj + Modal]

　　　b. 他們怎麼［這件事］會／能／肯處理，［那件事］不處理？

　　　　　　　　　　　　　　　　　　　　　　　　　➡CP

(10)　他們［這件事］怎麼會／能／肯處理？[5]

　　　　　　　　　　　　　　　[Top + Obj + Int + Modal]

　　下列的(11)例子顯示內層疑問狀語「怎麼（-樣）」和賓語前置「這件事」的相對位置關係；(12)則顯示內層疑問狀語「為（-了）什麼」和賓語前置「這件事」的相對位置關係。(11)和(12)均顯示，前置的賓語分別出現在主語的前、後，而其餘更低的位置則均不合法。這裡只能斷定該前置賓語的位置在IP左邊的地貌。

　　Tsai&Chang(2003)以及Tsai(2015)的做法，將表未來的「會」當作界標來定位。

5　感謝匿名審稿人建議，在此說明本文(10)中，「怎麼」處在Int位置會讓左邊的兩個成份「他們」和「這件事」落點相當左緣，筆者認為兩者都在主題(Top)位置，根據Rizzi(2004)的地貌圖，主題可以有多於一個。這也和華語常有多重主題(dangling topic)的經驗事實吻合。

(11) a. [這件事]他們會怎麼（-樣）處理？

b. 他們[這件事]會怎麼（-樣）處理？

c. *他們會[這件事]怎麼（-樣）處理？

d. *他們會怎麼（-樣）[這件事]處理？

(12) a. [這本書]阿Q會為（-了）甚麼讀？

b. 阿Q[這本書]會為（-了）甚麼讀？

c. *阿Q會[這本書]為（-了）甚麼讀？

d. *阿Q會為（-了）甚麼[這本書]讀？

　　總結以上，我們得到結論是(13)的地貌圖。在本圖當中，前置的賓語位置在命題層次左緣的焦點位置，其分佈既符合(8)～(10)與外狀語相對分佈語料的規範；也符合(11)(12)內狀語的相對位置分佈。

(13) Force　Top*　Int　Focus　　Mod　　*Fin　[IP Infl　Mod*

怎麼　　　　　怎麼　　　　會/能/肯

為什麼　　　　　　　　　　為（-了）什麼/

怎麼（-樣）

（二）賓語前置於輕動詞周邊

　　華語的輕動詞組分內外兩個句型，外層表示始動意義的句式如(14)(15)；下層輕動詞例子則如(16)(17)，表「工具」等附加語成分，這兩種句式各自均有兩種變體，彼此具衍生關係。第一個句式以(15)為例，「讓」位於表示「致使（CAUSE）」語意，位置在主語「我」以上賓語沒有出現；而當上輕動詞組以及致使詞組的中心語都空著時，就如(14)b，主要動詞「切」會往上提升到上層致使中心語位置，得到「那把刀切得我直冒汗」的表面結

構。第二個句式為下層的輕動詞如(16)(17)，表示工具的名詞組一般由介系詞「用」引介。同樣的，然而當下層輕動詞組以及介系詞組的中心語都空著時(16)，下方的主要動詞「切」會往上提升到輕動詞表「工具（USE）」中心語位置(16)b。

(14) a. 那把刀切得我直冒汗

　　　b. 那把刀 [切得]i + CAUSE 我 ti 直冒汗

(15) 那把刀讓我切得直冒汗

(16) a. 你切這把刀，我切那把刀

　　　b. 你切 +USE 這把刀，我切那把刀。

(17) 你用那把刀切，我用這把刀切

　　其次華語中有賓補爭動的現象[6]，賓語和補語都要出現時，必須用動詞拷貝句型。因此我們的前置賓語在輕動句型當中，若要體現賓語在原位，似乎本質上不可能，如(18)a。但有趣的是，賓語若提前在左緣的位置似乎可行(18)b，這顯示賓語似乎是基底生成不經過中心語移位變形，而且前置賓語所在的位置在下層輕動詞「切/用」的左邊。而介系詞「用」的相關句式則如(19)，同樣的介系詞和動詞各自引介（host）一個成分時，句子合法(19)a，

6　所謂的「賓補爭動」說的是補語和賓語不能同時出現。實際如下：(ii)為十分常見的及物動詞例子，賓語出現句子合法沒出現便不合法。(iii)為有名的「得字補語」，當它出現時賓語便不能出現，如例子第(iv)，若要合法，必須讓動詞拷貝成兩個語音形式，各自c-統治一成分，只要將句子改成(v)的表面形式變合法了。

(ii) 張三打*（李四）　　　　　(iv) *張三打李四（得）很累

(iii) 張三打得很累　　　　　　(v) 張三打李四打得很累

但若兩者均放在介系詞組(19)b或是賓語位置(19)c則不行。同樣的，賓語前置的句式卻令人意外的是很好的句子(19)d。

(18) a.*你切這把刀切肉

　　b.你肉切這把刀，菜切那把刀

(19) a. 你用這把刀切肉

　　b.*你用這把刀 [肉] 切

　　c.*你切這把刀肉

　　d. [你 [FOC 肉 [vP 用這把刀 [V 切]]]]，（菜用那把刀切）

　　經過本小節逐步分析，主要動詞源於它自己的投射中心語位置（即VP），可提升到下層輕動詞，即介系詞「用」所佔據的點；不過自此不可以再往上移位。移位到上層表致使的輕動詞中心語會造成不合語法，乃是因為始動詞組以上已經沒有A槓位置。總結來說，輕動詞領域的對比地貌圖可呈現如(20)，箭頭處為合法的落點。

(20)

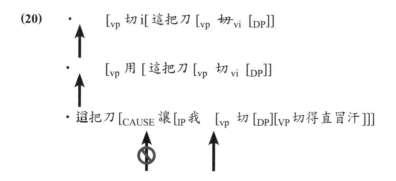

四、賓語前置與焦點移位的句法語意屬性

　　前人如Shyu（1995, 2001）研究曾指出，賓語前置和「『連…都』焦點句」都遵守論元移位（A移位）的一些原則；Paul（2002）則認為賓語前置的部分應當解釋為內主語，不應該與「『連…都』焦點句」相提並論；Hsu（2008）和Shyu（2014）注意到前置賓語可以有主題或是焦點功能。本文此節將針對此一爭論做進一步的探析，列舉以下八項內容逐一陳述：語意解讀、距離的限制、語意部門歸位效應、弱跨越效應、範域互動、照應語的約束理論、寄生缺口的允可、及差異對比。

（一）語意解讀

　　第一個屬性是語意詮釋。賓語前置一般在文獻中被認為與定指性相關（specificity），與原位賓語(21)a不同，前移的賓語傾向為定指的 [7]、預設的、量化強勢的、且為舊訊息（參考Diesing 1992, Svenonius 2000等人）。如下列例子，前移的賓語「藥」(21)b得到定指解讀，然而在原位的(21)a卻不容易得到定指的解讀。另一方面，筆者發現「『連...都』焦點移位」並不與定指性有關，它可以接無定名詞組。因為焦點移位本身就與焦點性相關、趨於尚未預設的，並且加入新資訊；由此可見，如(22)中所焦點

---

[7] 這裡牽涉到定指（definite）、不定指（indefinite）的概念（Tsai 2008）。一般來說，如果說話人認為聽話人知道名詞短語的具體所指，該詞語即為定指，反之則為不定指。例如：「這本書是我買的」中「這本書」就是定指，「你應該幫他請個家教」裡的「家教」就是不定指。另外，泛指（generic）指某一類別中的所有成員，比方說「貓喜歡吃魚」，「貓」和「魚」都是泛指。虛指例如「七零八落」，這裡是指多而雜亂，而非實指七、八的意思。

強調的賓語只能有非定指的解讀，與(21)b的賓語前置並不相同。

(21) a. 張三吃（了）藥了

　　　b. 張三<u>藥</u>吃了

(22) 張三連藥都吃了

　　同時，在致使結構當中賓語前置均需要被排除，(23)b(24)b均非法句，然而焦點移位句卻沒有問題，如(23)c(24)c。在這邊我們認為Diesing's（1992）的「映照理論（Mapping Hypothesis）」可以提供解釋，他的想法是：句法和語義之間是可以有很直接的對應，所謂「映照（mapping）」就是說明如何把句法結構投射到語意結構（邏輯式）。根據這個理論，可以把動詞組（VP）以下的結構映射到「核心範域（nuclear scope）」，所謂的動詞組是句法成分而核心範域是動詞組對應到語意部門的部分，在動詞組以外的部分則是映射到「量化語（quantifier）」或者加上「限定部分（restriction）」，而一個句子可能有也可能沒有所謂的限定部分。

(23) a. 這次地震摧毀了那個城市

　　　b. ＊這次地震那個城市摧毀了

　　　c. 這次地震連那個城市都摧毀了

(24) a. 那次水災拆散了許多家庭

　　　b. ＊那次水災許多家庭拆散了

　　　c. 那次水災連許多家庭都拆散了

「賓語前置」經歷了顯性的句法移位，由動詞組內部移出至動詞組外部，因此造成賓語的解讀也相應的改變了；然而「『連…都』焦點移位」並沒有改變移位賓語語意，賓語在原位或動詞之前，其定指性並沒有變更。同理可證下面的例子(25)顯示賓語前置包含了舊訊息（Soh 1999），而攜帶舊訊息的成分與需要新訊息的疑問詞成分（interrogative *wh*-word）並不相容(25)b；反之「『連…都』焦點移位」卻與疑問詞成分並行不悖(25)c。這或許可以證明「『連…都』焦點移位」的例子當中即使移出動詞組的範圍，疑問詞的解讀仍與沒有移位一樣。

(25) a.　張三吃了什麼？

　　　b. *張三什麼吃了？

　　　c.　張三連什麼都吃了？[8]

（二）距離限制

第二點與語言成分移位的距離相關。Shyu（1995, 2001）指出賓語前置以及「『連…都』焦點句」兩種類型的移位距離都是子句內為限，這是典型的論元移位現象，每一步移位終點必須在子句之內、不可以超出小句子界線的限制。Shyu（1995, 2001）所引用的實際例子如(26)(27)(28)。然筆者認為，賓語前置雖嚴格遵守距離限制，不過「連…都句」事實上可以通過距離制約的考

8　感謝匿名審稿者提出，本句式一旦改成前後兩小句且具有焦點對比的句式(vi)，句子便變合法了。據悉對比焦點一向有類似的修補效應，其理論層次的原因尚不明或與韻律規則有關，但並非本文的重點。本文主題相關的例句均無涉及對比焦點，因此在此不便多做評述，期待往後文獻討論。

(vi) *張三什麼吃了，什麼沒吃？

驗。下面的兩組例子(29)(30)的對比即可為證：賓語前置的語料
(29)b,c顯示前移的距離不可超過小句子；「『連…都』焦點句」
(30)a,b則可見到移位可移出小句子，進入到大句子的動詞前[9]。

(26) 張三認為[CP 李四很喜歡瑪莉]

(27) * 張三瑪莉認為[CP 李四很喜歡 t]

(28) * 張三連瑪莉都認為[CP 李四不喜歡 t][10]

(29) a. 張三認為 [李四讀完了那本書]

　　　b. 張三認為 [李四那本書讀完了 t]

　　　c. * 張三那本書認為 [李四讀完了 t]

(30) a. 張三認為 [李四連那本書都讀完了 t]

　　　b. 張三連那本書都認為 [李四讀完了 t]

　　其次句法孤島效應的面向[11]也與距離十分相關。「賓語前置」
與「『連…都』焦點移位」兩者都可觀察到孤島效應；不過華語
的焦點移位現象無法越過句法孤島可能有獨立的其他因素。(31)
(32)(33)這些句子的 b 例均為賓語前置，其不合語法的原因在於賓
語前置的移位距離規範要嚴格，在句子界線都不能跨越的情況

9　對於相關前人討論，另可參閱Fu (1994), Paul (2002; 2004),和Shyu (1995)的相
　　關討論。

10 (28)微幅修Shyu (1995)的句子，因為筆者認為要檢驗「連...都」結構時，不
　　應將「連」與「都」分開，「連….都」身為一構式引介一個名詞組在其中，
　　若測試時分開來，這樣語句不合法也無法分辨是因為「連…都」的問題，或
　　是焦點名詞組本身的問題。

　　徐的原句應為「張三連馬莉認為 [李四都不喜歡]」

11 即移位不可以越過某些句法結構孤島。

下，更不用說跨越孤島了。而(31)(32)(33)的c句乃有趣的例子，因為即使是焦點移位較為自由，如(30)，這邊例子也必須遵守孤島效應，這似乎說明「連…都」句式的A移位必須遵守孤島效應。

附加語孤島

(31) a. 老師 [在李四交出<u>考卷</u>以後] 才離開

　　　b. *老師<u>考卷</u> [在李四交出 t 以後] 才離開　　　（賓語前置）

　　　c. *老師連<u>考卷</u>都 [在李四交出 t 以後] 才離開　　（焦點移位）

同位子句孤島

(32) a.　張三知道 [李四賣掉<u>那幅畫</u>的消息]

　　　b. *張三<u>那幅畫</u>知道 [李四賣掉 t 的消息]　　　（賓語前置）

　　　c. *張三連<u>那幅畫</u>都知道 [李四賣掉 t 的消息]　　（焦點移位）

複雜名詞組孤島

(33) a.　張三認識 [賣掉<u>那幅畫</u>的人]

　　　b. *張三<u>那幅畫</u>認識 [賣掉 t 的人]　　　（賓語前置）

　　　c. *張三連<u>那幅畫</u>都認識 [賣掉 t 的人]　　（焦點移位）

　　Paul（2002）將賓語前置分析為焦點移位，名詞組的移動終點是焦點投射（FocusP）的指示語位置，其位置高於「連…都」焦點移位的位置。這裡可以用副詞「又」當作界標來研究及說明。前置賓語的名詞組出現在「又」的左邊(34)句子才可成立；而「連…都」焦點句的名詞組前移終點則必須在「又」的右邊(35)。根據遞移律，這表示這三者的相對順序應為：前置賓語高

於「又」高於「連…都」名詞組。

(34) 他（＊又）那本書<u>又</u>看了一遍

(35) 我<u>又</u>連一分錢（＊又）也沒有了

　　另一個與賓語前移距離相關的限制，乃與小句子的限定性（finiteness）有關。非限定子句因為沒有曲折詞組（IP）層級的內涵，或為不完整的命題詞組（CP）投射，因此無法成為賓語前置的阻礙。換句話說，前移的賓語名詞組並不能停留在下層非限定子句的範域之內。華語的控制句式就是一種非限定句式，動詞的實例如「逼」。因此以例子(36)(37)來說，(36)a 句為原句賓語「那本書」在原位，（b）句前置賓語到大句子的動詞前句子合法，然而（c）句賓語前置在非限定子句動詞前，句子則不好。另一方面「『連...都』焦點句」來說(37)，（b）句賓語停留在小句子而（a）句移到大句子動詞前，兩個句子都等同合法，顯示出賓語前置句及「『連...都』焦點句」的對比。

(36) a. 張三逼李四 [PRO唸完了<u>那本書</u>]

　　　b. 張三<u>那本書</u>逼李四 [PRO唸完了 t]

　　　c. ＊張三逼李四 [PRO<u>那本書</u>唸完了 t]

(37) a. 張三<u>連那本書都</u>逼李四 [PRO唸完了 t]

　　　b. 張三逼李四 [PRO<u>連那本書都</u>唸完了]

　　上述「賓語前置」以及「『連…都』焦點移位」呈現了對比，顯示兩者為不同屬性的移位現象。目前我們對於距離限制的解釋為，某些無法詮釋的徵性（uninterpretable features），如同

Holmberg（1999）提出的[-焦點]（[-Foc]）或因Chomsky（1999）所說到賓語的限定性徵性（interpretation INT）的緣故，必須在某些限定子句功能性詞組的投射當中有一種探測（Probe）的吸引力，可以使得移位發生。

（三）約束原則A＆語意部門歸位效應（LF reconstruction effects）」

本文要討論的第三個屬性乃兩種結構都缺乏的，所謂約束原則A（Binding Principle A）的語意部門歸位效應（LF reconstruction effects）。此處「歸位效應」指的是應該遵守約束原則的照應語[12]出現在前行語的左側，理應無法形成約束關係，但實際上卻仍然可以得到受約束（bound）的語意詮釋。這顯示此照應語應該是從受到C-統治的位置移位上來的，其深層結構中位置極有可能為賓語。Shyu（2001）認為「『連…都』焦點句」式並無發生語意部門歸位的效應，賓語前置及「『連…都』焦點句」若包含反身代詞均無法正常指涉；這點顯示它並非A槓（A-bar）移位成分，應是論元A成分移位。然筆者重新檢視見例子如(38)至(41)，發現A槓非論元移位(39)其實並不合語法，反而Shyu（2001）所稱語意不合的例子(40)(41)，事實上為母語者所接受。

(38) 我被張三i搶走了[那本關於他自己i的書]。

(39) *[那本關於他自己i的書]，我被張三i搶走了。

---

12 照應語（anaphor）包括：反身代詞和代名詞及專有名詞等名詞組；其中約束原則A限定的對象為反身代詞（reflexives）以及相互詞（reciprocals）、約束原則B所限定的對象為普通代名詞（pronouns），約束原則C所限定的則是專有名詞。

(40) 我[那本關於他自己i的書]被張三i搶走了。

(41) 我連[那本關於他自己i的書]都被張三i搶走了。[13]

　　在這一點上總的來說，雖然筆者的語意解讀與Shyu（2001）不盡相同，不過相同的是，我們均認為賓語前置的移位與主題句不同。Shyu（2001）認為賓語前置和「『連…都』焦點句」這兩種移位同為論元移位；而本文筆者認為它的位置應該在左緣的焦點（Foc）位置，屬於焦點成分移位，並且在此兩種現象應各自獨立。再說，上面討論的這些賓語都是高度指涉性，即使是非定指的量化詞「一」，也都極度的量化（Tsai 2001）。因此它們取得最寬的範圍，超越「張三」的約束範圍（binding domain）使得語句顯得比較怪。更好的一個測試是訴諸更加非定指性的「弱範域量化詞」或是「非定指」的量化語，修飾過的數量詞如「八到十個」、「十來個」，抑或是「不到一半」等等便是此一類別。(42)(43)便為弱量化、非定指的名詞組，而這兩例明顯顯示賓語前置的例子仍然不可能合法而被排除，焦點移位的例子卻大大的改善了。

(42) ??我[兩三本/十來本他自己i的書]已經被張三i搶走了

（賓語前置）

(44) 我連[二三本/十來本關於他自己i的書]都被張三i搶走了

（焦點移位）

13（例子取自Shyu 2001:96）

(i)　??我[那些他自己i的書]已經被張三i搶走了　　　（賓語前置）

(ii)　??我連[一本關於他自己i的書]都被張三i搶走了　　（焦點移位）

也表示焦點移位有歸位效應的特質，而賓語前置卻沒有此一特質。至此讀者或許合理懷疑「被字句」在此扮演了一定角色，影響了我們的判讀。因此我們提供非被字句的例子如下 (44) (45)，此例的判讀與上兩例無異 [14]。

(44) ?? 我 [兩三篇 / 十來篇他自己 i 的文章] 叫張三 i 再讀一遍
（賓語前置）

(45) 我連 [十來篇他自己 i 的文章] 都叫張三 i 再讀一遍
（焦點移位）

筆者認為上面 (44)(45) 所提及的對立，可以歸因於這兩者移位在生成語法基模的不同部門所進行所致。「賓語前置」現象是在句法部門（syntax）運作；而「連…都句」則是焦點移位則是在韻律部門（PF）運作。華語的焦點移位正如 Sauerland & Elbourne（2002）對移位發生於韻律部門的提案（亦可參考 Aoun & Benmamoun 1998; Boeckx & Stjepanovic 2001），因此前文所提及「焦點移位」的歸位效應應屬於韻律部門的操作。(42)(44) 的反身代詞應在拼讀（Spell-Out）之前早已經在典型賓語位置被允可（licensed）或檢查（checked）；(43) 與 (45) 的韻律部門移位則是發生於拼讀之後。基於上述理由，筆者建議在此兩種現象應各自獨立，再次建議「賓語前置」與「焦點移位」是兩種不同類型。

---

14 相關的論證，請參閱 Aoun and Li (1993)。

（四）弱跨越效應（weak crossover，或簡稱WCO）[15]

第四、賓語前置以及「連…都」焦點句兩者均有修補「弱跨越效應（weak crossover，或簡稱WCO）」的屬性，正如Shyu（1995, 2001）曾經指出，「賓語前置」修補弱跨越效應的實際語料可見(46)-(48)：不合法的(46)在弱跨越效應應該發生的(47)(48)例子當中，反而變成合法的句子。同時她又更進一步提到「『連…都』焦點句」也可以這樣處理；賓語前置可以彌補弱交叉效應。

(46) *我被誘拐他i的人騙走了每個孩子i

(47) 我每個孩子都被誘拐他的人騙走了 t

---

15 語言學中「跨越效應」乃對短語和代詞之間可能的「約束現象」或「同指涉」的限制。當代詞在先行詞之後時(通常為其管轄的範圍)，正常和自然的共指（同指涉）變得不可能。例如：Who1 do his1 friends admire __1?似乎前移的成份越過與它共指的名詞（通常是代詞）。跨越分為效應強跨越（SCO）和弱跨越（WCO）。這種現象發生在英語和相關語言中，並且可能存在於允許名詞組前移的所有自然語言中。「弱跨越效應」之所以為「弱」乃是因為其解讀比起「強跨越效應」並非強烈不合語法，只是其語意判讀較為勉強。典型弱跨越效應的句子如下例(iii)(iv)(v)，被跨越的對象（代詞）出現於名詞組當中的領屬修飾語當中。

(iii) ?Which players1 does their1 coach distrust __1? （弱跨越效應，語句判讀較為勉強，但非不合法）

(iv) ?Which beer1 does its1 brewer never advertise __1?（同上）

(v) ?Who1 do her1 parents worship __1? （同上）

在這些例子中被越過的代詞嵌入在名詞短語的屬格中。由於某些原因或與約束理論的可行性，這種交叉的情況並非不可能，而是語感上怪怪的；換句話說，同指涉實際上可發生。語義學和語用學似乎在決定這種語意詮釋的可能性方面起著重要作用。

(8) 我連<u>妹妹</u>都被喜歡她的人搶走了 t

　　而筆者的建議的是，上面觀察到的 A 移位特性只是部分正確。如果我們仔細研究這兩種類型的移動的分佈，就會發現這兩種類型在語法上是不同的，因此一種統一的方法不能解釋所有的分佈。

（五）範域的互動（scope interaction）

　　華語廣為人知的特質之一為範域固定 [16]（isomorphism）論，範域互動為語言的一個參數，語言基於顛倒範域有無可分兩類。在英文可以有範域顛倒的語意詮釋情況之下(49)，華語同樣的句子只有一種解讀(50)，Huang（1982）和 Aoun & Li（1993）都有類似的提案。一般來說，華語量化詞組在表面結構（SS）的次序到了邏輯形式部門（LF）當中都被保留，因此量化詞在表面形式的 C-統治的次序與語意詮釋部門一致，產生「所見即所得」的效果。但提及賓語前置時，卻產生一個有趣的現象：(51)b 有兩種解讀，「存在」量化與「全稱」量化兩者可以互為顛倒，然而 (51)c 的範域解讀卻與表面的次序相反，只能得到「存在」量化較高於「全稱」量化的解讀。它的語意是說：「老師要求一個學生必須報告每篇論文」。

(49) Every boy loves a girl.　　　　　　　　（∀≫∃；∃≫∀）

(50) 每個男孩喜歡一個女孩　　　　　　　　（∀≫∃；*∃≫∀）

---

16 華語的量化詞範域分佈為「所見即所得」，表面位置所 C-統治的範圍就是他的範域大小，並沒有如英文一般常見的範域互動。

a. 王老師逼<u>一個學生</u>i報告<u>每篇論文</u>j　　　（∃≫∀；*∀≫∃）
b. 王老師<u>每篇論文</u>j逼<u>一個學生</u>i報告tj　　（∀≫∃；∃≫∀）
c. 王老師連<u>每篇論文</u>j都逼<u>一個學生</u>報告tj　　　（∀≫∃）

假若我們堅持「『連…都』焦點移位」是一種韻律部門移位，量化詞的語意從移位原點拆卸下來，即可得到應有的語意解讀。賓語前置方面，移位時在原位留下了一個拷貝（或是痕跡（trace））所以兩個位置（移位的起點以及終點）都會與小句子裡面的主語「一個學生 a student」發生關聯，即可得到歧異的語意，因此(51)b的兩種解讀都存在（Aoun & Li 1993）。

（六）寄生缺口（Parasitic Gap）之允可

一般寄生缺口（Parasitic Gaps）能允可一個A槓移位。Lin（2005）曾指出疑問詞移位是允可寄生缺口的必要條件。至於我們這篇的研究的立場來看，賓語前置無法允可寄生缺口，只有焦點移位[17]可以允可寄生缺口。

---

17 強力被量化賓語、具高度指涉性的賓語、或定指的賓語通常可以允可寄生缺口，如(vi)。然而，此句子中似乎被移動的賓語「那本書」還是可能基礎生成在該位置，因為它遵守孤島效應。

(vi) 張三可能那本書i[在李四還沒有買pg之前]就先看過了ti

(vii) 張三可能那本書i[在李四還沒有買pg之前]就先拜訪過[[收藏ti]的人]

當我們在看真正的移位案例，我們可以看看這個移位是否可以允可「寄生缺口」。Lin (2005)因此提議說顯性的疑問詞移位就是這樣的例子。也是因為這個原因，與其用定指名詞組，我們用疑問詞來測試我們的理論。

(52) a. ＊張三[在李四還沒有會見 e 之前]就開除了誰？

　　 b. ＊張三可能誰[在李四還沒有會見 pg 之前]就開除了 t？

　　 c.　張三連誰都[在李四還沒有會見 pg 之前]就開除了 t？

(53) a. ＊張三[在李四還沒有買 e 之前]就看過了什麼書

　　 b. ＊張三可能什麼書[在李四還沒有買 pg 之前]就先看過了 t

　　 c.　張三連什麼書都[在李四還沒有買 pg 之前]就先看過了 t

　　以上討論之後筆者認為賓語前置與焦點移位行為並不相同，導致諸多現象的不平行性。賓語前置是真正的句法移位現象，導致前置賓語的諸多歸建效應及約束分佈；而焦點移位則是所謂的韻律部門移位，並不導致語意改變。

（七）小結

　　前段所提及的語法現象分佈可以統整如下表格 (54)，看得出是互補的分佈。下列我們將「賓語前置」視為顯性句法移位，發生在拼讀前（pre-Spell-Out）而「焦點移位」為韻律部門移位，屬於拼讀後（post-Spell-Out）。

(54)

	賓語前置	焦點移位
語意改變	是	否
範域改變	是	否
重構現象	否	是
子句限制	是	否
弱跨越效應	否	是
寄生缺口	否	是

　　以上諸現象顯示一個共識，即賓語前置與焦點移位行為並不相同，不可相提並論。

（八）解決問題

1. 語意部分

　　這邊筆者討論賓語前置為句法部門移位的屬性。Holmberg（1986, 1999）假設 [- 焦點]（[-Foc]）特徵為移位的驅動力；Chomsky（1999）則是假設在其中運作的為 [限定]（[INT]）徵性。說起來他們兩者的見解其實相差無幾，兩者都開宗明義VO類型語言的句子最終（或最深入嵌入的成分（Cinque 1993））應該接收 [+ 焦點] 徵性或特殊解釋的 [限定]，以確保移動標的保持在動詞組域或階段內，這一點 Chomsky（1999）亦曾提及。具有 [+ 焦點] 特徵的對象是承受焦點的成分且表示信息結構中的新信息；如果所討論的對象名詞組沒有被聚焦，即表示舊信息，則將分配 [- 焦點] 特徵，這將驅動該名詞組離開動詞組範域（參見Diesing 1992，Diesing & Jelinek 1993）。然後考慮 Diesing 的 1992 年映射理論，便可解釋 4.1 節中賓語移位的詮釋變化；也就是說，對沒有聚焦並且表示舊信息，它必須移出動詞組範圍。另一方面 4.4 小節 (51)b 的範域改變也可以解決，因為賓語前置是句法移位，留下了一個痕跡（trace），因此如 Aoun and Li（1993）所述移動的賓語可以一方面管轄小句子中的主語、小句子當中的主語也可以管轄賓語，因為小句子的痕跡也被它的主語管轄。其結構示意如 (55)。

(55) 前置賓語 i … [小句子[主語 … 痕跡(ti)]]

2. 句法部分

　　至於賓語前置的距離效應（子句限制），本文提議 [- 焦點] 徵

性應為一個不可詮釋（uninterpretable）的徵性，必須被某個功能性中心語或是限定中心語，如時制詞組（TP），所檢查（check）。很顯然，前移的賓語不能駐足在非限定詞組之中，例子(36)重複於此(56)。賓語前置的落點位置與子句的限定性相關

(56) a. 張三逼李四 [PRO 唸完了那本書]

b. * 張三逼李四 [PRO 那本書i 唸完了 ti]

c. 張三那本書i 逼李四 [PRO 唸完了 ti]

　　筆者建議[- 焦點]賓語詞組必須由某些限定徵性來允可，這可以幫助解釋移位對象必須在有限子句內著陸之因素。此外，由於[- 焦點]是一個無法詮釋的徵性，一旦將對象轉移到有限子句，就會檢查並核實[- 焦點]徵性，它便無法進一步移動到任何更高的位置，這便順理成章的解釋了它的距離效應。最後對於語意歸位效應，弱跨越效應和寄生缺口的允可，本文採用相似於Shyu（2001）和Paul（2002）的建議，即賓語前移涉及論元移動，因此自然不會表現出這三種典型的A-槓運動的效果。

3. 韻律部門移位之焦點移位

　　韻律部們移動本質上是由語音徵性造成的後拼讀（post-Spell-Out）運動，由於韻律部門（PF）運動，發生時已經與語意部門分家，它不會改變原來的語意。也就是說，它的語意表現得好像從未發生過移動。因此，會出類似撤銷效應（undoing effect），也就是語意部門下移（LF lowering）的效應。一個自然的結果是韻律部門移動不會像前文4.1那樣改變語意詮釋、或是改變第4.4節中的範圍域，且它總是如4.3節中表現出撤銷效應以及語意歸

位效應。其次4.2節中提到的，焦點移動缺乏跨子句長距離運動，本者認為它也是韻律部門運動效果之一。也就是說，只要說話者假定某個功能詞組中心語上的音韻徵性（探測，假設它也在韻律部門水平上探測具有音韻特徵的目標），則無論子句邊界如何，名詞組都可以移動。從這個意義上來說，韻律部門移位的模式與A槓移位同屬性[18]。最後，弱跨越的影響和對寄生缺口的允可，本文沒有明確的答案，留待往後學者指正。只能說弱跨越的效果和寄生缺口的許可都與A槓移位有很大關係。在筆者看來，韻律部門移動有時可能表現得像A槓移位，因此它可以觀察弱跨越效應效果和允可寄生缺口。

4. 教學建議

　　本節討論賓語前置語法研究的洞見對華語教學（即相關的應用科學）之建言。根據本文的句法分析，筆者認為應用在實際華語句法教學的情境時，應有四個步驟，茲羅列並說明如下(57)：

(57) a. 向學生展示「連…都」以及「賓語前置」句法的異同

　　　b. 請學生比較「連…都」以及「賓語前置」語意的異同

　　　c. 說明對比焦點的有無

　　　d. 展示"部分"界標以及相對位置

　　　e. 兩個句式轉換

---

18 PF運動方法或許優於Zhang (1997, 2000)觸發假設 (Triggering Hypothesis)，該假設不能預測焦點賓語的自由著陸點。也就是說，根據她的說法，當名詞組上附著明顯的焦點標記時，輕動詞上的[焦點]徵性將被觸發為強徵性，以便物體明顯地移動以檢查強烈的特徵。然而，它並不預測對象可能會進一步自由地轉移到更高的位置。這是觸發假設的缺點。

教師在明白了「連…都」以及「賓語前置」的句法語意之後，應當[a]將句法及語意的重點拆開，並先展示這兩個句式的結構。[b]學生可以區辨結構之後，在說明較為複雜的語意異同，並做大量練習。[c]說明「賓語前置」的兩種情況，即分辨對比焦點有無的情況。[d]必要的時候用本文介紹的界標說明「連…都」以及「賓語前置」這兩個句式的句法語意如何區辨。[e]最後在作業當中請學生操練兩個句式的轉換。

五、結論

本文觀察前置賓語與內外狀語（包括疑問狀語和反身狀語）以及內外輕動詞的相對位置，爾後描繪相關的地貌圖。得到的結論有二：首先，經過這樣的對比，我們可以得到前置賓語有兩個位置，分別對應到兩個不同的左緣結構。其次，前移的賓語與其他左緣成分的座標可以精確地用地貌圖呈現。目前已知在兩個左緣均有預留的位置均為「焦點」位置。而經驗事實的詳情則有四點重點：一、賓語前置的確切位置分別在兩個左緣的「焦點」是因為其對比語意屬性。二、假設[- 焦點]（[-Foc]）特徵為移位的驅動力，並且是不可詮釋的徵性，再加上映射理論的假設，即可處理句法語意的諸多現象。三、理論語法必須捕捉現象、教學語法必須切合實用。有策略地引介，可以使語法教學更有效，這有賴於往後的學者提出見解。

徵引文獻

Aoun, J., & Benmamoun, E. (1998). "Minimality, reconstruction, and PF movement." *Linguistic Inquiry* 29.4: 569-597.

Aoun, J., & Li, Y.-H. A. (1993). *Syntax of Scope* (Cambridge, MA: MIT Press).

Belletti, A. (2001). "Inversion as focalization." Hulk & J.Y. Pollock (eds.): *Subject Inversion in Romance and the Theory of Universal Grammar* (Oxford and New York: Oxford University Press).

Belletti, A. (2004). "Aspects of the low IP area." L. Rizzi (ed.): *The Structure of IP and CP: The Cartography of Syntactic Structures*, vol. 2 (Oxford and New York: Oxford University Press), 16-52.

Boeckx, C., & Sandra, S. (2001). "Head-ing toward PF." *Linguistic Inquiry* 32.2: 345-355.

Chomsky, N. (1999). "Derivation by phase." *MIT Occasional Papers in Linguistics*, no. 18.

Cinque, G. (1993). "A null theory of phrase and compound stress." *Linguistic Inquiry* 24.2: 239-297.

Diesing, M. (1992). *Indefinite*. (Cambridge, MA: MIT Press).

Diessing, M., & Jelinek, E. (1993). "The syntax and semantics of Object Fronting." *Working Papers in Scandinavian Syntax*, vol. 51 (Department of Scandinavian Languages, Univ of Lund).

Ernst, T., & Wang, C. (1995). "Object preposing in Mandrain Chinese." *Journal of East Asian Linguistics* 4.3: 235-260.

Holmberg, A. (1986). *Word Order and Syntactic Features in the Scandinavian Language and English*. Ph.D. diss., Department of General Linguistics, Univ. of Stockholm.

Holmberg, A. (1999). "Remarks on Holmberg's Generalization." *Studia Linguistica,* vol. 63: 1-39.

Hsu, Y. (2008). "The sentence-internal topic and focus in Chinese.", M. K. M. Chan & H. Kang (eds.): *Proceedings of the 20th North American Conference on Chinese Linguistics (NACCL-20)* (Columbus, OH: The Ohio State University), 635-652.

Huang, C.-T. J. (1982). *Logical Relations in Chinese and the Theory of Grammar.* Ph.D. diss., Department of Linguistics and Philosophy, Massachusetts Institute of Technology.

Lin, J. (2005). "Does *wh*-in-situ license Parasidic Gaps? " *Linguistic Inquiry* 36.2: 298-302.

Paul, W. (2002). "Sentence-internal topics in Mandarin Chinese: the case of object preposing." *Language and Linguistics* 3.4: 695-714.

Rizzi, L. (1997). "The fine structure of the left periphery." L. Haegeman (ed.): *Elements of Grammar: Handbook in Generative Syntax* (Dordrecht, Netherlands: Kluwer Academic), 281-338.

Rizzi, L. (2004). "Locality and the left periphery." A. Belletti (ed.): *Structures and Beyond: The Cartography of Syntactic Structures* (New York: Oxford University Press), 223-251.

Saito, M. (1989). "Scrambling as semantically vacuous A'-movement." M. R. Baltin & A. S. Kroch (eds.): *Alternative Conceptions of Phrase Structure* (Chicago: The University of Chicago Press), 182-200.

Saito, M. (1992). "Long distance scrambling in Japanese.", *Journal of East Asian Linguistics* 1.1: 69-118.

Sauerland, U. & Elbourne, P. (2002). "Total reconstruction, PF movement, and derivational order." *Linguistics Inquiry* 33.2: 283-319.

Shyu, I. (1995). *The Syntax of Focus and Topic in Mandarin Chinese.* Ph.D diss., Department of Linguistics, University of Southern California.

Shyu, I. (2001). "Remarks on object movement in Mandarin SOV order." *Language and Linguistics* 2.1: 93-124.

Shyu, I. (2014). "Topic and focus." C.-T. J. Huang, Y.-H. A. Li, & A. Simpson (eds.): *The Handbook of Chinese Linguistics* (Chichester, UK: Wiley-Blackwell), 100-125.

Soh, H. (1999). "Object scrambling in Chinese: a comparison with scrambling in Dutch and German." NELS 29.2: 129-144.

Svenonius, P. (2000). "Quantifier movement in Icelandic." P. Svenonius (ed.): *The Derivation of VO and OV* (Amsterdam: John Benjamins), 255-292.

Tsai, D. (2001). "On subject specificity and theory of syntax-semantics interface." *Journal of East Asian Linguistics*, vol.10: 129-168.

Tsai, D., & Chang, M. (2003). "Two types of Wh-adverbials: A typological study of how and why in Tsou." *The Linguistic Variation Yearbook 3* (Amsterdam : John Benjamins), 213-236.

Tsai, D. (2008). "Object specificity in Chinese: A view from the *v*P periphery." *Linguistic Review* 25.3: 479-502.

Tsai, D. (2015). "A tale of two peripheries: evidence from Chinese adverbials, light verbs, applicatives and object fronting." W.-T. D. Tsai (ed.): *The Cartography of Chinese Syntax* (New York: Oxford University Press), 1-32.

Zhang, N. (1997). *Syntactic Dependencies in Mandarin Chinese*. Ph.D diss., Department of Linguistics, University of Toronto.

Zhang, N. (2000). "Object Fronting in Mandarin Chinese." *Journal of Chinese Linguistics* 28.2: 201-246.

第二編

從學習者到教學啟示

外籍學生華語特殊結構
習得之研究
——以把、比、被為例[*]

陳純音

Chun-yin Doris CHEN

（國立臺灣師範大學英語系）

---

* 本研究為本人科技部計畫（NSC97-2410-H-003-051-MY3）的一部分研究發現，完稿期間，感謝獲教育部核定的國立臺灣師範大學「高教深耕計畫」經費補助，讓研究得以順利進行，在此致謝。再者，感謝兩位匿名審查委員的指正與修改建議，使本文更加嚴謹，惟文責由作者自負。

摘　要

早期在第二語言習得研究領域中，採「對比分析假設」之看法，認為兩個語言間若有所別，母語與第二語言結構相同之學習者較為容易習得第二語言，反之則否（Lado 1957）。但在中介語研究中（Selinker 1972），亦可發現二語言學習者依賴母語的程度與Eckman（1977, 2004）的標誌假設有關。因此，本研究以英語、韓語及印尼語為母語背景之外籍學生進行一個為期三年的研究計畫，探討其華語特殊結構（如：「把」字句、「比」字句與「被」字句）的習得過程，並驗證第二語言習得理論中的語言共通性（linguistic universals）、語言轉移（language transfer）及標誌性（markedness）等假設。研究對象為135位國立臺灣師範大學國語中心的學生，依該中心分班測驗成績分初、中、高三組，每組15位學生，以及20位臺灣學生作為控制組，完成文法判斷、圖片描述及故事重述等三個實驗。

研究發現，外籍學生在習得三個特殊結構時，「把」字句習得方面，因三個實驗組之母語皆無此結構，受試學生表現相同，但母語在「被」字句和「比」字句之主要特性上有不同之影響。大體而言，語言程度效應顯著，高級班表現優於初級班及中級班。受試學生在習得三個特殊結構時，語意特性表現比句法特性來得優異。以語意特性和句法特性來看，三個特殊結構之習得順序不一。外籍學生習得三個特殊結構時，題型效應顯著，文法判斷測驗比圖片描述測驗及故事重述測驗佳。

關鍵詞：母語影響、語言程度、題型效應、句法、語意、「把」字句、「比」字句、「被」字句、第二語言習得

一、前言

長期以來，第二語言習得的研究方法可分為「質性研究」與「量化研究」兩方面。一般而言，質性研究往往採長期追蹤的個案研究（longitudinal approach）居多，觀察二語言學習者的立即語言表現。量化研究較多採嚴謹之實驗設計，蒐集一次或數次的語料，探討跨組（cross-sectional approach）學習者表現之差異。量化研究之語料蒐集不外乎是為了驗證假設，其中「對比分析」的提出，認為兩個語言間若有所別，母語與第二語言結構相同之學習者較為容易習得第二語言，反之則否（Lado 1957）。Prator（1967）針對學習者的困難指數，提出以下六大類難易等級（hierarchy of difficulty）：

(1) 零　級：轉移（transfer）

　　第一級：一對一對應（coalescence）

　　第二級：分辨不夠（under-differentiation）

　　第三級：再詮釋（reinterpretation）

　　第四級：過度分辨（over-differentiation）

　　第五級：分歧（split）

以上的難易度，讓語言教師對第二語言/外語學習者的錯誤類型有所了解，但不可諱言的，在中介語（interlanguage）研究中（Selinker 1972），誠如Lightbown & Spada（2013）一書中所言，教師亦發現第二語言/外語學習者有著某種共通的語言錯誤類型，也有著共同必經的語言發展階段，有時也確實因母語背景之差異讓其在各階段所需的時間也略有不同，在班上也因此表現不一。深入了解學習者依賴母語習得第二語言的程度時，某些結

構或詞意學習者似乎轉移母語知識習得的機會較多，而這些也就是 Eckman（1977, 1981, 2004）所提的有標誌與無標誌的分辨概念。而語言共通性（linguistic universals）、語言轉移（language transfer）及標誌性（markedness）三大議題（敘述如下）長久以來也是筆者相當感興趣的，一直在摸索的課題。

英語在語系分類上屬印歐語族（Indo-European languages）中的日爾曼語系（Germanic language），詞序為主詞—動詞—受詞（SVO）。Huddleston（1984）指出，按照此種詞序，一個句子包含一個、甚至更多的子句，每個子句皆由許多單位（constituent）組成。結構成分是詞彙的組合，此組合在句子中帶有特定的作用，依各個組合裡主要成分（head）的詞性，可將結構成分分為名詞組、動詞組、形容詞組、副詞組、介係詞組。由於各個結構成分之間有階層上的關係（hierarchical structure），因此能帶出一個句構正確的意思。由於 SVO 的詞序，加上片語結構方面的分析，可推斷英文為主要成分在前（head-initial）的語言。在一般簡單句子中，動詞的修飾語通常出現在動詞之後。

韓語屬烏拉阿爾泰諸語言（Ural Altaic languages），依其主要語言特徵來看，亦是一種黏著語（an agglutinative language）。烏拉阿爾泰諸語言的主要特點為元音和諧，即同一個詞的元音在發音方法上和諧；主詞—受詞—動詞（SOV）句子的基本詞序。根據 Ihm et al.（1988），韓語的名詞在後面帶接詞（particles），以便於表示在句子上的語義與功能。具體來說，接詞「i」表示主語；接詞「eul」表示賓語。韓語的時態（tense）通常跟說話裡所指的時點有關。Lee（1993）主張，韓語的時態可以分為兩種，即實際時態（actual tense）與遠距時態（remote tense）。換句話說，實際時態指在說話的時點上發生的事件、即將發生的事件、

不變的真理、自然現象、習慣或原則。遠距時態指不再發生的事件，即從現實時間隔離，而不會牽涉到實際時態的領域。同時，遠距時態包括跟現實相反的假設、條件、非現實世界、希望或過去。韓語的動態（aspect）又分完成型（perfective）跟未完成型（imperfective）兩種。

　　印尼語在語言分類上是屬於南島語系（Austronesian language），句子中最大的特徵就是具有語詞常加綴，主要分成四大類：prefixes（前詞素）、suffixes（後詞素）、circumfixes（環詞素）和infixes（中詞素）。此外，印尼語的結構也有數量詞，和中文及大多數的東南亞語言一樣，印尼語的基本詞序同英語，也是主詞—動詞—受詞（SVO）。印尼語一共分為四個詞，即名詞、動詞、形容詞和功能詞。印尼語的句子中，如果出現的是及物動詞，則該句子一定需要兩個名詞，一個為施事者／主詞，另一個為受事者／受詞；及物動詞一定需要施事者對某人或某物做一些動作。所以可以得知，當句子為被動型態時，勢必不能省略任何一方的名詞，除非施使者為不指定名詞。印尼語中的動詞並沒有時態上的變化，這一點與中文相似。

　　三個語言各有特色，學習者在習得華語的「把」字句、「比」字句和「被」字句時，此三種語言皆有被動句與比較句，但卻無可比照華語的「把」字句。依Prator（1967）所預測的困難指數，外籍學生習得華語被字句和比字句時，呈現的是第一級（一對一對應（coalescence））的對應，而「把」字句為全新的句構（亦即零對照（zero contrast））則屬第三級（所謂的再詮釋（reinterpretation））的困難，此一預測值得進一步探討。

二、三個理論

（一）語言共通性

　　如同Greenberg（1978）回顧，近代關於人類語言的共通性可以追溯到兩個派別，其一是Greenbergian學派的語言的普遍性及類型學（Greenbergian universals and typology），另一個是Chomskyan學派的革命（即普遍語法）。Greenberigian學派把焦點放在跨語言的類型學研究，而Chomskyan學派則致力於內在語言的理論及機制。

　　Greenbergian學派認為對於人類語言的機制和規則的類化（generalization）都必須基於跨語言的驗證，對於任何語言的特性都必須建立在多種跨語言比較，而非由單一語言的觀察或是兩個語言間的比較而得到共通性及語言類型。有一些類型學者相信，語言共通性的存在，不是因為天生的普遍語法，而是為了滿足人類語言交際或認知等功能的需要。Comrie（1981）採用Greenberg的方法，不把焦點放在單一語言，把焦點投注各種語言上，比較句法-語意的共通性，涵蓋詞序（word order）、格位標記（case marking）以及使役句型（causative constructions），並且把語言的使用也納入考量，用語言形式的特性來建立人類的認知發展。而Chomsky的學派則宣稱人類具有習得語言的內在機制（即普遍語法），有別於先前的結構語言學，Chomsky把焦點從語言本身，轉移到語言和人類語言的母語人士的語感，進而提出衍生語言學的最終目的是解釋各語言之共通性與母語習得。在母語習得的研究，其中結構依存關係（structural dependency）常廣為討論。例如，Lust et al.（1996）針對中文兒童在習得中文代名詞的情形，並且觀察英文兒童在學習英文代名詞的情形做比較。實驗發現，

低年級受試者的表現，無論是中文還是英文，都是支持結構依存
關係，語言共通性確實得當驗證。

　　近來有三派學者專家也試圖將Chomsky的普遍語法用來解釋
第二語言習得的現象。第一派學者（如Clahsen & Muysken 1986）
認為是成人在習得第二語言時，無法存取普遍語法（no access to
Universal Grammar），第二派學者（如White 1990）則認為第二
語言習得時，學習者仍可進行參數重設（parameter resetting）。
Yuan（1997）研究發現，中、英文在功能範疇特性（features of
functional category）的設定雖有所別，但是在語言輸入下，成人
的第二語言習得過程中，仍可重新設定參數，支持完全存取普遍
語法（full access to Universal Grammar）的觀點。第三派學者支持
部分存取普遍語法（partial access to universal grammar）的說法。
Ying（1999）研究以英語母語人士對華語的反身代名詞「自己」
的詮釋，研究發現英語受試者似乎和中文母語人士對於「自己」
有類似的詮釋，但另一項實驗卻發現在判斷沒有牽扯到移動的句
子時，英語受試者把「自己」的詮釋仍侷限於內嵌子句的主詞。
Chen（1995）的研究以原則和參數原則理論為依據，研究英語和
法語母語人士在習得華語反身代名詞「自己」的情形，發現英語
和法語受試者並未習得「自己」的長距離約束（long-distance
binding），也未習得阻擋效應（blocking effects）。基於英語和法
語母語人士表現一致，顯然他們的中介語（interlanguage）是並
未完全受普遍語法所管制。Kong（2005）重新測試Yuan（1997）
實驗，加入了非主詞的主題（overt non-subject topics），研究發
現，中文成人母語人士在習得英文必要主詞（obligatory subject）
過程，他們終究不能重新設定參數，因而並不支持完全存取普遍
語法的學說。

　　總之，Greenbergian的語言共通性及類型學看法，其中大部分主張由語言的功能及認知的角度來研究此議題，Chomskyan的普遍語法，認為人類天生具有語言習得的內在機制，認為人類語言的共通性歸因於普遍原則的管轄約束，而人類語言之間的表面上的不同源自於不同參數的設定。雖然Greenbergian和Chomskyan學派雖然各成一格，方法和角度截然不同，不過，他們卻有可以相容的地方。這兩個學派主要都追尋語言的共通性，而語言之間表面的不同性，Greenbergian學派用類型學的角度來處理，而Chomskyan學派用參數設定。而Chomsky的普遍語法主要是針對母語習得，不過，後來學者把普遍原則和參數設定應用到第二語言習得的研究上，應用之後之說法雖有不同，但各自有其實驗結果得到驗證。換言之，若Greenbergian語言共通性真的存在，我們可以預測不同母語背景的學習者其在把比被三個句構的表現雷同，應無顯著差異。

（二）語言轉移

　　語言轉移這個詞常用在第二語言的習得上。廣泛的定義大概是指在習得第二語言時，母語對學習者本身可能造成的影響。但是從早期到現在，許多學者對轉移這個詞有不同的看法。

　　行為學派對語言學習者所犯的錯誤通常認為是母語造成的影響，因此把母語當作「阻礙」（interference）（Tomasello et al. 1989），亦有人將其視為「負轉移」（negative transfer）。但「轉移」代表的不一定是負面的阻礙，亦有可能是正面的幫助。對認知學派而言，學習者犯錯的過程正是其「測試假設」（hypotheses-testing）的過程。Odlin（1989）指出，「轉移」並不只是母語的影響而已，也有可能會和其他的因素交互作用而產生

影響，或是例如學習者學習第三甚至第四語言時，母語也會和第二語言一起產生「轉移」的效果，而影響新語言的學習。因此他認為「轉移」是一種新的語言與學習者原本會的語言（不一定只有母語）其中的相似處與相異處所產生的影響而造成的。

　　早期對比分析學家認為，學習者容易將母語的形式與語意轉移到標的語的學習上（Lado 1957）。Osgood（1949）更認為轉移有正轉移（positive transfer）可輔助學習者習得第二語言/外語，亦有可能是負轉移（negative transfer）則可能是阻礙。換言之，正轉移輔助學習者將舊習慣轉移到新語言上，然而負轉移將會造成學習錯誤（Flynn 1989）。以華語量詞為例，初學的美國學生說錯誤句子「我買三書五筆。」是可以理解的，在英語裡，「書」和「筆」皆是可數名詞，而中文則無可數與不可數名詞之分辨（Li & Thompson 1981），因此該句話正印證了母語所產生的負轉移。

　　在第二語言的學習當中，第二語言語料反映了母語與標的語的異同（Wang 2004）。如果能比較學習者的母語以及所學習的語言，進而得到其中的差異性與相似性，就能藉此判斷哪些語言結構會對學習者造成轉移或是負擔。White（1990）和Gass & Selinker（1992）宣稱母語對中介語有極大的影響，此影響可藉由對比分析或錯誤分析預測得知母語之影響是否顯著。但Odlin（1989）指出，對比分析學家比較所得之結果與其預測也不一定是正確的，但可藉由過去的學習者學習某一種語言所會有的表現，做紀錄並加以研究，可以當作未來的學習者可能會遭遇到的問題與困難的借鏡。

　　針對「語言轉移」，也有不少學者做過相關的研究。Yuan（1995）研究英國學生習得華語時，確實受到其母語為主語顯著性（subject-prominence）的影響，產生負轉移，要重新設定成華

語「主題顯著性」（topic-prominence）時，困難度高。Richards & Mayuri（1983）針對轉移以及學習者的會話能力（conversational competence）做了探討，發現學習者學習第二語言時，對於新的語言用詞與文化認知，會有負轉移現象。Ishida（2006）主要針對日語以及英語做比較，並且從這兩種語言對訊息結構不同的表達方式當中，去探討英語及日語的不同，以及這些不同對日語學習者可能會造成的影響。研究發現，美國學生使用日文表達和日本母語人不同，即是受到英語母語轉移的影響。

總之，語言轉移一直是第二語言習得的重要議題。學者專家探索之領域或有不同，有的以句法，有的以篇章語用為主，比較母語與第二語言之差異後，設計實驗，驗證母語產生的正轉移或負轉移效應，但母語影響的對象、程度、階段與習得語言形式等面向尚未有系統地談論。就本研究來看，若在第二語言習得歷程中，若母語影響仍顯著，不同母語背景的二語學習者表現應有差異。

（三）標誌性

Eckman（1977）提出標誌假設（Markedness Differential Hypothesis）預測第二語言習得時，可能的學習困難度，如下：

a.目標語中某些部分和母語不同，且又比母語的標誌程度更高時，這些部分對第二語習得者是困難的。

b.目標語的語言中有標誌的（marked）部分的難學程度與其標誌程度成正比。

c.目標語某些部分和母語不同，但卻是無標誌的（unmarked）或是比母語的標誌程度低，這些對第二語言習得而言並不困難。

其後，Chomsky（1981, 1982）提出了「核心語法」（Core

Grammar）的理論，根據此理論，無標誌的規則隸屬核心語法的一部分，被視為是較容易習得；有標誌的規則是屬核心語法的邊陲規則（peripheral rules），通常被視為較難習得。

在以往的文獻中有許多研究嘗試要檢驗標誌假設的正確性。在句法研究方面，Mazurkewich（1984）使用文法判斷題（grammaticality judgment task）檢驗以法語和Inuktitut語為母語人士習得英語與格轉換（dative alternation）情形（即[NP PP]和[NP NP]的轉換），研究結果和標誌假設的預測吻合，較無標誌的結構[NP PP]比較有標的[NP NP]結構更早習得。之後，Berent（1985）利用兩個實驗去檢測第二語習得者對三種條件句，真實（real），非真實（unreal）以及過去非真實（past unreal）條件句的理解和使用狀況，研究發現此三種條件句在理解型實驗和使用型實驗中的困難程度不同。在完成句子測驗題（sentence completion task）中，真實條件句（real condition）最容易習得，其次為非真實條件句（unreal condition），而過去分真實條件句（past unreal condition）最困難，此結果與標誌假設的預測亦相吻合。然而，在推論結構正確性判斷題（inference structure judgment task）中，真實條件句（real condition）最難習得，非真實及過去非真實條件句次之。Berent的研究提出一個可能性，也就是所謂的標誌值（markedness values）並非是絕對的，而且在某個情形下是有標誌的項目，在另一個情形下有可能是無標誌的。然而，並非所有的研究者都相信這個假設。White（1986）提出，至少在某些情形下，若在正面的語料中已有出現有標誌的結構（不論是出現在母語或目標語中），這些語料就足以讓此有標誌的結構習得。White從先前的研究找到證據支持了她的論點。在Sportiche（1982）和Rizzi（1982）的研究中，義大利語或法語的使用者之語言中只有

S'和NP是邊界理論（Subjacency）的邊界點（bounding nodes）（這是一個有標誌的設定），而在英語中S'，S和NP都是邊界點（無標誌的），使得他們在學習英語時，錯把S也誤以為在英語中不是邊界點。

　　總之，目前的研究中，大部分的文獻都支持標誌假設的看法，強調標誌程度越高，越難習得。在句法方面，無標誌結構先習得，之後才習得有標誌的結構。

　　就本研究所探討的三個句構的標誌性來看，「把」字句屬目標語中和母語不同且標誌程度高，應是最困難的，而「比」字句屬無標誌的（unmarked）或是比母語的標誌程度低，對二語言學習者應不困難。「被」字句則介於中間，屬目標語的語言中有標誌的（marked）部分的難學程度與其標誌程度成正比。

三、研究設計

（一）研究對象

　　研究對象分實驗組與控制組兩組。實驗組為就讀於國立臺灣師範大學國語中心英語系國家學生45名、韓語為母語者45名及印尼語為母語者45名，共135名，依據該中心之能力分班各組分三級，每級15名。控制組則為20名國立臺灣師範大學非英語系之學生，總共研究對象為155名。

（二）研究方法

　　本研究設計理解型測驗與使用型測驗兩種，蒐集語料。此兩測驗依據下列英語、韓語、與印尼語和華語之對比分析，測試外

籍學生對華語三個句構下列的語意/語法特色的掌握。

1.「把」字句特性

特性一：處置詞序

華語的「把」字句中是相當特殊之結構，「把」出現在受詞前，「把」字片語出現在動詞前（如2a），但英語、韓語及印尼語皆無相對應句型。若要表達此句意時，他們採直述句或主題移位方式表達：

(2)　a. 中：他把我罵了。

　　　b. 英：He scolded me.

　　　c. 韓：Geuneun naleul yoghaessda.

　　　　　　他　　我　　罵

　　　d. 印：Sayalah yang dia marahi.

　　　　　　我　　　他　罵

特性二：處置意味

華語「把」字句常用來表示處置（Li&Thomspon 1981），因此具有處置意味之動詞（如「打」、「罵」、「踢」等）方能出現於此句型，無處置意味之動詞（如「愛」、「恨」等）若未加上補語強調處置時，通常是不合文法的（如3），但英語、韓語及印尼語若要強調或表達所謂的處置時，無「把」字句，且動詞種類亦不受限：

(3)　*他把我愛了。

特性三：動詞及物性

出現在華語「把」字句的動詞通常須具備及物性，亦即須有一個名詞緊鄰「把」當其受詞，因此一般及物動詞（如4a的

「打」）、特殊及物動詞（如4b的「上鎖」）和雙賓動詞（4a的「送」），而不及物動詞（如4d的「跑」），則不能出現在「把」字句。而英語、韓語及印尼語則無此結構。

(4)　a. 他把那個人打了一頓。

　　　b. 他把門上鎖了。

　　　c. 他把書送人了。

　　　d. *他把那個人跑了。

特性四：受詞語意

　　華語「把」字句中出現在「把」後面的受詞須是限定指涉（如5a）或一般指涉的（如5b）名詞，不可以是非限定指涉的名詞（如5c），此語意限制與直述句的主題相同，因此亦視為第二個主題（Tsao 1979）。而英語、韓語及印尼語則無此結構：

(5)　a. 他把那個人罵了一頓。

　　　b. 他常把人當朋友。

　　　c. *他把一個人罵了一頓。

特性五：動詞音節數

　　華語「把」字句中的動詞須是多音節的（如6a），不可以單音節的動詞（如6b），但此限制在現代華語中是否如同處置意為依樣仍是「把」字句的一個重要特性，值得此次從母語人士的語感反應中提出佐證，而英語、韓語及印尼語則無此結構：

(6)　a. 我把那份作業寫完了。

　　　b. *我把那份作業寫。

2.「比」字句特性

特性一：比較詞序

華語的「比」須出現在比較對象之前，且「比」字片語須出現在動詞或形容詞前（如7a），而否定詞較常出現在「比」之前（如7a），此些特點與英語、韓語及印尼語皆不盡相同：

(7)　a. 中：黑狗比白貓還胖。

　　　b. 英：The black dog is fatter than the white cat.

　　　c. 韓：Geom-eun gaeneun huin gaeboda (deo) ttungttunghada.

　　　　　　黑狗　　　　　白貓　比（還）　　胖

　　　d. 印：Anjing lebih gemuk daripada kucing.

　　　　　　黑狗　更　胖　　比　白貓

(8)　a. 中：黑狗不比白貓還胖。

　　　b. 英：The black dog is less fat than the white cat.

　　　c. 韓：Geom-eun gaeneun huin gaeboda (deo) ttungttunghaji

　　　　　　黑狗　　　　　白貓　比（還）　　胖

　　　　　anhda.

　　　　　不

　　　d. 印：Anjing tidak lebih gemuk daripada kucing.

　　　　　　黑狗　不　更　胖　比　白貓

特性二：形容詞語意

華語有些形容詞（如：方的、圓的、質的），語意屬性相當絕對的，對西方學生而言，此類不像其他形容詞（高的、矮的等），語意屬性相對的，因此不能有比較級，但華語則可（見9a）。韓語比較句也有相同特性，英語與印尼語則否：

(9)　a. 中：我的臉比你圓。

　　　b. 英：*My face is rounder than you.

c. 韓：Nae eolgul-i neoboda（deo）dunggeulda.

　　　我臉　　　你　比　（還）　　圓

d. 印：*Muka saya lebih bulat daripada kamu.

　　　　臉　　我　更　圓　　比　　你

特性三：比較等級

華語的比較可以出現三種等級，即優等、劣等及相等，但「比」字句僅用來表示優等與劣等，相等時，須替換成另一個動介詞（如「跟」或「同」），此現象與英語韓語和印尼語相同，唯有在詞序上有較大之差異：

(10) a. 中：他比小明聰明。

b. 英：He is smarter than Xiaoming.

c. 韓：Geuneun Somyeongboda（deo）ttogttoghada.

　　　　他　　　小明　　比　（還）　　聰明

d. 印：Dia lebih pandai daripada Xiaoming.

　　　　他　更　聰明　　比　　小明

(11) a. 中：他比小明糊塗。

b. 英：He is more stupid than Xiaoming.

c. 韓：Geuneun Somyeongboda（deo）meongcheonghada.

　　　　他　　　小明　　比　（還）　　糊塗

d. 印：Dia lebih bodoh daripada Xiaoming.

　　　　他　更　糊塗　　比　　小明

(12) a. 中：他跟小明一樣聰明。

b. 英：He is as smart as Xiaoming.

c. 韓：Geuneun Somyeongmankeum ttogttoghada.

　　　　他　　小明　　　跟一樣　　聰明

　　　d. 印：Dia pandai seperti Xiaoming.

　　　　　他　聰明　好像　　小明

特性四：語詞省略

　　華語、韓語及印尼語在比較時，皆會出現「物」與「人」比較的情形（13a），對西方學生而言，並不知道「物」與「人」的衝突其實是省略所造成的：

(13) a. 中：我的錢比你多。

　　　b. 英：*My money is more than you.

　　　c. 韓：Nae don-i　neoboda（deo）manhda.

　　　　　　我　錢　你　比　（還）　多

　　　d. 印：Wang saya lebih banyak daripada kamu.

　　　　　　錢　我　更　多　　　比　　你

特性五：比較片語主題化

　　華語「比」字句與其他三語相較時，「比」字片語無法移置句首成為主題（如例14a），英語與印尼語亦具此特性，但韓語「比」字片語可移至句省（如14c）：

(14) a. 中：*比我，他大一點。

　　　b. 英：*Than me, he is a little bit bigger.

　　　c. 韓：Naboda geuga jogeum keuda.

　　　　　　我比　　他　　一點　大

　　　d. 印：*Daripada saya, lebih dia besar sedikit.

　　　　　　比　　我　　更　他　大　　一點

3.「被」字句特性

特性一：被動詞序

　　華語的「被」字句中，「被」出現在受詞前，「被」字片語出現在動詞前（如15a）與英語、韓語及印尼語不完全相同：

(15) a. 中：氣球被風吹走了。

　　　b. 英：The ballon was blown away by the wind.

　　　c. 韓：Giguga balam-e hihae nallyeogassda.

　　　　　　氣球　　　風　　被　　　吹走（詞彙式被動句）了

　　　d. 印：Belon（terbang）ditiup angin.

　　　　　　氣球　　（飛）　被吹走　風

特性二：不幸意味

　　根據Li&Thomspson（1981）華語的「被」字句常表達不幸（adversity）的意味，隨著語言的改變，此特性是否仍明顯，值得觀察，且但英語、韓語和印尼語的被動句並不無此限制：

(16) a. 中：*/? 他被愛了。

　　　b. 英：He was loved by his family deeply.

　　　c. 韓：Geuneun salangbad-assda.

　　　　　　他　　愛（句法式被動句）了

　　　d. 印：Dia dicintai.

　　　　　　他　被愛

特性三：動詞及物性

　　華語「被」字句之動詞通常須是及物動詞（如例17a）、雙賓動詞或是特殊及物動詞（with an inherent object），不及物動詞通常是不合文法的（如例18a），但在華語裡間接被動是合文法的（如19a），此三種語言語華語相較，不盡相同：

(17) a. 中：杯子被米老鼠打破。

　　　 b. 英：Glass was broken by Micky.

　　　 c. 韓：Keob-i Miki ma-useu-e hihae kkaejida.

　　　　　　杯子　　米老鼠　　　被　　打破（句法式被動句）

　　　 d. 印：Cawan dipecah oleh Micky.

　　　　　　杯子　被打破　米老鼠

(18) a. 中：＊米老鼠被哭了。

　　　 b. 英：＊Micky was cried.

　　　 c. 韓：＊Miki ma-useuneun ullim-eul dangha-yeossda.

　　　　　　米老鼠　　　　　　哭　（句法式被動句）了

　　　 d. 印：＊Micky dinangis.

　　　　　　米老鼠被哭

(19) a. 中：我被他這樣一哭，變得不開心。

　　　 b. 英：＊ I was cried by him like this, so I got upset.

　　　 c. 韓：＊Naneun　ullim-eul　dangha-yeossda,　bulhaeng　haejida.

　　　　　　　我　　　哭　（句法式被動句）了　不開心　　變得

　　　 d. 印：＊Saya sangat menangis, menjadi tidak bahagia.

　　　　　　我　非常　哭　　變得　　　不開心

特性四：受詞語意

　　「被」字句的受詞一般可以有生命或無生命的名詞，但當受詞是無生命時，不可以是工具（如例5a）（Li & Thompson 1981），但當無生命的受詞帶來不幸意味時，則可出現在「被」字句（如例20a），此特性英、韓、印尼三語與華語相似：

(20) a. 中：*門被鑰匙打開了。

　　b. 英：*The door was opened by the key.

　　c. 韓：*Mun-i yeolsoe-e hihae yeollyeossda.

　　　　　門　　鑰匙　　被　　　打開（詞彙式被動句）了

　　d. 印：*Pintu dibuka oleh kunci.

　　　　　門　打開　被　鑰匙

特性五：受詞省略

　　華語「被」字句容許受詞的省略（如21a），韓語和英語亦同，印尼語在一定的語境下，說話者和聽話者皆有共識時，亦可省略。

(21) a. 中：他被罵了。

　　b. 英：He was scolded.

　　c. 韓：Geuneun yog-eul meog-eossda.

　　　　　他　　　罵　（句法式被動句）了

　　d. 印：Dia dimarahi.

　　　　　他　被罵

特性六：動詞音節數

　　華語「被」字句的動詞通常需要是多音節的限制，一般單音節的動詞若無時貌標記（如：過、了）通常是不合文法的（如例22a），而韓語、印尼語及英語的被動句動詞並無限制：

(22) a. 中：*他忽然被敵人捕。

　　b. 英：He was suddenly caught by enemy.

　　c. 韓：Geuneun byeol-angan jeog-ege butjabhi-eossda.

　　　　　他　　　　忽然　　敵人　　被捕（詞彙式被動句）

　　d. 印：Dia ditangkap oleh musuh.

　　　　　他　捕　被　敵人

　　整體而言，「把」字句是華語一大特殊結構，英語、韓語和印尼語皆無相對應的句型，若要表達處置或強調，其他語言大多採取直述句或移位方式，因此此結構的特性對外籍學生的習得有進一步了解之必要性。「比」字句和「被」字句與英語、韓語和印尼語作比較，「比」字句最大差異在於比較詞序、形容詞語意，其次是語詞省略，而「被」字句在於所表達的不幸意味和動詞音節數的概念，其次是「被」字其受詞的詞序問題，此些特性是否會造成學習困難，受試學生針對但母語與第二語言相似的特性，是否較易習得，值得進一步分析。

　　受試學生進行三個實驗，實驗一為故事描述，受試學生將先觀賞一段自製的十分鐘影片，如：「把」字句片名為「嚴肅的李老師」，影片內容描述一位教學嚴謹的李老師，對班上學生教室常規，相當注重，違規同學往往會受其處置，處置動詞將根據把字句特性加以設計情況。「比」字句片名為「王媽媽的心願」，影片內容描述王媽媽有兩個兒子（大寶和小寶），兩人外貌與個性渾然不同，處事態度亦不同，故事情節將考量「比」字句涉及之等級、形容詞之語意屬性及語詞省略等特性鋪陳。「被」字句片名為「倒楣的阿丹」，影片內容描述一男孩阿丹，早上起床後，接連發生一些不幸的事件，各事件皆涉及不同動詞使用於被字句的情況。每位受試者看完影片後，將提供其簡單的詞彙表，協助其描述事件與劇情，其描述內容將用MP3錄下，以便之後轉譯分析篇章並與實驗二和實驗三比較使用。

　　實驗二為圖片描述測驗和實驗三文法判斷測驗則是理解型測驗。進行實驗二時，受試者亦會告知受試者實驗將全程錄音，以便記錄其描述圖片的句子。並且請其依據電腦螢幕所呈現之圖片，聆聽情境內容，說出適合的句子，實驗者並且會告訴受試

者，在聽到某句關鍵句後，表示情境描述結束，開始作答。在簡介時，實驗者會先與受試者演練一次圖片描述題。演練的句子並不會用到正式題目所測試的句構，以避免其可能的干擾。每一句構受試者須完成總題數為24題，三個句構共72題（見附錄一）。

圖片描述測驗結束後，研究對象繼續進行到實驗三文法判斷測驗。實驗者告知研究對象文法判斷題總題數。請受試者判斷所呈現的華語句子是否合乎文法，而不是判斷句子的語用或合理性。在簡介時，實驗者先演練一次文法判斷題。練習的句子未用到正式題目所測試的句構，以避免其可能的干擾。同實驗二，三個句構共72題（見附錄二）。

（三）研究過程

本研究執行過程先於課後時間——與母語為英語、韓語與印尼語之初、中、高三級學生連繫，說明本實驗之目的，願意參與者請其簽屬一份同意書，隨即與其約定進行實驗的時期與時間。實驗一由受試學生觀賞10分鐘影片後，讓其錄音重述故事3~5分鐘內完成，以不超過15分鐘完成為原則。隨即進行圖片描述測驗，所有圖片將掃描於電腦中，情境部分錄音處理，受試學生僅須觀看電腦螢幕之圖片，聆聽情境後，依序錄製其回答，實驗二約20分鐘完成。接著進行測驗三文法判斷測驗，與受試學生說明作答方式後，讓其獨立完成，此部分約20分鐘內完成，三個實驗約一小時內完成。每一句構涉及研究對象人數眾多，語料蒐集耗時一年，方完成研究分析與比較，三個句構共執行三年。

各組學生之語料——轉譯建檔，實驗二和實驗三部分每題答對給一分，答錯不予計分。之後，以SPSS軟體中之統計方法（如One-way ANOVA, independent t-test和paired-sample t-test等方

法），對比分析等實驗組（英語組、韓語組、印尼組之初、中、高三級學生）與控制組（華語組）之實驗結果在各特性上之表現是否有顯著之差異。實驗一之表現則以其使用句構正確使用次數計（frequency count）。

四、研究發現與討論

（一）母語影響

　　三組實驗組學生和控制組學生習得此三個特殊結構之主要特性的比較，見表1和圖1：

表1　不同母語背景學生三個特殊結構主要特性之習得個數

結構	特性總數	韓語組	印尼組	英美組
把	5	0	0	0
比	5	1	4	1
被	6	1	1	2

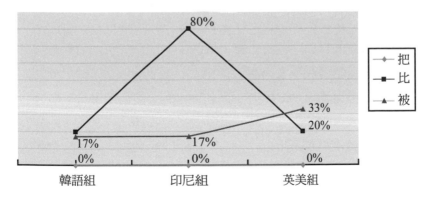

圖1　各組學生「把」、「比」、「被」特殊結構主要特性習得之比較

　　在主要特性方面，韓國學生並未習得任何的「把」字句主要特性，「比」字句和「被」字句則各習得一個主要特性，因此對韓國學生來說，表現最差也最難習得的是「把」字句，而「被」字句又略比「比」字句困難。反觀印尼學生，他們習得較多的主要特性，雖然「把」字句特性皆未習得，「比」字句則習得了四個，「被」字句一個，因此，對印尼學生來說，最困難的也是「把」字句，其次是「被」字句，而在「比」字句的表現最好，算是最容易的句型。英美學生同樣並未習得任何一個「把」字句的特性，「比」字句習得一個，「被」字句兩個，因此對英美學生來說，最困難的句型一樣也是「把」字句，其次是「比」字句，最簡單的屬「被」字句。

　　「把」字句的主要特性對各組學生都是最困難的句構，「比」字句則是印尼學生表現最好，顯得較容易，而「被」字句則是英美學生表現最佳，對他們來說最容易。除了「把」字句對三組學生都是最困難的，韓語組學生的表現趨勢和印尼組學生相同，都是「比」字句比「被」字句容易，而英美組學生的數據表現則顯示「被」字句比「比」字句容易。

　　「把」字句都是各組學生最不易習得的句構可歸因於此句構屬華語獨特的且標誌性的句構，韓語、印尼語、英語皆無類似的用法，因此對各組學生來說較為陌生，就 Prator（1967）預測的第三級難度來看，「把」字句遠比其他兩大句構來得具挑戰性，在學習上也會顯得較為困難，此點也符合 Eckman（1977）的標誌性假設之預測與 Greenberg 語言共通性所預測的不同母語背景表現相似，母語影響似乎不存在。惟檢視另兩大句構時，我們發現，母語不同仍會左右二語言學習者，例如：韓語組在各句型表現略差的原因與韓語語言特徵和語序與華語不同有關；而印尼組

在「比」字句表現特別突出且在另外兩個句構掌握亦佳的原因，除了印尼語和華語有相似的特性外，亦和部分印尼學生為華僑（具華人背景）有關；英美組在「被」字句表現最佳，可能與華語及英語被動句詞序差異較大外，其他特性相似，因此表現比其他兩組學生來得好。

　　整體而言，語言共通性與母語影響及標誌性交互影響，三者亦皆存在。

（二）語言程度效應

　　三級實驗組學生和控制組學生習得此三個特殊結構之主要特性的比較，見表2和圖2：

表2　不同級數學生三個特殊結構主要特性之習得個數

結構	特性總數	初級班	中級班	高級班
把	5	0	0	0
比	5	2	2	2
被	6	1	1	2

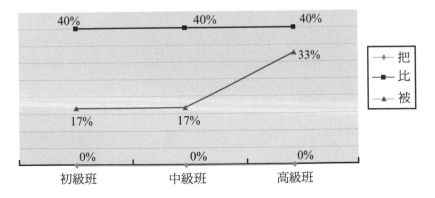

圖2　各級學生「把」、「比」、「被」特殊結構主要特性習得之比較

　　初級班受試者在三種不同句構的表現以「比」字句最好，五項主要特性中有兩項與控制組沒有顯著，表示已習得比較句的等級和主題化這兩個特性，「被」字句的六個主要特性中的不幸意味也已習得，但「把」字句中的五個特性完全沒有習得，表示對「把」字句還在摸索階段。中級班整體來看一樣是在「比」字句的部分表現較其他句構來得好，主要特性中比較等級和主題化都和控制組無顯著，「被」字句的不幸意味也已熟習，表現最不理想的也是「把」字句，所有項目和控制組皆達顯著，表示尚未能習得完成。高級班受試者表現最不理想的一樣是「把」字句，所有的主要特性與控制組亦達顯著，顯示尚未習得。相比之下，在「比」字句和「被」字句的表現就好很多，「比」字句的五個主要項目中高級班受試者習得了兩個：語詞省略性和主題化；而「被」字句的六個主要特性中也是習得了兩個：不幸意味和動詞音節性。

　　此節之分析，再次證明「把」、「比」、「被」這三句構的難度如Prator（1967）所預測，亦可看出語言程度與二語言學習者之表現具相關性，隨著語言程度的提升，其對此三句構的主要特性亦漸能掌握。但同時不難發現，教材中對三個句構特性的介紹深度與文獻上不一，以致高級班學習者亦尚未完全習得母語人士之語感。

（三）句法 vs. 語意

　　本研究所探討的「把」、「比」、「被」這三句構之習得指標皆含句法特性與語意特性。在文法判斷題部分，除了在「被」字句部分較不明顯，受測組別大致表現出印尼語組好於韓語組、韓語組又略優於英語組的走向。而比較三種句型的語意特性，可以

觀察到各組在「比」字句表現皆優於「把」字句與「被」字句，「比」字句以印尼語組（高級：平均值=1、中級：平均值=0.99、初級：平均值=0.97）與控制組（平均值=0.99）表現最好，見圖3：

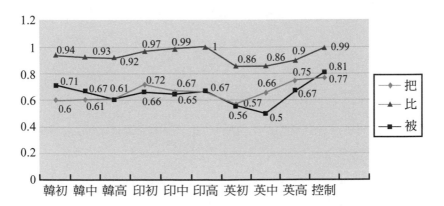

圖3　各組學生文法判斷測驗中「把」、「比」、「被」結構之語意習得比較

　　至於「把」字句和「被」字句的表現傾向與數值則相當，表現最好的都是控制組（在「把」字句平均值= 0.81，「被」字句平均值= 0.77）。而除了英語初級組的趨向不明顯，其餘的英語、韓語與印尼語組別都呈現出越高級，「被」字句與「把」字句的表現差異減少的趨向。

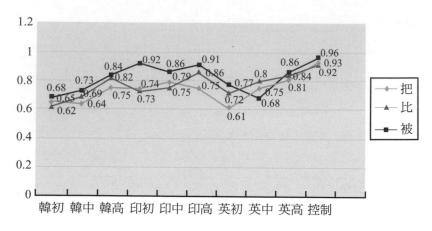

圖4　各組學生文法判斷測驗中「把」、「比」、「被」結構之句法習得比較

　　在文法判斷題的語法特性部分，在三種句型的比較之間，表現大致是「被」字句好於「比」字句，「比」字句又好於「把」字句，但差異甚小，沒有像語意部分的「比」字句表現較其他兩種句型明顯突出的情形。同時我們可以觀察到三種語言大致都呈現越高級表現越好的傾向。語言的不同似乎對表現的影響較少，但仍然可以觀察到印尼組的三種級別差異較不明顯，整體表現較為平均。

　　在圖片描述題的語意特性部分，與文法判斷題的語意特性類似，各組表現最好的都是在「比」字句的語意上（除了英語高級不符合），且「被」字句與「把」字句的表現相差不多，但此一相差不多的情形在控制組以外的其他組別卻較難觀察到，見圖5：

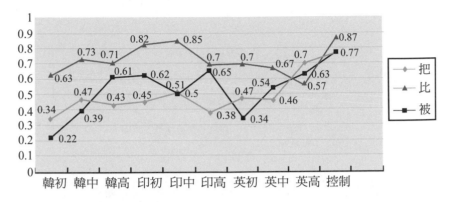

圖5　各組學生圖片描述測驗中「把」、「比」、「被」結構之語意習得比較

　　若把兩種句型相比，韓語高級、印尼初級、印尼高級、與英語中級，在「被」字句表現較好，然而韓語初級、韓語中級、印尼中級、英語初級與英語高級，則是在「把」字句的表現較好。其中韓語與印尼語皆呈現級數越高，「被」字句表現越優於「把」字句的趨向，在英語組此一趨向則較不明顯。同時也可以觀察到，控制組與各語言組表現最好的差異較不明顯，尤其是在「比」字句（控制組平均值＝0.87、英語初級平均值＝0.7、印尼中級平均值=0.85、韓語中級平均值＝0.73）與「被」字句（控制組平均值=0.77、英語高級平均值＝0.63、印尼語高級平均值＝0.65、韓語高級平均值＝0.61）。至於「把」字句則除了英語組高級（平均值＝0.7），其他各組都與控制組（平均值＝0.77）相差較多。

　　在語法特性部分，我們可以觀察到，和文法描述題的語法特性相同，三種句型之間並沒有全體一致呈現某種特定類型表現最好的傾向：

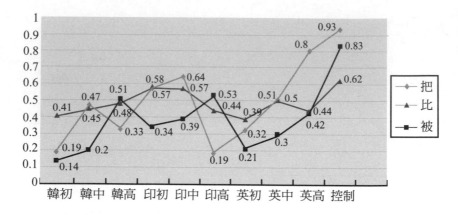

圖6　各組學生圖片描述測驗中「把」、「比」、「被」結構之句法習得比較

其中控制組的表現好壞依序是「把」字句（平均值＝0.93）>「被」字句（平均值＝0.83）>「比」字句（平均值＝0.62），而在其他語言的高級組部分，英語組高級最接近控制組的走向：「把」字句（平均值＝0.8）>「比」字句（平均值＝0.44）>「被」字句（平均值＝0.42），印尼語高級[1]和韓語高級則較類似，都呈現出「被」字句>「比」字句>「把」字句的趨向。但是除了英語組高級在「把」字句部分，其餘組別與控制組的差異都有明顯落差。

在故事重述題的語意特性部分，除了韓語高級以外，各組在「比」字句都表現最好，這點與前面兩個題型的語意特性表現類似。在「比」字句和「把」字句部分，可以觀察到除了「比」字句的印尼語組三個級別（平均值＝0.62、0.71、0.63）以外，其餘

1　印尼高級組「把」字句的表現差(平均值=0.19)與圖片有關。某些圖片對他們而言，易用非「把」字句表達。

組別都和控制組（「比」字句平均值＝0.82、「把」字句平均值＝0.78）有明顯落差：

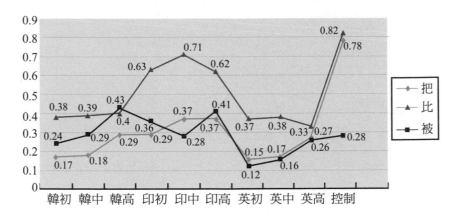

圖7　各組學生故事重述測驗中「把」、「比」、「被」結構之語意習得比較

　　至於在「被」字句，控制組表現的較不突出（平均值＝0.28），與其他兩種句子有巨大落差，然而在其他組別，尤其在英語組部分，可以觀察到「被」字句的表現與「把」字句表現相近，韓語組則「被」字句稍微優於「把」字句。

　　在語法特性部分，可以觀察到除了韓國初級，其他各組都在「把」字句表現最好，其中控制組（「把」字句平均值＝0.73，「被」字句平均值＝0.48，「比」字句平均值＝0.41）和印尼高級（「把」字句平均值＝0.48，「比」字句平均值＝0.23，「被」字句平均值＝0.19）尤其明顯，「比」字句和「被」字句的表現兩者則差異較小：

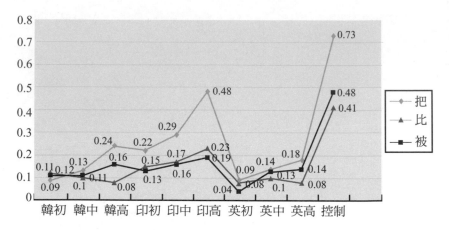

圖8　各組學生故事重述測驗中「把」、「比」、「被」結構之句法習得比較

　　同時我們也可以觀察到各組的表現與控制組都有明顯的落差，而在不同語言的比較中，仍然是以印尼語組表現稍微優於其他兩組，尤其是在「把」字句的部分，而不同語言也大致呈現出越高級表現越好的傾向。

　　整體比較這三種句構，在語意特性部分，我們可以發現在三種題型中，各組對於「比」字句的表現幾乎都是優於「把」字句和「被」字句，對此我們推論是因為其他語言的比較意味與華語「比」字句較為接近，而「把」字句的處置意味和「被」字句的不幸意味，相較於其他語言是較為特殊的。而除了控制組在故事重述題的「被」字句表現與其他兩種句構出現落差外，「把」字句和「被」字句的表現差別則普遍不明顯，對於控制組在故事重述題的「被」字句表現不佳的部分，推測這是因為對於母語使用者而言，實驗中對於故事重述題的設定，仍然不夠符合使用「被」字句在語意上所需要的不幸意味，使得受測者減少了使用

「被」字句的頻率。至於不同語言的比較，可以發現普遍還是印尼語組表現稍優於韓語與英語組的受測者，至於韓語組與英語組彼此的差異則不明顯。同時，越高級表現就越好此一傾向也不甚明顯。

　　在句法特性部分，文法判斷題中「被」字句的表現稍微好於「比」字句與「把」字句，但各組對於三種句型的表現差異並不明顯，然而到了圖片描述題，雖然各組並無明顯一致之傾向，但控制組對於三種句構的表現差異較為明顯：「把」字句優於「被」字句，「被」字句優於「比」字句，而在故事重述題，「把」字句表現較好此一傾向在控制組更為明顯，且一樣有反映在其他組的趨勢上，然而「比」字句和「被」字句的表現仍然差異較少。在「把」字句表現較好的部分，我們推測這反映了華語與其他語言的不同程度的差異，文獻中指出華語「把」字句的動詞及物性其原則可以同樣應用到英語、韓語與印尼語上，然而在比較句與「被」字句，三種語言在詞序上皆與華語有明顯差異。至於不同語言所產生的表現差異大致並不明顯，只有在故事重述題上，印尼語組表現稍微好於韓語與英語的受測者。同時也可以觀察到，越高級的使用者普遍表現較好的此一傾向，在句法特性上是比在語意特性明顯的。由本節可見，語意與句法特性之選擇，足以決定三個句構之習得順序之差異。

（四）題型效應

三組學生對三個特殊結構之表現，見圖9至圖11：

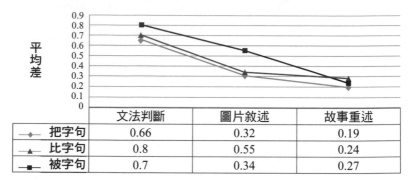

	文法判斷	圖片敘述	故事重述
◆ 把字句	0.66	0.32	0.19
▲ 比字句	0.8	0.55	0.24
■ 被字句	0.7	0.34	0.27

圖9　韓語組三個測驗中「把」、「比」、「被」結構習得之比較

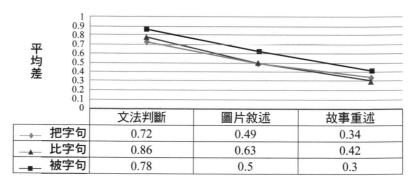

	文法判斷	圖片敘述	故事重述
◆ 把字句	0.72	0.49	0.34
▲ 比字句	0.86	0.63	0.42
■ 被字句	0.78	0.5	0.3

圖10　印尼組三個測驗中「把」、「比」、「被」結構習得之比較

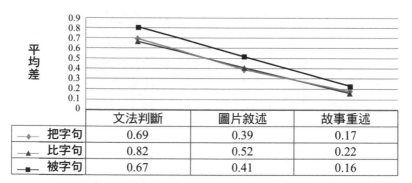

圖11　英美組學生三個測驗中「把」、「比」、「被」結構習得之比較

韓語組除了在「被」字句的習得之外，在各句型的題型中，題型之間皆有顯著差異（p < 0.05），在「被」字句中，圖片敘述以及故事重述之間沒有顯著差異（p < 0.05, p = 0.0.8）。其原因可推測於漢語中的「被」字句使用必須牽涉"不幸"的意味，才能使用。韓語組可能在做語言輸出（production）時能無法判斷如何正確使用「被」字句。因此在兩種語言輸出型的題型中，得分較低並且之間的沒有顯著差異。印尼組在各個句型中，其題型之間皆有顯著差異。換言之，在各句構中，文法判斷為最簡單的題型，其次為圖片敘述，最難的為故事敘述。由於後兩者題型牽涉語言輸出，因此習得上相對的較慢，因而得分較低。英美組在各句構中，其題型之間皆有顯著差異。文法判斷測驗為表現最佳的題型，其次圖片敘述測驗，最難的則是故事重述測驗。由此可見，判斷二語習得中句構之難易度與測驗題型密不可分。

五、結語

本研究主要的發現，如下：

一、外籍學生在習得三個特殊結構時，母語在「被」字句和「比」字句之主要特性上有不同之影響，證明二語習得時母語仍具影響，但「把」字句習得方面，因三個實驗組之母語皆無此結構，受試學生表現相同。換言之，語言共通性仍存在。

二、大體而言，語言程度效應明顯，高級班表現優於初級班及中級班。惟「比」字句與「把」字句之習得，三個級數學生表現差異不大。語言程度與三個句構之表現仍具相關性，但結構難易度呈現兩極時，則不易看出此效應。

三、受試學生在習得三個特殊結構時，語意特性與句法特性所呈現之三個句構習得順序不一，但整體來看，語意特性比句法特性來容易掌握。

四、外籍學生習得三個特殊結構時，題型效應顯著，文法判斷測驗比圖片描述測驗及故事重述測驗佳。

依Prator（1967）所預測的困難指數，「把」字句為全新的句構（亦即零對照（zero contrast）），以及第三級（再詮釋reinterpretation）難度，「被」字句和「比」字句難度屬第一級（一對一對應coalescence）。研究發現，依母語背景或語言程度來看，外籍學生對三個特殊結構之表現，確實呈現「把」字句最難，其次是「被」字句及「比」字句，符合Prator（1967）之預測。然而，兩個分屬第一級的句構，「被」字句難度有時較「比」字句容易，可見Prator同一難度級數的句構，因不同的特性之選擇，研究發現亦有所別，此難度指數預測有修正之必要。在教學方面，針對此三個句構之語意與句法特性之習得，宜思考功能導

向（function-driven），設計情境讓學生使用句構練習。

　　本研究旨在比較分析外籍學生習得華語「把」字句、「被」字句及「比」字句等特殊結構時之差異。因人力與時間有限之故，下列議題未來可深入研究：

　　一、本研究對象之外籍學生為韓國學生、印尼學生及英美學生，未來仍可考量加入其他母語背景（如泰語）之外籍學生，了解其表現是否與本研究發現有別。

　　二、本研究對象之語言程度以國語中心之分班測驗為主，該測驗為成就評量，未來可考量採華語文測驗，屬一標準化測驗，比較分析其表現。

　　三、本研究採三個實驗（如：文法判斷、圖片描述及故事重述）蒐集外籍學生之特殊結構語料，未來亦可考量在自然語境下蒐集語料，再比較研究發現之差異。

徵引文獻

Berent, G.P. (1985). "Markedness considerations in the acquisition of conditional sentences." *Language Learning* 35.3: 337-373.

Chen, B.C. (1995). *An Analysis of the Anaphoric Reflexive Ziji in Chinese.* MA thesis, Department of Education National Kaohsiung Normal University, Kaohsiung, Taiwan.

Chomsky, N. (1981). *Lectures on Government and Binding* (Dordrecht, Netherlands: Foris).

Chomsky, N. (1982). *Some Concepts and Consequences of the Theory of Government and Binding* (Cambridge, MA: MIT Press).

Clahsen, H., & Muysken, P. (1986). "The availability of universal grammar to adult and child learners: A study of the acquisition of German word order." *Second Language Research* 2.2: 93-119.

Comrie, B. (1981). *Language Universals and Linguistic Typology* (Chicago: University of Chicago Press).

Eckman, F. R. (1977). "Markedness and the contrastive analysis hypothesis." *Language Learning* 27.2: 315-330.

Eckman, F. R. (1981). "On the naturalness of interlanguage phonological rules." *Language Learning* 31.1: 195-216.

Eckman, F. R. (2004). "Universals, innateness and explanation in second language acquisition." *Studies in Language* 28.3: 682-703.

Flynn, S. (1989). "The role of the head-initial/head-final parameter in the acquisition of English relative clauses by adult Spanish and Japanese speakers." S. M. Gass & J. Schachter (eds.): *Linguistic Perspectives on Second Language Acquisition* (Cambridge: Cambridge University Press) 89-108.

Gass, S., & Selinker, L. (1992). *Language Transfer in Language Learning* (Amsterdam: John Benjamins).

Greenberg, J. H. (ed.). (1984). *Universals of Human Language,* vol.1 (Stanford, CA: Standford University Press).

Ihm, H. -B., Hong, K.-P., & Chang, S.-I. (1988). *Korean Grammar for International Learners* (Seoul: Yonsei University Press).

Ishida, K. (2006). "How can you be so certain? The use of hearsay evidentials by English-speaking learners of Japanese." *Journal of Pragmatics* 38.8: 1281-1304.

Kong, S. (2005). "The partial access of universal grammar in second language acquisition: An investigation of the acquisition of English subjects by L1 Chinese speakers." *Journal of East Asian Linguistics* 14.3: 227-265.

Lado, R. (1957). *Linguistics Across Cultures* (Ann Arbor: University of Michigan Press).

Lee, K. D. (1993). *A Korean Grammar on Semantic-Pragmatic Principles* (Seoul: Hankwuk Munhwasa (Korea Press)).

Li, C. N., & Thompson, S. A. (1981). *Mandarin Chinese: A Functional Reference Grammar* (Berkeley: University of California Press).

Lightbown, P. M., & Spada, N. (2013). *How Languages Are Learned* (Oxford: Oxford University Press).

Lust, B., Chien, Y.-C., Chiang, C.-P., & Eisele, J. (1996). "Chinese pronominals in Universal Grammar: A study of linear precedence and command in Chinese and English children's first language acquisition." *Journal of East Asian Linguistics* 5.1: 1-47.

Mazurkewich, I. (1984). "The acquisition of the dative alternation by second language learners and linguistic theory." *Language Learning* 34.1: 91-109.

Mossop, J. W. (1996). "Markedness and fossilization in the interlanguage phonology." *World Englishes* 15.2: 171-182.

Odlin, T. (1989). *Language Transfer* (Cambridge: Cambridge University Press).

Osgood, C. E. (1949). "The similarity paradox in human learning: a resolution." *Psychological Review* 56.3: 132-143.

Prator, C. H. (1967). "Hierarchy of difficulty." Unpublished classroom lecture, University of California, Los Angeles.

Richards, J. C., & Mayuri, S. (1983). "Language transfer and conversational competence." *Applied Linguistics* 4.2: 113-125.

Rizzi, L. (1982). *Issues in Italian Syntax* (Dordrecht, Netherlands: Foris).

Seliker, L. (1972). "Interlanguage." *International Review of Applied Linguistics* 10.2: 201-231.

Sportiche, D. (1982). "Bounding nodes in French." *The Linguistic Review* 1.2: 219-246.

Tomasello, M., & Herron, C. (1989). "Feedback for language transfer errors: the garden path technique." *Studies in Second Language Acquisition* 11.3: 385-395.

Tsao, F.-F. (1979). *A Functional Study of Topic in Chinese: The First Step Towards Discourse Analysis* (Taipei: Student Book).

Wang, Y. (2004). "The comparison of the production of Chinese sentences in foreign studies whose native languages are different in typology." *Acta Psychology Sinica* 36.3: 274-280.

White, L. (1986). "*Markedness* and parameter setting: Some implications for a theory of adult second language acquisition." F. R. Eckman, E. A. Moravcsik, & J.R. Wirth, (eds.): *Markedness* (New York: Plenum Press), 309-327.

White, L. (1990). "Second language acquisition and universal grammar." *Studies in Second Language Acquisition* 12.2: 121- 33.

Ying, H. G. (1999). "Access to UG and language transfer: A study of L2 learners' interpretation of reconstruction in Chinese." *Second Language Research* 15.1: 41-72.

Yuan, B. (1995). "Acquisition of base-generated topics by English-speaking learners of Chinese." *Language Learning* 45.4: 567-603.

Yuan, B. (1997). "Asymmetry of null subjects and null objects in Chinese speakers' L2 English." *Studies in Second Language Acquisition* 19.4: 467-497.

附錄一：圖片描述測驗

一、「把」字句

請根據圖片的情境，說出適當的句子。

1. 胖虎今天很生氣，看到路上有一隻黃色的小狗，就捉起來打，結果那隻小狗竟然被打到受傷了。請問胖虎對那隻小狗做了什麼事？

2. 媽媽邊看電視邊吃飯，一不小心，手滑了，她的碗就打破了。請問媽媽對她的碗做了什麼事？

3. 爸爸覺得沙發軟軟的，跟床一樣好睡，當他在客廳看電視時，常常喜歡躺在沙發上睡覺。請問爸爸常常對床做了什麼事？

4. 小英今天生日，帶了好多糖果來學校，她隨手捉了一些給同學。請問小英對一些糖果做了什麼事？

5. 小黑狗在等小夫準備晚餐給牠吃，但是小夫都沒弄給牠吃，小黑狗等著等著就餓待了。請問小夫對小黑狗做了什麼事？

6. 大雄今天被胖虎欺負了，一回到家，就拿起桌上的那個杯子摔在地上，結果那個杯子就破了。請問大雄對那個杯子做了什麼事？

7. 小花看到一團黑黑的東西，哇！原來是蟑螂阿。請問小花看到什麼？

8. 小夫很喜歡小狗，當有心事時，他常常跟小狗說。小夫對待小狗，就像對待朋友一樣。請問小夫常常對狗做什麼事？

10. 那個學生常常都不按時交作業，老師告訴他好幾次了，但是他還是不聽，所以老師處罰那個學生。請問老師對那個學生怎麼了？

10. 牆壁很單調，女主人就請工人來漆油漆。請問工人在做什麼？

11. 那位正在睡覺的女孩是小英，胖虎一看到小英就喜歡上她直到現在。請問胖虎對小英做了什麼事？

12. 教室很悶，小華覺得很不舒服，就隨便開了其中一扇門來通風透氣。請問小華對一扇門做了什麼事？

13. 那隻猴子很無聊，就在爬樹。請問那隻猴子在做什麼？

14. 全家都先出門了，爸爸是最後一個留在家的，在他離開家時，為了安全起見，爸爸就鎖了門。請問爸爸對門做了什麼事？

15. 米老鼠的弟弟剛買了一個新書包，米老鼠為了捉弄他，就將書包藏起來，弟弟找他的書包，找了很久都找不到，於是弟弟哭了一個晚上。請問米老鼠對弟弟做了什麼事？

16. 昨天學校舉行考試，老師很快就改完了考卷。今天上課時，老師就發給學生昨天的考卷。請問今天老師對考卷做了什麼事？

17. 有人送糖果給小江，他現在沒事就拿起來吃。請問小江在做什麼？

18. 那個人因為走私毒品，所以警察捉了他。請問警察對那個人做了什麼事？

19. 小華今天拿到了打工錢，為了要和小英一起看電影，打工錢就這樣被小華花掉了。請問小華對錢做了什麼事？

20. 靜香很想吃桌上的橘子，就拿起來剝皮。請問靜香對橘子做了什麼事？

21. 桌上有一杯水，媽媽很渴，就拿起來喝。媽媽對水做了什麼事？

22. 今天是叔叔的生日，爸爸為了祝賀他，就送禮物給叔叔。請問爸爸對禮物做了什麼事？

23. 桌上有一塊蛋糕，小英肚子很餓，就拿起來那塊蛋糕，吃了。請問小英對那塊蛋糕做了什麼事？

24. 爸爸今天剛拿到獎金一萬元，就拿去買了一套球杆，一下子就花光所有的獎金了。請問爸爸對獎金做了什麼事？

二、「比」字句

請根據圖片的情境，說出適當的句子。

1. 圖片有兩隻小狗，一隻是黑狗，另一隻是白狗。那兩隻狗相比，黑狗胖了一些。請問黑狗和白狗有什麼不同？

2. 圖片上有兩張圖，一張是胖虎的臉，另一張是小英的臉。那兩張臉相比，胖虎的臉圓了許多。請問胖虎的臉和小英有什麼不同？

3. 圖片上有一位王子和一位公主，兩個人相比，王子高了一些。請問王子和公主有什麼不同？

4. 圖片上有兩個人，一位是胖虎，另一位是大雄。他們都擁有一些書，但是胖虎的書多了一些。請問胖虎的書和大雄有什麼不同？

5. 圖片上有一隻高飛狗和一隻凱蒂貓。兩個人個性不同，高飛狗相對來說，比較糊塗。請問高飛狗和凱蒂貓是什麼關係？

6. 圖片上有兩台車子，一台是小英的車子，另一台是小夫的車子。那兩台車相 比，小英的車明顯乾淨了許多。請問小英的車和小夫有什麼不同？

7. 圖片上有一隻花貓，花貓旁邊有一隻白貓，白貓在睡覺。請問花貓旁邊的誰在做什麼？

8. 圖片上有一盞桌燈和一盞吊燈。那兩盞燈相比，桌燈亮了許多。請問桌燈和吊燈有什麼不同？

9. 圖片上有兩隻貓，一是花貓，另一隻是白貓。花貓在玩鬧，把水打翻了。和白貓相比，花貓調皮許多。請問花貓和白貓有什麼不同？

10. 圖片上有一張桌子，桌子上面有一顆橘子，有人吃了那顆橘子。請問桌上的橘子怎麼了？

11. 圖片上有一位白公主和黑公主。兩位公主相比，白公主沒有比較年輕。請問白公主和黑公主有什麼不同？

12. 圖片上有兩個女孩，一位是小英，另一位是靜香。兩個人相比，他們都很可愛。請問小英跟靜香有什麼相同的地方？

13. 圖片上有一位公主和一位王子。公主拿著書在看，王子拿著球準備去打球。請問公主和王子在做什麼？

14. 圖片上有一顆排球和一顆籃球。那兩顆球相比，兩顆球的大小一樣。請問排球跟籃球有什麼相同的地方？

15. 圖片上有兩個人，一位是大雄，另一位是胖虎。兩個人相比，大雄瘦弱了一些。請問大雄和胖虎有什麼不同？

16. 圖片上有兩個人，一位是小叮噹，另一位是胖虎。兩個人相比，小叮噹崇明許多。請問小叮噹和胖虎有什麼不同？

17. 圖片上有一個女孩，她是小英，她正在吃糖果，那個糖果是小華送的。請問小英在吃什麼糖果？

18. 圖片上有兩隻小狗，一隻是黑狗，另一隻是白狗。兩隻狗相比，黑狗並沒有比較胖。請問黑狗和白狗有什麼不同？

19. 圖片上有個人，一位是大雄，另一位是小夫。跟大雄相比，小夫活潑許多。請問大雄和小夫有什麼不同？

20. 圖片上有兩位公主，一位是黑公主，另一位是白公主。兩位
公主相比，黑 公主的皺紋明顯多了一些。請問黑公主的皺紋
和白公主有什麼不同？

21. 圖片上有兩個房間，一個是阿福的房間，另一個是靜香的房
間。兩間房間相比，阿福的房間髒了許多。請問阿福的房間
和靜香有什麼不同？

22. 圖片上有兩個人，一位是小夫，另一位是大雄。兩個人相
比，小夫比較有錢。請問小夫和大雄有麼不同？

23. 圖片上有兩杯水。一杯水在桌上，另一個杯水在地上。兩杯
水相比，桌上的水滿了一些。請問桌上的這杯水和地上的那
杯水有什麼不同？

24. 圖片上有兩個人，一位是王子，另一位是公主。兩個人相
比，王子矮了一些。請問王子和公主有什麼不同？

三、「被」字句

請根據圖片的情境，說出適當的句子。

1. 小雪長得很可愛，個性又很活潑。她班上有一個同學，就跟
小雪說愛她。請問小雪怎麼了？

2. 弟弟很高興地帶著玩具去學校。同學跟弟弟借玩具玩。最
後，那個玩具不知道誰弄壞了。請問那個玩具怎麼了？

3. 有一個大哥要一個小男孩給他錢，那個男孩不想給錢，那人
就踢了小男孩一下。請問那男孩怎麼了？

4. 妹妹做了一個夢，夢裡面她是老師，媽媽是學生，媽媽忘記
寫作業了，妹妹就打了媽媽一下。請問妹妹昨天在夢裡做了
什麼事？

5. 妹妹高興地拿著氣球出去玩，結果起了一陣大風，妹妹沒有拿好，風就吹走氣球了。請問氣球怎麼了？

6. 小明看到了一封小華要寫給小櫻的信，他就在信封上寫上小櫻的姓名和地址，寄給小櫻。請問那封信怎麼了？

7. 爸爸在家看電視，弟弟生氣地回家，坐在爸爸前面。弟弟這麼一坐，爸爸什麼也看不到了。請問爸爸怎麼了？

8. 爸爸的同事跟他借車子，後面爸爸發現車子有撞到的痕跡，車子上面還多了一個洞。請問車子怎麼了？

9. 妹妹沒注意到走廊上有一張椅子，椅子絆到妹妹，妹妹就絆倒了。請問妹妹發生什麼事了？

10. 早上學校人很多，升旗時同學們推來推去，弟弟一不注意，同學就推倒他了。請問弟弟怎麼了？

11. 妹妹走路很不專心，沒注意到走廊上有一張椅子，結果妹妹就絆到椅子，然後跌倒了。請問妹妹怎麼了？

12. 小強常常在超商偷東西，警察總是一路追，最後都會捕到他。請問小偷常常怎麼了？

13. 老師上課很喜歡問問題，有一天，弟弟上課不專心，老師看到了，就問了弟弟很多問題。請問弟弟怎麼了？

14. 妹妹正想著拿100元去買東西，弟弟經過看到妹妹有100元，要妹妹給他，妹妹不肯，弟弟就把100元搶走了。請問妹妹怎麼了？

15. 弟弟正想著要拿100元去買東西，妹妹經過看到了，就把弟弟的100元搶走了。請問妹妹做了什麼事？

16. 弟弟很調皮，他常常喜歡做一些壞事。他看到妹妹，常常會欺負妹妹，然後跑掉。請問妹妹常常怎麼了？

17. 上禮拜做期中考，小明忘記準備了，他是全班考最不好的人，老師很生氣，就處罰小明了。請問小明怎麼了？

18. 爸爸回家發現門打不開，以為門卡住了，所以就用很多方法想開門，最後他試了一下鑰匙，門就打開了。請問門怎麼了？

19. 妹妹的小狗死了，她趴在桌上哭。媽媽看到妹妹哭，也很傷心。請問媽媽怎麼了？

20. 奶奶很疼妹妹，每次來都會送妹妹東西。這次奶奶來，也拿了一個禮物給妹妹。請問奶奶做了什麼事？

21. 有一天，媽媽叫妹妹去寫作業，妹妹不聽，媽媽就打了妹妹一下。請問妹妹怎麼了？

22. 哥哥開車的技術不太好。有一天，他開車回家，但是車子不小心撞到牆壁了，牆壁有一個洞。請問牆壁怎麼了？

23. 媽媽放了一些大骨頭在冰箱裡，剩下的一些擺在門外，她沒注意到門口有狗狗，狗狗就吃了骨頭了。請問骨頭怎麼了？

24. 爸爸說討厭蠟的味道，所以書房的地板不想上蠟。媽媽忘記了，她還是幫地板上蠟了。請問地板怎麼了？

附錄二：文法判斷測驗

一、「把」字句

　　請判斷下列各句是否合乎文法，合文法的（grammatical）句子，打「○」，不合文法的（ungrammatical）句子，打「×」：

（　）　*1.* 爸爸把漢堡吃光了。
　　　　　Baba ba hanbao chiguang le.

（　）　*2.* 小英把那個背包買走了。
　　　　　Xiaoying ba nage beibao maizou le.

（　）　*3.* 媽媽把卡片寄給弟弟。
　　　　　Mama ba kapian jigei didi.

（　）　*4.* 胖虎把老師問倒了。
　　　　　Panghu ba laoshi wendao le.

（　）　*5.* 他們把地板鋪了磁磚。
　　　　　Tamen ba diban pu le cizhuan.

（　）　*6.* 大雄把那隻貓趕走了。
　　　　　Daxiong ba nazhimao ganzou le.

（　）　*7.* 靜香常常把鍋子當玩具。
　　　　　Jingxiang changchang ba guozi dang wanju.

（　）　*8.* 小華把一顆饅頭吃掉了。
　　　　　Xiaohua ba yike mantou chidiao le.

（　）　*9.* 他把蘋果削了皮。
　　　　　Ta ba pinguo xiao le pi.

（　）*10.* 高飛狗在睡覺。
　　　　　Gaofeigou zaishuijiao

（　）*11.* 小夫把大雄打了。

Xiaofu ba daxiong da le.

（　）*12.* 米老鼠把一些彈珠送給我。

Milaoshu ba yixie danzhu songgeiwo

（　）*13.* 大雄不喜歡上課。

Daxiong bu xihuan shangke.

（　）*14.* 小夫把小英想念了。

Xiaofu ba Xiaoying xiangnian le.

（　）*15.* 大雄常常把書包當枕頭。

Daxiong changchang ba shubao dang zhentou.

（　）*16.* 小華把書還給學校。

Xiaohua ba shu huangei xuexiao.

（　）*17.* 阿福把老師生氣了。

Afu ba laoshi shengqi le.

（　）*18.* 他把房間打掃了。

Ta ba fangjian dasao le.

（　）*19.* 小花貓把小老鼠跑了。

Xiaohuamao ba xiao laoshu pao le.

（　）*20.* 小美喜歡兔子。

Xiaomei xihuan tuzi.

（　）*21.* 胖虎把玩具摔壞了。

Panghu ba wanju shuaihuai le.

（　）*22.* 胖虎把那顆氣球捏破了。

Panghu ba nake qiqiu niepo le.

（ 　）*23.* 大雄把書桌擦。

　　　　Daxiong ba shuzhuo ca.

（ 　）*24.* 小松鼠在樹上跳來跳去。

　　　　Xiaosongshu zai shushang tiaolaitiaoqu.

二、「比」字句

　　請判斷下列各句是否合乎文法，合文法的（grammatical）句子，打「○」，不合文法的（ungrammatical）句子，打「×」：

（ 　）　*1.* 我的臉比你圓。

　　　　Wode lian bi ni yuan.

（ 　）　*2.* 爸爸的書比媽媽的書還多。

　　　　Babade shu bi mamade shu hai duo.

（ 　）　*3.* 小玲比小雪漂亮。

　　　　Xiaoling bi xiaoxue piaoliang.

（ 　）　*4.* 爸爸的書比媽媽還多。

　　　　Babade shu bi mama hai duo.

（ 　）　*5.* 姐姐比妹妹漂亮。

　　　　Jiejie bi meimei piaoliang

（ 　）　*6.* 妹妹的眼睛很大。

　　　　Meimeide yanjing hen da.

（ 　）　*7.* 姐姐比妹妹聰明。

　　　　Jiejie bi meimei congming.

（ 　）　*8.* 哥哥比弟弟笨。

　　　　Gege bi didi ben.

(　) 9. 黑狗不胖比白狗。

Heigou bu pang bi baigou.

(　) 10. 我的錢比你的錢還多。

Wode qian bi nide qian hai duo.

(　) 11. 哥哥比弟弟醜。

Gege bi didi chou

(　) 12. 弟弟老師不喜歡。

Didi laoshi bu xihuan.

(　) 13. 哥哥跟弟弟一樣聰明。

Gege gen didi yiyang congming.

(　) 14. 姐姐的作業比妹妹的作業還多。

Jiejiede zuoye bi meimeide zuoye hai duo.

(　) 15. 比你，我錢多一點。

Bi ni wo qiang duo yidian.

(　) 16. 哥哥跟弟弟一樣笨。

Gege gen didi yiyang ben.

(　) 17. 媽媽妹妹打。

Mama meimei da.

(　) 18. 姐姐的作業比妹妹的還多。

Jiejiede zuoye bi meimeide hai duo.

(　) 19. 她的頭髮比妳直。

Tade toufa bi ni zhi.

(　) 20. 我的錢你的錢比還多。

Wode qian nide qian bi hai duo.

（　　）**21.** 哥哥比弟弟高。

　　　　Gege bi didi gao.

（　　）**22.** 爸爸生氣非常。

　　　　Baba shengqi feichang.

（　　）**23.** 比白狗，黑狗不胖。

　　　　Bi baigou heigou bu pang.

（　　）**24.** 黑狗不比白狗胖。

　　　　Heigou bu bi baigou pang.

三、「被」字句

　　請判斷下列各句是否合乎文法，合文法的（grammatical）句子，打「○」，不合文法的（ungrammatical）句子，打「×」：

（　　）**1.** 妹妹被媽媽愛了。

　　　　Mèimei bèi māma ài le.

（　　）**2.** 那個禮物被人弄壞了。

　　　　Nàge lǐwù bèi rén nòng huài le.

（　　）**3.** 那男孩踢了一下被同學。

　　　　Nàgè nánhái tīle yíxià bèi tóngxué.

（　　）**4.** 媽媽昨天打了妹妹。

　　　　Māma zuótiān dǎ le mèimei.

（　　）**5.** 氣球被風吹走了。

　　　　Qìqíu bèi fēng chuīzǒu le.

（　　）**6.** 那封信被我寄給他了。

　　　　Nàfēng xìn bèi wǒ jìgěi tā le.

（　）　*7.* 我被你這麼一坐了，甚麼也看不到了。

　　　　Wǒ bèi nǐ zhèmè yízuò, shěnme yě kànbúdào le.

（　）　*8.* 車子被撞了一個洞。

　　　　Chēzi bèi zhuàng le yígè dòng.

（　）　*9.* 椅子絆倒妹妹了。

　　　　Yǐzi bàndǎo mèimei le.

（　）*10.* 弟弟被同學推倒了。

　　　　Dìdi bèi tóngxué tuīdǎo le.

（　）*11.* 妹妹被椅子絆倒了。

　　　　Mèimei bèi yǐzi bàndǎo le.

（　）*12.* 小偷常常被警察捕。

　　　　Xiǎotōu chángcháng bèi jǐngchá bǔ.

（　）*13.* 弟弟被老師問了很多問題。

　　　　Dìdi bèi lǎoshī wèn le hěnduō wèntí.

（　）*14.* 妹妹被弟弟搶了100塊。

　　　　Mèimei bèi dìdi qiǎng le yìbǎikuài.

（　）*15.* 弟弟搶了一百塊妹妹。

　　　　Dìdi qiǎng le yìbǎikuài mèimei.

（　）*16.* 妹妹常常被弟弟欺負。

　　　　Mèimei chángcháng bèi dìdi qīfu.

（　）*17.* 妹妹被老師處罰了。

　　　　Mèimei bèi lǎoshī chǔfá le.

（　）*18.* 門被鑰匙打開了。

　　　　Mén bèi yàoshi dǎkāi le.

( ) *19.* 姐姐被弟弟哭，什麼事也不能做了。

Jiějie bèi dìdi kū, shénmeshì yě bùnéng zuò le.

( ) *20.* 奶奶給一個禮物給妹妹。

Nǎinai gěi yígè lǐwù gěi mèimei.

( ) *21.* 弟弟被同學打了。

Dìdi bèi tóngxué dǎ le.

( ) *22.* 牆壁被車子撞了一個洞。

Qiángbì bèi chēzi zhuàng.le yígè dòng.

( ) *23.* 骨頭被狗吃了。

Gǔtóu bèi gǒu chī le.

( ) *24.* 地板被媽媽上蠟了。

Dìbǎn bèi māma shànglà le.

語料庫為本的華語學習者關係子句產出研究[*]

張莉萍

Li-Ping CHANG

（國立臺灣大學華語教學碩士學位學程）

[*]　本文乃作者於2017年發表於《華語文教學研究》〈華語學習者關係子句的習得考察〉之擴充版。2017年一文僅考察英日兩種母語背景者。作者感謝兩位審查人給予之寶貴意見及科技部計畫（MOST 108-2410-H-002-117）之支持。

摘　要

關係子句（Relative Clause，RC）一直以來是語言學的研究熱點，在二語習得這個領域中，研究重點多放在二語學習者對關係子句的習得過程是否符合 Keenan & Comrie（1977）提出的名詞短語可及性理論（AH）。即，主語 RC 是最容易習得，產出最多，出錯最少。本研究採用語料庫語言學的方法，主要目的是透過學習者真實語言的檢視與分析，了解以漢語做為第二語言的學習者在關係子句方面的產出情況，透過分析不同母語以及不同能力階段學習者，在關係子句的類型以及出現位置的習得表現上是否有所差異。所採用的語料包括不同母語背景（英、日、韓、越、印尼、西班牙）、不同語言能力的學習者（中、中高級）的作文，共 2259 篇。就關係子句的類型、出現的位置與中心語的有生性這三方面的統計結果來看，賓語 RC 對學習者而言較為容易，也產出較多，與可及性理論（AH）並不相符。研究結果也顯示，無論學習者的母語是向左分枝、向右分枝或左右分枝的語言，都有一個共同的表現，即，能力較低學習者產出較多的賓語 RC，這與兒童習得關係子句最早產出賓語 RC 的現象一致。本論文主張以漢語做為第二語言關係子句的學習過程，語序是關鍵因素，因為賓語 RC 的語序與漢語語序 SVO 一致，無論什麼母語背景學習者都能較輕鬆、自然地產出賓語 RC。而待語言能力提升後，主語 RC 也隨之增多，甚至超越賓語 RC。從不同能力學習者的表現差異，可以明顯看出學習者語言朝向目標語語言的表現發展。

關鍵詞：relative clause, L2 acquisition, interlanguage, corpus, Mandarin Chinese

一、緒論

　　自從 Keenan & Comrie（1977）提出名詞短語可及性理論
（Accessibility Hierarchy，AH）以來，關係子句（relative clause，
RC）一直受到語言學家、語言習得研究者的特殊關注。Keenan
& Comrie 他們從類型學的角度出發，深入考察約五十個語言，得
出關係子句化的名詞組序列：SU > DO > IO > OBL > GEN >
OCOMP。也就是最容易關係子句化的名詞組中心語（或稱先行
詞）是主語角色，其次依序是直接賓語、間接賓語、介詞帶的名
詞、領屬格名詞、比較句的賓語。後來應用在語言習得領域上，
很多研究都顯示學習者在學習各類關係子句時，習得順序或各類
關係子句的難易度基本上和這個可及性假設的順序一致，即，主
語關係子句是最容易習得，產出最多，出錯最少（Gass 1979;
Eckman, Bell & Nelson 1988; Doughty 1991; Izumi 2003）。

　　然而，符合 AH 所預測的二語習得研究結果絕大多數是印歐
語言，而這些語言的關係子句是修飾語在後的結構，如「買書的
那個人⋯」英語的表達是 The man who bought the book⋯，中心
語（the man）的位置與漢語相反。那麼究竟對於日語、漢語這類
中心語置右的語言是不是也符合 AH 的預測，近十幾年來也引起
了一些學者的關注。例如，以日語為二語的習得研究中，有些結
果顯示符合 AH 的預測（Sakamoto & Kubota 2000）；但，也有些
結果顯示不完全符合 AH 的預測（Hasegawa 2005）。關於漢語習
得的研究情況也是一樣，有研究指出，主語關係子句容易（Xu
2014; 李金滿 2015）；也有研究指出賓語關係子句容易（Tarallo &
Myhill 1983; 戴運財 2010）。

　　前人的研究多數是以認知心理的實驗或測試方法來進行，例

如，將兩個句子透過特定的方式組合為一個含有關係子句的完整
句子。而這些研究結果的不一致性促使本研究想以學習者自然產
出的語料來一探究竟，透過大量的語料以及含有不同母語背景、
不同語言能力等特徵的因素來觀察學習者的語言，試圖找出這些
因素對習得的影響。因此本研究採用學習者語料庫的研究方法，
共觀察2259篇作文，觀察的對象包括日、韓、越、英、印尼、西
班牙六種不同母語背景學習者，他們在不同語言能力（中級、高
級）的表現。本研究的原始動機並非想驗證或支持哪一種理論適
用於漢語，而是相信如果我們得知主語關係子句或賓語關係子句
的難易度，有助於華語關係子句教學的先後順序安排。然而因為
前人研究結果呈現的不一致性，使得我們開啟這個研究，在探究
的過程中，必須關心和關係子句研究相關的一些理論，當然包括
了前面提過的AH或是和語言處理相關的加工理論，例如，名詞
的有生性（animacy）是否影響學習者偏好產出哪種關係子句，
或是關係子句出現在主句的位置，也就是內嵌或旁置和他們產出
關係子句類型間的關係。唯有釐清這些可能的因素，才能進一步
探知主語關係子句與賓語關係子句的難易。以下將先呈現前人在
這些方面的研究結果。

二、漢語關係子句習得研究情況

（一）主語關係子句和賓語關係子句習得結果的不一致

　　如前所述，符合AH所預測的二語習得研究結果絕大多數是
印歐語言，而這些語言的關係子句是修飾語在後的結構，究竟對
於日語、韓語、漢語這類中心語置右的語言是不是也符合AH的

預測，近十幾年來也引起了一些學者的關注。例如，Sakamoto & Kubota（2000）考察了英語為母語、漢語為母語、印尼語為母語這三群學習者，學習日語關係子句的情形，採用的測試方式是連結句子，結果顯示符合AH的預測。但以日語為二語的習得研究中，也有些結果顯示不完全符合AH的預測（Ozeki & Shirai 2007a），有興趣者請參考Hasegawa（2005）一文。韓語的習得研究則是可以參考O'Grady, Lee & Choo（2003），他們找53個英語為母語的學習者來測試。讓受試者依照所聽到的關係子句類型來選出所述的圖片，發現學習者在賓語關係子句的理解上較主語關係子句來得困難，偏誤顯著地高，顯示符合AH的預測。Tarallo & Myhill（1983）的跨語言習得研究顯示，以英語為母語的學習者在學習德語、葡萄牙語與波斯語這些中心語置左的關係子句語言時，符合AH的預測，主語RC比賓語RC容易；但在學習日語和漢語時，則顯示賓語RC比主語RC容易。以下呈現的是以漢語為二語的習得研究結果。

　　以漢語為二語的習得研究中，Packard（2008）採取自控速度閱讀法，以英語為母語的學習者為測試對象，實驗結果顯示，學習者處理主語關係子句的速度比較慢。Packard因此建議華語教師先教賓語關係子句，再教主語關係子句，因為前者較容易。不過，這個建議應該也只能應用在以英語為母語的學習者身上，因為實驗對象是針對以英語為母語的學習者。戴運財（2010）則是透過句子連接的語言測試任務，調查39名外國留學生（主要是英、日、韓語背景）漢語關係子句習得的情況，結果顯示習得的順序是賓語RC最容易，其次依序為主語RC、間接賓語RC、介詞賓語RC。以上顯示漢語為二語的習得結果並不符合AH的預測。

　　但也有研究證明AH理論同樣適用於漢語為第二語言的習得。如，Xu（2014）利用句子連接的語言測試任務，對45名英語為母語的受試者，檢視漢語的關係子句習得與AH假設的相合度，實驗要求受試者將研究者提供的兩個句子透過特定方式組合成一個含有關係子句的完整句子，並觀察其作答分布。結果顯示對學習者而言，最容易的是主語RC，而後是賓語RC，且學習者偏好產出使用主語RC的句子，證明AH理論同樣適用於漢語為第二語言的習得。李金滿（2015）採用語料庫為本的方法，利用HSK動態作文語料庫（張寶林、崔希亮、任傑2004）[1]，觀察英、日、韓學習者的表現，該研究僅各取68個左右的關係子句來分析，總觀察筆數為201筆。該研究指出不論哪個背景學習者（英、日、韓三類），都是主語關係子句的數量較多，顯示符合AH的理論假設。

　　由上可知，即使是同樣的研究方法或測試手段，做出來的結果也不一致。是否受學習者為不同母語的語言類型或不同語言能力的影響，本研究將在第4節更進一步地來探討這些問題。

（二）中心語有生性對關係子句的影響

　　除了AH理論外，也有研究指出名詞的有生性（animacy）與關係子句的理解難度或產出類型有很大的關係。例如，Traxler, Morris & Seely（2002）根據眼動實驗的結果指出，當英語賓語RC的中心語是有生命名詞時，理解難度較大（如，the mountaineer that the boulder hit）；當中心語是無生命時（如，the rock which the boy threw），則賓語RC的處理難度大大降低，也

1　HSK動態作文語料庫version 2.0網址：http://202.112.194.56:8088/hsk/Login。

就是說理解的難易度與中心語的有生性有關。Ozeki & Shirai
（2007）的研究結果也顯示AH是無法單獨預測日語RC的難易
度，他們是透過面談語料庫（OPI，來自英、韓、中三種母語背
景學習日語者）產出的1005個RC中分析得出，即使是較低能力
學習者產出的賓語RC都比主語RC多（p.179）。而產出的RC類
型和中心語的有生性有很大的關係，例如，中級程度英語母語者
產出的主語RC中，91.7%的中心語都是有生命的名詞。漢語母語
者產出的主語RC中76.7%的中心語也是有生命的。顯示學習者
使用不同類型的RC很大部分取決於中心語的有生性。

　　漢語在關係子句與有生性的相關研究很有限，目前僅見於
Cheng（1995）、吳芙芸（2011）關於母語的研究和李金滿
（2015）二語產出的研究中。Cheng（1995）的研究是以關係子句
中任一名詞組中的有生性來討論，這是建立在無生論元在語義理
解上較簡易的假設上。她的實驗結果顯示，如果句中的任一論元
（名詞組）是無生命的，在理解的實驗中，呈現較高的正確率，
也就是較簡單。而且這個傾向在較低年齡層的兒童身上較明顯。
吳芙芸（2011）則是分析新聞語料中帶及物動詞的關係子句中核
心名詞的有生性，共331筆。研究結果驗證主語RC偏好有生的中
心語；賓語RC偏好無生的中心語。在二語習得方面，李金滿
（2015）採取語料庫為本的研究方法，該研究做出的結論是有生
性會強勢干擾關係子句的類型分布，並且宣稱對漢語關係子句的
產出類型，生命度原則的制約力最強[2]，其次才是可及性的序列。
然而李金滿的研究沒針對不同能力水平的學習者來考察，考察的

---

[2]　該研究所指的生命度原則即Comrie（1989）：人 >（非人）生命體 > 無生命
　　體。

樣本也很有限,僅201筆關係子句。

以下我們將從六個不同母語背景的學習者語料,共2055筆關係子句,來觀察不同母語、不同程度學習者的表現,或許可得到較清晰的輪廓。

(三)關係子句出現於主句的主語或賓語位置的影響

在語言類型學上,漢語是向左分枝的語言(left-branching language),關係子句的結構也是向左分枝。出現在主句的位置有旁置和內嵌兩種,前者指(1)、(2)的例子,「買書的」「張三買的」出現在主句的前側;內嵌則是像(3)、(4)的例子,「那個買書的」「張三買的」內嵌在主句中間。根據一些認知心理語言學的理論(Bever 1970; Kuno 1974),認為內嵌結構因為會阻斷語言理解的速度,而較旁置結構困難。就這個論點而言,在不討論中心語省略的情況下,漢語主語位置的主語關係子句(SS)和主語位置的賓語關係子句(SO)的結構應該會較內嵌結構的賓語位置的主語關係子句(OS)和賓語位置的賓語關係子句(OO)容易理解(請參考下面例句)。另外,Sheldon(1974)則提出關係子句中心語的語法功能如果和主句相同,會比不同時來得容易理解,也就是說SS和OO結構會比OS和SO結構來得容易理解。

(1) [買書的那個人]SS 不是我同學。

(2) [張三買的書]SO 不見了。

(3) 他不是[那個買書的人]OS。

(4) 他喜歡[張三買的書]OO。

戴運財（2010）調查39名外國留學生（主要是英、日、韓語背景）的研究結果顯示關係子句名詞組位於主語或賓語位置對於產出主語關係子句或賓語關係子句並沒有顯著的影響。李金滿（2015）對學習者產出的觀察則是：英語母語背景的學習者的內嵌結構數量較多、日語旁置結構多一點、韓語則是各佔一半，不過也都沒有顯著差別。目前這部分看起來，現有的研究結果有一致的看法，就是關係子句在主句的位置和關係子句的種類並沒有顯著關係。為什麼學習者不迴避較複雜的內嵌結構，我們將在第4節統計結果與討論中試圖來解釋。

綜上所述，前人研究或從認知心理學的角度、或從語言加工處理的角度，大部分實驗都以漢語關係子句的理解難易為主，得出的結果也不一致。本研究的目的是從學習者自發產出的語言來分析，對於二語學習者而言，什麼是影響他們產出不同關係子句類型的關鍵因素，進而探討主語RC、賓語RC的難易度。

三、研究範圍、方法與步驟

（一）研究範圍

在進入討論之前，我們先釐清幾個用語。本研究所謂的「關係子句」是指「關係子句名詞組」，也就是像「我喜歡的那本書」這樣的一個名詞組；「那本書」是這個名詞組的中心語，「我喜歡的」是名詞組的修飾語，修飾語必須是動詞組或小句。而本研究所觀察的漢語關係子句僅限於中心語是修飾語中動詞的主語或賓語這類的名詞組，並排除動詞是不及物狀態動詞（或稱形容詞）的情況。也就是「聰明的女孩、很好的課本」並不在觀察與討論

之列。另外，即使修飾語是動詞組或小句，下面有三種情況也不在研究範圍內：(1)修飾語與中心語之間是同位關係（apposition），如，「我們去歐洲旅行的計畫」，「計畫」並不是小句的必要論元。(2)中心語如果是雙主語結構中的主語也不在觀察範圍內。如，「離婚率很高的國家」。(3)中心語省略的情況也不在探討的範圍內。如，「我喜歡你買的（書）」。這些判斷關係子句的標準基本上與李金滿（2015）的做法一致。

實際上，漢語關係子句名詞組在表面形式上與一般名詞詞組並無二致，都是修飾語在前，中心語在後，以助詞「的」連接的名詞詞組，只是有的在結構上比較複雜。結構簡單的關係子句如「他說的話」；複雜的結構如「自從考上大學的那一天就開始上班的高中生」。

（二）研究方法

關於關係子句的習得或難易度研究，前人多採用個案追蹤或認知心理學的實驗方式，例如，在線句子生成實驗，以重組方式將不同成分組成合法的關係子句（吳芙芸、盛亞南 2014）；或是讓學生將兩個句子連接為關係子句（戴運財 2010; Xu 2014）。這種方法有利有弊，有利的是，可以準確地根據研究要探究的問題，來設計題目，得到結果以驗證假設；缺點是樣本數通常很有限，因為觀察的對象有限，可能侷限了研究的成果或應用性。解決的方式除了多利用不同途徑誘出學習者語料外，利用語料庫，從自然真實的語料來分析也是途徑之一。近年來，學習者語料庫即提供了這樣的一個管道，大量的語料除了可以彌補實驗方法樣本不多的缺憾，不同能力學習者的語料也可視為學習歷程（追蹤式）的表現（Granger 1998; Douglas 2001; Ellis & Barkhuizen 2005:

48; Myles 2005）。

　　為分析學習者自發產出的語言，本研究採取的是以語料庫為本的研究方法，所使用的語料庫為TOCFL學習者語料庫[3]。這個語料庫所收集的語料是母語非華語的人士參加華語文能力測驗（Test of Chinese as a Foreign Language）所寫的作文，寫作時間為2006到2012年。不同於大陸同性質語料庫（HSK動態作文語料庫）的是，(1)這個測驗是電腦考試，也就是考生直接於線上輸入文字。(2)HSK語料庫所蒐集的文本是中高級學習者所寫的作文，也就是只收集一種語言能力的語料；TOCFL語料庫的文本則橫跨初、中、高級學習者，相當於CEFR的A2-C1等級（張莉萍，2013）。TOCFL現階段約蒐集160萬字左右的語料，涵蓋42種不同母語背景、不同能力考生所寫的作文，共4709篇，80個主題。

　　前人關於漢語關係子句的研究除了戴運財（2010）、李金滿（2015）外，其他研究對象都是以英語母語者為主。也多從英、漢屬於兩種不同類型的語言為出發點，以英語關係子句的習得結果為基礎，來探討不同因素對於漢語關係子句習得的影響。在這個研究裡，我們試圖擴大探討不同母語背景學習者、不同能力階段學習者在關係子句的表現上是否有顯著差異。

（三）觀察的語料

　　語言類型學家Greenberg（1963）已經指出漢語做為VO語序的語言，在關係子句的表現上卻呈現中心語置右（也就是向左分枝）的這個現象與他所觀察的其他30種語言都不一樣。例如，我

3　TOCFL學習者語料庫網址：http://tocfl.itc.ntnu.edu.tw/（account: tocfl; pwd: demo123）.

們熟悉的英語也是VO語序，關係子句的中心語則是置左，顯見漢語語序的獨特性。因此我們主要觀察來自不同類型語言背景的學習者的語料。為求客觀謹慎，每一種類型我們觀察兩個語言，包括：日語（type 2）、韓語（type 2）、印尼語（type 3）、越南語（type 3）、英語（type 4）、西班牙語（type 4）這六種學習者的語料。依據陳俊光（2007: 236）的類型劃分原則，漢語屬於第1類型，我們所挑選的這六種語言分屬其他三種不同語言類型。日、韓語屬於第2類型；越南語、印尼語屬於第3類型；英語、西班牙語屬於第4類型。

Type 1.　向左分枝、VO語序：漢語

Type 2.　向左分枝、OV語序：日語、韓語

Type 3.　向右分枝、VO語序：泰語、越南語和印尼語

Type 4.　向右分枝（短語、子句）、向左分枝（形容詞修飾語 ＋中心語）、VO語序：英語、德語、法語、西班牙 語、義大利語

　　我們選取觀察兩個等級的語料－B1（中級）、B2（中高級），共計2259篇，沒觀察所有語料，除了人力因素外，主要理由有兩個，一是在語料庫中語料量最多的是B1程度的語料（相當於ACTFL的intermediate-high等級）；二是為了和前人研究做一對照而選取B2語料，因為多數學者所採用的HSK語料相當於CEFR B2程度，為了分析的對等性，於是我們選擇觀察B2的語料。透過不同能力學習者（B1、B2）的語料來觀察他們在關係子句上的表現差異。雖然我們嘗試為每個類型找兩個語言，但從表1可以看出，由於語料庫內不同母語背景的學習者並非平均分布，尤其

西班牙語B2的語料量偏低，僅15篇。六個子語料庫的資訊如表1所示。

表1　六個子語料庫的篇數與等級分布

篇數	日語	英語	韓語	越南語	印尼語	西班牙語	小計
B1 篇數	530	344	245	152	163	90	1524
B2 篇數	260	122	130	96	112	15	735
小計	790	466	375	248	275	105	2259

為了對比，下面以「學生買的（那本）書」為例，列出這六個語言賓語RC的結構，可以得知：印、越、英、西都是中心語置左的語言；中、日、韓的關係子句是中心語置右。

漢：學生買的（那本）書　　　　　　　　（中心語置右）

日：*gakusei-ga　　katta　　hon*　　　　（中心語置右）
　　student-NOM　bought　book

韓語：학생이　　　산　　　책　　　　　（中心語置右）
　　　student-NOM　bought　book

印尼：buku yang　siswa　beli　　　　　（中心語置左）
　　　book　which　student buy

越南語：cuốn　sách　học　sinh　　mua　（中心語置左）
　　　　CL　book　　　　student　buy

英：the book which the student bought　（中心語置左）

西班牙語：El libro　que　　　el estudiante　compra
　　　　the book　which/that　the student　　bought
　　　　　　　　　　　　　　　　　　　　（中心語置左）

本研究觀察的重點包括，學習者產出主語關係子句與賓語關係子句的情形、關係子句是位於主句的主語位置還是賓語位置、關係子句中心語的有生性表現。

（四）判斷原則與標記語料

選取出不同母語背景的語料後，必須人工瀏覽每篇作文語料，標記出關係子句所在的位置，確認是本研究所需的關係子句後，將之擷取出來製作成 EXCEL 檔案。在這個檔案中，為每一條關係子句記錄以下三種資訊，包括，這個關係子句的類型，是賓語關係子句還是主語關係子句；是主句的位置，位於主語還是賓語位置；以及中心語的有生性，是有生命還是無生命。標記樣式如下所示。

表2　關係子句標記樣例

編號	RC（畫底線處）	中心語	所在位置	中心語有生性
1	我們每天遇到的事情都不一樣。	O	S	無生
2	上星期訂菜的朋友打電話來。	S	S	有生
3	請你列出一些讓人很享受的點心店。	S	O	無生
4	你喜歡我替你安排的兩個選擇嗎？	O	O	無生

另外，由於是中介語的語料，在判斷關係子句時，可能會遇到一些問題，需要制訂判斷標準的細則。例如，以下(5)-(11)都是帶有部分錯誤的句子。如果結構看得出是關係子句，如(5)-(6)，並不因為考生漏打了「西」或是動詞用得不妥而影響判斷，仍是

計入關係子句。(7)-(9)的問題分別是少了助動詞「要」、副詞「最」的位置不對、數量詞「有些」的位置不對,這些並不影響關係子句的結構,仍判斷為關係子句。(10)-(11)則是少了動詞的關係子句,雖然可以理解,但少了重要的成分—動詞,為了避免爭議,例如,(10)也可以修改為「很多來自不一樣的國家的學生」,就不將此類偏誤句計入有效語料。

(5)　他需要的東　　　　　　（他需要的東西）

(6)　他們想要開的生意　　　（他們想要做的生意）

(7)　我昨天謝的人　　　　　（我昨天要謝的人）

(8)　我必須最感謝的人　　　（我最必須感謝的人）

(9)　吃的有些東西　　　　　（有些吃的東西）

(10) 很多從不一樣的　　　　（很多從不一樣的國家來的學生）
　　 國家的學生

(11) 很多劍術的人　　　　　（很多會劍術的人）

四、統計結果與討論

　　表3是六個語言產出的關係子句數量統計。表中數量高的,不代表產出的頻率高。因為各個子語料庫的語料量不一。例如,日語學習者的語料量佔TOCFL語料庫的第一名,B1的語料量有18萬7千多字;B2的語料量接近13萬字。總計產出的關係子句數量為563筆,筆數高於其他母語背景者,但不代表頻率最高。就使用頻率而言,表3顯示使用關係子句頻率最高的是B1的韓語學習者。本研究觀察的關係子句總量為2055筆,其中B1有1362

筆，B2有693筆關係子句。李金滿（2015）的研究，也是利用語料庫的方法，他觀察的是HSK語料庫中，英、日、韓學習者的表現，總觀察筆數僅201筆，與本研究觀察的筆數相差甚遠。

表3　關係子句數量統計

	日語		韓語		越南		印尼		英語		西班牙		RC
	總字數	RC筆	總字數	RC筆	總字數	RC筆	總字數	RC筆	總字數	RC筆	總字數	RC筆	總筆數
B1	187650	350	92650	299	57879	170	60660	236	131443	239	33312	68	1362
B2	128697	213	67795	146	54876	97	34093	108	66902	107	6545	22	693

（一）賓語RC與主語RC的討論

二語習得研究顯示主語RC或賓語RC對習得影響是顯著的，多數的研究支持AH可及性理論的假設，即主語RC對學習者而言是比較容易的。而我們統計分析了2028筆的關係子句發現[4]，整體而言，產出賓語RC的比例高於主語RC，達顯著性差異（$p <$ 0.001）[5]。這其中，B1學習者的傾向與整體表現一致，無論是哪一個母語背景學習者產出的賓語RC都比主語RC多，統計數據皆達顯著性差異（$p < 0.001$）；而摒除西班牙語料外（語料數太少），隨著學習者語言能力的提高，主語RC的比例有上升的趨勢。B2中英語、韓語的學習者產出主語RC的比例甚至高於賓語RC，均

4　原2055筆關係子句語料中，扣除了27筆中心語非主語或賓語（或有爭議）的語料，如，含有「把、被字句」的RC。所以實際語料為2028筆。感謝審查人提出的指正。

5　本文使用的統計方法，乃採用在語料庫數據分析中最常用的卡方檢驗或log-likelihood ratio (LLR)。僅是為了支持描述分析時所謂的差異是否具有顯著性而做，因此以最簡方式列出。審查人認為應該有更詳細的統計數據，例如，平均值（SD）等。由於不是作者的重點，本文略過。

接近 60%，達顯著性差異（p < 0.05）。B2 日語學習者賓語 RC 雖然高於主語 RC，但未達顯著性差異（X^2 =.961, p = 0.327）。B2 其他印尼、越南、西班牙者賓語 RC 仍高於主語 RC，皆達顯著性標準（p < 0.05）。數據詳見表 4、表 5。表中括弧數字表示筆數。

表 4　B1 學習者產出主語 RC、賓語 RC 的統計數據

B1	日	韓	越南	印尼	英語	西班牙	平均
主語 RC	24%（83）	21%（63）	24%（41）	22%（52）	23%（55）	31%（21）	23%（315）
賓語 RC	76%（267）	79%（236）	76%（129）	78%（183）	77%（184）	69%（47）	77%（1046）

表 5　B2 學習者產出主語 RC、賓語 RC 的統計數據

B2	日	韓	越南	印尼	英語	西班牙	平均
主語 RC	47%（95）	59%（83）	35%（33）	25%（25）	60%（62）	5%（1）	45%（299）
賓語 RC	53%（109）	41%（58）	65%（62）	75%（77）	40%（41）	95%（21）	55%（368）

李金滿（2015）也是採用語料庫的研究方法，他的研究顯示英、日、韓母語者主語 RC 佔優勢，不過，只有英、日有顯著性差異，韓語母語者無顯著性差異。TOCFL B2 語料庫的語料與 HSK 語料庫性質（等級）接近，然而，我們日語、韓語學習者的表現與李金滿的結果不一致；B2 的印尼、越南學習者（兩者是同樣語言類型）關係子句的類型同英語一樣，都是中心語置左，仍然呈現產出較多的賓語 RC，比例均超過 60%。因此，不論從不

同能力或不同母語背景的學習者產出傾向來看，沒法證明漢語的主語RC對學習者而言是比較容易的。只有顯示出一個共同點就是能力較低的學習者均產出較多的賓語RC，這一點與母語習得研究結果一致，年齡越小的兒童產出的賓語RC較多（Lee 1992; Cheng 1995; Chen & Shirai 2014）。我們推測賓語RC對學習者而言是較容易產出的類型，因此在語言能力尚低的階段，優先產出較多的賓語RC。

那麼為什麼隨著學習者語言能力的提高，主語RC有增多的趨勢？這其實顯示與二語習得的理論一致，即，越高能力學習者的語言越趨近於母語者語言的表現。關於母語者的表現，Hsiao & Gibson（2003）；Pu（2007）；唐正大（2007）等人的研究或根據新聞語料、或根據小說、散文等文學作品，從這些真實語料分析所得結果都一致顯示－母語者的主語關係子句偏多。

（二）內嵌與旁置結構的討論

第2節提及，根據一些心理認知語言學的理論，認為內嵌結構因為會阻斷語言處理的速度，而較旁置結構困難。也就是說，位於主語的SS、SO的結構應該會較OO和OS容易理解，因此推論是否同類型的RC在主語位置出現要比在賓語位置出現得多。然而我們從表6、表7可以看出（表格內的括弧表示筆數），不論B1或B2學習者產出的內嵌結構都比旁置結構高，而且這個差異達顯著性（$p < 0.001$）。這結果不符合某些認知心理學的假設理論（Bever 1970; Kuno 1974; Sheldon 1974）。

表6 B1學習者關係子句的位置與類型分布

B1	日	韓	越南	印尼	英語	西班牙	旁置／內嵌
SS	10%（35）	7.8%（23）	4.7%（8）	7.7%（17）	4.2%（10）	16.2%（11）	44%（601）
SO	38%（133）	39.8%（117）	38.2%（65）	32.8%（77）	34.7%（83）	32.4%（22）	
OS	13.7%(48)	12.6%(37)	19.4%(33)	14.9%(35)	18.9%(45)	14.7%(10)	56%（755）
OO	38.3%（134）	39.8%（117）	37.6%（64）	45.1%（106）	42.2%（101）	36.8%（25）	
小計	350	294	170	235	239	68	1356

表7 B2學習者關係子句的位置與類型分布

B2	日	韓	越南	印尼	英語	西班牙	旁置／內嵌
SS	16.7%（34）	33.8%（45）	13.7%（13）	17%（17）	16.5%（17）	0%（0）	41%（270）
SO	17.6%（36）	23.3%（31）	23.1%（22）	36%（36）	12.6%（13）	27.3%（6）	
OS	29.9%（61）	24.1%（32）	21.1%（20）	8%（8）	43.7%（45）	4.5%（1）	59%（387）
OO	35.8%（73）	18.8%（25）	42.1%（40）	39%（39）	27.2%（28）	68.2%（15）	
小計	204	133	95	100	103	22	657

　　李金滿（2015）的研究結果顯示：英語母語學習者產出的內嵌結構數量較多、日語旁置結構多一點、韓語則是各佔一半。所

以他說這結果暗示嵌入性對漢語二語學習者而言沒有制約力，當然他也說這結果可能與他觀察的語料數有限有關，他的語料只有201筆，也都沒有達到顯著性的差異。如果以語料量來看，這三個母語背景學習者在我們語料庫中，有440筆（詳見表7）[6]，而且內嵌比旁置結構高的差異具有顯著性。那麼，這結果究竟代表了什麼意義？李金滿對產出較多的內嵌結構提出的解釋是，因為學習者多產出簡單的關係子句，例如，「這項新措施可以減少抽煙的人」、「他個人是有權利做他自己喜歡的事」（p.37）這些常見的短語「抽煙的人、喜歡的事」像語塊一樣儲存、使用，這樣內嵌的關係子句不會造成主句加工中斷，也就不會造成困難。

　　即使這個推測看起來合理，但還是不能解釋為何在語言理解時，較難的內嵌結構（OO）反而呈現較多的產量？我們推測與我們在上一個小節看到的，學習者傾向產出賓語RC有關，而這個傾向主控了這些類型的分布，也就是OO和SO佔了優勢。作者推測語序是關鍵的因素，因為賓語RC這個類型符合原來漢語SVO的語序，在語言加工時不需要額外的處理，因此學習者較容易產出。我們看到認知心理學的實驗也有研究指出漢語賓語RC較容易，而非主語RC（Hsiao & Gibson 2003）。這結果與我們不謀而合。

　　整體而言，從表6和表7可以看出，OO和SO占了優勢。OO的平均值是39%；SO是30%。也就是說，無論在主句的主語位置或賓語位置出現的關係子句都以賓語RC居多。這也再次證明了對學習者而言，賓語RC的產出並不受內嵌或旁置位置的影響。其中比較特別的是，英語和韓語在B2的表現上（見表7），分別

6　該研究使用的學習者語料，相當於此研究B2學習者程度。

是OS（43.7%）和SS（33.8%）占優勢。我們目前沒有好的解釋，僅能推測是因為B2的英語和韓語者產出較多的主語RC（請見表5），而內嵌或旁置對漢語RC的表現並沒有制約力，因此B2的英語、韓語母語者與其他學習者表現不同。

（三）中心語有生性的討論

前面我們提到中心語的有生性與關係子句的類型之間存在著關連，也就是說，是不是因為中心語的有生性影響了主語RC、賓語RC的分布。因此這一小節我們觀察中心語有生性與主語RC、賓語RC的關係。表8中B1的語料統計顯示，在英語者所使用的85個有生名詞中，出現在主語RC的有32個，比出現在賓語RC（53個）的少。印尼語背景者的表現同英語一樣。韓語則是各佔一半，也沒有有生性佔優勢的表現。日語者所使用的103個有生名詞中，出現在主語RC的有54個，雖然仍高於賓語RC，但只有5個之差，不具顯著性。越南語與西班牙語則是分布於主語RC較多。整體而言，雖然有生性名詞出現在主語RC的比例較高，但不顯著（$p = 0.8357$）。

表8　有生名詞擔任關係子句中心語的數據統計

	B1 有生		B2 有生	
	主語RC	賓語RC	主語RC	賓語RC
英語	38%（32）	62%（53）	98%（52）	2%（1）
日語	52%（54）	48%（49）	88%（77）	12%（10）
韓語	50%（33）	50%（34）	94%（59）	6%（4）
印尼	46%（31）	54%（36）	74%（20）	26%（7）
越南	77%（24）	23%（7）	85%（23）	15%（4）
西班牙	74%（14）	26%（5）	25%（1）	75%（3）
total	51%（188）	49%（184）	89%（232）	11%（29）

　　表8中，B2（除了西班牙，語料太少外）則是有生名詞出現在主語RC的比例均高於賓語RC（p < 0.0001）。我們推測，對較低能力學習者（B1）而言，漢語語序（SVO）的影響優勢高於有生性，因為產出較多的賓語RC，使得有生性這個因素在B1學習者身上，沒有起太大的作用。在B2學習者方面，可以看出有生名詞出現在主語RC的比例很高，因為B1與B2的表現不一致，我們可以說名詞的有生性與關係子句的類型不存在絕對的關係。這個推測與李金滿（2015）不同。該研究做出的結論是不同類型學原則的影響力有強有弱，在他的研究中，有生性會強勢干擾關係子句的類型分布，影響力較可及性更強。然而李金滿的研究沒針對不同能力水平的學習者來考察，語料量也較本研究少得多。我們的數據處處顯示漢語關係子句的語序與漢語句子的語序一致這一點，是影響關係子句類型的主要因素，不是可及性或生命性的因素。

表9 關係子句中心語的有生性統計

類型	有生性	B1						B2					
		英	日	韓	印尼	越南	西班牙	英	日	韓	印尼	越南	西班牙
主語 RC	有生命	58% (32)	65% (54)	53% (33)	51% (31)	59% (24)	67% (14)	84% (52)	81% (77)	71% (59)	71% (20)	70% (23)	100% (1)
	無生命	42% (23)	35% (29)	47% (29)	49% (30)	41% (17)	33% (7)	16% (10)	19% (18)	29% (24)	29% (8)	30% (10)	0% (0)
賓語 RC	有生命	29% (53)	18% (49)	14% (34)	18% (36)	5% (7)	10% (5)	2% (1)	9% (10)	7% (4)	9% (7)	6% (4)	14% (3)
	無生命	71% (131)	82% (218)	86% (202)	82% (164)	95% (122)	90% (43)	98% (40)	91% (99)	93% (54)	91% (71)	94% (58)	86% (18)

表9則從另一個角度來觀察統計有生性與RC類型的關連。結果如預期，無論哪一種母語、哪一個程度，主語RC的中心語都偏好有生命的（平均百分比是67％），賓語RC的中心語都偏好無生命的（平均百分比是85％），符合普遍語法中主語是有生命、賓語是無生命的傾向；也與前面提過的Ozeki & Shirai（2007）的研究結果一致。另外，表9也呈現賓語RC中無生命中心語的傾向較主語RC中有生命的傾向更強。如果我們之前的推測無誤，即，因為語序的關係讓學習者能較容易產出賓語RC，加上無生命名詞在語言加工處理較不費力的這個因素（Cheng 1995），語言能力較低的學習者產出較多的賓語RC，更不令人意外[7]。

五、結論與研究限制

這個研究藉著三種不同類型、共六種母語背景學習者的語料討論學習者產出的漢語關係子句。經由關係子句的類型：主語RC、賓語RC，內嵌或旁置，以及中心語的有生性等不同面向來觀察，發現與語言能力較高的學習者（B2）相比，無論學習者的母語背景為何，B1學習者產出較多的賓語RC傾向非常明顯。顯示能力較低學習者有優先產出賓語RC的趨勢，這現象與漢語兒童習得的研究結果一致。而且這個傾向影響了學習者產出較多的OO關係子句，與某些語言處理的研究理論相反。為何學習者產

---

7 表9也呈現一個趨勢值得注意，數據顯示學習者能力越高，主語RC的中心語偏好有生命的，賓語RC的中心語偏好無生命的這個傾向也有越高的趨勢。從表9可以看到，B1主語RC使用有生命的名詞平均比例是58%，B2是77%，升高的趨勢具有顯著性（$p < 0.005$）。B1賓語RC使用無生名詞平均比例是83%，B2是92%，比例也提高，不過沒有顯著性（$p = 0.0934$）。

出較難的內嵌結構？我們的結論是，其實語序才是關鍵因素，因為賓語RC與漢語語序SVO一致，無論什麼母語背景學習者都能較輕鬆、自然地產出賓語RC。我們推測的語序這個關鍵因素也可以解釋，為什麼B1學習者有生名詞用在主語RC的傾向並不顯著，B2學習者則非常顯著。對於語言能力較低的學習者來說，賓語關係子句語序與漢語語序一致的這個優勢，使得不論學習者的母語屬於什麼語言類型，皆容易產出賓語關係子句。這個結果也間接地支持Hsiao & Gibson（2003）對漢語母語者的實驗研究。該研究指出，因為語序的因素使得漢語賓語RC在語言加工時，較為容易，而非主語RC。

當然，以語料庫為本的研究，僅能忠實地反映學習者自然產出的語言情況。我們必須承認以語料庫為本的研究仍有許多限制。例如，某些語言類型的語料量偏少，如西班牙語學習者語料在本研究統計上由於語料量太少，無法成為有力的佐證。另外，在探究某些問題時，例如，基於漢語的類型特徵，關係子句化以後，指量詞或數量詞前置於「的」之前或之後（張莉萍 2017），也是近年來討論漢語關係子句習得研究時的熱點，然而關係子句和數量詞共現的情形，在學習者語料庫中的次數尚顯不足，這時就不如設計良好的實驗來驗證來得有效了。雖然如此，透過不同母語背景的學習者自發產出的語料，以及不同能力階段的表現，還是讓我們看到了二語學習者較為清晰的語言發展樣貌，或許可以和實驗設計的研究結果互相參照，以更全面的角度來分析學習者語言的發展。

徵引文獻

李金滿（2015）。〈漢語二語關係從句產出研究──類型學視角〉。《當代外語研究》no.2: 34-39。

吳芙芸（2011）。〈基於經驗還是基於工作記憶？──來自漢語新聞語料庫中關係從句生命度格局的證據〉。《語言科學》no.53: 396-408。

吳芙芸、盛亞南（2014）。〈指量詞的前置優勢及賓語關係從句的產出優勢：漢語二語學習者視角〉。《外語教學與研究》（外國語文雙月刊）no.3: 14-24。

唐正大（2007）。〈關係化對象與關係從句的位置──基於真實語料和類型分析〉。《當代語言學》no.2: 139-150。

張寶林、崔希亮、任傑（2004）。〈關於“HSK動態作文語料庫”的建設構想〉。中國應用語言學會（編）：《第三屆全國語言文字應用學術研討會論文集》（香港：香港科技聯合出版社），544-554。

張莉萍（2013）。〈TOCFL作文語料庫的建置與應用〉。崔希亮、張寶林（編）：《第二屆漢語中介語語料庫建設與應用國際學術討論會論文選集》（北京：北京語言大學出版社），141-152。

張莉萍（2017）。〈華語學習者關係子句的習得考察──以語料庫為本的研究〉。《華語文教學研究》14.1: 47-80。

陳俊光（2007）。《對比分析與教學應用》（臺北：文鶴出版社）。

戴運財（2010）。〈漢語作為第二語言的關係從句習得難度調查〉。《中國海洋大學學報》（社會科學版）no.6: 85-91。

Bever, T. G. (1970). "The cognitive basis for linguistic structures." J. R. Hayes (ed.): *Cognition and the Development of Language* (New York: John Wiley & Sons.), 279-352.

Chen, J., & Yasuhiro, S. (2014). "The acquisition of relative clauses in spontaneous child speech in Mandarin Chinese." *Journal of Child Language* 42.2: 394-422 (CJO 2014 DOI: http://dx.doi.org/10.1017/S0305 000914000051).

Cheng, Y.-Y. (1995). *The Acquisition of Relative Clauses in Chinese.* MA thesis, Department of English, National Taiwan Normal University.

Doughty, C. (1991). "Second language instruction does make a difference: Evidence from an empirical study of SL relativization." *Studies in Second Language Acquisition* 13.4: 431-469.

Douglas, D. (2001). "Performance consistency in second language acquisition and language testing research: A conceptual gap." *Second Language Research* 17.4: 442-456.

Eckman, F. R., Bell, L . H., & Nelson, D. Nelson. (1988). "On the generalization of relative clause instruction in the acquisition of English as a second language." *Applied Linguistics* 9.1: 1-20.

Ellis, R., & Barkhuizen, G. (2005). *Analysing Learner Language* (Oxford: Oxford University Press).

Granger, S. (ed.) (1998). *Learner English on Computer* (London: Longman).

Gass, S. (1979). "Language transfer and universal grammatical relations." *Language Learning,* vol. 29: 327-344.

Greenberg, J. H. (1963). "Some universals of grammar with particular reference to the order of meaningful elements." J. H. Greenberg, (ed.): *Universals of Human Language* (Cambridge, MA: MIT Press), 73-113.

Hasegawa, T. (2005). "Relative clause production by JSL children." M. Minami, H. Kobayashi, M. Nakayama, & H. Sirai (eds.): *Studies in Language Sciences 4: Papers from the Fourth Annual Conference of the Japanese Society for Language Sciences* (Tokyo: Kurosio), 189-204.

Hsiao, F. & Gibson, E. (2003). "Processing Relative Clauses in Chinese." *Cognition* 90.1: 3-27.

Izumi, S. (2003). "Processing difficulty in comprehension and production of relative clauses by learners of English as a second language." *Language Learning* 53.2: 285-323.

Keenan, E. L., & Bernard, C. (1977). "Noun phrase accessibility and universal grammar." *Linguistic Inquiry* 8.1: 63-99.

Kuno, S. (1974). "The position of relative clauses and conjunctions." *Linguistic Inquiry* 5.1: 117-136.

Lee, T. Hun-tak. (1992). "The inadequacy of processing heuristics – evidence from relative clause acquisition in Mandarin clause." T. Lee (ed.): *Research on Chinese Linguistics in Hong Kong* (Hong Kong: the Linguistic Society of Hong Kong), 47-85.

Lin, C.-J. C. (2008). "The processing foundation of head-final relative clauses." *Language and Linguistics* 9.4: 813-838.

Mak, W. M., Vonk, W., & Schriefers, H. (2002). "The influence of animacy on relative clause processing." *Journal of Memory and Language* 47.1: 50-68.

Mak, W. M., Vonk, W., & Schriefers H. (2006). "Animacy in relative clauses: The hikers that rocks crush." *Journal of Memory and Language* 54.4: 466-490.

Myles, F. (2005). "International corpora and second language acquisition research." *Second Language Research* 21.4: 373-391.

Ozeki, H., & Shirai, Y. (2007). "Does the noun phrase accessibility hierarchy predict the difficulty order in the acquisition of Japanese relative clauses?" *Studies in Second Language Acquisition* 29.2: 169-196.

Packard, J. L. (2008). "Relative clause processing in L2 speakers of Mandarin and English." *Journal of the Chinese Language Teachers Association* 43.2:107-146.

Pu, M.-M. (2007). "The distribution of relative clauses in Chinese discourse." *Discourse Processes* 43.1: 25-53.

Sakamoto, T., & Kubota, S. (2000). "Nihongo no kankeisetu no syuutoku ni tuite" [On the acquisition of Japanese relative clauses]. *Nanzan-Daigaku Kyoiku Sentaa Kiyoo* [The Bulletin of the Center for International Education, Nanzan University], vol. 1: 114-126.

Sheldon, A. (1974). "The role of parallel function in the acquisition of relative clauses in English." *Journal of Verbal Learning and Verbal Behavior* 13.3: 272-281.

Tarallo, F., & Myhill, J. (1983). "Interference and natural language in second language acquisition." *Language Learning* 33.1: 55-76.

Traxler, M., Morris, R., & Seely, R. (2002). "Processing subject and object relative clauses: Evidence from eye movements." *Journal of Memory and Language* 47.1: 69-90.

Xu, Y. (2014). "Evidence of the accessibility hierarchy in relative clauses in Chinese as a second language." *Language & Linguistics* 15.3: 435-464.

論英語、日語和韓語為母語的華語學習者「都」的習得

王萸芳、謝妙玲、徐淑瑛

Yu-Fang WANG

Miao-Ling HSIEH

Shu-ing SHYU

（高雄師範大學華語文教學研究所）

（臺灣師範大學英語系）

（中山大學外國語文學系）

摘 要

本研究以學習者語料庫為本，探討以英語、日語和韓語為母語的華語學習者對「都」的習得，並針對其於寫作中所使用包含或應包含「都」的語句進行偏誤分析。我們將「都」的偏誤分為四類：（一）遺漏（省略）、（二）誤選、（三）誤加和（四）錯序。結果顯示，英語為母語的學習者偏誤率為21.3%，日語為母語的學習者24.6%，而韓語為母語的學習者17.2%，以日語為母語的學習者的偏誤率最高。此外，我們發現學習者往往不使用「都」，即遺漏的偏誤佔整體偏誤的70%以上。英語為母語的學習者71.6%，日語為母語的學習者80.9%，而韓語為母語的學習者82.2%。此可能的原因之一是學習者的母語因素造成的。因「都」對應於日語、英語和韓語分別為：すべて（subete）或ぜんぶ（zenbu）、いずれも（izuremo）'all'及모든（modeun）'all/every'或모두/다（modu（da））'everyone, all'，其詞性、意義和用法無法完全對應；此外，這些日語、英語和韓語的詞也與華語的「全部」、「一切」和「所有」對應，學習者無法掌握「都」須與出現於動詞前的這些詞共現的規則。除了母語的因素，另一可能的原因與教材有關。如前述，通常數量詞，如「每」、「全部」、「一切」，出現於動詞前時傾向與「都」共同出現，然大多數的教材在介紹這些詞時並無強調這些詞出現於動詞前時多與「都」共現。最後，我們針對上述對「都」的偏誤提出相關的教學建議。

關鍵詞：華語「都」、華語教學、學習者語料庫、二語習得、偏誤分析

一、引言

（一）研究背景與動機

　　華語「都」為一多義副詞，用在謂語的前面，通常指向出現在「都」左方之表人、事、物、方位、時間、處所之詞，表複數概念或整體概念。趙元任（1980）視「都」為範圍和數量副詞。如果可能涉及複數概念或整體概念的事物在句子裡不只一個，就會產生歧義，如(1):

(1)　這話我們都不懂。　　　　　　　　　　　　　（研究者建構）

「都」可指「這話」和「我們」，有時可用重音來解決歧義。呂叔湘（1980: 177）將其分為以下主要三個意義：

1. 範圍副詞，表範圍總括、全部、完全。例如（2）：

(2)　每個小孩都長得很結實。

　　在語法上，總括的對象須放在「都」的左方。所總括的對象可以使用表示任指的疑問代詞，或是與表雙項讓步條件句和全項讓步條件句的連詞「不論」、「無論」和「不管」連用。換言之，「都」作為範圍副詞時，通常這類句子中都用一些絕對性的詞來搭配，如：「無論、所有、全部（全）、任何、幾乎、甚麼、每一」等。

2. 程度副詞（語氣詞），類似「甚至」，表強調，加重語氣，常用在「連……都」句式中。例如：

(3)　連這麼重的病，都給治好了。

3. 時間副詞，類似「已經」。例如：

(4) <u>都</u>十二點了，還不睡。

此三分法受到很多學者的沿用，例如劉月華等（劉月華、潘文娛、故韡 1996）。劉月華等認為，凡主語為複數事物，要強調全部、句中有任指的疑問代詞、有「不論」、「無論」和「不管」，「都」是不可或缺的。因「都」所量化總括的成分一般在前，Li（1992）指出，其前面（左邊）通常會有以下三類詞：1. 複數名詞、2. 空間 - 時間副詞和 3. 表任指（或泛指）的疑問代詞，例子如(5)-(7)：

(5) a. 那些小說張三都沒看過。　　　　　　　　（複數名詞）

　　 b. 張三那些小說都沒看過。　　　　　　　　（複數名詞）

(6) a. 我一直都很忙。　　　　　　　　（空間 - 時間副詞）

　　 b. 我一直都在房間裡。　　　　　　　（空間 - 時間副詞）

(7) a. 他甚麼（東西）都不買。　　　　　　　　（疑問代詞）

　　 b. 甚麼東西他都不買。　　　　　　　　　　（疑問代詞）

在(5)和(6)，「都」總括的對象須放在其前，即使是賓語，所以賓語必須前移（Paris 1979; Shyu 1995, 2014）。Li 進一步指出，「都」可與表極少量的數量詞和否定詞共現，表示全數否定，如(8)：

(8) 他一個字<u>都</u>不懂。

(8)可視為「一個字」前有「連」省略（Shyu 1995, 2016），表達「連…都」（如英文的 'even'）的語意。然而如果沒有「連…都」（如英文的 'even'）的語意，光是「都」不太適合與表示少數的範圍詞連用。王韵（2017）列出下面例子說明：

(9) a. 百分之八十的人都來了。

　　 b. *百分之二十的人都來了。

(10) a. 多數的人都來了。

　　b.＊少數的人都來了。

(11) a. 大部分學生都來了。

　　b＊少部分學生都來了。

在(9)-(11)中b組句子的可接受度較a組低，可見「都」通常不與表示（與總數相比的）少部分數量範圍連用。王韵再舉例如下：

(12) a. 班裡10名同學中，有3個人都說好。

　　b.＊班裡80名同學中，有3個人都說好。

（12a）的可接受度比（12b）高，因為在有全數總量作為參考時，「都」所量化的數量範圍約接近總數。如果「都」要與少數部分連用，它強調的是少部分中，每個個體之間具備的共性。例如，句中有「…等」，「…和…」，「…與/以及…」，「…還有…」等列舉時，要加「都」。

雖然「都」有許多的意義，有些學者認為其基本義為全稱量化（總括性），表示總括，包含了所有、全部及任何情況，其他的為派生義（毛向櫻 2013）。王紅（1999）認為表「甚至」的「都」是從表「總括」義來的，意義延伸是透過意義漂白（semantic bleaching），從數量範疇到程度範疇。同樣地，我們認為時間副詞的「都」亦是透過隱喻映射（metaphoric mapping）從範圍副詞來的，即數量增加到時間的增加。

「都」的多義性亦引起華語教學研究者的關注。先前有關「都」的二語習得研究，如周小兵、王宇（2007）觀察，強制性的範圍副詞「都」，例如，與任指（或泛指）的疑問代詞共現（例句請見上文之例(7)），其總括性明顯，較易習得。Yuan（2009）使用合法度測驗要求不同華語水平程度的英語和日語為

母語的學習者判斷出現於「都」句內,作主語或賓語表任指(或泛指)的疑問代詞的位置,如(13)-(16)所示:

(13) a. (在那個國家),甚麼都很貴。

　　 b. *…都甚麼很貴。

(14) a. (在我們學校),誰都喜歡他。

　　 b. *…都誰喜歡他。

(15) a. 我什麼都吃。

　　 b. *我都吃什麼。

(16) a. 我誰都認識。

　　 b. *我都認識誰。

　　結果顯示:受試者判斷及理解表任指(或泛指)的疑問代詞作主語比表任指(或泛指)的疑問代詞作賓語的分數較高。Y. Li(2012, 2013)亦使用句子判斷測驗測試英語為母語的華語學習者的理解和產出。她使用四種句型:(i)「都」使用正確,(ii)「都」使用不正確,(iii)「都」可省略,及(iv)「都」不可省略。結果顯示,學習者在第三種句型「都」可省略表現最好,與周小兵、王宇(2007)發現不一樣。此外,Y. Li 觀察,英語為母語的華語學習者,相較於習得不可省略(強制性)「都」的句子,可省略(可有可無)「都」的句子比較容易習得。無論「都」是否可省略,學習者在接受「都」的名詞前置的句子合文法性方面都有困難。針對這些先行有關複數名詞與「都」共現的研究,Wu and Tao(2016)提出以真實性語料來設計教材。根據他們口語會話語料的統計,複數NP(包括「所有的」、「一切的」等概念上的複數)+「都」佔總數50%,表任指(或泛指)的疑問代詞+「都」佔17%,「每…都」5.4%,其它27.6%。他們在語料中找出複數

NP+「都」的互動功能。其中（相互）主觀性[1]的用法約含63%至85%，比客觀性用法高。依據此統計結果，他們提出教材設計的建議。

　　本研究以學習者語料庫為本，探討英語、日語和韓語為母語的華語學習者對「都」的習得，並針對其於寫作中所使用包含「都」的句例進行偏誤分析。第二語言習得的研究重視第一語言（學習者母語）的影響（Ellis 1997），雖然「都」對應的英文是 'all, both'，而 'all, both' 翻譯成日語為すべて（subete）或ぜんぶ（zenbu），或是韓語是 모든（modeun）'all/every' 或모두/다（modu（da））'everyone, all'，但是這些詞項的用法類似漢語名詞前的「全部，所有」（如:すべての人に感謝します。（所有的人）; 모든문제（所有問題），모든 국가（所有国家）。因此上述之「都」的句法位置（動詞前），其總括的名詞的位置（「都」的左邊），漢語的一般語序（SVO）相對於賓語前置的「都」的句子（vs. 日韓語為 SOV 詞序與英文的 SVO），這些相異處使得習得「都」句子有挑戰性。

（二）研究目的與待答問題

　　雖然前人對「都」的習得研究數目不少，然有些使用誘發法（elicitation method），縱或有觀察學習者的產出語料，然較少針對學習者的母語及教學所產生的偏誤進行討論。基於此，本研究企

---

1 「主觀性」（subjectivity）是指說話者在說出一段話的同時表明自己對這段話的立場、態度和感情，從而在話語中留下自我的印記（Lyons 1977）;「相互主觀性」（intersubjectivity）是指說話者用語言表達對聽話者「自我」的關注，這種關注體現在社交方面，例如，關注聽話者的「面子」（Traugott 2003）。

圖探究不同的華語水平程度的英語、日語和韓語為母語的學習者對「都」用法的特徵。待答問題有二：

　　1. 英、日、韓語為母語的華語學習者最常犯的有關「都」的偏誤為何？

　　2. 他們的母語是否會影響他們有關華語「都」的產出？若是，其母語如何影響？

二、研究方法

（一）語料來源

　　本研究的語料來自於臺灣師範大學國語中心的線上水平能力測驗的作文（TOCFL on-line writing corpus），以歐洲語言學習、教學、評量共同參考架構（*Common European Framework of Reference*, CEFR）訂定四個等級─A2、B1、B2和C1，由低至高的級別。本研究所使用的學習者作文來自其早期建立的語料庫[2]，英語為母語的學習者的作文有452篇，日語為母語的學習者有796篇，韓語為母語的學習者有283篇。這三種母語的學習者的數目分別在此語料庫佔前三名。此三類學習者在A2至C1所撰寫的作文篇數詳見表1：

2　網址為 http://kitty.2y.idv.tw/~hjchen/cwrite/。

表1　英語為母語的學習者、日語為母語的學習者和韓語為母語的
學習者在A2至C1等級所撰寫的作文篇數

華語水平能力 參與者	A2	B1	B2	C1	總數
英語為母語的學習者	123	252	59	18	452
日語為母語的學習者	256	402	125	13	796
韓語為母語的學習者	74	144	57	8	283
總數	453	798	241	39	1531

（二）語料分類

在這些作文筆試中，我們找出英、日、韓語為母語的華語學習者的作文偏誤，依多數學者或語料庫建置者沿用至今所使用的James（1998）的分類將有關「都」的偏誤語料分成遺漏（Omission）、誤選（Misselection）、錯序（Misorder）、誤加（Over-inclusion）和雜糅（Blend）五類（有關語料分類與術語的討論，詳見張莉萍（2017））。因語料庫未出現雜糅（含有兩種以上的偏誤），我們找到其他四類，例子如下。

1. 遺漏，如(17)和(18)：

(17) 因為我們彼此相隔兩地，我只能給你這封信當作慰問。但是妳只要有任何事 *Ø[都] 可以隨時發電子郵件給我，我會很樂意的分擔你的憂愁，或分享你的喜悅的。（English, B2）

(18) 我開始上課以前，認識很多同學。愛文也是我同學。愛文跟我從小時候念書，玩，什麼的 *Ø[都] 一起做。所以我們是最好朋友。（Korean, A2）

2. 誤選，如(19)「都」應改為「就」及(20)「也」應改為「都」：

(19) 早醒我真的很累，幸好老師已經幫我們準備咖啡喝與東西吃。吃喝之後已經快九點了，所以我＊都[就]進入去演講室。（English, B1）

(20) 所以我用英文問有一個女生。那位女生教給我我要去的地方在哪裡。她中文說得很清楚、我＊也[都]聽得懂。我總算到了我的教室、我急得滿頭大汗。我坐著擦汗的時候、老師來了。（Japanese, A2）

3. 錯序，如(21)至(23):

(21) 所以我覺得這是對我一個很好的機會來台灣學中文。我很喜歡中華文化。他們的吃的東西＊都也[也都]特別。有空的時候我要去看台灣最有名的地方。（English, A2）

(22) 真不好意思，給老師添這麼麻煩。其他事情＊都我們[都]能安排，請老師放心。（Japanese, B1）

(23) 你頭一次的話，我一定會好好地給你介紹。怎麼辦！？我應該準備什麼節目？我你來以前一定[都]會＊都準備好的。你說下星期六來台灣，是不是下午三點到機場？那天我會到機場去接你。（Korean, B1）

4. 誤加，如(24)和(25)所示：

(24) 你＊都[Ø]知道我的願望，我生活的樂趣，和我遇到的困難。你這方面的，我也都了解。所以我很高興這次終於有機會見到我的好朋友。（English, B1）

(25) 打算跟你上午11點在師大門口見面，好不好？坐捷運的話，師大在古亭站附近，也可以下在台電大樓站。＊都[Ø]走路差不多10分鐘就到了。（Japanese, B1）

三、結果

表2-表4列出在語料庫中各水平程度等級的英語、日語和韓語為母語的華語學習者使用「都」的情形。英語為母語的學習者共有 629 筆「都」（表2），日語為母語的學習者共有642筆（表3），韓語為母語的學習者共有425（表4）。英語為母語的學習者的偏誤數目為134筆（佔總數 21.3%），日語為母語的學習者的偏誤數目為158筆（佔總數 24.6%），韓語為母語的學習者的偏誤數目為73筆（佔總數17.2%）。大部分的偏誤都是屬於範圍副詞的「都」（請見下面說明）。

表2　英語為母語的學習者使用「都」的情形

水平程度 等級	正確		偏誤		總數	
	數目	百分比	數目	百分比	數目	百分比
A2	54	75	18	25	72	100
B1	343	77.8	99	22.2	441	100
B2	54	76.5	17	23.5	71	100
C1	45	100	0	0	45	100
總數	496	78.9	134	21.3	629	100

表3　日語為母語的學習者使用「都」的情形

水平程度 等級	正確		偏誤		總數	
	數目	百分比	數目	百分比	數目	百分比
A2	34	69.4	15	30.6	49	100
B1	324	73.8	115	26.2	439	100
B2	104	79.4	27	20.6	131	100
C1	22	95.7	1	4.3	23	100
總數	484	75.4	158	24.6	642	100

表4 韓語為母語的學習者使用「都」的情形

水平程度 等級	正確		偏誤		總數	
	數目	百分比	數目	百分比	數目	百分比
A2	18	78.3	5	21.7	23	100
B1	226	82.8	47	17.2	273	100
B2	92	82.9	19	17.1	111	100
C1	16	88.9	2	11.1	18	100
總數	352	82.8	73	17.2	425	100

在此三組學習者中,韓語為母語的學習者的偏誤率(17.2%)比英語為母語和日語為母語的學習者的偏誤率低(21.3%和24.6%);其中又以日語為母語的學習者的偏誤率最高。進一步的分析發現,英語、日語和韓語為母語的學習者的偏誤類型以遺漏居多,分別是71.6%、80.9%和82.2%,尤其是韓語為母語的學習者,詳見表4-表6。此外,英語為母語的學習者的誤加(12%)佔第二高,誤選(9%)為第三。日語為母語的學習者的錯序(7.6%)佔第二高,比誤選(7%)略高。韓語為母語的學習者誤選(9.6%)佔第二高,錯序(8.2%)佔第三。

表5 各程度等級的英語為母語的華語學習者的偏誤數目和比率

水平程度 等級	A2 數目	B1 數目	B2 數目	C1 數目	總數	
					數目	百分比
遺漏	12 (66.7%)	70 (70.7%)	14 (82.4%)	0 (0%)	96	71.6
誤選	0 (0%)	10 (10.1%)	2 (11.8%)	0 (0%)	12	9
錯序	4 (22.2%)	6 (6.1%)	0 (0%)	0 (0%)	10	7.4

等級＼水平程度	A2 數目	B1 數目	B2 數目	C1 數目	總數 數目	總數 百分比
誤加	2 （11.1%）	13 （13.1%）	1（5.9%）	0 （0%）	16	12
總數	18 （100%）	99 （100%）	17 （100%）	0 （0%）	134	100

表6　各程度等級的日語為母語的華語學習者的偏誤數目和比率

等級＼水平程度	A2 數目	B1 數目	B2 數目	C1 數目	總數 數目	總數 百分比
遺漏	10 （71.4%）	93 （80.9%）	24 （88.9%）	0（0%）	127	80.9
誤選	2 （14.4%）	9（7.8%）	0（0%）	0（0%）	11	7
錯序	1（7.1%）	7（6.1%）	3 （11.1%）	1 （100%）	12	7.6
誤加	1（7.1%）	6（5.2%）	0（0%）	0（0%）	7	4.5
總數	14 （100%）	115 （100%）	27 （100%）	1 （100%）	157	100

表7　各程度等級的韓語為母語的華語學習者的偏誤數目和比率

等級＼水平程度	A2 數目	B1 數目	B2 數目	C1 數目	總數 數目	總數 百分比
遺漏	3 （100%）	39 （84.8%）	17 （89.4%）	1 （50%）	60	82.2
誤選	0 （0%）	5 （10.9%）	1 （5.3%）	1 （50%）	7	9.6
錯序	2 （0%）	2（4.3%）	2 （5.3%）	0 （0%）	6	8.2
誤加	0 （0%）	0 （0%）	0 （0%）	0 （0%）	0	0
總數	5 （100%）	46 （100%）	20 （100%）	2 （100%）	73	100

四、討論

（一）英語、日語和韓語為母語的華語學習者的偏誤

英語、日語和韓語為母語的華語學習者的偏誤大都在「複數NP+都」。他們知道「都」用於複數名詞，如「我們」，然而當使用「所有的、一切的、全部的、任何的、甚麼、每」+名詞時，他們傾向於不加「都」。有些學習者無法分辨「都」、「多」及「也」，有些會把「都」放錯位置。這也許因為學習者以為「所有、一切、全部」既然是類似名詞前的 'all'（如 'all books'），就不須再使用謂語前的「都」。

1. 英語為母語的華語學習者的偏誤

對於英語為母語的學習者，在A2階段，他們較常有的偏誤是句子有「每個人、每次、每天或天天」時，會遺漏「都」，12筆遺漏的偏誤有4筆與此有關，佔33.3%。到了B1階段，有些學習者仍不習慣使用「每…都」，70筆遺漏的偏誤裡有22筆與此相關，佔31.4%，如(26)和(27)：

(26) 我老是覺得很孤單因為我沒有朋友.沒關係因為我現在有好多朋友！我很高興!我也非常喜歡台灣.每個人*Ø[都]對我很好！（English, A2）

(27) 在這個夜市服裝店特別多，而且每家*Ø[都]有我以前沒看過的圓領衫。（English, 4, B1）

在B1階段，他們開始使用數量詞「大部分的」、「所有的」、「一切的」、「大家的」，然在主詞位置須加「都」，大都遺漏，尤其是「大部分的」，70筆遺漏的偏誤裡有8筆，佔11.4%，是遺漏

偏誤第二高者，如(28)所示：

(28) 因為我們從別的國家來台灣，我們想買台灣的紀念品。不過
大部分 *Ø[都]不是台灣的東西。我問老闆「這些東西，從
哪裡來的呢？」。老闆說「緬甸」。（English, B1）

　　從(26)-(28)我們推測此可能是受其母語的影響，因 'all' 不
須與 'every' 和 'most of' 共現。另外，有些英語為母語的學習
者無法區分「都」、「也」、「就」，如(29)-(31)：

(29) 早醒我真的很累，幸好老師已經幫我們準備咖啡喝與東西
吃。吃喝之後已經快九點了，所以我 *都[就]進入去演講
室。（English, B1）

(30) 喜歡西式的餐廳馬？我知道一家很好吃的餐廳！有牛排阿、
烤雞肉阿、甚麼的。連餐廳的味道 *就[都]讓人的口水流出
來！我不開玩笑！我要帶你去。（English, B1）

(31) 就是像有些外國人在台灣要申表當英文老師，可是老闆說因
為我的皮膚不是白，看起來是像中國人，所以不論我的英文
是流利，他 *就[都]不能接受這樣的人。（English, B1）

　　我們觀察到，在三組不同的母語的華語學習者中，英語為母
語的學習者與日語為母語者有誤加的偏誤，參見下面例子(32)和
(33)：

(32) 是一個很平常的事。有的時候會飛得很高、從一座山跳到另
一座。肚子感覺很莿激。但 *都[Ø]不會受傷。這一種感覺
讓我覺得很自由自在。沒有壓力而且又輕鬆。（English, B1）

(33) 我的生活比她小時後的生活好。你現在應該了解我媽媽為甚
麼是我最感謝的人。今天我 *都[Ø]會找機會謝謝他。過來
這幾年，我常帶他去高級餐廳吃美食，和帶他去旅行都會定
五星級。（English, B1）

　　與日語學習者相較，英語學習者過度使用「都」的比率較高。由表5和表6得知，在A2階段，英、日語為母語學習者誤加的比率為11.1%比7.1%；在B1階段，比率為13.1%比5.2%；在B2階段，比率為5.9%比0%。

　　另外，學習者可能受其母語 'all' 可置名詞前的影響，造出(34)的句子：

(34) 我們吃精彩，雞蛋，甚至於豬血糕；*都我[都]吃吃看。
　　（English, B1）

一些學習者不清楚「也」須出現於「都」的前面，將「也都」錯置，如(35)：

(35) 我老是說我的父母嘮叨，可是，話說回來父母養我還有聰是幫我的忙。無論孩子是壞或是好，父母*都也[都]愛他們的孩子。（English, B1）

因「也」表類同，而「都」表總括，以及總括的範疇內的成份有共同性，故「也」和「都」的意義有重疊，可並置，然「也」須出限於「都」之前。

2. 日語為母語的華語學習者的偏誤

　　與英語為母語的學習者類似，日語為母語的初級學習者「都」的遺漏偏誤與「每」有關的佔最多，A2的學習者10筆的遺漏偏誤有3筆與此相關，佔30%；他們在B1階段，仍然有此偏誤，在93筆的遺漏偏誤有23筆，佔24.7%，如(36)-(37)所示：

(36) 李台生喜歡爬上去。所以他常常去山。可是他每次*Ø[都]去一樣的地方，所以今天他去不一樣的地方。可是今天他第一次來這裡，所以他迷路了。（Japanese, A2）

(37) 那時候我三餐都在外面吃，點餐時，我會說出來的菜單的名

字是非常有限，但每天 *Ø[都] 一直吃一樣的東西，就吃膩
了。（Japanese, B1）

　　可能因為日語相當於華語「每」的ごとに（goto ni）不須與
表達「全部」的すべて（subete）或ぜんぶ（zenbu）共現，所以
日語為母語的學習者會受其母語影響，在使用「每」時，後面不
加「都」。類似地，他們有些遺漏的偏誤也與數量詞如「大家」
有關，在93筆的遺漏偏誤有18筆，佔19.4%，居第二高，如
(38)：

(38) 保護地球自然環境，並不只是一個國家的責任，大家一起
　　 *Ø[都] 要負擔。從現在可以小的開始做保護我們的地球。所
　　 先節原能源是一個很重要保護地球的開始。（Japanese, B1）

　　「大部分（的）」的遺漏偏誤有17筆，佔18.3%，居第三高，
如(39)：

(39) 大家有夢但是大部分的人 *Ø[都] 記不起來。我覺得我很奇
　　 怪因為我起床的時候常常會記住我做過的夢。（Japanese, B1）

　　此外，如英語為母語的學習者，有些學習者會造出「都」的
錯序的句子：

(40) 我在台灣的房子是委託不動產找到的。我住在師大附近，師
　　 大離我家，古亭捷運站離我家 * 都走路大概 [都] 要十分鐘。
　　 所以交通比較方便，可是我家附近沒有超級市場，所以買東
　　 西比較不方便。（Japanese, B1）

(41) 但然有可能他們的知識又豐富，而受到的教育品質比較高，
　　 可是，我認為不管在哪裡工作 * 都我們的地位 [都] 是一樣
　　 的，不一定名校畢業代表提供許多利益給公司，在每個領域
　　 會發揮的能力都不一樣。（Japanese, B2）

此類偏誤亦有可能是受其母語すべて（subete）或ぜんぶ

（zenbu）、いずれも（izuremo）的影響，這些詞加所有格標記の（no），後接名詞，可對應為中文的「都」、「全部」或「兩者」，可出現於句前。

3.韓語為母語的華語學習者的偏誤

韓語為母語的學習者也類似英語為母語及日語為母語的學習者，在A1至B2階段，他們傾向於在句子中有「大部分」或「每」不使用「都」，如(42)-(43)：

(42) 名校畢業能夠找到不錯的工作，這意味著收入比較高。他的學位越高，收入越高。我覺得大部分人的這種看法*Ø [都]不會容易改變，情形不管多久前，都一樣。自己的學位多高，這跟工作、薪水息息相關。（Korean, B2）

(43) 我覺得每個國家的文化風俗*Ø [都]不一樣。有的國家不可以吃牛，有的國家不吃豬，還有的國家吃鴨，有的國家吃狗。（Korean, B1）

然與英、日語為母語的學習者不同的是，他們使用「大部分」遺漏「都」的比率比使用「每」遺漏「都」的比率還高。在A2階段沒有「大部分…都」的偏誤，有1筆「每…都」的偏誤；在B1階段，有13筆「大部分…都」的偏誤，在遺漏偏誤總數39筆中佔33.3%，有7筆「每…都」的偏誤，佔17.9%；在B2階段，有6筆「大部分…都」的偏誤，在遺漏偏誤總數17筆中佔35.3%，有5筆「每…都」的偏誤，佔29.4%；在C1階段，有1筆「大部分…都」的偏誤，「每…都」的偏誤則沒有。韓語的數量詞表達「大部分」的대부분（daebubun）、表達「所有」的모든（modeun）和表達「每」的…마다（…mada）都不須與表達總括的副詞配搭，並且韓語也沒有可與「都」對應的副詞。有些

學習者無法區分「都」和「也」，如(44)所示：

(44) 來台灣的時候，你一定要帶韓國菜吧！什麼東西*也[都]可以，我真的想吃韓國菜，尤其媽媽親手的菜是最好的。（Korean, 3, B1）

也會將「都」錯置，如(45)所示：

(45) 現在我母親不在，一九九九年農曆二月二十三日去世的。我母親跟我的關係非常好，別人*都看到我們，就[都]羨慕我們。（Korean, B1）

也有少數在複數名詞前誤加，如(46)：

(46) 暑假的時候，我的老師帶我跟我們班同學們*都一起去餐廳吃臭豆腐。除了我，別的同學們都不敢吃臭豆腐，可是我覺得臭豆腐的味道不太臭（Korean, B1）

雖然此三組的學習者的母語不同，他們在有關「都」的句子前有數量詞，如「每」、「大部分」、「大家」等，都傾向不使用。

（二）母語的負遷移和教材的影響

因「都」作範圍副詞3可對應於日語、英語和韓語分別為：すべて（subete）、ぜんぶ（zenbu）、いずれも（izuremo）；'both'、'all'；모든（modeun）、모두/다（modu（da））、여러분（yeoleobun）等，其詞性、意義和用法無法完全對應。此外，這些英語、日語和韓語的詞義也與華語的「全部」、「一切」和「所有」對應，學習者的母語有關「所有」、「一切」、「每」等都不須與「都」共同出現。他們無法掌握「都」須與出現於動詞前的這些詞共現。故學習者使用了「全部」、「一切」和「所有」，

3　三組學習者的母語使用不同的詞彙與作程度和時間副詞的「都」對應。

易遺漏副詞「都」。除了母語的影響，另一可能的原因與教材有關。如前述，通常數量詞，如「每」、「全部」、「一切」，出現於動詞前時傾向與「都」共同出現，然大多數的教材在介紹這些詞時並無強調這些詞出現於動詞前須與「都」共現。以國內最常使用的《視聽華語》（臺灣師範大學華語中心 2008）為例，在第一冊第三課首次介紹「都」為副詞，對應英語 'both' 或 'all'（頁38），說明及提供的例子（頁46）如下：

(47) The object in a sentence may be moved to the beginning of the sentence, where it becomes "the topic". When 都 is used to refer to objects, then the objects must precede the predicate in the sentence.

(48) 法文書，英文書，我都有。

'French and English books, I have both of them.'

接著補充說明如(49)及例子(50)（頁50）：

(49) In Chinese, 都 is an adverb that cannot be placed before a noun. It is placed before the predicate.

(50) 我們都好。

'We are all fine. / All of us are fine.'

然在有關「每」、「大家」等與「都」共現的例子，英文的翻譯無法呈現「都」的意思，且課文沒有解釋「每」在甚麼情況要與「都」配搭，如出現在第二冊第二課的例子，見(51)（頁34）：

(51) 我每天都經過那家書店。

'I go past that bookstore everyday.'

又以臺灣大學（1988）所編的《新編會話》為例，在句構練習時非常詳實地列出下面句式（頁171-177）：

(52) a. 不論／無論／不管　甚麼　　　N.　　　　　　都／也　S.V./V.

　　b. 不論／無論／不管　怎麼　　V./S.V.　　　　都／也　S.V./V.

　　c. 不論／無論／不管　多（麼）S.V.　　　　　都／也　S.V./V.

　　d. 不論／無論／不管　多少　　N.　　　　　　都／也　S.V./V.

　　e. 不論／無論／不管　哪裡　　　　　　　　　都／也　S.V./V.

　　f. 不論／無論／不管　誰　　　　　　　　　　都／也　S.V./V.

　　g. 不論／無論／不管　幾 M.　　　　　　　　都／也　S.V./V.

　　h. 不論／無論／不管　哪 M. N.　　　　　　　都／也　S.V./V.

　　i. 不論／無論／不管　（是）N.（是）N.　　都／也　S.V./V.

　　j. 不論／無論／不管　（是）…的（是）N.　都／也　S.V./V.

　　k. 不論／無論／不管　（是）S.V./V.（是）S.V./V.　都／也　S.V./V.

　　l. 不論／無論／不管　（是）S. V.（是）S. V.　都／也　S.V./V.

也介紹「連　N．都／也」的句式（頁27）。但在介紹詞彙「一
切」、「所有的」（頁36）、「整個」（頁260）和「全部」（頁266）
雖例子出現「都」，如(53)：

(53) 在那邊打球的全部都是男生。

卻沒說明它們與「都」共現的特色。此也可能導致學習者忽略，
在使用這些詞時傾向不使用「都」。

（五）結論與教學建議

　　本研究考察以英語、日語和韓語為母語的華語學習者對
「都」的習得，並針對其於寫作中所使用包含「都」的語句進行
偏誤分析。我們發現學習者往往不使用「都」，即遺漏的偏誤佔
整體偏誤的70%以上。英語為母語的學習者71.6%，日語為母語
的學習者80.9%和韓語為母語的學習者82.2%。此可能的原因之
一是學習者的母語因素造成的。因「都」對應於日語、英語和韓

語分別為：すべて（subete）或ぜんぶ（zenbu）、いずれも（izuremo）'all' 及모든（modeun）或모두/다（modu（da）），其詞性、意義和用法無法完全對應；此外，這些日語、英語和韓語的詞也與華語的「全部」、「一切」和「所有」對應，學習者無法掌握「都」須與出現於動詞前的這些詞共現。除了母語的因素，另一可能的原因與教材有關。如前述，通常數量詞，如「大部分」、「大家」、「全部」、「一切」，出現於動詞前時傾向與表總括的範圍副詞「都」共同出現，作為總括的成分，然大多數的教材在介紹這些數量詞時並無特別說明這些詞出現於動詞前時多與「都」共現。此外，「每」若表示概括某個範圍裡的全體，且指全體中任何一個或任何一組為例，也會與「都」共現[4]，此亦容易造成學習上的混淆。研究者建議，先教數量詞「大部分」、「大家」、「全部」、「一切」等與「都」的配搭，待學生熟悉後再介紹「每」與「都」的配搭用法。學習者對於一個生詞的知識是一個連續面，從「沒有」到「完整」。

Nation（1990）提出了詞的八個面向如下：

1. 言語形式（knowledge of the word's spoken form）
2. 寫作形式（knowledge of the word's written form）
3. 語法（grammatical behavior）
4. 共現（collocational behavior）：該詞常與什麼詞一起出現
5. 頻率（frequency）
6. 語體（stylistic register）
7. 觀念義（conceptual meaning）
8. 與其詞字的關聯（associations with other words）

---

4 「每」也與「就」或「總」共現。

研究者建議教材介紹「都」時，除了從真實性材料出發（Wu & Tao 2016），找出其功能，宜考慮與「都」的共現詞、語體、觀念義和與其他詞的關聯。在介紹數量詞時也應說明其出現於謂語前須與「都」搭配。此外，因「都」和「也」語義重疊及可共現，形成「也都」，學習者容易對表總括的「都」和表類同的「也」產生混淆，華語教師也應幫助學生瞭解這些副詞背後所涵蓋的概念，裨益他們做區分。例如，介紹「也」，再介紹「都」，教師可使用「你是學生，我也是學生，他也是學生，我們全部都是學生。」的情境，幫助學生區別「都」和「也」之不同，然後提供「也都」出現的情境，例如，可從前面的情境延伸，即情境中的三人不僅是學生，他們也在同一班，教師可以說「我們是學生，我們也都是同學。」，以利學習者瞭解「都」總括範圍內的成份的共同性，以及「也」表達的是所涉及的人事物之間的類同性關係。

徵引文獻

王紅（1999）。〈副詞"都"的語法意義試析〉。《漢語學習》no.6: 55-60。

王韵（2017）。〈副詞"都"的用法和偏誤探究〉。《文學教育：中》no.11: 100-101。

呂叔湘（1980）。《現代漢語八百詞》（北京：商務印書館）。

毛向櫻（2013）。〈對外漢語教學中副詞"都"的用法〉，《淮北師範大學學報》34.2: 159-161。

周小兵、王宇（2007）。〈與範圍副詞"都"有關的偏誤分析〉，《漢語學習》，no.1: 71-76。

洪秀芳、馬宜浩、蔣慈（1998）。《新編會話》（*Modern Chinese Conversation*）（臺北：國立台灣大學國際華語研習所）。

張莉萍（2017）。〈TOCFL學習者語料庫的偏誤標記〉。陳浩然（主編）：《語料庫與華語教學》（臺北：高等教育文化事業有限公司），159-196。

趙元任（1980）。《中國話的文法》（*A Grammar of Spoken Chinese*）[1968]。丁邦新（譯）（北京：商務印書館）。

劉月華、潘文娛、故韡（1996）。《實用現代漢語語法》（臺北：師大書苑有限公司）。

臺灣師範大學華語中心（2008）。《視聽華語》第二版（*Practical Audio-Visual Chinese*, 2nd ed.）（臺北：正中出版社）。

Dulay, H., Burt, M., & Krashen, S. (1982). *Language Two* (New York: Oxford University Press).

Ellis, R. (1997). *Second Language Acquisition* (Oxford: Oxford University Press).

James, C. (1998). *Errors in Language and Use: Exploring Error Analysis* (New York: Longman).

Li, Y. (2012). "What English-speaking learners of Chinese don't know about dou: A study on the acquisition of *dou.*" *Journal of the Chinese Language Teaching Association* 47.3: 115-146.

Li, Y. (2013). "An empirical study on the production of *dou*: Is native-like performance attainable?" *Journal of Teaching Chinese Language* 10.3: 121-163.

Li, Y.-H. A. (1992). "Indefinite wh in Mandarin Chinese." *Journal of East Asian Linguistics* 1.2: 125-155.

Lyons, J. (1977). *Semantics.* 2 vols. (Cambridge: Cambridge University Press).

Nation, I. S. P. (1990). *Teaching and Learning Vocabulary* (New York: Newbury House).

Paris, M. C. (1979). "Some aspects of the syntax and semantics of the *lian...ye/ dou* construction in Mandarin." *Cahiers de Linguistique Asie Orientale* 5.1: 47-70.

Schachter, J. (1974). "An error in error analysis." *Language Learning* 24.2: 205-214.

Shyu, S. (1995). *The Syntax of Focus and Topic.* Ph.D diss, Department of Linguistics, University of Southern California.

Shyu, S. (2014). "Topic and focus." C.-T. J. Huang, Y.-H. A. Li & A. Simpson (eds.): *The Handbook of Chinese Linguistics* (Malden, MA: Blackwell), 100-125.

Shyu, S. (2016). "Minimizers and EVEN" *Linguistics* 54.6: 1355–1395.

Traugott, E. C. (2003)."From subjectification to intersubjectification." R. Hickey (ed.): *Motives for Language Change* (Cambridge: Cambridge University Press), 124-139.

Wu, H. & Tao, H. (2016). "Patterns of plural NP + dou (都) expressions in conversational discourse and their pedagogical implications." H. Tao (ed.): *Integrating Chinese Linguistic Research and Language Teaching and Learning* (Amsterdam: John Benjamins), 169-194.

Yuan, B. (2009). "Non-permanent representational deficit and apparent target-likeness in second language: Evidence from wh-words used as universal quantifiers in English and Japanese speakers' L2 Chinese." N. Snape, Y.-K. I. Leung, & M. S. Smith (eds.): *Representational Deficits in SLA: Studies in Honor of Roger Hawkins* (Amsterdam: John Benjamins), 69-103.

構式成語的語法結構、認知歷程和華語教學啟示[*]

劉德馨
Te-hsin LIU

（國立臺灣大學華語教學碩士學位學程）

[*] 本研究得到科技部計畫補助（MOST105-2420-H002-008-MY2），為整合性計畫「字字珠璣：由腦功能看華語學習」之子計畫「由腦神經看中文四字格的分類與認知機制」的部分研究成果。感謝研究助理對於研究資料的初步整理，並協助執行 fMRI 實驗。也感謝台大心理系周泰立教授、台大語言所蘇以文教授、謝舒凱教授、呂佳蓉教授、李佳霖教授、台大華教學程蔡宜妮教授在計畫執行期間給予的寶貴建議。最後要感謝兩位匿名審查者給予的寶貴建議。

摘　要

　　中文成語繁多，然而目前深入探究四字格成語認知歷程的文獻仍然有限。母語人士由於從小閱讀和日常生活的積累，對於四字格成語的語義掌握和使用有其精準度，但對外籍學習者、尤其是非漢字圈的學習者，常常因為望文生義、或謙敬失當、或不明典故，造成使用上的偏誤，因此成語的習得一直是一道難以跨越的高牆。

　　為了更深入而透徹地了解中文成語的本質，本研究擬在構式語法的精神下，針對一些結構較特殊的中文成語進行觀察與分析，透過功能性核磁共振造影（fMRI），觀察母語人士處理中文成語時，語意透明度、頻率和成語構式所扮演的角色，並比較母語人士和外籍學習者在理解中文構式成語時，所牽涉的腦神經網絡是否不同。立基於實驗結果，本研究將提出構式成語的教學技巧，期盼能協助第一線的華語教師在成語教學時能夠事半功倍。

關鍵詞：構式語法、四字格成語、認知語言學、華語教學

一、緒論

　　四字格成語佔中文成語的比例達九成之多（徐盛桓 2006: 108），成語是相當精練的語言，不論在正式的場合與文字書寫，抑或日常生活的口語交流，皆可見到成語的蹤影。在人際交往互動的過程中，遇到不方便以口頭語言表達、或者當直言會造成彼此間些微的傷害時，通常會使用幽默、風趣或俏皮的成語來表達，化解尷尬的局面。四字格成語不僅見於書面，日常生活各個領域皆用得到，像「守株待兔」、「三心兩意」等皆是口語常用的四字格成語（賴麗琇 1998），然而，四字格成語多從經典古籍化用而來，有其典故背景，字面義和隱喻義有相當大的差異，對於外籍學習者來說，如何理解、正確地使用成語，向來是一大挑戰。目前深入探究四字格成語認知歷程的文獻仍然有限，教育部為能帶動我國華語文教育產業的發展，擬建置華語文應用語料庫及華語文標準體系，成為全球正體中文教育產業的主要輸出國，因而推動「邁向華語文教育產業輸出大國八年計畫」，可惜該計畫下的眾多子計畫仍缺成語這一環。

　　中文成語繁多，教育部線上成語典收錄了兩萬八千多條成語[1]，王濤等人主編的《中國成語大辭典》收錄了一萬八千多條成語，至於朱祖延主編的《漢語成語大辭典》則收錄一萬七千多條成語。母語人士由於從小閱讀和日常生活的積累，對於四字格成語的語義掌握和使用有其精準度，但對外籍學習者、尤其是非漢字圈的學習者，常常因為望文生義、或謙敬失當、或不明典故，造成使用上的偏誤（王若江 2001; 劉月華 2005; 楊玉玲 2011），因

---

[1] 教育部線上成語典：http://dict.idioms.moe.edu.tw/cgi-bin/cydic/gsweb.cgi?ccd=6kP.pE&o=e0&&sec=sec1&index=1&active=index

此成語的習得一直是一道難以跨越的高牆。

　　表面看來，中文成語是在一連串永無止盡的詞素中找出一些合適的詞素以填滿其結構空缺，不容忽視的是其約定俗成的特性。這種特性對於了解中文成語的生成十分關鍵，卻鮮少在文獻中被提及。一個中文成語生成時，其選擇合適詞素、以形成合適成語的背後機制，其實觸及到十分複雜的議題。Moon（1998: 161）提議將固定化（entrenched）後的重要語言限制施加在具能產性的成語的產出過程，以視作成語的基模（schema）。此一觀點和Fillmore（1976: 25）的語意框架（semantic frame）概念不謀而合。在框架理論的主要精神下，成語特例的增殖乃源於其基本的結構性規律，且為語法、語意、語用三個層面共同運作下的產物。一個由框架理論（Fillmore, Kaye & O'Conner 1988）所引導的研究，其目標就是指出那些跟語法、語意及語用相關的特徵，分辨出特定的成語結構規律以及其構式（construction）。而在漢語語言學的領域，Su（2002）首先從構式語法（Construction grammar, Goldberg 1995, 2006）的角度分析「X-來-X/Y-去」、「不-X-不-Y」、「不-X-而-Y」三種構式，並指出成語具構式意義，而非來自成語中個別成分的組合。以「X-來-X/Y-去」為例，嵌入的元素可以是同一個單音節的動作動詞，如「走來走去」，也可以是近義詞，如「翻來覆去」、「眉來眼去」。此一構式衍生出了「某個動作在一段時間不斷重複」的意義，也進一步限制了可以進駐該構式的動詞，例如*「死來死去」便是不可能被接受的成語，因為「死」這個動作不能被重複。Su（2002）並進一步指出，四字格成語約定俗成的構式意義和其特有的語用功能，與構式語法的精神不謀而合。劉德馨等（2019）採構式語法，分析四字格成語於語法、語意及語用層面的習語性和規律

性，以「一Ｘ＃Ｙ」（「＃」表數字）的四字格構式為主要關注焦點，聚焦分析三個類型頻率（type frequency）最高的具體形式「一Ｘ一Ｙ」、「一Ｘ二Ｙ」和「一Ｘ千Ｙ」，並探討構式成語的語法功能。該文進一步探討「一例一休」和「一帶一路」等新創四字格，發現一個構式的類型頻率愈高，能產性愈強。換而言之，成語雖屬「固定詞組」，但在現代漢語，也同時具有某種程度的開放性與能產性。

　　成語數量眾多，心理語言學界對於母語人士理解成語的心理機制，也做出了許多研究。根據先行研究，組合性（compositionality）、語意透明度（semantic transparency）和頻率（frequency）為影響成語理解的重要因素（Swinney and Cutler 1979; Gibbs et al. 1989; Cacciari and Tabossi 1988），但是語意透明度和頻率的份量孰輕孰重，學界並沒有共識。此外，成語多具象徵義，說話者理解成語時，是以「語言之腦－左腦」理解成語，抑或以處理高階語言的「右腦」理解成語，腦神經語言學界的看法也不一致（Beeman 1998; Giora 1997, 2003, 2007; Yang et al. 2016）；而外籍學習者和母語人士理解中文成語的機制有何不同，目前學界並沒有相關研究。有鑒於此，為了更深入而透徹地了解中文成語的本質，本研究擬在框架理論的精神下，針對一些結構較特殊的中文成語進行觀察與分析，並透過功能性核磁共振造影（fMRI），觀察母語人士處理中文成語時，語意透明度、頻率和成語構式所扮演的角色，並比較母語人士和外籍學習者在理解中文構式成語時，所牽涉的腦神經網絡是否不同。立基於實驗結果，本研究將提出構式成語的教學技巧，期盼能協助第一線的華語教師在成語教學時能夠事半功倍。

二、文獻回顧

（一）慣用語、成語和構式成語

根據周薦（2004:307）的統計，四字格成語在《中國成語大辭典》中佔了九成五以上。《漢語慣用語大辭典》說明了慣用語的基本形式為三字格，裡面收錄的三字格詞條佔了六成以上，而《中國慣用語大辭典》和《慣用語例釋》兩本辭典的三字格比例更高。換而言之，成語以四字格為主，而慣用語主要為三字格。Fillmore et al.（1988）點出慣用語和成語[2]與其所屬語言社群的緊密關係，他們認為「一個短語在以下的狀況下可以被視為慣用語：該短語被所屬的語言社群賦予某個詮釋，使得不屬於該語言社群的說話者即使通曉該語言的文法和單字，也無法知道如何使用該短語、拆解其意，或了解其習語性」[3]。語言是文化的載體，無論是慣用語或成語，皆有其習語性，承載的是一個語言社群背後

---

[2] 英文成語較類似中文的口語慣用語。英文文獻多用idiomatic expressions 和 idioms，但兩者的分野並不明顯，Fillmore等人（1988）的文章將兩個名詞交替使用，也鮮少有其他文獻探討兩者之差別。Fillmore等人（1988）指出，成語的表達可以分成「編碼的（encoding）」（如answer the door, wide awake）和「解碼的（decoding）」（如kick the bucket, pull a fast one）兩類。說話者在首次遇到陌生成語時，相較之下，較容易順利解讀「編碼型」成語的意思。因此我們認為「解碼型成語（decoding idioms）」較類似中文的四字格成語，因為成語來源多有典故出處（如「瓜田李下」、「杯弓蛇影」等），語意較慣用語隱晦。

[3] *"a locution or manner of speaking as idiomatic "if it is assigned an interpretation by the speech community but if somebody who merely knew the grammar and the vocabulary of the language could not, by virtue of that knowledge alone, know (i) how to say it, or (ii) what it means, or (iii) whether it is a conventional thing to say."*

的文化和思想。以「雨後春筍」來說，其對應到的英語是 *"to spring out like mushrooms"*，兩個成語表達的都是同樣的概念，但是所使用的喻依不同：中文以「春筍」為喻，英語則以「蘑菇」為喻，這點出「竹」在華人文化的重要性。同樣地，對於不熟悉英式板球（cricket）的人來說，由該運動衍生的慣用語 *"hit someone for six"*（克服某人）也同樣難以理解（Boers & Eyckmans 2004）。

　　漢語的慣用語、熟語和成語繁多，慣用語如三字格的「穿小鞋」，成語如四字格的「杯弓蛇影」，還有字數較長的諺語（如「黃鼠狼給雞拜年，沒安好心」）。從形式來看，諺語、慣用語及歇後語之格式並不一致，用法也較為彈性。諺語可以說「巧婦難為無米之炊」，也可說「巧婦作不出沒米的飯」；慣用語可以說「開夜車」，也可以任意增字為「開了一整晚的夜車」；歇後語可以只說引子「黃鼠狼給雞拜年」，也可以將引子及所欲表達的真實意義「黃鼠狼給雞拜年——沒安好心」說出。換句話說，諺語、慣用語及歇後語內部組合可任意拆解、變動，但是四字格成語結構最為緊密、無法任意組構，與其他熟語的區隔明顯。

　　四字格成語的特色鮮明，學界投入成語研究的時間和精力也遠超過其他熟語，但是學者對於成語的定義仍舊沒有共識。劉叔新（1982）從語義透明度的角度切入，認為只要具有「表義雙層性」就是成語。順著此一脈絡，「穿小鞋」和「鳥盡弓藏」都必須經由字面意的聯想，才能理解內層的真實意義，因此兩者都屬於成語。周薦（1997）則認為成語的特色是經典性、權威性和穩定性。其經典性特徵有二，第一是需出自權威性的著作，例如「名正言順」出自《論語》，「明察秋毫」出自《孟子》。第二是穩定存在於語言交際之中，歷久不衰。以經典性、權威性和穩定性

三大特徵檢視其他熟語，則可將四字格成語區隔出來。唐朝以後隨著口語發達而發展起來的慣用語（如「碰釘子」、「穿小鞋」）和歇後語（如「黃鼠狼給雞拜年－沒安好心」），由於並未出自於權威著作，因此不能算是成語。相較於劉叔新和周薦分別著重意義特點和經典性的分析，徐耀民（1997）則加入了形式層面的定義，他認為成語應是定型的、現成的、慣用的四字格熟語，具有強大的修飾功能。換言之，太過平鋪直敘的用法不應被視為成語。就形式來說，先行研究認為成語屬於「固定詞組」，普遍格式是四字格，就意義來說，成語多出自經典古籍，其意義並非裡面各個詞素相加的總和，需要歷史和文化背景的知識才能理解其義，具有表義雙層性。然而，「表義雙層性」無法區分三字格的慣用語和四字格的成語，因為許多三字格的慣用語，也具有表義雙層性。有鑑於此，劉德馨等（2019）認為，若從「語素黏著度」切入，可以看出兩者的差別：四字格成語的語素黏著度高，無法加入其他的文字，句式也無法變換更動，例如「一日千里」無法改成＊「一日跑了千里」，但是三字格的慣用語則不然，「穿小鞋」也可以說成「穿不完的小鞋」，「開夜車」也可以改成「開了一整晚的夜車」。

　　正因為成語多為四字格，常是濃縮了完整語句的結果，因此語義隱晦，必須知曉典故才能理解其義，如下方例句所示：

(1)　a. 滄海 變 桑田　　➡　滄海桑田　（比喻世事變遷快速）
　　　b. 翻 手為 雲覆 手雨 ➡ 翻雲覆雨
　　　　　　　　　　　　　（形容人世反覆無常或人玩弄手段）

　　（1a）和（1b）皆為聯合式成語[4]，不論在語義抑或語法，皆展現了對稱性。此外，四字格成語基於漢語單音節和聲調語言的特色，除了語法和語意的對稱性，聲韻的覆沓、音高的變化更是其他語言少見之特色。根據劉振前和邢梅萍（2003）針對《漢語成語詞海》收錄的兩萬一千個四字格成語進行的統計，發現不同音韻覆沓形式的四字格成語占 56.4%，其中子音重覆者占 21.6%，母音重覆者占 36.7%：

(2)　a.　子音重覆

　　　　琳瑯滿目 [lin-lang-man-mu]

　　　　膽大心細 [dan-da-xin-xi]

　　　b.　母音重覆

　　　　吞雲吐霧 [tun-yun-tu-wu]

　　　　寒酸落魄 [han-suan-luo-po]

　　前人關於四字格成語的內部結構分析，多將成語內部詞素的排列組合視為一完整漢語語句的縮影（主謂、述賓、偏正，抑或兼語等）。然而，從語法角度分析成語的內部結構，卻無法凸顯四字格成語的特性，和其與複合詞的不同，因為許多漢語的複合詞，也是昨日語法的縮影，歷經了詞彙化的過程，濃縮成雙字詞，例如「心疼」（主謂結構）、「擔心」（動賓結構）、「吃飽」

4　邵敬敏（2007）主編的《現代漢語通論》，將成語分成聯合式和非聯合式，聯合式又可細分為主謂關係（如「龍飛鳳舞」）、述賓關係（「顧名思義」）、偏正關係（「腥風血雨」）、聯合關係（「青紅皂白」）；非聯合關係又可往下分出主謂關係（「夜郎自大」）、述賓關係（「異想天開」）、偏正關係（「近水樓臺」）、兼語關係（「認賊作父」）、連動關係（「藥到病除」）。

（動補結構）。Tsou（2012）則另闢蹊徑，從四字格成語構詞組合的規律性著手，提出嵌入四字格的雙字詞語義特徵多為同義詞、反義詞或上位詞。如表一所示（Tsou 2012）：

表1　結構對稱的四字格成語示例

	同義詞	上位詞	反義詞
千山萬水		千-萬、山-水	
不明不白	不-不	明-白	
如霜似雪	如-似	霜-雪	
先苦後甜			先-後、苦-甜
無拘無束	無-無、拘-束		

　　「如-似-」為同義詞，「拘-束」則為同義的雙字詞拆開後，嵌入「無-無-」的結構。至於「山-水」、「明-白」、「霜-雪」的上位詞分別為自然景物、認知和天氣。反義詞的組合在成語構詞也屢見不鮮，如「先-後」、「苦-甘」等。除此之外，「七上八下」、「翻天覆地」也是常見的反義構詞組合。Tsou的分析模式符合構式語法的思路，和Fillmore等人（1988）所定義的形式成語（formal idiom）或語法構式（grammatical construction）概念類似，也就是說，中文成語生成時，能夠讓成語的內容部件被另外的語意元素進駐，同時保有成語的基本結構。

　　相對而言，英文成語可透過種種機制，如修飾（modification）、量化（quantification）、主題化（topicalization）或被動化（passivation）、屈折改變（inflectional variation）等造成結構上之改變（Moon 1998），組構具中文成語所不具備之語法彈性。也就是說，英文成語中的特例，也許會因某個成語的「底層」規律被更動，替換，甚至全然被語境所包納。這種激烈的結構改變在中

文成語的使用中是鮮少出現的，這樣的改變違反了中文四字格成語的規範性。

　　中文乃典型的非屈折語言（non-inflectional language），許多從語法改變而來的結構性變異和中文的成語無法相容。多數中文成語的詞彙語法（morpho-syntactic）變異，通常會落在四字格的焦點區塊中，而許多中文四字格成語具有能產性和語法、語義的規律性，更與構式語法的精神不謀而合。Su（2002）、呂佳蓉等（2017）和劉德馨等（2017, 2019）皆從構式語法的理論架構分析四字格成語。呂佳蓉等（2017）和劉德馨等（2019）分別從構式的多義性，以及成語的規律性和習語性之觀點，分析現代漢語三個高能產性的四字格形式「一Ｘ一Ｙ」、「一Ｘ二Ｙ」「一Ｘ千Ｙ」，後者的研究並且發現，嵌入構式成語的雙字詞的語義，無法自外於該構式；此外，同一個雙字詞搭配不同的構式，也會引申出不同的語義。舉例來說，「長短」這個雙字詞被拆開，嵌入「一Ｘ一Ｙ」這個構式裡，由於在「一Ｘ一Ｙ」構式裡的反義詞通常具有「重覆」的構式義，因此「長短」的反義關係，引出了「一Ｘ一Ｙ」的重覆義。而當「長短」這個雙字詞和「七Ａ八Ｂ」構式搭配，由於「七Ａ八Ｂ」衍生出來的成語通常具有負面義（如「七上八下」、「七葷八素」、「七歪八扭」等），因此「七Ａ八Ｂ」這個構式便會取「長短」的不幸義，形成「七長八短」。當「長短」和「說Ａ道Ｂ」這個聯合式動賓結構搭配時，兩個近義的動詞「說/道」限定了後面論元的語意，因此「說長道短」裡的「長短」延伸出好壞、是非的意思。同樣地，「長短」和「爭Ａ論Ｂ」這個動賓-動賓結構搭配時，兩個近義的動詞「爭/論」也限定後面論元的語意，因此「爭長論短」裡的「長短」延伸出強弱義，如下圖所示（劉德馨等 2019）：

「長短」的隱喻延伸　　　　成語構式

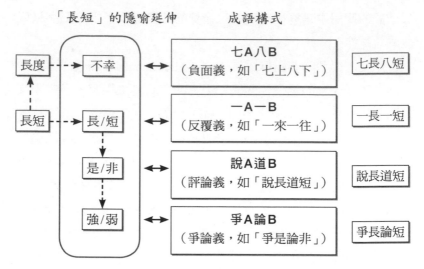

圖1　多義雙字詞隱喻延伸和成語構式之間的互動

　　換言之，「長短」原意指具體的「長度」，之後延伸出「不幸」的抽象語義；此外，「長短」的反義組合還可以延伸至抽象的反義詞「是非」和「強弱」，其中「長、是、強」皆具正面義，而「短、非、弱」皆具負面義，不論正面義或是負面義，皆反映了人類以具體事物理解抽象概念的認知過程（Lakoff & Johnson 1980）。

　　即使學界針對四字格構式成語的研究已有些許成果，但是對於中文母語人士和外籍學習者理解構式成語的認知歷程和其異同點，仍然缺乏相關研究。多數中文成語具有隱喻性，無法從字面義拆解其意，因為對於外籍學習者而言，成語的習得和應用一直難以突破。以下將簡單回顧腦神經語言學關於隱喻性語言之研究成果，希望立基於現行研究之成果，進一步釐清中文四字格成語的認知歷程，並應用於華語教學。

（二）腦神經語言學關於隱喻性語言之研究成果

自十九世紀法國神經外科醫師布洛卡發表了因左腦中風而喪失語言能力的案例之後（Berker E, Berker A & Smith A 1986），左腦是語言之腦的概念就深植人心。換句話說，右腦的語言能力是處於「劣勢」的。但是，近來有愈來愈多的文獻顯示，右腦在某些層面的語言處理，尤其是一些不需要快速精準的語意處理方面的作業，包括字詞較不常用的意義（Atchley, Burgess, & Keeney 1999），對於語境的另類詮釋（Coulson & Wu 2005），以及篇章層次的理解（Delis, Wapner, Gardner & Moses 1983），其實也扮演了關鍵性的角色。

除了處理上述的語境和篇章層次的功能外，研究顯示，右腦在處理象徵性語言也扮演重要的角色。所謂的象徵性語言，指字面義和隱喻義有相當距離的語言形式。而無論是隱喻、成語、諺語、諷刺等，其共同點為，該短語的真正意思無法從每個單詞的組合相加以後推知。對於大腦處理象徵性語言的研究始於70年代。Winner & Gardner（1977）發現，左腦受損的失語症患者能夠將象徵義和正確的圖片做聯結，右腦受損的失語症患者雖然有口語能力，但卻會將圖片和字面義作聯結，此研究結果表示右腦專責處理象徵性語言。然而，近來的腦神經研究卻開始質疑右腦專責處理象徵性語言的論述。Giora（2007）的研究指出，右腦受損的失語症患者和一般人對於隱喻義的理解能力是一樣的，相反地，左腦受損的失語症患者，其處理隱喻義的能力較前兩群人差上許多。

雖然學界對於右腦在處理象徵性語言的角色並無共識，然而大部分學者皆同意右腦在處理高階語言訊息所扮演的角色。

Beeman（1998）提出 the fine-coarse semantic coding theory，認為左腦負責處理較細緻的語言訊息，例如實詞和其語義關係，右腦則負責處理較粗略的語意訊息，也就是將離散的字詞語意關係組合起來，以及語用、隱喻、象徵性語言等。以成語來說，許多語意隱晦的成語，常常無法從字面義推得其意，例如英文的 kick the bucket（死亡），和中文的「杯弓蛇影」，但是也有不少語意透明度較高的成語，其真實意義和字面意的連結度較高，例如英文的 pop the question（求婚）和中文的「裝聾作啞」。在 fine-coarse semantic coding theory 的理論脈絡下，可以推知處理語意較為隱晦的成語時，大腦右半球會有較吃重的角色。另一個相關的理論，是 Giora（1997; 2003; 2007）提出的 the graded-salience hypothesis。此理論認為右半球並非專責處理隱喻義，而是處理新的語言形式。新的語言形式包含新的隱喻形式（如 pearl tears），此種說話者以前沒有見過、但是可以理解的隱喻，會引起右半球下額葉（inferior frontal gyrus）和左半球中額葉（middle frontal gyrus）等區域的活化反應。

　　然而，右腦在處理象徵性語言所扮演的角色，似乎又受到許多因素所影響。第一是實驗的任務困難度（task difficulty）。Yang et al.（2016）指出，先行 fMRI 實驗多要求受試者針對刺激材料從事可能性判斷（plausibility judgment）、語意判斷（semantic judgment）、真實性判斷（truth judgment）等任務，此類複雜性高的任務需要較高階的認知功能，可能過度誇大了某些腦區（如 bilateral prefrontal cortex）在處理象徵性語言所扮演的角色。此外，刺激材料的複雜性（stimulus complexity）也是另一個可能的混淆變項。Yang（2014）針對此一議題所做的後設分析（meta-analysis）就發現，同樣是研究象徵性語言，使用句子為刺激材料

的研究，會引起較多的左腦腹側下額葉（BA47）的反應，而使用單詞作為刺激材料的研究，則會引起較多的左腦額中迴（BA9）的反應。

　　目前處理中文四字格成語的 fMRI 研究為數不多，Yang et al.（2016）的研究要求受試者針對三類成語（高語意透明度、低語意透明度、非成語），進行字型判斷之任務（font judgment task）。

　　為了避免任務困難度和刺激材料的複雜性等可能的混淆變項，他們選擇使用此種非語言取向的任務，只要求受試者偵測刺激材料裡的視覺特徵。Yang 等人認為此種任務形式可以避免上述混淆變項的干擾，他們還假設受試者在偵測四字格的視覺特徵時，腦部會「自動」偵測這些成語的意義。因此，他們設計的刺激材料，是要求受試者找出四字格成語其中哪一個字是斜體字，並做出反應。

　　Yang 等人上述三類四字格，讓母語人士進行熟悉度測試後，留下熟悉度高的四字格，進行 fMRI 研究。他們發現左半球和右半球在處理成語時，皆扮演相當的角色。相較於處理非成語（例如「開門上山」），中文母語人士處理成語時，會引起較多的右頂葉（right parietal cortex）的反應，此外，隨著成語語意透明度的不同，右頂葉的反應也隨之減少。他們的研究成果駁斥了 the graded-salience hypothesis，因為此假說預測母語人士處理熟悉度高的成語時，左半球的反應較多。但是 Yang 等人的研究發現熟悉度並非左右腦分工的關鍵，相反地，語意透明度才是區分左右腦分工的指標。

　　Yang 等人（2016）的研究雖有其創新之處，但也有些許不足。首先，為了減輕受試者的任務複雜性，他們採取字型偵測

（font judgment）的任務型式，也就是受試者看到語意透明度不一的成語時，不需要做語意判別的工作，因此他們只針對左半球的額中迴（medial frontal gyrus）、額下迴（inferior frontal gyrus）、頂葉（superior parietal lobule）、楔前葉（precuneus）以及右半球的頂葉（superior parietal lobule）、楔前葉（precuneus）來分析。其中楔前葉（precuneus）涉及情節式記憶的提取，頂葉（superior parietal lobule）與視覺和動作協調、高階語言處理有關，而額中迴（medial frontal gyrus）和額下迴（inferior frontal gyrus）則與短期記憶、口語流暢度、以及成語的理解有關。然而，由於該實驗任務為簡單的字型偵測，因此和處理象徵性語言相關的額下迴（inferior frontal gyrus），沒有任何反應。此外，該研究結果是否足以否定 Giora（1997; 2003; 2007）的 the graded-salience hypothesis，也有討論的空間。如前所述，他們提供的三類刺激材料（高語意透明度、低語意透明度、非成語）皆是母語人士熟悉度高的四字格，按照 the graded-salience hypothesis 假設，右半球相關腦區本就不會有太多的反應。然而 Yang 等人（2016）的 fMRI 結果顯示左右腦皆有反應，其中右腦的反應與語意透明度呈現負相關，他們據此駁斥 the graded-salience hypothesis。然而，Yang 等人的刺激材料雖有非成語（如「跳下懸崖」），但這些新造的四字格皆具有高熟悉度，因此似乎不足以否定 the graded-salience hypothesis。最後，本文對於上述的實驗刺激材料也持保留的看法，因為研究者無法證實受試者在偵測四字格成語的視覺特徵時，腦部會「自動」處理這些成語的意義。就好比將愛因斯坦相對論的某些敘述語句挖空、要求高中生（英語母語者）填上介系詞。即使高中生能夠依其母語的語感，填入正確的介系詞，但並不代表他們瞭解相對論的內容。回到中文成語的表義雙層

性，如果不讓受試者進行語意判斷，如何得知受試者使用了哪些腦部資源來處理語意透明度不一的成語？

三、 四字格成語的心理認知歷程

（一）研究假設

　　為了釐清中文母語人士理解具有表義雙層性的四字格成語之認知歷程，並比較外籍學習者和母語人士之異同，本研究以構式語法（Construction Grammar）為框架，比較上述兩群說話者在理解現代中文裡具有高能產性的構式成語「千A萬B」時（如「千山萬水」、「千軍萬馬」、「千秋萬代」等），會引發那些不同的神經機制。本文的研究假設如下：一個構式成語的意義，來自於這個構式本身，以「千A萬B」為例，構式義為「數目龐大的AB」，AB必須是同義/近義詞，如果AB由反義詞或沒有任何語意關係的兩個語素組成，便違反了這個潛規則，因此這種成語便不被母語人士所接受，如「千湯萬蝦」。此外，構式成語本身具有能產性（productivity），因此只要AB由近義詞所組成，母語人士便可以推知一個新創成語之意義，例如「千德萬賢」。

　　從語法來說，AB之組成，皆由同義或近義的雙字詞拆開（如「辛苦」、「變化」、「愁恨」、「呼喚」等），置入「千A萬B」的構式，平衡且對稱；從語意來說，「千萬」表達「數量龐大」之概念，拆開後與「辛苦」、「變化」、「愁恨」等同義/近義詞，以精練的方式，表達該名詞數量之龐大；從語境[5]來看，母語人士

5　此處所指的「語境」，並非言談或文章脈絡下的語境。「千A萬B」本身就是理解由這個構式衍生出的成語的「語境」。

長期接觸由「千A萬B」這個構式組成的成語，久而久之，「千A萬B」這個構式，已然在其腦海中形成一種「語義雲」（semantic cloud），即使看到出現頻率低的成語（如「千岩萬壑」、「千章萬句」），依然能夠套到「千A萬B」此一構式，進而推測其意。

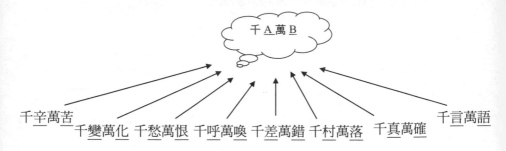

圖2　「千A萬B」構式示意圖

　　根據the fine-coarse semantic coding theory（Beeman 1998）的假設，左半球處理語意和語法訊息，右半球處理象徵性語言，因此處理語意透明度高/低的成語，差別在右半球。但根據the graded-salience hypothesis（Giora 1997; 2003;2007），左半球主要處理高頻、高熟悉度的語言形式，右半球則處理新的語言形式。因此，為了測試母語人士是否可以舉一反三，藉由一個成語的構式義，推論新成語的語義，以及語意透明度在大腦所扮演的角色，實驗刺激材料的設計，本研究將48個現有的「千A萬B」的構式成語依照語意透明度（高/低）和頻率（高/低）兩個向度分類；此外，本研究還造出了16個符合構式成語規則、但不存在的擬構式成語（如「千星萬月」），以及16個違反構式規則的非構式成語（如「千跳萬手」）。擬構式和非構式成語為新造之四字格，主要用來測試受試者在理解新的語言形式時，大腦活化的區

域，並用以驗證 the graded-salience hypothesis 之假設。本研究一共收集了23位中文母語人士以及23位中高級程度的非漢字圈外籍學習者參與了行為實驗和磁核造影實驗，實驗過程提供成語正確或是錯誤的意義，讓受試者做判斷。刺激材料設計如下：

表2 刺激材料

成語類型		例子	數目
構式成語			
a.	高頻率／高語意透明度	千變萬化	12
b.	高頻率／低語意透明度	千頭萬緒	12
c.	低頻率／高語意透明度	千思萬慮	12
d.	低頻率／低語意透明度	千倉萬箱	12
擬構式成語		千德萬賢 千花萬香	16
非構式成語		千桶萬庭 千跳萬手	16
一般成語		頭頭是道 九牛一毛	16

（二）參與者

23位大學以上程度的中文母語人士（年齡介於20-29歲，平均24.1歲，標準差為3歲）以及23位非漢字圈、中高級以上程度的外籍學習者（年齡介於20-32歲，平均24.8歲，標準差為3.6歲）參與了本實驗。所有的外籍學習者皆參加過筆者任職學校提供的中文課程分班測驗，並被分配在中高級的華語課程。此外，本研究也讓外籍受試者進行中文版的畢保德圖畫詞彙測試（陸莉、劉鴻香 1994）。如同英文版本的測驗，中文版本測驗也是讓受試者聽一個字，並且從四個選項選出正確的答案。外籍受試者

的原始分數為 83.45 分，其詞彙能力相當於母語人士 的 11.4 歲。
所有的受試者皆有正常視力，且對於實驗的目的一無所知。在正
式分析時，三位外籍受試者的資料因為其答題錯誤率過高，因此
不予採用。

　　刺激材料的分類，本研究首先從語料庫找出目前現有的「千
A 萬 B」的成語，一共 48 個，再加上從兩岸主流華語教材收集到
的出現頻率最高的前 300 個非「千 A 萬 B」成語，以李克式分式
量表（Likert scale），讓母語人士作語意透明度的評分。本文假定
大學程度的中文母語人士能夠掌握常見成語的隱喻義，並能夠依
其語感，判斷一成語字面義和隱喻義之相關性。要加上其他非
「千 A 萬 B」成語的原因有三。第一，若是只專做 48 個「千 A 萬
B」成語的語意透明度評分，受試者針對同一成語構式做評分，
恐有疲乏之感，進而影響結果。第二，和其他非「千 A 萬 B」成
語的成語一起進行語義透明度的評比，可以得知構式成語在所有
的中文成語裡，是否因其構式所衍生出來的意義，以及其能產
性，使其較其他的成語具有較高的語義透明度。第三，可藉此順
便收集其他高頻、非「千 A 萬 B」成語的語意透明度，可謂一石
二鳥。

　　由於一共有近 350 個成語，本研究將問卷分成 A、B 兩份，
並將 48 個「千 A 萬 B」成語平均分配於兩份問卷，並請一共 60 位
中文母語人士針對問卷裡的成語和其字面義進行語義透明度的評
分，1 為最不相似，7 為最相似。為確認問卷填答者的評比一致性
（inter-rater reliability），本文使用 intra-class correlation（ICC,
McGraw and Wong 1996）計算母語人士對於語義透明度的評分是
否一致，ICC 結果為 0.91，顯示問卷填答者的評比一致性高。

　　問卷結果顯示，294 個非「千 A 萬 B」成語的平均語意透明

度為4.02（標準差 = 1.56）。語意透明度最高的成語為「簡單明
瞭」，語義透明度最低的成語則為「別開生面」。而48個「千A
萬B」構式成語的平均語意透明度為4.54（標準差 = 1.58），其中
三分之二的構式成語語意透明度高於4.02，顯示由於構式為結構
與意義的配對，因此構式成語的平均語義透明度較一般成語為
高。

表3　語意透明度評分

成語類型	例子	數目
一般成語		
透明	簡單明瞭	6.97（0.18）
隱晦	別開生面	1.0（0）
平均值	4.02（1.56）	
構式成語		
透明	千叮萬囑	6.33（0.87）
隱晦	千頭萬緒	1.03（0.18）
平均值	4.54（1.58）	

　　至於成語「使用頻率」，由於中央研究院現代漢語平衡語料
庫（4.0 版字）自2007年起即未更新，因此筆者將48個「千A萬
B」的成語逐條輸入google搜尋引擎，如此可得出此類構式成語
最新的使用頻率。

　　為了瞭解語意透明度和頻率兩個變數之間是否具有相關性，
本文先以相關分析檢測，檢測結果r = − 0.1, p = 0.458，可知語義
透明度和頻率不具相關性。此外，為釐清熟悉度和語意透明度、
頻率之間的關聯，580位之前未參加過語意透明度問卷測試的中
文母語人士針對表一的刺激材料進行成語熟悉度的評比（1 = 完

全不熟悉，7 = 非常熟悉）。熟悉度測試的結果發現，48個「千A
萬B」成語的平均熟悉度為4.12（標準差 = 1.90），擬構式成語的
平均熟悉度為1.92（標準差 = 1.57），非構式成語的平均熟悉度為
1.49（標準差 = 1.02），換而言之，母語人士對於上述三類四字格
的熟悉度，呈現遞減的效果，且達到統計上的顯著 [F（2, 77）=
27.74, p < 0.001]。雪費事後檢定結果顯示，構式成語的熟悉度較
擬構式成語和非構式成語高，（ps < 0.001），但擬構式成語和非
構式成語則沒有差異（p = 0.698）。16個一般成語的熟悉度平均
值為6.55（標準差 = 0.88）。皮爾森相關係數統計結果顯示，語意
透明度和頻率之間並無相關性（r = – 0.12, p = 0.458），熟悉度和
語意透明度之間也無相關性（r = – 0.12, p = 0.83），熟悉度和頻率
之間則有高度相關性（r = 0.69, p < 0.001）。換而言之，母語人士
通常對高頻成語較為熟悉，即使這個成語的語意透明度相當隱
晦。

（三）實驗流程

　　正式實驗使用 fMRI 儀器，於臺灣大學身體、心靈與文化整
合影像研究中心進行。實驗流程如下：先提供受試者某一成語，
再顯示其意義，受測者需判定該意義之正確性。實驗過程中，參
與者躺在磁振造影儀器裡面，視覺刺激將會被投影且反射到參與
者頭部線圈正上方的鏡子中。研究者收集參與者的行為數據資料
（反應時間及正確率）以及腦部影像，做進一步分析。

　　為比較母語人士和外籍學習者理解擬構式成語和非構式成語
的認知歷程，本研究使用語意判斷測驗進行實驗。每個刺激材料
出現以前，螢幕上會先出現一個井字號（#），時間為1000毫秒，
之後則是刺激材料的呈現，為3000毫秒，接著是刺激材料的意

義。受試者有最多7秒鐘的時間來判斷該成語解釋的正確性。整個實驗流程約為15分鐘（實驗流程見圖3）。正式實驗之前，受試者先進行暖身練習題，以確認受試者了解實驗目的。

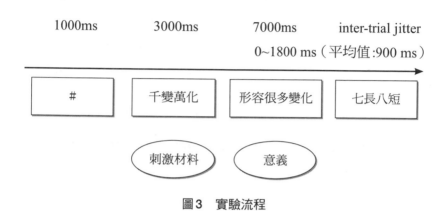

圖3 實驗流程

（四）掃描影像取得

使用儀器為SIEMENS MAGNETOM Prisma，搭配32 channel頭部線圈進行掃瞄（Siemens, Erlangen, Germany）。實驗過程中，參與者躺在磁振造影儀器裡面，視覺刺激將會被投影且反射到參與者頭部線圈正上方的鏡子中。參與者的右手則握有一個光學反應盒（optical response box）以做語意判斷的反應。研究者收集參與者的行為數據資料（反應時間及正確率）以及腦部影像，做進一步分析。每位參與者的資料以事件相關法（event-related analysis），放入一般線性模式（general linear model）中分析。個別成語被視為是獨立事件，並且使用血流動力反應（hemodynamic response, HRF）建立模式。所有參與者的資料使用單一樣本t檢定（one-sample t-tests），並且以單一參與者模式（single subject model）下的血流動力反應對比（contrasts）參數，放入隨機效果

分析（random-effects analysis）中進行估計（檢驗參數估計是否大於零）。第一，本研究比較構式/非構式成語，在語意透明度（高/低）和「頻率（高/低）」等變項上，對受試者腦部產生的影響。第二，本文以參與者在掃瞄階段所進行的語意判斷作業（semantic judgment task）的行為表現（正確率及反應時間），視為一在連續向度上變化的受試者間共變項（between subject covariate），分別與受試者在語意相關四字詞的訊號強度進行相關分析。這項分析將使研究者可以檢驗受試者行為反應（反應時間或正確率）與大腦活化（增加或減少）之間的關係。所有本研究所報告的每組參與者分析之活化區域閾值（threshold）將使用非校正（uncorrected），p < .01，以及區域範圍之體素（voxel）水準為大於或等於10個體素。

參數設定如下：

TE[6] = 24 ms, 偏折角（flip angle）= 900, 矩陣大小（matrix size）= 64 by 64, 照野範圍（field of view）= 25.6 cm, 切面厚度（slice thickness）= 3 mm, 切面數量（number of slices）= 34; TR[7] = 2000 ms. 高向解析的T1加權3D影像資料也會一併取得（TR = 1560 ms, TE = 3.68 ms, 偏折角 = 15o, 矩陣大小 = 256 by 256, 照野範圍 = 25.6 cm, 切面厚度 = 1 mm, 切面數量 = 192）。實際上的實驗長度以及run的個數會根據先導性研究（pilot testing）的結果來修正，以達到足夠評估穩定腦部訊號的個數。

6　TE（echo time）指第一個射頻（radiofrequency）到下一個echo出現時，中間間隔的時間。

7　TR（repetition time）指第一個射頻（radiofrequency）到下一個相同射頻（radiofrequency）出現時，中間間隔的時間。

四、資料分析

（一）行為實驗結果分析

　　母語人士和外籍學習者的答題正確率如圖三所示。筆者將兩群受試者的答題正確率以雙因子重複測量變異數分析加以檢定（組間變異：母語人士/外籍學習者；組內變異：構式/擬構式/非構式/一般成語）。由於Mauchly球型檢定顯示資料不符合球型假設，因此使用Greenhouse-Geisser進行校正。檢定結果顯示構式種類達到顯著差異（$F_{(2.2, 90.8)} = 24.9$, $p < 0.001$, $\eta^2 = .38$）。此外，變異數檢定結果母語人士答題的正確率較外籍學習者高，且達到統計上的顯著差異（$F_{(1, 41)} = 63.3$, $p < 0.001$, $\eta^2 = .61$）。構式種類和語言背景的交互作用也達到統計上的顯著差異（$F_{(2.2, 90.8)} = 3.82$, $p = 0.02$, $\eta^2 = .085$）。也就是說，不同的構式種類會產生不同的行為結果，而母語人士在所有構式種類的正確率皆高於外籍學習者。

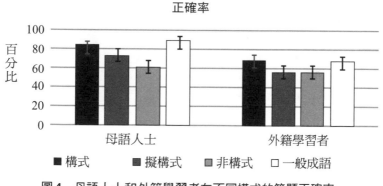

圖4　母語人士和外籍學習者在不同構式的答題正確率

　　為了觀察語意透明度、頻率在母語人士和語言背景如何交互作用，筆者將48個構式成語依照語意透明度和頻率加以分類，使用三因子重複測量變異數分析（組間變異：母語人士/外籍學習

者；組內變異：語意透明度、頻率）。由於語意透明度和頻率只有兩個測量層次（高/低），因此無須進行球型檢定。

統計結果顯示，語意透明度、頻率和語言背景的交互作用、語意透明度和頻率的交互作用皆達到統計上的顯著（語意透明度：F（1, 41）= 140.8, p < 0.001, η^2 = 0.775, 頻率 x 語言背景：F（1, 41）= 6.16, p = 0.017, η^2 = 0.131, 語意透明度 x 頻率：F（1, 41）= 7.17, p = 0.011, η^2 = 0.15）. 此外，變異數結果也顯示語言背景達到統計上的顯著差異（F（1, 41）= 23.89, p < 0.001, $\eta 2$ = .368）。值得注意的是，不論語意透明度高低，母語人士在低頻成語的答題正確率皆高於高頻成語。然而，頻率、語意透明度和語言背景，以及三者的交互作用則未達到統計上的顯著（頻率：F（1, 41）= 0.368, p = 0.547; 語意透明度 x 語言背景：F（1, 41）= 0.009, p = 0.925; 語言背景 x 語意透明度 x 頻率：F（1, 41）= 0.192, p = 0.664）.

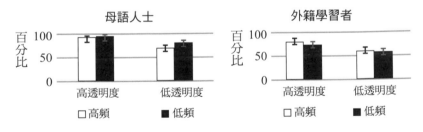

圖5　母語人士和外籍學習者語意透明度
和頻率兩個向度上的答題正確率

由於頻率和語言背景的交互作用達到統計上的顯著，因此筆者分別針對母語人士和外籍學習者進行雙因子重複測量變異數分析，以釐清兩組受試者在語意透明度和頻率的差異為何。母語人

士和外籍學習者的答題正確率如下圖所示：

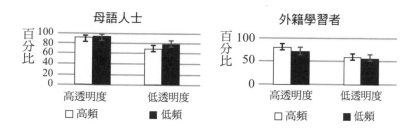

圖6　母語人士和外籍學習者在語意透明度
和頻率兩個向度的答題正確率

　　結果顯示，不論母語人士或是外籍學習者，語意透明度高的構式成語之答題正確率皆較語意透明度低的成語還要好（母語人士：$F_{(1, 22)} = 96.03$, $p < 0.001$, $\eta^2 = 0.814$; 外籍學習者：$F_{(1, 19)} = 52.64$, $p < 0.001$, $\eta^2 = 0.735$）。更重要的是，對母語人士來說，不論語意透明度高低，低頻構式成語的答題正確率皆較高頻成語來得好（母語人士：$F_{(1, 22)} = 9.276$, $p = 0.006$, $\eta^2 = 0.297$; 外籍學習者：$F_{(1, 19)} = 1.082$, $p = 0.311$）。母語人士在語意透明度和頻率的交互作用達到統計上的顯著，但外籍學習者則不顯著（母語人士：$F_{(1, 22)} = 5.249$, $p = 0.032$, $\eta^2 = 0.193$; 外籍學習者：$F_{(1, 19)} = 2.33$, $p = 0.143$）。

　　接著分析兩群受試者答題的反應時間。本文將兩組的反應時間以雙因子重複測量變異數分析加以檢定（組間變異：母語人士/外籍學習者；組內變異：構式/擬構式/非構式/一般成語）。由於 Mauchly 球型檢定顯示資料不符合球型假設，因此使用 Greenhouse-Geisser 進行校正。檢定結果顯示構式種類達到顯著差異（$F_{(2.18, 89.28)} = 50.69$, $p < 0.001$, $\eta^2 = .553$）。此外，變異數

檢定結果顯示外籍學習者的反應時間較母語人士長，且達到統計上的顯著差異（$F_{(1, 41)} = 124.25$, $p < 0.001$, $\eta^2 = .752$）。構式種類和語言背景的交互作用也達到統計上的顯著差異（$F_{(2.18, 89.28)} = 9.96$, $p < 0.001$, $\eta^2 = .195$）。

　　本研究進一步發現，頻率對於母語人士和外籍學習者的影響不同（母語人士：$F_{(1, 22)} = 9.77$, $p = 0.03$, $\eta^2 = 0.346$; 外籍學習者：$F_{(1, 19)} = 2.291$, $p = 0.147$）。語意透明度的影響對於兩群受試者則是一致的，語意透明度較高的成語的反應時間較短（母語人士：$F_{(1, 22)} = 38.26$, $p < 0.001$, $\eta^2 = 0.635$; 外籍學習者：$F_{(1, 19)} = 7.79$, $p = 0.012$, $\eta^2 = 0.291$）。至於語意透明度和頻率則沒有交互作用（母語人士：$F_{(1, 22)} = 0.917$, $p = 0.349$; 外籍學習者：$F_{(1, 19)} = 1.99$, $p = 0.174$）。

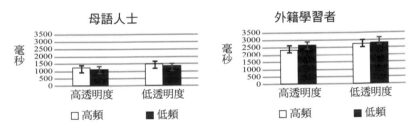

圖 7　母語人士和外籍學習者語意透明度
和頻率兩個向度上的答題反應時間

　　值得注意的是，母語人士處理低頻構式成語的反應時間比高頻構式成語還要快，這顯示構式本身具有意義，因此即使是低頻成語，母語人士也能經由構式本身的意義拆解該成語的意義，例如「千思萬慮」；相反地，高頻構式成語（如「千變萬化」）則會因為腦部周邊感覺運動活動（peripheral sensorimotor activity）和

中央神經活動（central neural activation）被該成語刺激的頻率高，引起語義飽足（semantic satiation, Jakobovits 1962）的現象，進而影響其反應時間。

語意飽足可能發生在字型辨識以及語意理解等層面。先行研究發現，人在長時間重複盯著一個字後，會發生突然不認識該字的情況，引發主觀感受的「文字解體」（orthographic decomposition），也就是受試者漸漸懷疑字組成的現象（Severance & Washburn 1907; Bassett & Warne 1919）。此過程僅為暫時，心理學上認為其原因是人的大腦神經如果短時間內接收到太多重複的刺激，就會引起神經活動的抑制。同樣地，重複的唸一個字或重複的讀一個字也有可能會抑制意義提取，引發時間很短的意義遺忘（Jakobovits 1962）。回到本實驗結果，母語人士處理高頻構式成語的反應時間較處理低頻構式成語慢，高頻構式成語的答題正確率也較低頻構式成語低，也反映了語意飽足的現象。

（二）影像結果分析

中文母語人士磁核造影的實驗結果也呼應行為實驗的結果：高頻構式成語比低頻構式成語分別在左腦前扣帶皮質（left anterior cingulate cortex）和右腦顳中迴（right middle temporal gyrus）引起較多的活化反應，前扣帶皮質區域反映了抑制控制功能（inhibitory control），這顯示高頻構式成語引起的語意飽足現象。至於外籍學習者，則在處理語義記憶、視覺刺激和感官整合的左腦顳中迴（left middle temporal gyrus）引起活化反應：

(3)　a. 母語人士　　　　　　　　　b. 外籍學習者

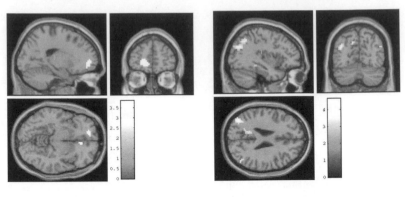

P < 0.01, k = 10　　　　　　　P < 0.01, k = 10

　　此外，23 位中文母語人士資料，本研究也發現語意透明度的高低，在負責短期記憶和詞彙語義理解的右腦顳上回（right superior temporal gyrus, Leff et al. 2009）和處理成語理解的左腦額中回（left medial frontal gyrus）引起活化的反應，如下圖所示：

(4)　母語人士

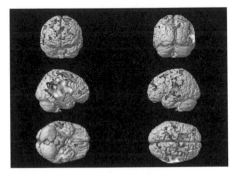

P < 0.001

至於構式和非構式的對比，母語人士在左腦額下迴（left

inferior frontal gyrus）引起反應，外籍學習者除了左腦額下迴
（inferior frontal gyrus），也在左腦下頂葉（inferior parietal lobule）
引起活化反應。也就是說，不論母語人士或是外籍學習者，皆在
處理象徵性語言的左腦額下迴（left inferior frontal gyrus）引起活
化反應。

(5)　a. 母語人士　　　　　　　　　b. 外籍學習者

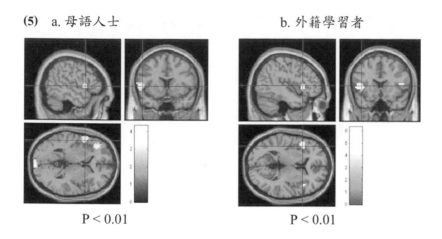

P < 0.01　　　　　　　　　　　P < 0.01

　　磁核造影的結果顯示，母語人士在處理語意透明度不一、以
及高／低頻的成語時，會分別在右腦顳上迴（right superior
temporal gyrus）和右腦顳中迴（right middle temporal gyrus）引起
活化反應，至於構式和非構式成語，則在母語人士的左腦額下迴
（left inferior frontal gyrus）引起反應。但是外籍學習者，不論是
處理語意透明度、頻率、或是構式／非構式的成語，右腦皆沒有
任何活化反應，但在左腦額下回（inferior frontal gyrus）有活化反
應。此外，從影像結果也可以發現，母語人士除了在處理語意透
明度不一的成語會引起右腦的活化反應外，頻率不一的成語也會

引起右腦的活化反應。

　　本研究結果支持the fine-coarse semantic coding theory的假設，即語意透明度不一的成語，的確會在右腦引起活化反應，但和Yang等人（2016）的研究不同的是，母語人士在處理語意理解和統整的左腦額下迴（inferior frontal gyrus）引起活化反應；Yang等人（2016）的實驗並未針對外籍受試者，但實驗結果發現，外籍學習者於左腦額下迴（inferior frontal gyrus）也有活化反應。此外，Yang等人（2016）的實驗並未加入頻率此一變項，本實驗結果則發現頻率不一的成語會引起右腦顳中迴（right middle temporal gyrus）的活化反應。

　　換而言之，右腦在處理具有表義雙層性的四字格成語時，的確有其功能；相反地，外籍學習者皆以「語言之腦－左腦」處理四字格成語，右腦並未扮演任何角色。誠然，外籍學習者的右腦在處理語意透明度不一的成語時沒有活化反應，並不表示學習者的右腦對成語毫無反應，但可能顯示了外籍學習者在處理語意隱晦或是頻率較低的四字格成語時，極可能會因為不瞭解其象徵義，造成理解上的困難。

五、四字格構式的成語教學

　　行為實驗的結果顯示，外籍學習者在成語語義理解的答題正確度，較母語人士低；此外，行為實驗結果也發現，母語人士理解構式成語的構詞和語意限制，因此可以舉一反三，理解新創造、符合構式規則的四字格，但是外籍學習者缺乏此一語言知識，因此錯誤率教母語人士高，且達到統計上的顯著差異。磁核造影的結果顯示，外籍學習者在處理四字格成語時，右腦並未引

起活化反應，與母語人士之認知機制不同，這可能顯示他們處理象徵性語言的困難。而前文提及，漢語四字格於語法、語意及語用層面有其習語性和規律性，和構式語法強調「使用」的重要性有異曲同工之妙，因為構式是結構與意義的配對，乃是由不斷累積的使用而來，而某些中文成語經由長期的使用，開始具有能產性。新的四字格不斷地被創造，例如「一例一休」和「一帶一路」。因此，本節將從構式語法的角度來提供四字格成語的教學建議。

陸儉明（2009）曾以漢語存在句構式為例，提出構式語法既有理論意義，也有對外漢語教學的實用價值。而前人文獻提及，中文成語因具有表義雙層性之特徵，並且蘊含了中華文化之特色，因此外籍學習者或由於望文生義、或謙敬失當，造成使用上的偏誤。因此，本文認為，教外籍學生能產性高的成語時，應把構式意義一併告知，如此才能提高其學習效率。

以「七A八B」為例，具有該構式的四字格多具負面義：

表4　「七A八B」之構式義

「七A八B」之構式義	例子	意義
負面義	七上八下	形容心裏慌亂不安
	七零八落	散亂的樣子
	七葷八素	形容心神紊亂，糊裡糊塗
	七歪八扭	形容歪斜不正
	七顛八倒	形容十分凌亂
	七橫八豎	形容縱橫雜亂
	七長八短	形容高矮、長短不齊。也指不幸的事
	七死八活	如同多次死去活來一般。形容受盡痛苦

從上表可知，嵌入「七Ａ八Ｂ」構式的雙字詞，不是近義詞（顛/倒、歪/扭、零/落）就是反義詞（長/短、死/活、橫/豎、葷/素），而「七Ａ八Ｂ」四字格多具負面義。因此教學時，應將「七Ａ八Ｂ」之構式義告知學生，使其學習成語時，能收事半功倍之效。再以另一構式「左Ａ右Ｂ」為例，由於「左」和「右」為兩個相反的方向，和活動動詞搭配時，表示一個動作左邊發生一次、右邊發生一次，自然而然衍生出重覆的意涵，如「左擁右抱」，嵌入該構式的ＡＢ多為同義或近義詞。「左Ａ右Ｂ」和認知動詞（如「顧/盼」等近義詞）搭配時，承續動作重覆之構式義，衍生出舉棋不定的意涵，如「左顧右盼」；「左Ａ右Ｂ」構式也可置入名詞，例如「左圖右史」，衍生出「量多」之意涵。

表5 「左Ａ右Ｂ」的構式義

類別	「左Ａ右Ｂ」之構式義	ＡＢ詞性	例子
一	動作重覆	活動動詞	左擁右抱、左鞭右打、左旋右抽[9]、左宜右有[10]
二	舉棋不定	認知動詞	左顧右盼、左思右想、左思右量
三	量多	名詞	左鄰右舍、左圖右史[11]、左圖右書

誠然，許多漢語四字格源於古籍經典，需要了解背後的典故才能知曉其意，如「杯弓蛇影」、「井底之蛙」等，但仍有許多的

---

8 出自《詩經・鄭風・清人》，意為左邊的御者旋回車馬，右邊的勇士拔刀刺殺。

9 出自《詩經・小雅・裳裳者華》："左之左之，君子宜之；右之右之，君子有之。"形容多才多藝、什麼都能做。

10 形容室內圖書多。

四字格具有高能產性，此能產性乃源於基本的結構性規律，且為語法、語意、語用等相關層面共同運作下的產物。因此在成語教學時，教師應讓外籍學習者了解成語構式的語法規則和語義，才能讓學習者「一了千明」，並收舉一反三之效。

六、結論

　　本研究從構式語法的理論框架切入，分析現代漢語裡具有高能產性的構式成語於語法、語意和語用的規律性，並藉由磁核造影實驗，比較中文母語人士和中高級程度外籍學習者理解構式成語的異同之處。實驗結果發現，母語人士在處理具有表義雙層性的四字格成語時，會激發右腦的活化反應，而外籍學習者皆以「語言之腦－左腦」處理四字格成語，至於處理象徵性語言的右腦，則未發現任何活化現象。換而言之，他們在處理語意隱晦的四字格成語時，極可能會因為不瞭解其象徵義，造成理解上的困難；行為實驗的結果也顯示，外籍學習者的答題正確率較母語人士低，且達到統計上的顯著差異。為協助第一線華語教師更有效率地執行成語教學，本文建議教導具有高能產性的構式成語時，應將構式成語的構式義一併告知學習者，讓其舉一反三，以收事半功倍之效。

徵引文獻

王若江（2001）。〈留學生成語偏誤誘因分析-詞典篇〉。《暨南大學華文學院學報》no. 3: 28-35。

呂佳蓉、劉德馨、蘇以文、蔡宜妮（2017）。〈論漢語四字格「一X#Y」的構式網絡〉。第十八屆漢語詞彙語意學研討會，2017年5月18-20日。樂山師範學院，中國四川。

周薦（1997）。〈論成語的經典性〉。《南開學報》no.2: 29-51。

周薦（2004）。《漢語詞彙結構論》（上海：上海辭書出版社）。

邵敬敏（2007）。《現代漢語通論》第二版（上海：上海教育出版社）。

徐宗才、應俊玲（編）（1985）。《慣用語例釋》（北京：北京語言學院出版社）。

徐盛桓（2006）。〈相鄰與補足－成語形成的認知研究之一〉。《四川外語學院學報》22.2: 107-111。

徐耀民（1997）。〈成語的劃界、定型和釋義問題〉。《中國語文》256.1: 1，11-17。

高歌樂（1995）。《漢語慣用語大辭典》（天津：天津教育出版社）。

陶原珂（2002）。〈試析漢語四字格成語的類型及其釋義方式〉。《學術研究》no.9: 130-137。

陸莉、劉鴻香（1994）。《修訂畢保德圖畫詞彙測驗》（臺北：信誼出版社）。

陸儉明（2009）。〈構式與意象圖式〉。《北京大學學報》no.3: 103-107。

程祥徽、田小琳（2001）。《現代漢語》（臺北：書林出版有限公司）。

楊玉玲（2011）。〈留學生成語偏誤即留學生多功能成語辭典的編寫〉。《辭書研究》no.1: 101-109。

溫端政（編）（2011）。《中國慣用語大辭典》（上海：上海辭書出版社）。

劉月華（2005）。〈成語與對外漢語教學〉。《二十一世紀華語機構營運策略與教學國際研討會論文集》（臺北：臺灣師範大學國語教學中心），298-303。

劉叔新（1982）。〈固定語及其類別〉。《劉叔新自選集》（鄭州：河南教育出版社），54-76。

劉振前、邢梅萍（2003）。〈四字格成語的音韻對稱與認知〉。《語言教學與研究》no.3: 48-57。

劉德馨、呂佳蓉、蔡宜妮、蘇以文（2019）。〈四字格成語的習語性和規律性―以 '一X#Y' 為例〉。《清華學報》49.4: 683-719。

賴麗琇（1998）。《中國成語》（臺北：中央圖書供應社）。

Atchley, R. A., Burgess, C., & Keeney, M. (1999). "The effect of time course and context on the facilitation of semantic features in the cerebral hemispheres." *Neuropsychology* 13.3: 389-403.

Bassett, M. F., & Warne, C. J. (1919). "On the lapse of verbal meaning with repetition." *The American Journal of Psychology* 30.4: 415-418.

Beeman, M.J. (1998). "Coarse semantic coding and discourse comprehension.". M. Beeman & C. Chiarello (eds.): *Right Hemisphere Language Comprehension: Perspectives from Cognitive Neuroscience* (Mahwah, NJ: Lawrence Erlbaum), 255-284.

Berker, E. A., Berker, A. H., & Smith, A. (1986). "Translation of Broca's 1865 report: Localization of speech in the third left frontal convolution." *Archives of Neurology* 43.10: 1065-1072.

Boers, F., Demecheleer, M., & Eyckmans, J. (2004). "Cultural variation as a variable in comprehending and remembering figurative idioms." *European Journal of English Studies* 8.3: 375-388.

Cacciari, C., & Tabossi, P. (1988). "The comprehension of idioms." *Journal of Memory & Language* 27.6: 668-683.

Coulson, S., & Wu, Y. C. (2005). "Right hemisphere activation of jokerelated information: An event-related potential study." *Journal of Cognitive Neuroscience* 17.3: 494-506.

Delis, D. C., Wapner, W., Gardner, H., & Moses, J. A. (1983). "The contribution of the right hemisphere to the organization of paragraphs." *Cortex* 19.1: 43-50.

Fillmore, C. J. (1976). "Frame semantics and the nature of language." *Annals of the New York Academy of Sciences* 280.1: 20-32.

Fillmore, C. J. (1985). "Frames and semantics of understanding." *Quaderni di Semantica,* vol. 12: 222-254.

Fillmore, C. J., Kay, P., & O' Conner, M. C. (1988). "Regularity and idiomaticity in grammatical constructions: The case of let alone." *Language* 64.3: 501-538.

Gibbs, R. W., Jr., Nayak, N. P., & Cutting, C. (1989). "How to kick the bucket and not decompose: Analyzability and idiom processing." *Journal of Memory and Language* 28.5: 576-593.

Giora, R. (1997). "Understanding figurative and literal language: the graded salience hypothesis." *Cogn.Linguist* 8.3: 183-206.

Giora, R. (2003). *On Our Mind: Salience, Context and Figurative Language* (New York: Oxford University Press).

Giora, R. (2007). "Is metaphor special?" *Brain and Language* 100.2: 111-114.

Goldberg, A. (1995). *Constructions: A Construction Grammar Approach to Argument Structure* (Chicago: University of Chicago Press).

Goldberg, A. (2006). *Constructions at Work: the Nature of Generalization in Language* (Oxford: Oxford University Press).

Jakobovits, L. A. (1962). *Effects of Repeated Stimulation on Cognitive Aspects of Behavior: Some Experiments on the Phenomenon of Semantic Satiation.* Ph. D diss., Department of Pyschology, McGill University.

Lakoff, G., & Johnson, M. (1980). *Metaphors We Live By* (Chicago: University of Chicago Press).

Leff, A.P., Schofield, T.M., Crinion, J.T., Seghier, M.L., Grogan, A., Green, D.W., & Price, C.J. (2009). "The left superior temporal gyrus is a shared substrate for auditory short-term memory and speech comprehension: evidence from 210 patients with stroke." *Brain* 132.12: 3401-3410.

McGraw, K.O., & Wong, S.P. (1996). "Forming inferences about some intraclass correlation coefficients." *Psychol.Methods* 1.1: 30-46.

Moon, R. (1998). *Fixed Expressions and Idioms in English* (Oxford: Oxford University Press).

Severance, E., & Washburn, M. (1907). "Minor studies from the psychological laboratory of Vassar College: The loss of associative power in words after long fixation." *The American Journal of Psychology* 18.2: 182-186.

Su, L. I.-W. (2002). "Why a constrution—That is the question!" *Concentric: Studies in English Literature and Linguistics* 28.2: 27-42.

Swinney, D. A., & Cutler, A. (1979). "The access and processing of idiomatic expressions." *Journal of Verbal Learning and Verbal Behavior* 18.5: 522-534.

Tsou, B. K. (2012). "Idiomaticity and classical traditions in some East Asian languages." R. Manurung & F. Bond (eds.): *26th Pacific Asia Conference on Language, Information and Computation* (PACLIC 26) (Bali: Faculty of Computer Science, Universitas Indonesia), 39-55.

Winner, E., & Gardner, H. (1977). "The comprehension of metaphor in brain-damaged patients." *Brain* 100.4: 719-727.

Yang, J. (2014). "The role of the right hemisphere in metaphor comprehension:a meta-analysis of functional magnetic resonance imaging studies." *Human. Brain Mapping* 35.1: 107-122.

Yang, J., Li, P., Fang, X., Shu, H., Liu, Y., & Chen, L. (2016). "Hemispheric involvement in the processing of Chinese idioms: An fMRI study." *Neuropsychologia,* vol. 87: 12-24.

刺激材料

構式成語

高頻率構式成語		低頻率構式成語	
高語意透明度		高語意透明度	
千變萬化 Qian-bian-wan-hua	Constant permutations	千仇萬恨 Qian-chou-wan-hen	Deep hatred
千辛萬苦 Qian-xin-wan-ku	Much hardship	千歡萬喜 Qian-huan-wan-xi	Extremely happy
千年萬載 Qian-nian-wan-zai	A very long time	千刀萬剁 Qian-dao-wan-duo	A thousand cuts and myriad pieces
千軍萬馬 Qian-jun-wan-ma	A huge army	千變萬狀 Qian-bian-wan-zhuang	Have much variety
千山萬水 Qian-shan-wan-shui	A long and arduous journey	千端萬緒 Qian-duan-wan-xu	With many thoughts in mind
千叮萬囑 Qian-ding-wan-zhu	Exhort repeatedly	千轉萬變 Qian-zhuan-wan-bian	Constant permutations
千差萬別 Qian-cha-wan-bie	Completely different	千嬌萬態 Qian-jiao-wan-tai	Beautiful appearance and figure
千家萬戶 Qian-jia-wan-hu	Every family	千村萬落 Qian-cun-wan-luo	Many villages
千難萬險 Qian-nan-wan-xian	Many hazards and difficulties	千依萬順 Qian-yi-wan-shun	Always obedient
千真萬確 Qian-zhen-wan-que	Absolutely true	千變萬態 Qian-bian-wan-tai	Constant permutations
千恩萬謝 Qian-en-wan-xie	Thank again and again	千思萬慮 Qian-si-wan-lü	Think or consider repeatedly
千態萬狀 Qian-tai-wan-zhuang	Have much variety	千支萬派 Qian-zhi-wan-pai	Many (philosophical, martial, etc.) sects

高頻率構式成語		低頻率構式成語	
低語意透明度		低語意透明度	
千峰萬壑 Qian-feng-wan-huo	Many mountains and valleys	千兵萬馬 Qian-bing-wan-ma	A huge army
千秋萬世 Qian-qiu-wan-shi	A long, long time	千回萬轉 Qian-hui-wan-zhuan	Go through ups and downs
千門萬戶 Qian-men-wan-hu	A big house or lots of inhabitants	千章萬句 Qian-zhang-wan-ju	Many phrases and articles
千呼萬喚 Qian-hu-wan-huan	Call repeatedly	千倉萬箱 Qian-cang-wan-xiang	Massive storage of food
千山萬壑 Qian-shan-wan-huo	Many mountains and valleys	千推萬阻 Qian-tui-wan-zu	Do everything to decline
千條萬縷 Qian-tiao-wan-lü	Many threads	千緒萬端 Qian-xu-wan-duan	Tangled thoughts
千乘萬騎 Qian-sheng-wan-ji	Lots of carriages and cavalry	千生萬死 Qian-sheng-wan-si	Very dangerous situation
千言萬語 Qian-yan-wan-yu	Have many words to say	千齡萬代 Qian-ling-wan-dai	Generation after generation
千刀萬剮 Qian-dao-wan-gua	A thousand cuts and myriad pieces	千匯萬狀 Qian-hui-wan-zhuang	Have much variety
千頭萬緒 Qian-tou-wan-xu	So many thoughts in one's mind	千言萬說 Qian-yan-wan-shuo	Have many words to say
千絲萬縷 Qian-tiao-wan-lü	Tangled connections	千妥萬當 Qian-tuo-wang-dang	Very appropriate
千秋萬歲 Qian-qiu-wan-sui	A long, long time	千岩萬穀 Qian-yan-wan-gu	A group of mountain ranges

擬構式成語

千思萬計	qian-si-wan-ji	*[1k-think-10k-plan]*
千呼萬唱	qian-hu-wan-chang	*[1k-shout-10k-sing]*
千笑萬鬧	qian-xiao-wan-nao	*[1k-laugh-10k-mischief]*
千花萬香	qian-hua-wan-xiang	*[1k-bloom-10k-perfume]*
千寶萬玉	qian-bao-wan-yu	*[1k-treasure-10k-jade]*
千海萬江	qian-hai-wan-jiang	*[1k-sea-10k-river]*
千德萬賢	qian-de-wan-xian	*[1k-ethic-10k-virtue]*
千朝萬暮	qian-zhao-wan-mu	*[1k-morning-10k-night]*
千仙萬妖	qian-xian-wan-yao	*[1k-fairy-10k-goblin]*
千糟萬亂	qian-zao-wan-luan	*[1k-terrible-10k-messy]*
千兵萬將	qian-bing-wan-jiang	*[1k-soldier-10k-general]*
千快萬慢	qian-kuai-wan-man	*[1k-fast-10k-slow]*
千載萬日	qian-zai-wan-ri	*[1k-year-10k-day]*
千蟹萬蝦	qian-xie-wan-xia	*[1k-crab-10k-shrimp]*
千聖萬言	qian-sheng-wan-yan	*[1k-saint-10k-speech]*
千文萬墨	qian-wen-wan-mo	*[1k-essay-10k-ink]*

非構式成語

千舞萬遊	qian-wu-wan-you	*[1k-dance-10k-game]*
千跳萬手	qian-tiao-wan-shou	*[1k-jump-10k-hand]*
千硯萬山	qian-yan-wan-shan	*[1k-inkstone-10k-mountain]*
千髮萬畫	qian-fa-wan-hua	*[1k-hair-10k-painting]*
千石萬星	qian-shi-wan-xing	*[1k-stone-10k-star]*
千竹萬酒	qian-zhu-wan-jiu	*[1k-bamboo-10k-wine]*
千目萬杯	qian-mu-wan-pei	*[1k-eye-10k-cup]*
千米萬葉	qian-mi-wan-ye	*[1k-rice-10k-leaf]*
千時萬磨	qian-shi-wan-mo	*[1k-time-10k-grind]*
千桌萬蝦	qian-zhuo-wan-xia	*[1k-table-10k-shrimp]*
千犬萬里	qian-quan-wan-li	*[1k-dog-10k-mile]*
千桶萬庭	qian-tong-wan-ting	*[1k-bucket-10k-court]*
千求萬睡	qian-qio-wan-shui	*[1k-beg-10k-sleep]*
千夫萬指	qian-fu-wan-zhi	*[1k-man-10k-point]*
千斤萬笑	qian-jing-wan-ziao	*[1k-kilogram-10k-smile]*
千魚萬木	qian-yu-wan-mu	*[1k-fish-10k-wood]*

一般成語

平分秋色	ping-fen-qiu-se	To share on a fifty-fifty basis
九牛一毛	jiu-niu-ti-mao	An iota from a vast quantity
三綱五常	san-gang-wu-chang	Three principles and five virtues
三人成虎	san-ren-cheng-hu	Repeated rumor becomes a fact
土崩瓦解	tu-beng-wa-jie	Completely collapse
大器晚成	da-qi-wan-cheng	Great minds mature slowly
翻雲覆雨	fan-yun-fu-yu	As changeable as clouds and rain
郎才女貌	lang-cai-nü-mao	An ideal couple
有教無類	you-jiao-wu-lei	Teach equally regardless of background
牛頭馬面	niu-tou-ma-mian	Goblins living in hell
滄海桑田	cang-hai-sang-tian	Time brings great changes to the world.
龍飛鳳舞	long-fei-feng-wu	Lively and vigorous flourishes in calligraphy
目眩神迷	mu-xuan-shen-mi	Be dazzled and stunned
見賢思齊	jian-xian-si-qi	To emulate those better than oneself
虎頭蛇尾	hu-tou-she-wei	Fine start and poor finish
頭頭是道	tou-tou-shi-dao	Clear and logical

第三編

從師資培訓到教學現場

線上華語教學必備技能培訓之研究報告

曾妙芬
Miao-fen TSENG
（美國維吉尼亞大學東亞語言文化與文學系）

摘 要

　　此研究探討線上中文教師在暑期密集培訓項目中有效教學技能的培養。此培訓項目採混合式培訓模式，包括兩週線上培訓與三週面對面的線上試教現場指導，課程結合有效教學方法與電腦科技輔助工具之理論與實踐兩部分，參加培訓的十二位中文教師皆全部順利完成五週密集培訓課程。此研究針對線上教學必備技能與教師專業能力的培養進行定量與定性的分析，以定量的分析為主，定性的分析為輔。在定量研究方面，針對項目開始前與結束後教師自我檢測結果進行描述性統計；在定性輔助分析方面，根據教師於項目結束時，彙整完成的網上教學專業檔案中的自我反思部分，針對定量分析緊密相連的部分進行歸類分析描述。研究結果顯示，教師透過此混合式的密集培訓，於項目結束時在教學技能與電腦輔助工具的運用能力兩方面有明顯的提高。本文最後指出未來研究方向。

關鍵詞：華語線上教學、師資培訓、教學技能、有效教學原則策略、電腦
　　　　科技輔助工具

一、前言

隨著互聯網和線上技術的日益發達，在線語言學習同樣迅速發展。近20年來，線上語言課程的普及率不斷上升，Queen和Lewis（2011）指出，在美國有超過180萬名學生參加過K-12遠程學習課程。Watson, Pape, Murin, Gemin和Vashaw（2015）估計在2014與2015年之間有220萬學生正在參加線上課程。Hubbard（2008）表示，儘管教育科技運用技能培訓對於取得線上教學資格是必要的，專門針對語言教師的培訓項目仍然十分匱乏。此外，網絡語言教學中使用的科技工具每年都會發生變化；雖然某方面的進展只涉及將現有的教學方法轉移到新的科技媒介上，但另一方面則意味著需要更廣泛且深入的培訓方式（Jones & Youngs 2006）。

二、線上語言教學所需的技能

Hampel和Stickler（2005）認為，線上語言教學要求獨特的技能，它不同於傳統的面對面語言教學和其他學科的在線教學。然而，儘管線上語言教學需要一套獨特的教學技能，教師培訓項目中的大多數教學技能培訓都側重於數位化方面素養或對特定軟件的介紹（Kessler 2006），而不是針對新媒介的教學技能培養。不少學者指出，技能增強型教學的最大缺點是缺乏適當的教師培訓（Butler-Pascoe 1995; Egbert & Thomas 2001）。

為了提供線上輔導培訓的指導方針，Bennett和Marsh（2002）確定了三個目標，也就是1)展現足夠的技術技能，有效地使用在線學習環境進行輔導；2) 確定面對面教學和在線教學環境之間的

異同; 3) 確定促進線上學習的策略和技巧，並幫助學生利用獨立和協作學習的優勢。Jones和Youngs（2006）認為，線上教學的一個新方面是將教學目標與課程的技術基礎相結合，「創造實現社會化的環境是教師在線上教學領域裡需要的重要技能」（頁267）。Hubbard和Levy（2006）強調教學知識技能對於電腦輔助語言學習（CALL）至關重要，掌握相關技術知識和技能對於順利操作電腦技術是必要的，教學知識和技能促使教師考慮電腦技術對學習環境的影響，以便適當有效地將其整合到教學過程中。下圖根據以上兩位學者的論述，詳細介紹了兩者的關係。

表1　電腦輔助語言學習（CALL）的技術和教學知識和技能

	技術層面（Technical）	教學層面（Pedagogical）
電腦輔助語言學習知識（CALL Knowledge）	對硬體，軟件和網絡方面的計算機系統（包括外圍設備）進行系統性的瞭解。	對語言教學中有效使用電腦進行系統性的瞭解。
電腦輔助語言學習技能（CALL Skill）	能夠運用技術知識和經驗對電腦系統和相關應用進行操作，並能處理各種相關問題。	能夠運用相關知識和經驗確定有效的材料，內容和任務，並適當地監督評估結果。

　　社會化構建一直是在線語言學習各項研究的重點。Kern等人（2004）認為，將互聯網作為語言學習的新媒介並不是一定要求教師以不同的方式教同一個環節，而是幫助學生進入合作探究和知識建構的新領域，將他們不斷擴大的身份認同和溝通策略視為這一過程中的資源。更具體地說，線上語言教學要求從教師為中心的教學模式轉向個性化的小組多維模型（Sun 2011）。線上教師

為遠程學習者創建一個至關重要的協作學習環境。

在《新課堂新技能：培訓在線語言教學教師》一書中，Hampel 和 Stickler (2005) 提出了一種技能金字塔模式，描繪了線上語言教學教師的關鍵能力等級。該模式有七個層次，從基礎資訊通信技術能力等較低層次的技能到創意和選擇等更高層次的技能，請見下圖。

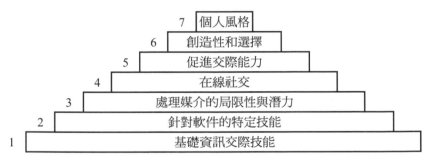

圖1　線上語言教學技能金字塔（Hampel and Stickler 2005: 317）

該模式將技術相關技能置於最基本的層面。基本的電腦操作能力使其他技能的獲得成為可能，但獲得更高層次的技能需要考慮在線學習更進一步的潛力。金字塔的基礎包括較低級別的能力：基本的資訊通信技術能力（1級），軟件操作的特定技術（2級）以及處理媒介的局限性和可能性的能力（3級）。第四級技能與在線社交和社區建設有關，Hampel 和 Stickler 在此特別提醒教師，要確保所有學習者都積極參與。第五個層面是有效地促進交際能力，創造力和選擇是第六層次，這些技能對於選擇真實的語言學習材料以及設計以交流原則為主的在線活動至關重要，為線上工具創造新用途的技巧也在這個層級中。線上語言教學的最高

水準涉及到發展個人教學風格，利用媒體和材料發揮最大優勢，與學生建立融洽關係，利用資源來促進積極和交際性的語言學習。

Hampel和Stickler的模式意味著這些技能需要依次開發，「以一種金字塔的形式進行構建，從以最一般技能的培養為基礎到形成個人教學風格」（頁316）。Compton（2009）認為，這些技能可以同時開發，例如線上社交和交流能力的培養是教學方面的問題，它可以同時處理，也可以以任何順序進行處理。此外，在線語言輔導者需要能夠促進第二語言習得而不是在線社交，因為人際間學習者與學習內容的交互不涉及與其他學習者或教師的線上社交。該模式的其他局限性包括未能指出在線語言輔導何時可以做好準備進行教學活動，以及未包含線上語言教學的其他重要技能和能力，如語言學習理論的應用，在線語言評估和任務評估。

有別於以上以外語輔導員為主的模式，Compton（2009）針對線上外語專職教師的角色，提出了一個將線上語言教學技能分為三類的替代框架，此三類為1)線上語言教學中的電腦科技，2)線上語言教學的教學法，3) 線上語言教學評估。這些類別為專職教師的角色提供了一個更全面的視角，但並不局限於線上教室中所需的技能，而每項技能都分為三個層次的專業知識，那就是入門級，熟練級，和精通級，形成了一種具連續性的專業知識發展順序，而非絕對的區分。

如同Hampel和Stickler金字塔的第一層，Compton在技術類別中的入門級別討論了基本的技術技能，重點在於成為一名熟練而自信的教學導向電腦技術使用者。這個類別的熟練和精通級別與Hampel和Stickler的第六級相對應，也就是創造力和選擇。然而，在Compton的模型中，選擇被認為屬於熟練級別，而創造力

則屬於最高級別的技能。熟練的教師可以找到可用的軟件，做出明智的決定並克服其限制，精通級別的老師可以使用現有應用程式提供線上交互功能，即使這些程式並不適用於在線語言學習，他們也可以在某些情況下使用編程技巧創建基本應用程式。

教學技能也分為三個專業級別，入門級別涉及知識的積累，熟練級別涉及對知識的應用，專家級別涉及創造力與設計能力。入門級線上語言教師能夠建立線上社區、促進社交、促進線上交流，使語言學理論適用於網絡語言學習，設計線上語言學習課程，以及使用適當的線上語言評估策略。熟練級別的教師通過選擇合適的材料和任務，調整理論和框架，並通過一系列評估教學方法評估與語言學習評估，將這些知識應用於在線教學的實踐中。精通級別老師能夠創造性地調整教材和任務，促進在線社交，並評估語言學習。Sun（2011）則批評了Hampel和Stickler以及Compton的框架，認為他們的框架僅提出理論架構，卻未能明確指出直接適用於線上語言教學實踐的必要操作與應用細節。

Hampel和Stickler以及Compton的模式都涵蓋線上教師的一般做法。Guichon（2009）框架的重點在於確定語言教師所需的管理同步在線教學的關鍵能力。

(1)社會情感監管的能力：指與學習者或一組學習者建立關係，不論距離遠近皆能維護關係並最終建立學習社區的能力。

(2)有效教學法則的能力：首先，該能力關注的是在遠程條件下設計學習情景的能力，以真正讓學習者在情緒和認知上接受學習，其次，通過提供量身定制的學習者的個人需求來指導學習經驗。

(3)多媒體監管的能力：涉及在線教師的介面角色，他必須學會使用最適合學習場景的交流工具，管理並評估適當模式之間的

交互作用。

　　Stickler和Hampel（2015）闡明，在他們的模式中，儘管水準的提高不一定由下而上呈現固定的進階順序，更高水準的技能是建立在較低水準技能的基礎上的。因此，他們改變了以前的模式，將重點更多地放在基礎資訊通訊技術能力之外的層面上。

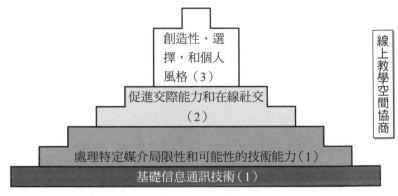

圖2　技能金字塔(改編自Stickler & Hampel 2015: 317）

　　教師一旦掌握了具體的技術能力與對不同工具的約束性和可能性的認識（第一級），他們就能夠做出符合教學目標、配合技術工具的決策。熟練的二級教師在開發社交凝聚力和培養在線環境中的交流方面表現出一定的能力，他們會針對網絡環境的不同時空特徵，以及由此產生的不同參與規則，來成功地培養並強化學習者參與性和交流能力。由于缺乏有效指導與輔助而產生溝通過程的解讀錯誤與較低的話題參與度，非同步的線上環境可能導致學習者錯誤的交流而失去有效溝通的機會（Stickler et al. 2007; Ware 2005）。線上教師幫助語言學習者發展語言技能和社交互動技能，通過發現共同目標，以各種形式支持學習者，並確保良性

的互動環境。金字塔最高層次的創造力不僅指教師要使語言實踐
變得多樣有趣且具創造力（Richards 2013），還必須支持學習者
在語言學習中擁有的創造力，貫穿試探性話語，培養學習者之間
的交際互動能力。Stickler 和 Hampel 總結，如果教師培訓師能夠
突出知識協作建設的益處，將協作創造力與建設性教學法聯繫起
來，並且清楚地表明如何充分利用數位技術的優勢，這確實有可
能推進線上語言教學法的發展。

　　本研究回應了 Sun（2011）的呼籲，進行實證研究，以闡明
研究指導下的有效在線教學的實施細節。具體來說，它記錄了教
師如何培養準備技能，並將最佳實踐應用於每天的在線同步教
學，以達到預期的課程和計劃目標。此研究彌補理論和實踐之間
的差距，並提供語言教師線上語言教學中所需技能的有效驗證，
以及他們如何發展這些技能以提供學習者進行同步學習交流的最
佳機會。非同步與同步教學於線上教學中是同等重要的。然而，
由於研究篇幅有限，本文重點關注同步教學的研究上。此外，本
研究採用 Compton (2009) 框架中闡述的技術、教學法和評估三個
類別來指導線上教學教師培訓模式的設計和規劃。雖然 Guichon
（2009）解決並增加了協作構建的功能，但該框架是實踐「線上
輔導」而不是「線上教學」，另外，由於缺乏對預期專業教學能
力的描述分類，也降低了其在該研究計劃中的應用。

三、研究方法

　　在教育學範疇中，教師被期望能夠週期性地將美國星談計畫
推動的有效教學原則，在課程的不同階段進行課程計劃、教學、
觀察和反思。美國星談計畫旨在擴大強化國家安全關鍵語言的發

展，培育外語師資並鼓勵學生習得外語，提高對語言文化的瞭解
與運用能力，為2007年以來美國聯邦政府外語經費最龐大的一項
計畫。中文師資的項目與學生學習人數一直都高於其他外語。

　　根據Compton的分類，通過計劃中的培訓和實踐，教師們將
從入門級能力轉向精通級，正如他們將其知識應用於線上教學實
踐的能力所證明一般。由於評估任務和課程設計超出了培訓項目
技能發展的範圍，教師在完成項目時不會達到與評估類別相同的
能力水準。教師在該項目中學習到的線上課程是培訓項目開始前
預先設計和預先確定的。教師為線上同步教學開發的所有技能集
中於完成由教師培訓師創建的課程和計劃目標，而不是由教師參
與者創建的課程和目標。

　　這項研究主要為美國中文教師創建一個混合培訓模式來評估
線上教學所需技能的發展，探討結合面對面培訓與線上培訓兩種
模式的設計如何影響並提高教師線上教學的有效性，教育科技軟
體的使用與教學技能有效性的培養亦是該研究中教師技能發展的
主要研究問題。該項目採用多種形式的評量，包括平時性與總結
性的評估，亦即定量和定性評估，並跟蹤參與者在項目開始之
前、進行期間和項目結束之際所習得的知識與培養的技能的進展
情況。培訓計劃的評估是多方面的、多管道的，由於本文篇幅有
限，無法記錄所有類型評估的結果。因此，本研究縮小了範圍，
僅通過自我評估與專業電子檔案中的自我反思來追蹤分析教師在
中文線上教學方面所需技能的培養成效。前者為定量分析提供了
數據，後者提供了豐富的定性分析資訊，共有98篇自我反思，將
定量和定性分析相結合為在線教學所需技能的發展奠定了堅實的
研究分析基礎。

（一）背景

本文中描述的星談項目充分利用了當前的教育科技技術，並採用了創新的教學方法，反映了線上有效教學的最新研究成果，符合星談計畫中心倡導的有效教學和學習的以下六大原則：

原則1：根據五大外語教學目標設計主題式課程

原則2：創造以學習者為中心的課堂

原則3：使用目標語言並提供可理解的輸入

原則4：整合文化內容和語言

原則5：使用適合學習者年齡的真實材料

原則6：進行表現性能力的評估

（二）參與者

通過嚴格的遴選過程，全美國總共錄取了十二名中文教師。所有參與者皆為女性，在美國從事中文教學工作，有三到八年在美國中小學和大學的中文教學經驗，包括線上，混合式和面對面教學的組合。十二位教師中，五位在大學任教，五位在高中，一位在初中，一位在小學。他們的平均年齡是35.8歲。所有教師都有碩士學位，其中一名正在攻讀教育科技博士學位。九位在各州都獲得了中文教師證書，一名已經完成了必要的考試，並正在申請證書，兩位尚未獲得證書。四位擁有在線上教授中文的經驗，他們的線上教學經驗從一年到四年不等。在這四位教師中，有一位在大學進行線上教學，其餘三位在高中。他們都沒有使用WizIQ作為提供在線技術指導的在線平臺。所有十二位教師都具有在教學中實施在線技術工具方面的先前知識和技能，並且都表現出願意協同合作探索最新線上教學有效教學法。根據美國外國

教學學會的語言能力綱要，他們教學的對象為九到十二年級的美國高中生。線上教學項目結束後，根據美國外語教學學會的語言能力大綱級別，預期學生將達到中級初的水準。

（三）教師培訓

在Germain-Rutherford和Pauline（2015）的一項有關歐洲線上語言教學的資訊和通信技術調查中發現，教師更歡迎結合線上和面對面兩種並存的培訓模式。在他們的研究中，大多數教師參與者都歡迎具體實例和活動的實踐培訓。當參與研究的教師有選擇培訓類型的機會時，80％支持結合線上和面對面的混合式模塊；73％選擇面對面培訓；61％支持百分之百線上培訓項目。在這一發現的基礎上，該計劃創建了一種創新的混合模式，使用線上和現場培訓來幫助中文教師的線上教學。

此研究中的暑期教師項目提供五週的培訓，經過兩週的線上培訓後，老師參加了三週的現場培訓。為期兩週的線上培訓包括有效教學和學習原則的指導，線上平臺的培訓以及技術工具的使用，將教學模塊與計劃目標緊密結合。為期三週的現場培訓包含了互動式研討會，通過這些研討會，教師學員可以隨時瞭解最新線上教學和學習實踐發展，包括一週的強化密集培訓與備課，隨後是兩週的線上教學實踐，線上教學實踐是該計劃的核心重點。

在教學實踐中，十二位教師一共分成六組，根據他們的背景和教學經驗進行配對。每對中的兩位教師在教學和輔助角色之間交替。輔助老師負責技術故障處理，課堂管理和其他現場後勤，並在技術問題中擔任備用教師並觀察其合作夥伴教師的線上同步教學，完成相互分享的反饋表。兩種角色每天輪流替交換。因此，每一天都有六位老師同時進行線上教學，而其餘六位老師支

持並輔助教學。教學時段分成兩個時段，每一個時段皆為一個小時，第一個時段有兩名學生，第二個時段則有四名學生，總共有三十五名高中學生，其進入項目時語言水準從初級高階入門級到中低級不等，完成項目時，預期達到中級初的水準。線上教學實踐期間，所有教師參與者共同準備教學計劃，預演教學內容，並得到來自同伴和項目教學團隊的諸多反饋，其中包括十二位被培訓的教師、培訓師、教育科技培訓師與助理。

（四）教師的角色

在實踐過程中，教師參與者的主要責任包括每天通過互動式線上互動平臺 WizIQ 提供兩小時的同步教學；向學生提供其日常複習作業和任務的反饋，並通過在學習管理系統中的群組回應學生的詢問，以便與學生建立網上良好關係。項目助理進行下午的輔導課，這使得教師參與者可以按照每日課程和教學目標，專注於他們的教學準備和線上教學。

（五）電腦科技工具

與其他兩種廣泛使用的線上平臺 Adobe Connect 和 Zoom 相比，WizIQ 具有特定優勢，所以被選為教師參與者提供日常同步教學的中央線上互動平臺。WizIQ 的多功能性和以學生為中心的線上環境潛能在其設計中體現得非常清晰。它的用戶介面包含一個位於螢幕左側的垂直工具欄，工具包括從簡單的拖放、標記和橡皮擦、表情符號圖標等。螢幕中心可顯示一系列教學材料，包括 PowerPoint 演示文稿、自發性或預先規劃的白板、視頻材料等。螢幕右側包括學生和老師的同步頭像視圖、當前參與者列表、以及聊天室，學生可以隨時打字並提出問題，老師亦可根據

學生現場需要，詳細提供說明。除了 WizIQ 以外，Zaption 和 Quizlet 也為項目發揮翻轉學習的功能，學生透過 Padlet 和 Flipgrid 於課後上傳完成的口語與書寫真實性任務。學生課前透過觀看 Zaption 視頻，於線上自學完成作答，並收到自我檢測的立即回饋，而 Quizlet 是詞彙自我學習的一個多功能軟件。

（六）分析資料來源

在課程開始之前以及結束之後，所有12位教師參與者都完成了詳細的自我評估。在實習期間，教師參與者使用相同的表格準備線上同步教學，並觀察同伴教師的線上教學。表格分為以下四類一般性陳述，每一個一般性陳述又包含幾個細部陳述。第四類中提到的工具是指電腦科技輔助工具，而前三類中的每一項都與通過使用這些工具而實現的教學效果有關。

1. 幫助學生瞭解學習目標(1a)並營造有意義的全中文語境(1b)。

2. 適時為學生提供各種反饋，說明學生達成學習目標。

3. 幫助學生順利完成任務活動。

4. 指導學生有效使用科技輔助工具而達成學習目標。

對於上述四類中的每個項目或具體任務，教師選擇一個選項來表示他們對執行該任務能力的信心程度。這些選擇被標記為不自信、部分有信心和完全自信。定量分析乃基於選擇每個方框的教師比例，而定性分析是基於教師的自我反思，自我反思屬於教師電子檔案中九項組成要件之一。所有的十二位參與者都進行了自我反思，檢討他們的教學情況，並觀察他們在課程期間對有效線上教學的體驗、理解與進展。

四、結果和討論

下面的討論總結了定量分析的結果，如以下五個表格所示，在條件適用和相關的情況下，通過教師對研究表格各項目標的自我反思，輔以定性分析。每張表格都列出了教師在項目前和項目後自我評估中的頻率和百分比，並比較了項目期間每個目標的變化情況。教師對於掌握關鍵概念和對線上教學原則應用的自我反思能增進對於統計數字基本含義的理解。

所有十二名教師參與者都完成了課程前後的自我評估。他們需要回答有三項選擇的陳述或問題，表明信心程度：1＝不自信，2＝部分信心，以及3＝完全自信。表一總結了在項目前和項目後教師自我評估回答的頻率和百分比。

表一　項目前和項目後類別1a的信心程度：說明學生瞭解學習目標

自我評量陳述	前後測	不自信	部分自信	完全自信
1：學習目標清楚地說明學生瞭解學習完成後能夠做到什麼	前測	1(8.33%)	1(8.33%)	10(83.33%)
	後測	0(0%)	0(0%)	12(100%)
2：學習目標組織有序，讓學生在學習結束時掌握學習進度	前測	2(16.7%)	3(25%)	7(58.33%)
	後測	0(0%)	1(8.33%)	11(91.67%)
3：學生瞭解學習目標	前測	2(16.67%)	0(0%)	10(83.33%)
	後測	0(0%)	0(0%)	12(100%)

表一描述教師在一般類別中每個項目信心水準的自我評估。結果顯示，在所有三個項目中參與者的信心水準在項目過程中有明顯改善。對於第一項和第三項，83.33％的教師在項目開始前即已充滿信心，在項目完成後，100%的教師都感到充滿信心，這

表明所有的教師都能夠清楚地闡明學習目標並使教學與這些目標保持一致。然而，在項目開始之前，只有58％的教師參與者對項目2充滿信心，他們有能力通過設計有序的目標教授學生在學習結束時掌握語言能力。對這一類別的回應顯示，在項目開始之前，「不自信」和「部分有信心」的比例最高。項目後自我評估的反應表明，參與者的信心在完成項目後顯著增加，91.67％的參與教師感到充滿信心，只有一位教師感到部分自信。

　　表一中的上述三項主要環繞在反向課程設計的關鍵點上。具體來說，第一項為「能夠」陳述清楚地說明學習目標，第二項為學習目標安排有序，而能完成第三項，即說明學生瞭解學習目標。在教師參與者的自我反思中，教師一致認為反向課程設計對於課程規劃至關重要。一位老師解釋了反向課程設計的流程，並說：「我們在UVA星談項目中設計了一節課，我們始終牢記學生的學習目標和課堂結束能達成的任務。我們在課程計劃中所做的最後一步是考慮哪些活動最能吸引學生，並為學生之間的互動提供更多的機會。」在認識到從始至終設立並堅持學習目標的重要性後，另一位老師評論道：「反向課程設計可以幫助教師在規劃課程時將注意力集中在目標上，始終銘記教學目標，因為其有助於活動參與性和任務的設計。」

表二　項目前和項目後類別1b的信心：創造有意義的全中文語境

自我評量陳述	前後測	不自信	部分自信	完全自信
1：掌握真正的溝通重點，而不是孤立的語法	前測	1(8.33%)	4(33.33%)	7(58.33%)
	後測	0(0%)	1(8.33%)	11(91.67%)
2：符合實際生活的目標語	前測	1(8.33%)	3(25%)	8(66.67%)
	後測	0(0%)	0(0%)	12(100%)
3：使用適合學生理解水準的目標語	前測	1(8.33%)	5(41.67%)	6(50%)
	後測	0(0%)	1(8.33%)	11(91.67%)

　　以上表二顯示了第一類自我評估後半部分的結果，重點在於教師是否能夠在有意義的語言環境中進行教學。項目前的調查結果顯示第二個子類別（1b）中的自信度水準高於第一個子類別（1a）。在完成該項目之前，三分之一到一半的參與者對每項都沒有充分的信心，這表明營造有意義的語言環境對於一些參與者來說很難實現。但是，在完成培訓後，幾乎所有的參與者都對他們在有意義的語言環境下進行教學的能力充滿信心。

　　使用目標語言為學生生成可理解的輸入可說是一件說易行難的事情。在實踐過程中，一位老師看完教學演示視頻以後表示，教學視頻展示了「如何設計、組織、排列和實踐精彩的教學提問鋪陳技能」，以引導學生通過使用目標語言達到逐漸提升語言輸出的目標。在項目開始之前，許多教師對完全使用中文進行教學感到困惑與懷疑。例如，一位老師承認，在課堂上只用目標語言是一種痛苦的體驗。在參加該課程之前，「她的班上每天都會發生說英語或在 PPT 上給出拼音的情況」。她並無意識到在 PPT 上給學生提供英語翻譯或口頭提供英語短語翻譯的害處。她也未察覺到，由於缺少有意義的語境，用英語教語法其實不能幫助學生達到有效的語言輸出。在項目開始後的某個階段，她開始清醒地認識到，她沒有適當地表達她所提出的問題，並且過多使用英文的習慣嚴重影響她的班級，使班級內無法進行溝通互動和表現。在接受了該項目的培訓後，她在最後一次反思中寫道，在她回到學校後，她將能夠「更有效地利用上課時間」。在課程結束時，教師們一致認為，通過使用三種啟發提問技巧能幫助學生有效產出有意義的輸出，這三種提問技巧為機械操練，有意義的操練和溝通式操練，以此循序漸進而逐步提高語言能力是非常有益的。

表三　項目前和項目後類別2的信心：提供學習回饋並進行多種評量

自我評量陳述	前後測	不自信	部分自信	完全自信
1：鼓勵和描述性反饋	前測	2(16.7%)	2(16.7%)	8(66.67%)
	後測	0(0%)	1(8.33%)	11(91.67%)
2：來自不同來源的反饋	前測	3(25%)	5(41.67%)	4(33.33%)
	後測	0(0%)	2(16.7%)	10(83.33%)
3：整節課形成性評估檢驗	前測	1(8.33%)	2(16.7%)	9(75%)
	後測	0(0%)	2(16.7%)	10(83.33%)
4：整節課對於學習目標進展的反饋	前測	2(16.7%)	3(25%)	7(58.33%)
	後測	0(0%)	1(8.33%)	11(91.67%)
5：學習者有能力評估自己的學習	前測	2(16.7%)	7(58.33%)	3(25%)
	後測	0(0%)	4(33.33%)	8(66.67%)

　　表三顯示的數據代表教師對他們設計和開展的活動是否能夠幫助學生而作的評估。項目開始前的調查結果顯示，大多數學員對1、3和4感到充分信心，這些都與老師和學生之間的反饋或評估互動有關。然而，當評估獨立於教師的角色時，教師的信心程度就會變低。在項目開始之前，只有不到一半的老師對項目2和項目5充滿信心，不少教師無法為學生提供各種反饋，並培養學生評估自己表現的能力。儘管教師獲得了自信，但完成該項目培訓之後，仍有三分之一的教師仍然缺乏對學習者自我評估能力的充分信任，這可能部分是由於高中學習者成熟度欠佳，並且暑期課程時間短的緣故。特別是當教師選擇對第2項「完全有信心」的比例顯著增加，從項目前的33.33％到項目後的83.33％，第2項與教師提供各方面反饋的能力有關，而第5項則是關於教師教學和鼓勵學生自我評估的能力。

　　將表三與表一和表二進行比較，可以清楚地發現，表三中第

1、3和4項於項目前自我評估結果與表一和表二中的結果更為一致，甚至在項目開始之前超過一半的參與者對這三項內容的自我評估充滿信心，但是這種模式不適用於第2項和第5項。值得注意的是第3項的反饋數據中有一個有趣的特徵，該數據衡量了教師對整節課進行形成性評估的信心，第3項在項目前的調查結果表明，大多數（75％）的參與者感到完全有信心，項目後的調查結果沒有顯示出顯著的改善，表示「完全自信」的教師數量僅稍微增加了一點百分比（75％至83.33％），儘管選擇「不自信」的參與者的百分比從8.33％降至0.00％，但選擇「部分信心」的百分比保持不變（16.67％）。對此現象可能的解釋是，在研究中，形成性評估檢查包括在同步教學和非同步自我學習的學習過程中進行檢查，這些學習應該由學習者自己獨立完成，線上教學開始後，教師將全部精力轉移到在線同步教學上，其更多地關注實時檢查，而不是監測學生在課後作業中的進度，這部分是項目助理和助教負責的。與第3項不同，第4項為學生的進步提供反饋顯示，教師在項目前和項目後自我評估的完全信心水準的比例均更高（58.33％和91.67％），這表明信心顯著增長。

　　在通過該項目的強化培訓後，教師唯一表示較低自信水準的是培養學習者評估自己學習的能力。這可能是由於一些形成性評估是項目工作人員和助理所分擔的，教師並未直接參與檢查學生的課後評估工作。此外，當學生參加線上學習項目時，實際上他們接受了項目助理的線上培訓，並按照說明在項目結束之前完成了他們的個人線上自我評估資料。由於教師參與者自己不負責這部分教學內容，所以教師可能沒有充分意識到學習者自我評估的改進，從而顯示不高的自信程度。

表四　項目前與項目後類別3信心水準：幫助學生順利完成任務活動

自我評量陳述	前後測	不自信	部分自信	完全自信
1：適合年齡	前測	1(8.33%)	0(0%)	11(91.67%)
	後測	0(0%)	0(0%)	12(100%)
2：適合級別	前測	1(8.33%)	4(33.33%)	7(58.33%)
	後測	0(0%)	1(8.33%)	11(91.67%)
3：指示清晰易懂	前測	1(8.33%)	5(41.67%)	6(50%)
	後測	0(0%)	1(8.33%)	11(91.67%)
4：有意義且注重溝通	前測	1(8.33%)	4(33.33%)	7(58.33%)
	後測	0(0%)	1(8.33%)	11(91.67%)
5：多種多樣	前測	2(16.7%)	4(33.33%)	6(50%)
	後測	0(0%)	1(8.33%)	11(91.67%)
6：提高參與興趣	前測	1(8.33%)	2(16.7%)	9(75%)
	後測	0(0%)	1(8.33%)	11(91.67%)
7：教師提供語言產出示範	前測	1(8.33%)	2(16.7%)	9(75%)
	後測	0(0%)	1(8.33%)	11(91.67%)
8：在語言輸出之前給學生有足夠的機會理解輸入語料	前測	1(8.33%)	5(41.67%)	6(50%)
	後測	0(0%)	2(16.7%)	10(83.33%)
9：掌握常規管理	前測	3(25%)	2(16.7%)	7(58.33%)
	後測	0(0%)	1(8.33%)	11(91.67%)
10：活動符合邏輯學生能夠掌握	前測	1(8.33%)	5(41.67%)	6(50%)
	後測	0(0%)	1(8.33%)	11(91.67%)

　　表四顯示了類別3中的調查結果，該表格列出各項教師協助學生順利完成任務活動的各項操作細節要求。項目結束後，大多數（83.33％或以上）的參與者對自己在活動設計、安排、說明及執行上充滿信心，沒有人表示「不自信」，顯示該項目提高了他們線上順利進行教學活動並完成目標的信心。項目前評估的結果

顯示第3、5、8和10項是項目進行前最難實施的，因為只有一半的參與者在調查中表示充滿信心。這十項自我評估陳述的重點是有意義並有效地安排各種各樣的活動，表格中的第9項也很突出，25％的參與者表示沒有信心能在線上教室做有效課堂管理。項目後自我評估的結果顯示了明顯改進，沒有一個參與者感到沒有信心，91.67％的人對第8項除外的所有評價都充滿信心，16.67％的參與者對能夠提供足夠的機會讓學生在語言輸出之前消化語言輸入的部分感到自信。

　　線上教學實習期間，每個一小時的線上教學課程都是需要花費數小時的小組共同努力而準備完成的。團隊精神建設在團隊中的所有成員之間產生了協同作用，共同努力的備課活動建立一個強大互助的教學團隊，這大大提高了活動設計的質量，也解釋了項目完成後上表中各項陳述的高自信度。教師不僅集體準備PowerPoint，而且每天都會進行教學演練，並收集小組的集體反饋。正如參與者在自我反省中所說的，教學演練的優勢在於「幫助教師在注重細節的同時看到大方向。」另一位老師也提出令人深思的自我回饋：「平庸和卓越之間的差異在於是否能關注教學中的所有細節。」

　　小組準備和教學演練大大促進了線上互動活動的設計與多樣化。例如，一位教師創建了一張金字塔形狀的圖表，同時引導學生比較中美學校生活異同，其中最困難的課程在金字塔頂部，最容易的課程在金字塔底部。圖表清晰生動，因此它使學生能夠輕鬆地比較頂部和底部的科目。另一位老師闡述說，她用來教授課外活動的兩個視頻，一個是在中國非常流行的視頻「小蘋果」，另一個是關於中國功夫的視頻，這兩個視頻都非常吸引人，並可以引導學生充分運用自己的感官強化學習，她還鼓勵學生在觀看

視頻的同時站起來隨著歌曲一起舞動。這項活動幫助老師和學生放鬆身心並充滿活力地運動。活動之後是一個鍛鍊學生批判性思維的問題，比如說，「你喜歡哪種表演？為什麼？」這個問題提高了學生在比較語法結構上的語言輸出能力，學生能夠在充滿活力的情景中快樂地學習如何掌握此關鍵句型，完成任務活動。

　　最成功的活動之一與食物有關。一名教師反映說，這項活動進行過程非常有趣，參與程度最高。首先學生觀看一個視頻，介紹北京一家非常有名的餐廳東來順，餐廳供應火鍋時，學生們可以看到中國火鍋的實景，視頻也展示了如何用火鍋烹飪和中國人吃火鍋的步驟。教師運用文本中熟悉的詞彙和短語來為真實視頻圖像添加畫外音，教學結果非常理想。視頻圖像確實增強了文本的可理解性。此類視頻確實給學生們創造真實的感受，不僅瞭解如何在火鍋餐廳裡挑選火鍋食材，吃火鍋，同時練習了「首先」、「然後」和「最後」等連接詞，以描述吃火鍋的步驟。項目中的線上互動平臺使真實材料和技術工具結合起來，因此，表四中的大部分陳述明顯與表五中的第3項相互關聯。隨著當今先進技術的迅速發展，使用各種真實材料能促進學生對文化產物和習俗習慣的理解，線上真實材料的合併顯然已成為有效線上語言課程的關鍵要素。

表五　項目前和項目後類別4的信心水準：有效使用科技輔助工具而達成
　　　學習目標

自我評量陳述	前後測	不自信	部分自信	完全自信
1：使用各種科技應用學習工具幫助學習者學習語言文化和內容以達到三種模式的學習目標	前測	2(16.7%)	6(50%)	4(33.33%)
	後測	0(0%)	1(8.33%)	11(91.67%)

自我評量陳述	前後測	不自信	部分自信	完全自信
2：使用各種科技學習工具件幫助學習者產出與語言文化和內容相關之交流互動活動以達到三種模式的學習目標	前測	2(16.7%)	5(41.67%)	5(41.67%)
	後測	0(0%)	2(16.7%)	10(83.33%)
3：運用各種真實材料幫助學習者提高對文化產物和價值觀的瞭解	前測	3(25%)	5(41.67%)	4(33.33%)
	後測	0(0%)	1(8.33%)	11(91.67%)
4：通過線上平臺使用科技應用工具提高學習者參與度並達到學習目標	前測	2(16.7%)	2(16.7%)	8(66.67%)
	後測	0(0%)	1(8.33%)	11(91.67%)

　　表五顯示了類別4中的調查結果，該項目側重於利用各種技術學習工具和真實材料來實現教學目標。在課程開始之前，對所有四個陳述感到完全有信心的教師人數是所有類別中最低的。這並不意外，因為這些陳述測試了教師對線上平臺WizIQ中的互動式技術工具與其他能增強WizIQ以外的翻轉式學習和課後學習工具的熟悉程度。由於大多數教師沒有線上教學經驗，他們從未使用WizIQ平臺進行同步教學，甚至曾經教過線上語言課程的幾位老師也沒有使用WizIQ的經驗。項目後的調查顯示每個陳述描述的信心水準都有顯著的增長。這表明該項目有效地通過強化培訓和豐富的實踐經驗來發展教師技能和能力。總的來說，項目後的調查結果顯示所有類別的信心水平均顯著增強。超過80％的教師參與者對項目結束時有效使用科技應用工具的能力充滿信心。

　　該項目為使用科技應用工具的教師參與者提供了很多便利。在課程結束時，一位教師匯總了她計劃應用於未來課程的全部教育科技應用工具，包括WizIQ、Zoom、螢幕投射、翻轉網格、

Padlet、Canvas、Zaption、Quicktime Player和YouTube。在參與該項目之前，她的YouTube帳戶根本沒有任何視頻，在該項目結束時，她有34種與目標語言相關的文化視頻。她迫不及待想要與她的學生一起嘗試使用這些技術工具，並提出了豐富她的課程的具體計劃，包括使用YouTube查找真實材料，並使用Quicktime Player和Zaption創建翻轉材料。根據項目活動，她計劃使用翻轉網格和Padlet來佈置口頭和書面作業。明智地使用技術工具不僅有利於線上教學，它還可以促進面對面和混合式教學。許多老師都肯定了這樣的說法，有些老師將他們使用在線技術工具的經歷描述為「大開眼界」。

教學效能是教師自我反思的一個主要課題，尤其是在互動式技術工具的多功能性方面。基於以上記錄的定量和定性分析，很明顯地，教師成功獲得了提供線上教學所需的知識和技能，儘管初始信心程度不同，為期五週的中文線上教師強化項目的結果呈現不同程度的蛻變與成長。將面對面教學轉向線上教學的想法而由理論付諸實際是一個非常大膽的嘗試，此研究所設計的混合培訓模式是前所未有的模式，對於線上中文教師技能的準備也是非常值得的投入。

五、結論

本文所探討的師資培訓項目為期五週，其中兩週與學生項目時間重疊，以提供老師們線上教學實習的機會，將理論化為實際經驗。此線上教師培訓模式僅適用於本項目的模式，對於常規學期的課程來說則需要做適度的調整。拋開暑期培訓和常規學期培訓之間的差異，項目設計人員堅信，網上培訓和現場培訓的結合

最為有效。完全依賴在線教學中教師發展的在線培訓課程存在著相當程度的疑慮與不穩定性，因為持續頻繁的討論、密切的監督，和觀察教師參與者之間的互動合作模式都是有效培訓計劃的決定性因素。相反地，通過單一的面對面培訓模式來對線上外語教師進行培訓，會使教師無法真正體驗並模擬在線真實的互動，更遑論包括食宿的預算成本，更是所費不貲。此研究的定量和定性數據分析為混合訓練模式的有效性提供了一些有力的證據，未來的研究可以考慮進一步討論教師培訓項目的設計，混合與完全在線培訓兩種模式的比較。線上教學技能發展的證據與數據來源至關重要，此研究重點僅放在教師的自我評估，調查了他們在課前和課後自我評估和自我反思，後續研究可以將評估擴展到其他管道的數據收集和證據分析，由同儕教師、項目助理和培訓講師完成評估，例如，分析教學視頻是否有效運用教學原則與策略，將為本研究教師自我評估和自我反思的基礎上提供更有力更全面的證據。未來研究的另一個方向是探討教師對將面對面教學轉變為線上教學的觀念和態度，例如，面對面教學與在線教學之間的差異與相同之處，以及教師面臨的相關困難、挑戰與解決之道，無論是在混合教學還是純線上教學中，對於以教育科技為媒介的中文教學領域具有不可估量的價值 。在全球化腳步日益加速的今天，越來越多的網路學校隨之而起，從傳統的面對面授課教室過渡到線上教學模式需要更多具體建議和指導方針，我們需要針對線上教學各種議題進行更多實證研究，以期對中文教學領域做出因應時代的貢獻。

徵引文獻

Bennett, S., & Marsh, D. (2002). "Are we expecting online tutors to run before they can walk?" *Innovations in Education and Teaching International* 39.1: 14-20.

Berber-Mcneill, R. (2015) *Identifying and Developing Online Language Teaching Skills: A Case Study*. MA thesis, Department of Spanish, Arizona State University.

Butler-Pascoe, M. E. (1995) "A national survey of the integration of technology into TESOL Master's programs." D. Wills, B. Robin, & J. Wills (eds.): *Technology and Teacher Education Annual* (Charlottesville, VA: Association for the Advancement of Computing in Education), 98-101.

Compton, L. K. (2009) "Preparing language teachers to teach language online: A look at skills, roles, and responsibilities." *Computer Assisted Language Learning* 22.1: 73-99.

Davis, N., & Rose, R. (2008) *Professional Development for Virtual Schooling and Online Learning, North America Council for Online Learning*. (Retrieved April 30, 2017 from http://www.inacol.org/wp-content/uploads/2015/02/NACOL_Professional-development-for-virtual-schooling.pdf).

Egbert, J., & Thomas, M. (2001) "The new frontier: A case study in applying instructional design for distance teacher education." *Journal of Technology and Teacher Education* 9.3: 391-406.

Felix, U. (2002) "The web as a vehicle for constructivist approaches in language teaching." *ReCALL* 14.1: 2-15.

Germain-Rutherford, A., & Ernst, P. (2015) "European language teachers and

ICT: Experiences, expectations, and training needs." *Developing Online Language Teaching: Research-Based Pedagogies and Reflective Practices* (Hampshire, UK: Palgrave Macmillan), 12-27.

Grenfell, M., Kelly, M., & Jones, D. (2003) *The European Language Teacher: Recent Trends and Future Developments in Teacher Education* (New York: Peter Lang).

Guichon, N. (2009) "Training future language teachers to develop online tutors' competence through reflective analysis." *ReCALL* 21.2:166-185.

Hampel, R., & Stickler, U. (2005) "New skills for new classrooms: Training tutors to teach languages online." *Computer Assisted Language Learning* 18.4: 311-326.

Harasim, L. M. (1995) *Learning Networks: A Field Guide to Teaching and Learning Online* (Cambridge, MA: MIT press).

Hubbard, P., & (2008). "CALL and the future of language teacher education." *Calico Journal* 25.2: 175-188.

Hubbard, P., & Levy, M. (eds.) (2006) *Teacher Education in CALL*, vol. 14. (Amsterdam: John Benjamins).

Jones, C. M., & Youngs, B. L. (2006). "Teacher preparation for online language instruction." P. Hubbard & M. Levy (eds.): *Teacher Education in CALL* (Amsterdam: John Benjamins), 267-280.

Kessler, G. (2006) "Assessing CALL teacher training: What are we doing and what could we do better." P. Hubbard & M. Levy (eds.): *Teacher Education in CALL* (Amsterdam: John Benjamins), 23-42.

Kern, R., Ware, P., & Warschauer, M. (2004). "11. Crossing frontiers: new directions in online pedagogy and research." *Annual Review of Applied Linguistics* 24.1: 243-260.

Queen, B., & Lewis, L. (2011) *Distance Education Courses for Public Elementary and Secondary School students: 2009-10. First Look. NCES 2012-008* (Washington, DC: National Center for Education Statistics).

Richards, J. C. (2013) "Creativity in language teaching." *Plenary address given at the Summer Institute for English Teacher of Creativity and Discovery in*

Teaching University Writing (Hong Kong: City University of Hong Kong).

Stickler, U., Batstone, C., Duensing, A., & Heins, B. (2007) "Distant classmates: speech and silence in online and telephone language tutorials." *European Journal of Open, Distance and E-Learning* 10.2 (https://www.eurodl.org/?p =archives&year=2007&halfyear=2&..&article=277)

Stickler, U., & Hampel, R. (2015). "Transforming teaching: new skills for online language learning spaces." R. Hampel & U. Stickler (eds.): *Developing Online Language Teaching* (Hampshire, UK: Palgrave Macmillan), 63-77.

Sun, S. Y. H. (2011) "Online language teaching: the pedagogical challenges." *Knowledge Management and E-Learning: An International Journal* 3.3: 428-447.

Ware, P. (2005). ""Missed" communication in online communication: Tensions in a German-American telecollaboration." *Language Learning and Technology* 9.2: 64-89.

Watson, J., Pape, L., Murin, A., Gemin, B., & Vashaw, L. (2015). *Keeping Pace with K-12 Digital Learning: An Annual Review of Policy and Practice.* Evergreen Education Group. (http://www.kpk12.com/wp-content/uploads/ Evergreen_KeepingPace_2015.pdf.)

Wicks, M. (2010) *A National Primer on K-12 Online Learning (2nd Edition)* International association for K-12 online learning (Retrieved April 30, 2017 from http://www.inacol.org/wp-content/uploads/2015/02/iNCL_National Primerv22010-web1.pdf)

Zandberg, I., & Lewis, L. (2008) *Technology-Based Distance Education Courses for Public Elementary and Secondary School Students: 2002-03 and 2004-05.* STARTALK Central Website (https://startalk.umd.edu/public/ principles).

逆向設計（Backward Design）及PBL應用於商務華語師資培訓研究

彭妮絲

Ni-Se PENG

（中原大學應用華語文學系）

摘　要

　　商務華語學習的需求不斷擴大，學習者對商務華語的學習需求多種多樣，學習需求的層次和類型也比較複雜。課程的發展與設計在教師教學的現場中扮演重要的角色，現代教師不但要懂教學，更要了解課程，進行課程的發展與設計，因此如何讓商務華語師培生獲取此能力，極其重要。逆向課程設計法（backward design）強調先確立學習者欲達到的目標和成果（learning objectives and outcomes）後，再依據學習目標設計教學大綱、測試評量和教學活動，以逆向設計規劃商務華語課程，不僅有助教學實踐也能提升學習成果。PBL教學模式以實務問題為核心，鼓勵學生進行小組討論來培養學生主動學習、問題解決能力以及自我導向學習的能力，極適合應用於對外華語師資培育場域。本研究以臺灣北部某大學華語師資生為研究對象，「商務華語」課程為操作場域，藉由逆向設計課程、知識輸入與實作兩部分，發展出一套融合認知、實作與反思的訓練程序。教學上結合案例教學與 PBL 教學，旨在提升師資生商務華語教學能力為目標，所發展之逆向式問題導向商務華語師培模式，冀供商務華語師資培育之參考。

關鍵詞：逆向設計（backward design）、商務華語、師資培育、案例教學、PBL 教學

一、前言

　　商務華語課程屬特殊用途語言教學課（Language for Specific Purposes，以下簡稱LSP），LSP的學習重點在教授學生其專業領域之用語，並訓練其於工作上或特定範圍內使用目標語溝通；因此 LSP 除了教材選擇具高度針對性和專業性外，學習目標和學生需求對課程設計的影響甚為重要。課程的發展與設計在教師教學的現場中扮演重要的角色，現代教師不僅要懂教學，更要瞭解課程，進行課程的發展與設計，因此如何讓商務華語師培生獲取此能力，即得重視。誠如沈庶英所言（2013: 23）商務漢語商業知識課的內容非常豐富，而且專業性很強，如何能讓學習者運用第二語言，在有限的教學時間內獲得知識含量最大化、信息含量最大化、應用技能最大化的教學效果，這是需要深入研究的問題。

　　關於商務華語在實際商貿領域中的使用情況，張黎（2012）做了「漢語在國際商務領域使用狀況調查與分析」問卷，該問卷調查了分別來自26個國家和地區的232個商務人士，其背景均為企業人士、母語非華語並且都學過華語，工作範圍也遍及交通、金融、生產製造等各個領域，並得出以下結果：1.漢語被廣泛運用在對工作有用的業務範圍內；2.外籍商務人士最常使用漢語作為工具交際的對象為中國同事或客戶；3.「說」和「聽」是外籍商務人士使用最多且需求較大的語言技能；4.即便已具備較高的漢語水準，但大多數的商務人士仍想繼續學習漢語。李育娟（2011）〈商務華語學習者需求分析〉研究，以在臺灣的華語學習者為對象設計問卷，搜集學習者對商務華語的學習動機，以及想要學習的主題範疇、工作類別、課程內容等，藉以瞭解學習者的需求；並從中分析學習者需求與現有教材之間的落差，以提供今

後教材編輯上的一個參考。兩篇文章研究對象均為處於「目的語環境」中的學習者，以華語為二語（Chinese as a second language，CSL）環境學習者，或以華語為外國語（Chinese as a foreign language，CFL）環境學習者，兩者學習動機不盡相同，其學習需求自然不同。

　　商務華語的學習需求多種多樣，學習需求的層次和類型也比較複雜，因此研究者於2017及2018年，數度赴印尼雅加達、泗水、三寶壟，進行田野調查，針對商人、華語教師、報社總編輯、開設華語補習班、臺北學校華語老師，以及兩所學校，進行深度晤談。兩所學校為雅加達Bina Nusantara University、泗水Petra Christian University，探訪兩校商務華語課程安排，以及訪問其教授與學習商務華語的師生等，透過海外華語教師深度訪談、問卷等方式，探求海外商務華語教學實務狀況。上述研究田野調查調研結果顯示受訪者因為找不到合適的商務華語教材，多小班或個別教學，針對學習者需求，自行編寫講義。田野調查研究結果顯示，海外商務華語需求多元，客製化課程設計與教材編寫，為商務華語教師必備能力之一。

　　由上述田野調查資料可知，商務華語課程設計是師培生必須研習的課題之一。因此研究者發展課程設計模式，應用於商務華語師資培育中，培訓商務華語師培生如何設計課程以因應眾多需求，而在眾多課程設計法中，逆向式課程設計法（backward design）強調先確立學習者欲達到的目標和成果（learning objectives and outcomes），因此研究者依照逆向設計（backward design）程序，融入商務華語課程模式發展，並應用於商務華語師培課程場域中。

　　商務華語課程的內容非常豐富、專業性強、需求多元、高度情境化，如何能讓學習者運用第二語言，在有限的教學時間內達成有效教學，這是需要深入研究的課題。逆向課程設計法（backward design）強調先確立學習者欲達到的目標和成果（learning objectives and outcomes）後，再依據學習目標設計教學大綱、測試評量和教學活動。由於逆向設計的理念正與LSP課程的特性相符，因此據此進行商務華語師資培育。本研究採逆向式課程暨教學設計，擬定商務華語課程發展模式，研發商務華語課程暨教學發展模式，結合PBL教學（Problem-based learning，以下簡稱PBL），將商務華語課程暨教學發展模式應用於師資培育。

二、海外商務華語課程需求調研結果

　　研究者於2017年4月4日至4月9日、8月25日至29日、11月28日至12月1日，以及2018年8月21日至26日，四度赴印尼雅加達、萬隆、泗水、三寶壟，進行商務漢語需求田野調查。[1]調研對象為：商務人士、商務漢語教師、補習班業者、報社總編輯、大學商務華語老師以及中文系主任等。深度晤談對象說明，見表1。

1　海外田野調查研究詳見《商務華語逆向式問題導向教學模式發展研究》第三章〈海外商務華語需求調查〉（彭妮絲 2018: 43-71）。

表1 深度晤談對象相關資訊

編號	身分背景	晤談地點	晤談時間
A1	報社總編輯，也是商人，出版數十本書籍，對印尼華人活動知之甚詳。	雅加達	2017/04/04
A2	華語教師，前國際日報總編輯，現從事華語教學。	雅加達	2017/04/04、04/05
A3	華語教師，於雅加達開設華文補習班。	雅加達	2017/04/04、04/05
A4	臺北學校華語老師，原本為臺灣教師。	雅加達	2017/04/06
A5	資深華語老師，商務華語教學經驗尤其豐富，開設補習班，熱衷參與華語文推廣活動。	三寶壟	2017/04/08
A6	逾 30 年華語教學經驗，擁有不少商務華語學生。	雅加達	2017/08/26
A7	來自中國，為雅加達 Bina Nusantara University 中文系商務華語老師，在大學開商務華語相關課程，已有十幾年商務華語教學經驗。	雅加達	2017/08/27
A8	雅加達 BundaMulia University 大學華語老師，來自中國，商務華語教學年資較短，授課對象為校外企業員工。	泗水	2017/11/30
A9	雅加達 BundaMulia University 大學華語老師，來自中國，商務華語教學年資較短，授課對象為大學校內會計系學生。	泗水	2017/11/30
A10	泗水 Petra Christian University 中文系主任，教學及行政資歷豐富。	泗水	2017/11/30

編號	身分背景	晤談地點	晤談時間
A11	印尼大企業家，1980 年於印尼創業，目前企業集團規模包括知名鞋廠、成衣、運動服、印刷廠等，總員工數高達一萬六千人。也是基金會主席團成員之一，並為多所學校董事，熱衷推廣華語文教學以及華人文化教育。	萬隆	2018/08/24
A12	雅加達 Bina Nusantara University 大學學校董事、教師公會主席團成員之一，並開設華文補習學校。	雅加達	2017/08/26
A13	三寶壟華語教師、商人、三一基督教學校董事（學校學制從幼稚園到高中）。在台訪問。	三寶壟	2018/07/26
A14	駐印尼台北經濟貿易代表處主任，晤談以了解印尼商務環境。	雅加達	2017/04/06
A15	商人，於萬隆火車站附近開業，經營金飾買賣，為田野調查研究傳統商家代表。	萬隆	2018/08/24

資料來源：彭妮絲（2018: 52-53）。

　　海外商務華語教師需求調研，以印尼為例，商務華語課程需求，不乏零起點商務課程需求。商務華語從何時開始教？或認為具備中級華語程度者再來學習，然海外商務華語學習者，零起點者為數頗眾。其他課程如基礎的電話教學，到專業華語的採購、行銷等，均為商務華語課程需求內容。此調查結果如同 Haidan Wang（2006）所做的需求分析調查，其訪問 14 個 MBA 畢業生、

4個在中國的美商工作人員，以及6個美商駐在中國的訓練人員，結果得出學習商務華語後仍需加強或感到有所匱乏的是：和同事的日常交際溝通、打電話安排或聯絡業務、長篇演說或說明、以及公司各部門之互動。這項結果顯示的是商務華語課程的訓練在打電話、演說、和業務溝通上都需再強調。反映出海外商務華語課程內容工具型需求傾向（彭妮絲 2018）。

　　語言技能需求還是以聽、說與閱讀為主，印尼地區需要會寫華文者較少，只要會聽及說技能，如此找到工作的機率較大。企業主主要學習的語言技能也是聽和說，或者再加上閱讀，但遇到正式簽約場合時，主要使用語言還是以英文為主，這部分呈現出工具型學習動機傾向。商務文化課程需求，除了語言技能需求外，商務文化課程也是需求重點。受訪者表示，其所需要的商務文化，主要是「做生意的潛規則」。

　　商務華語教材使用方面，受訪者因為找不到合適的商務華語教材，多個別教學，針對學習者需求，自行編寫講義。三寶壟受訪者談及其上課方式，第一次上課先聊天，聊學習者需求，第二次上課，請學習者帶些所要學習的商務專有名詞資料過來，比如自己公司的型錄、公司產品品名等實務性資料，受訪者再據此翻譯成華文，以此作為上課的教材，達到即學即用的目的。受訪者多半採用情境加對話的方式進行，此亦即案例加問題（PBL問題導向），受訪者採用一個大的情境（案例），「然後裡面各有實際可能的一兩種或兩三種情境，然後這個情境裡面需要什麼樣的對話」（晤談逐字稿；彭妮絲 2018）；受訪者主要請學生提供所欲學的商務華語專業詞彙及詞彙解釋，然後再據此資料轉換成華語文上課教材，然後進行教學設計。

　　商務華語教學法方面，教學對象包括現職為商務的人士，也包括尚未進入職場的學生。因為零起點學習者眾，所以受訪者在

課程開始，多放入一些生活華語的內容，然後再著重情境教學，實境對話操練；在教學法上，也是如同一般生活華語教學，由下而上地教生字、句段落，然後到篇章教學。商業華語因為結合了商務專業術語與正常交際兩大屬性，更有其自身的獨特性，不僅語言風格特殊，更兼具了許多商務情境與傳統文化元素。

印尼建國大學（Bina Nusantara University）中文系畢業的學生，大都從事使領館人員、老師、翻譯員、空姐、公司秘書、記者等職業。中文系的學生十分搶手，往往在畢業之前，就已被許多公司單位網羅。在中文系所開的四門商務課程，包括「商務禮儀」、「外貿寫作」、「經貿洽談」、「中國商務介紹」。此外尚有全校性課程，如「就業創業技巧（印尼語）」（公共課），任何科系學生均可選修中文系這四門課程。「商務漢語重點在掌握縮略詞，這是比較難理解的部分。」學生面臨的問題為：「漢語基本交流及缺少商務概念，比如合同文書。」（晤談逐字稿；彭妮絲 2018）受訪老師於商務寫作的教學方式，主要以範文、文章為框架，然後替換時地；受訪之商務華語教師認為最大的困難是紙上談兵，所以選擇比較簡單的課本，商務術語較少，學生比較容易理解。

Petra Christian University 大學，80% 是華裔的印尼學生，2007 年開設商務漢語課程，商務漢語課一學期 2-4 學分，第三個專業是傳媒（2016 年開設）。商務漢語師資方面有兩位，主要由曾經到臺灣或新加坡（讀國貿）留學的商人擔任授課教師，具有商貿背景。「專業漢語的詞彙不是相當齊全，各公司都有自己的專業」，（晤談逐字稿；彭妮絲 2018）這對於中文系學生來說，問題不大。比較大的問題是教材，需要中國商貿口語教材與寫作教材，目前的教材都太難，授課老師通常得將教材簡單化。

海外華語老師一般認為商務華語專業詞彙教學、課程教材設

計，是商務華語教學上的難題，華語老師無法通曉各專業華語的專業知識，需求多樣，也無法尋得妥適的教材與課程以因應。在師培生課程設計能力培訓方面，由於商務華語需求多元，課程設計重心必須先從預期的終點目標開始發想，進而規劃學生學習經驗，因此適合採取問題導向逆向設計模式之課程發展取向。

三、逆向式問題導向師培模式發展

（一）學習者為中心之課程設計

　　Tyler（1949）的「目標模式」，從選擇目標、選擇經驗、組織經驗，到課程評價，是很不錯的選擇；但此模式適合從無到有的「課程發展」，Tyler 對如何選擇和決定課程目標、如何選擇可達成目標的經驗、如何有效地組織經驗和如何進行課程的評價，有詳細的說明。就實際操作而言，「目標模式」對教師層級的「課程設計」而言過於龐大，將讓教師失去教師層級「課程設計」的聚焦。如前所述，教師進行課程設計的目的，在於幫助教師的教學和促進學生的學習。教師的「課程設計」需要根據當下學生的學習特質與狀況、學校的設備和可資利用的資源，教師層次的課程設計是教師將自己本身對正式課程的知覺轉化為運作課程的歷程（王文科 2007）。

　　Yalden（2000）認為課程設計的首要原則是語言的使用，因此強調第二外語教學的目的在於發展學生的交際能力，在使用語言進行交際時不僅要學會語言的結構、文法、詞彙，還需要瞭解語言的使用規則，不同的場合有不同的語言形式要求。Yalden 並提出語言課程比例大綱形式的設計理論，設了下列七個步驟：需求調查、目標描述、選取或發展課程大綱形式、圖表課程大綱的

產生、老師的教學課程大綱的產出、課堂教學程序的發展和完成和評鑑。其中大綱形式就是以概念或話題（notion）為框架，將語言課程分為幾個不同的教學階段，而不同的階段教學時間長短，則根據課程設計者所採用的語言習得理論的不同而調整。

　　再者課程的設計目標須與評量一致，Wiggins 及 McTighe（1998）提出課程的逆向設計（backward design）的理念，即教學者開始規劃一個單元或課程時，就以評量內涵作為證據的考量或準則。其過程為：先訂出預設結果，再決定可接受的證據，最後設計與建構學習經歷。藉由此方式，教師不但可以更加清楚他們的目標，還可以讓老師訂出更明確的教學及學習活動，學生亦能連結所預設的結果、實作表現、學習經歷，以達到更佳的學習成效。在收集學生理解的證據時，教師可以考量一系列具融入式的評量方法（含非正式的評量），　如：非正式的檢核、觀察及對話、提問跟測驗、教師提示、任務或計畫的執行等。

　　「課程設計」最主要的目的在於幫助教師教學和促進學生的學習，尤其是促進學生的學習。在以學習者為中心的教育趨勢下，促進學習成效更應成為教師從事「課程設計」的主軸。因此，以學生理解為主軸的課程設計，便成為本課程選擇教材的主要考量。Wiggins & McTighe（1998），對何謂「理解」和如何進行促進學生「理解」的課程設計，有詳細的說明，其模式發展歷程主要有三：1.指涉出所預期的最終目標；2.決定所接受的證據；3.規劃學生學習經驗與教學。針對上述第三點，McTighe & Wiggins（2004）指出：針對創造意義與獲得理解的課程發展，有以下原則：1.瞭解關於學生面對工作之重要概念；2.學生只有在被要求更進一步地思考，進而解決問題的狀況中，才能獲得意義與理解；3.教師應利用教學策略，持續激發學生的思考力；4.學生需要持續修正其作品。易言之，Wiggins & McTighe 逆向設計模

式之課程發展理念與實踐，看重學生的學習興趣，進而建議教師站在學生未來面對工作的核心知識觀點，來發展新課程，這樣從學生觀點與興趣往回推課程發展的模式，與一般較從教師過去自己對於課程知識的掌握，來發展課程的發展方向不同，因此稱為課程發展之「逆向」設計模式。

　　Wiggins & McTighe（2005）視教學本身為達到目標的一個手段，而明確的目標可以幫助教學者設計出更有效率及意義的活動來達成。其提出的逆向設計有別於傳統課程以教師或學科知識本位的設計理念，改以目標為導向，將重心放在學生的學習成果上。逆向設計的主要三階段，首先辨別確認學生要理解的概念和習得的能力，建立課程目標及預期的學習成果；其次決定哪些證據可證明學習成果；最後設計教學和學習經驗。逆向思考之課程概念強調逆向設計的階段，如圖1所示。

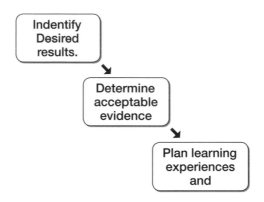

圖1　逆向設計的階段

資料來源：Wiggins, G. P., McTighe, J., Kierman, L. J., & Frost, F. (1998). Understanding by design. Alexandria, VA: Association for Supervision and Curriculum Development. p.8.

　　同時 Wiggins 認為教師設計課程應先找出課程的重要核心概念（Big idea），這些概念是重要且持久的（Wiggins & McTighe 1998），並以此思考學生習得此概念的表現證據。Wiggins 認為 Tyler 目標模式的課程架構是最早的課程反思邏輯架構，並引用 Tyler 的文句說明以學生的學習表現為核心的課程思考：教育目標成為標準，藉由此標準，我們選擇教材、組織課程內容、發展教學程序，以及準備測驗和考試等。陳述目標的目的在指明，我們應該使學生發生什麼樣的改變，以利教學活動的設計和發展，期在某種程度達到這些目標（Tyler 1949）。在此課程模式中，也特別鼓勵教師以評量的方式去思考課程（Wiggins & McTighe 2005）。且相對於傳統的紙筆評量，Wiggins 特別強調真實評量（Authentic assessment）在此種課程設計模式中的重要性，真實評量是一種實作任務及活動所組成的評量，是為了模擬或複製真實世界中的重要挑戰（Wiggins & McTighe 2005）。課程的優先內容和評量方法，見圖2。

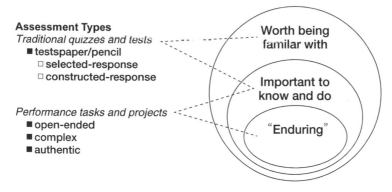

圖2　課程的優先內容和評量方法

資料來源：Wiggins, G. P., McTighe, J., Kierman, L. J., & Frost, F. (1998). Understanding by design. Alexandria, VA: Association for Supervision and Curriculum Development. p.13.

（二）問題導向學習課程

　　PBL 是由 Barrows 和 Tamblyn 於 1960 年代針對醫學教育革新提出的教學方法，Barrows（1996）認為 PBL 是以學生為中心與真實情境為依歸，透過病人的實際症狀所呈現的資訊不足、紊亂待釐清的結構模糊問題為學習的內容；當問題越接近學生日常生活及他們所關心的，學生將越努力學習（Delisle 1997/2003）。PBL 包含了以學生為中心的自我導向學習、小組合作學習、以問題會聚焦點刺激學習，以及教師作為促進與引導者等四個基點特點（張民杰 2003; Barrows 1996:5-6）。PBL 被廣泛應用後，許多不同想法與做法應運而生（楊坤原、張賴妙理 2005），Barrows 認為不必將 PBL 指稱為一種固定的教學法，其意義可隨設計者而有所差異。

　　Barrows 和 Tamblyn（1980）將 PBL 定義為使學習者朝向了解或解決一個問題之工作過程來進行學習的歷程，典型的 PBL 所含之歷程包括：讓學生先遭遇問題、呈現問題情境、小組成員應用知識和推理能力開始解題、學生主動確認學習內容並據之以引導個別化研究、將過程經歷所獲得的知識和技能再用於解題、呈現與評鑑學習結果等。Hmelo-Silver（2004）則認為，PBL 是一種學生透過問題解決而學習的教學方法，在 PBL 的情境中，學生以沒有單一正確解答的複雜問題為學習中心，其策略適合於異質班級，混合不同能力的學生（Delisle 1997/2003）。

　　Norman 和 Schmidt（1992）研究證實，問題導向學習以真實情境問題來進行探究，不僅能引發學生的學習動機，更能聯結知識與生活經驗，產生學生的自我學習與知識遷移。至於 Dolmans 等人認為，以問題為基礎的學習是一種將學習者安置於有意義的

學習情境，以解決擬真情境（authentic context）中的問題為學習主軸，在提供解決問題的必要資源、指引、與探索的機會下，使學習者能在解決問題的過程中主動建構知識與發展問題解決的能力（俞雅珊、張景媛、范德鑫 2009）。

　　學科教學知能聚焦於學生如何理解教學主題，強調以類比、透過真實活動等教學表徵，幫助學生對相關學科內容知識概念化，促成學生有意義的理解，並解決學生的學習困難（劉芷源 2010）。學生開始共同討論及分析問題初步的定義，並先列出什麼是我們已經知道的（What we know），什麼是我們為了解決問題需要知道的（What we need to know），及什麼是我們需要去做的（What we need to do）三步驟，以釐清自己的目標及方向，而這正是 PBL 發展歷程中重要的步驟（Edens 2000）。

　　教師應知道什麼樣的教學方法適合什麼內容，知道如何安排更好的內容於教學中。專家教師與新手教師最明顯的區別就在於其有無反省能力，教師的成長等於經驗加反思，每一位教師的成長與成功，都離不開對自我和他人的教學實踐活動之經驗總結和成敗反思。資深教師較能聚焦於語文教學，但或缺少變化，新手教師製作教具等變化多，但或容易流於重技巧而輕內容；不管是前者還是後者，都可以藉由加強學科教學知能感知，以統合其先備知識。

　　綜合以上，PBL 具有以下特質：1. 以非結構與開放之真實世界的問題做為學習的起點；2. 期望學生能對問題有進一步的探究而非僅尋求單一答案；3. 以學生為中心的自我學習導向；4. 以小組合作的方式進行學習；5. 教師是觀察者和促進者；6. 多元評量方式（楊坤原、張賴妙理 2005）。PBL 是以真實世界問題為核心的教與學方式，學生採取自我導向學習的方式主動進行知識的建

構，而同儕間彼此互相合作，並共同應用理論知識解決實務的問題，教師是課程設計者、引導者、促進者、後設認知教練及評鑑者。在「逆向式問題導向師培模式發展」第三階段教學規劃部分，以PBL教學法，藉由小組合作，對於華語文教材教法、教學知能、教學信念等進行統整，以增進教師學科知能的發展。

四、研究方法

（一）研究方法與研究場域

　　本研究之研究場域為北部某大學的商務華語教學課程，研究者為授課教師，以參與觀察的身分介入培訓與研究。研究對象有35人，為修課的師培生，以大四學生及研究所學生為主。本研究呈現 PBL 融入華語文教學師資培訓過程，主要任務包含教育信念之探討與建立、案例撰寫練習、逆向式教案的設計與實施、課程設計、班級經營、人際溝通能力之培養，以及經驗分享與反思。教學演練可以將理論與實務相互印證，故課程目標以整合教學理論與實務為主。本研究以PBL 小組合作探究方式，透過「教學觀摩評估表」及「教師自我觀察評估表」（Brown　2001/2003），實際評估現場教師、同儕與師培生自己的教學，並基於檢核表中的教學核心能力之概念，進行教案單元設計與教學活動。發展檢核過程中，師培生需統整過去教學原理、課程設計、班級經營或教學評量的概念，此亦即在進行教師學科教學知能的訓練。

　　PBL 運作上以小組方式進行，約五至六人一組。學科知識透過準備、表徵、教學選擇與調適方式進行重組與轉換，加上PBL課程實施主要步驟採呈現問題、分析問題、探究問題及呈現解決

方案等四階段，本研究即就此面向切入。「商務華語教學」中之逆向式課程設計、問題導向討論過程、案例應用，以及逆向式課程設計等單元，課程目標為透過 PBL 課程進行學科與教育知識整合、教室觀察、教學經驗、教師反思與研習等，以促進師培生學科知能的成長。

（二）研究程序

本研究旨在發展商務華語逆向式問題導向教學模式，並應用於師資培育。本研究採質量並重，量化部分使用實驗法及文本分析，以建構語文隱性知識的取徑。質性研究在資料分析方面具有概念化、歸納性及不斷參照資料等特質。在資料蒐集上，本研究將以文件蒐集與課室參與觀察田野筆記為主。圖 3 為本研究 PBL 實施流程。又在案例探討中，兼重問題解決的歷程與結果，研討特重各個步驟的運作，提問需注意引出其背後的理解，要求學生審思與釐清商務華語相關概念。資料分析方面，本研究利用「學習成就測驗」，以了解商務華語案例融入 PBL 在建立學生教學學科知識的成效。

1. 遭遇問題

2. 闡明問題中的重要術語並釐清問題中的事實　　　　　➡　呈現問題

3. 分析與定義問題：究竟要解決的問題是什麼？　　　　➡　分析問題

4. 形成學習論題：要解決問題，還需要知道什麼資訊呢？　➡　探究問題

5. 擬定可行策略（行動計畫）　　　　　　　　　　　　➡　呈現解決方案

6. 自我研討與執行行動計畫

7. 展現成果　　　　　　　　　　　　　　　　　　　　➡　展現結果

8. 評估解決之歷程與結果　　　　　　　　　　　　　　➡　評估

圖3　本研究 PBL 實施流程

五、逆向式問題導向師培模式發展

　　商務華語課程及逆向教學設計兩者最大的共通點皆是以目標為導向，在建立並確認課程目標後，所有教學設計的考量，不論是選擇評鑑方法，或是教學活動的安排，皆是為了推進學生達到目標。以教學目標為起點的課程設計的好處為：教師在設計教案及決定評估方法的過程中有明確的參照，確保整體學習過程不會偏離課程主題，並且能幫助學生達到學習目標。商務華語課程開設的原因便是因應實務需求，因此教學目標須積極反應實務及學生需求，從需求著手然後先設定目標，再以目標為起點，逐步設計評鑑方法和教學活動，逆向教學設計的理念和課程設計順序正好能為商務華語課程服務。三階段設計如表2，第一階段：提出期望的學習結果；第二階段：證據證明學生有能力達到此結果；第三階段則是提出：若要達到此結果，學習活動應該如何安排。三階段如表2。

表2　逆向設計邏輯表

階段一	階段二	階段三
如果期望的學習結果是要學生……	➡ 那麼，你需要證據證明學生有能力……	➡ 因此，學習活動必須……
理解…… 審慎思考以下問題……	評量任務必須包括下列的事項……	

資料來源：Wiggins, G. & McTighe, J.（1998）

（一）第一階段確立學習目標和學習成果

　　第一階段主要的任務為設定課程目標，也就是辨別確認課程有哪些重要的核心概念。例如：能區辨正式與非正式場合的語體結構，能分析整合資訊等。將這些較抽象的概念具體化後，便是

預期的學習成果，同時也是課程大綱中明列學生能獲得與應用的知識和技能。課程目標比學習成果更高一階，前者指涉一個更高的整體性目標，是教師希望學生能在課程結束時能學習到的自我能力或概念，而學習成果則較為具體，可由各式的方法評估成績。階段一之關鍵要素有：目標（Established Goals，G欄內容）、理解（Understandings，U欄內容）、主要問題（Essential Questions，Q欄內容）、學生將知道（Students will Know，K欄內容）、學生將能夠（Students will be able to，S欄內容），見表3。

表3 階段一之關鍵要素

階段一

既有目標：

G欄列出一項以上課程設計瞄準的目標（如：學科學習標準、科目或課程目標、學習結果）

期望學生得到哪些理解？

學生將理解……
U欄根據可遷移的大概念列出持久的理解事項，這些大概念賦與課程內容意義，並將其連結到事實知識與技能。

要考慮哪些主要問題？

Q欄列出主要問題以引導學生探究，並且將教學聚焦在發現學生學習內容的重要概念上。

學生會習得哪些知識和技能作為本單元的學習結束？

學生會知道……K　　　　　　　　　　學生將能夠……S
K和S欄列出要學生知道的關鍵知識K，和能夠表現的技能S，訂為目標的知識技能KS可以有三種類型：（1）它們是指期望的理解U之基礎；（2）它們是指目標G所陳述或暗示的知識和技能；以及（3）它們是指「能表現」的知識和技能，這些知識和技能是達成階段二確認的複雜評量任務所需要的。

資料來源：Wiggins, G. & McTighe, J.（1998）

（二）第二階段多元評量

　　在第二階段，教師的任務是根據第一階段定下的目標和學習成果，考慮哪些資料能用來證明學生已達到預定的學習成果，亦即決定評量方法。此階段蒐集的資訊主要是用以審視學生能否達到在第一階段預設的學習成果。測驗、學生自我評量、同儕評量，寫作報告或日記等，來檢驗學生是否習得技能或瞭解概念。

　　本階段的重點是：決定哪些評量方法能蒐集到有效的證據來證明學生達到當初設定的學習目標和成果。高級商務漢語課程兼顧了普及商業知識及發展學生語言組織能力的學習目標，課程內容組成較為複雜，因此多元化的評量方法較為可能評估出學生是否達到課程要求的各項學習成果。本課程採用的評量方法有：線上小考、課堂考試、群組討論（網路和課室討論），小組合作計畫（口頭報告和書面報告），期末個人寫作報告及同儕互評，自我評鑑等，選擇評量方法的主要標準為能否將評量結果連結至學習目標。確定了評量方法後，教學方案設計的要點便是在於如何幫助學生在學習經驗中培養發展能通過評鑑的能力。

（三）第三階段學習階段：PBL 教學設計

　　根據前兩階段分析，設計第三階段學習活動。什麼樣的授課方式和教學策略能令學生更完整地瞭解知識、習得技能。教師可以運用哪些資源，如何安排學生的學習模式等，皆是此一階段需要深思的問題。第三階段學習活動，主要思考：哪些學習活動和教學活動能使學生達到期望的學習結果？逆向式教學活動強調下列關鍵事項（Wiggins & McTighe 1998）：

W＝幫助學生知道這單元的方向（where）和對學生的期望（what）？幫助教師知道學生之前的狀況（whete；之前的知識和興趣）？

H＝引起（hook）所有學生的興趣並加以維持（hold）？

E＝使學生做好準備（equip），幫助他們體驗（experience）關鍵概念的學習並探索（explore）問題？

R＝提供學生機會以重新思考（rethink）及修正（revise）他們的理解和學習？

E＝允許學生評鑑（evaluate）自己的學習及學習的涵義？

T＝依學習者的不同需求、不同興趣、不同能力而因材施教（tailored；個人化）？

O＝教學活動有組織（organized），使學生的專注和學習效能達到最大程度並繼續維持？

　　問題分析、活動設計、撰寫教案過程中，學生開始整合學科知識思考，針對問題個案，進行WHERETO要素思考。原本第三階段便是規劃教學策略及活動，此一階段的重點在於教學活動和學習經驗的建構。考慮何種教學策略或設計教學方法和活動能夠幫助學生更好地理解、體現知識和技能，培養發展能力，讓學生能順利展現學習成果。本研究將第三階段WHERETO要素，除了作為本研究之構思方向外，並為本研究之評鑑標準（見表4），同時於第三階段融入PBL導之教學設計。

表 4　WHERETO 要素評鑑表

要素	說　明	非常同意－－非常同意				
		5	4	3	2	1
W	W 知道本課程的目標和學習的方向，並且知道	☐	☐	☐	☐	☐
H	H 本課程的進行與教學活動能引起學習的興趣 和投入。（hook）（hold）	☐	☐	☐	☐	☐
E	本課程的安排能使學習者為將進行的課程設 計相關工作做好準備。（equip）	☐	☐	☐	☐	☐
R	本課程的進行能夠提供學習者反思、修正自 己的學習。（rethink）（revise）	☐	☐	☐	☐	☐
E	本課程能讓學習者有機會進行自我評量並監 控掌握自己的學習。（evaluate）	☐	☐	☐	☐	☐
T	本課程對適應「個別差異」問題採取適當的 措施。（tailored）	☐	☐	☐	☐	☐
O	整體而言，本課程各項活動的進行是有組織 的。（organized）	☐	☐	☐	☐	☐

資料來源：據 Wiggins, G. & McTighe, J.（1998）加以製表

　　PBL 課程中使用的方法亦不侷限於一隅，其最終目的除了解決問題外，主要促使學生藉由分析、歸納、演繹、綜合討論等過程中，得出不同的答案。Barrows（1986）提出 PBL 的四大目標：情境化、推理過程、自我導向學習技能和學習動機。課堂上，PBL 實施主要步驟採呈現問題、分析問題、探究問題及呈現解決方案等四階段進行（Delisle 1997/2003），PBL 討論框架見表 5（Delisle 2003; 徐靜嫻 2013: 100）：

　　1. 呈現問題：呈現結構鬆散的案例問題，以引導學生闡明問題中的重要術語，並釐清問題中的事實。例如，何謂教學

的具體評估報告？

2. 分析問題：透過分析問題內的敘述，以精簡的語言重新定義問題，清楚指出究竟要解決的問題是什麼？

3. 探究問題：引導學生形成學習論題，討論若要解決問題，還需要知道什麼資訊？並進一步擬定可行策略。之後學生利用課餘時間進行小組自我研討，與執行行動計畫。

4. 呈現解決方案：學生執行行動計畫並解決問題，於結案報告時展現其學習成果。最後，透過自我評鑑、小組互評與教師評鑑等方式，評估其解決歷程與結果。

表5：PBL討論框架

點子、想法 （有什麼想法、點子）	事實 （已知已有的問題與條件）	學習論題 （還需要知道什麼）	行動計畫 （我們要做些甚麼）
問題應該怎麼解決？	從問題陳述知道什麼？	要解決問題還要知道什麼？	如何找到解決問題的資料和方法？

資料來源：Delisle, R.（2003: 47）。

1. 呈現問題

首先，教師要對教材進行分析，明確每單元的教學目標、教學內容和重點，然後蒐集、編寫、設計與教學內容相適應的教案。案例可以擷取現有的國際貿易、國際金融、國際商務等商務實例加以修改。PBL環繞於一個主要問題，以一次披露為主。首先呈現一個結構鬆散、定義模糊不清及有多元解答的問題，之後提示學生PBL進行的期程階段、不同探索路徑、結果呈現的形式（Edens 2000）。在師資培育教學中，由於學生缺乏商務環境的體驗，這就需要教師營造並講解具體的商務情景語境，使學生理解

商務環境的合理性，主動地思考商務華語真實情境應用，而非停留在對例文的轉述上。

　　案例撰寫的流程大致可以分為撰寫計畫、蒐集資料、選擇資料、草擬案例、試用並修正後定稿，並包含標題、本文和附錄等三大部分的格式內容。張民杰（2001）指出，一般在案例草稿完成後再做標題的命名，標題要能適當且具有創意，若是案例本文的敘述過長時，可增加副標題，使得文本較有組織，閱讀較容易理解。案例應該包含前言、敘事的高潮或是決定時刻、結束等七個部分，必須交代案例的核心觀念、故事情節（呈現個人與生活的真實經驗）、人物（真實、匿名處理）與困境（以產生待解決的議題，引發討論、反思與問題解決的能力）。撰寫案例要檢閱與修飾案例內容，如文字、語句、內容結構的修飾等（高薰芳2002）。有些案例沒有附錄的內容，僅包含研究問題、評論、相關資料、相關活動，以及教學提示。案例撰寫完成後，末尾加上提供討論的研究問題，可以更聚焦於教學目標的討論。

　　好的案例要有三個特點：第一，要能夠呈現真實生活情境，有些許複雜、模糊，並包含未知的元素；第二，要能夠產生討論的有用結構；第三，要能夠引導參與者反思的機會（Miller & Kantrov 1998）。首先呈現結構鬆散的案例問題，以引導學生闡明問題中的重要術語，並釐清問題中的事實。例如：「何謂教學的具體評估報告？」以詢價（報價、還價）案例為例進行教學說明，由詢價案例，讓學生了解詢價內容；接著讓學生試寫案例，學生編寫案例見BOX2、BOX3。一開始由老師提出商務案例，說明商務案例撰寫之重點，如於案例中隱含商務知識，然後再讓師培生以小組合作方式進行案例撰寫，繼之同儕互評。「BOX1 商

務華語詢價」案例中，隱含詢價流程，如建立業務關係→詢價→
還價→訂單、確認，並以師培視角設計提問，讓師培生以合作學
習方式進行課程及教學設計思考。

> ### BOX1　商務華語詢價案例
>
> 　　任職於聯信電腦公司的 A 先生，是位採購人員，主管交付任務，要他購入一批筆記型電腦。A 先生擬定採購任務：任務一建立業務關係；從貿易名錄中尋找交易對象，並通過郵件形式發出詢價函。任務二詢價；經過任務一的初次聯繫，任務二針對具體產品或產品系列，發出具體詢價。任務三還價；對出口商的價格進行還價，各交易雙方的函電往來必須是多個回合的，談論的話題包括產品的價格、包裝、保險、運輸、支付條件等，這些內容最終需要在購貨/銷售合同中明確下來。任務四訂單及確認；經過任務三的還價過程，若交易達成了共識，就進入到任務四階段確定訂單。
>
> 　　有了採購清單後，A 先生開始去比價、詢價了。大家都知道貨比三家不吃虧，對 A 先生而言，如何以華語詢價是個難題。

資料來源：研究者自製

　　呈現問題這個步驟的最後一個環節是撰寫案例報告。通過小
組、全班討論，要求學習者在課後撰寫案例報告。教師對於學習
者撰寫案例報告的格式規範、文體等要有明確的要求，並對學習
者的書面總結進行批改。除了案例報告撰寫，也可通過角色扮演
活動之類的形成性評量，設想各種談判場合中的可能組合，讓學
習者針對此組合設想演練，並針對此組合的特性作發揮，若能提
供詳細的角色設定則更有助於發揮及討論。通過一個或幾個具有
代表性的典型事件，讓學習者在案例的閱讀、思考、分析、討論
中，提高商務華語職前教師分析問題與解決問題的能力。

　　師培生之案例撰寫，以小組方式呈現，姑隱姓名（見BOX2
名片、BOX3臺灣7-ELEVEn便利超商營銷）；師培生初習撰寫案
例，為使之可自由創作，儘量給予較少限制，師培生可以仿老師
案例，以師資培育的角度撰寫案例，也可以商務華語教師的角度
撰寫案例；進行同儕互評時，提醒師培生必須以相對應的視角予
以評分，所以在此訓練中，師培生同時擁有商務教師視角與商務
教師培訓者之雙重視角能力。

BOX2　名片

　　王理先生在美國的艾迪達公司總部工作。美國、中國、泰國、越南和
馬來西亞都有艾迪達公司。王理是美國艾迪達公司亞洲部的經理。他的同
事林奇貿先生也在美國艾迪達公司亞洲部工作，是亞洲部的副經理。張文
心女士在美國加州潔安特公司國際部工作。以前她是潔安特公司國際部經
理，現在她是國際部的總裁。她很高興也很榮幸認識美國艾迪達公司亞洲
部的王理先生和林奇貿先生，希望以後能有機會和他們合作。

　　他們三個人都有名片，初次見面時，王先生說他的工作有時候忙，有
時候不忙。他在美國工作，也常去中國、泰國、越南和韓國出差。可是張
女士的工作跟王先生不一樣，她的工作非常忙，她常去中國上海出差，因
為在中國上海也有潔安特公司產品的工廠。

資料來源：小組編寫1（案例內容如實呈現，未經修改）

Box3　臺灣7-ELEVEn便利超商營銷

　　A先生任職於臺北某商業區的〇〇〇銀行，周圍除了幾家餐廳與一家7-ELEVEn以外，都是商辦大樓，為了縮短在尖峰時間用餐的時間，他常常到7-ELEVEn購買微波便當當作午餐。該家7-ELEVEn的主要客群為上班族，並從上班族的角度出發，在尖峰時間前將飯糰、便當、三明治、麵包、零食、飲料等商品上架，將過期的商品下架。為了讓顧客能一目了然各樣商品，從店面的動線到商品的擺設都有巧思，例如：飯糰、便當、三明治為高目的性的商品，可以放在下層；麵包必須直立在架上，給人一種很好吃的感覺；零食的份量要小，讓人願意額外購買。A先生很熟悉7-ELEVEn店內的動線與商品的擺設，總能快速找到自己需要的商品，但一到結帳區，就要排好長的隊，花很多時間等待結帳，非常苦惱。

資料來源：小組編寫2（案例內容如實呈現，未經修改）

　　案例完成後，針對案例標題、本文、研究問題、寫作風格，進行量化的案例品質評估，並提供文字描述的意見，於參考修改案例初稿後定稿。評估標準採依好案例特徵所發展出來的案例品質評估表（張民杰 2000: 93-99, 112-122），以及高熏芳（2002: 96-98）發展的「案例教材評鑑量表」，見表5。

　　教學者對案例教學實施的反思和檢討，對案例教學成效以及爾後的實施，也有所幫助。至於教學的成效，可以從教學活動中師生的互動情形加以了解。以下為從教學者的觀點檢討案例教學成效的指標（參考修改自 Lynn 1999: 93-95）。

a. 學習者說話的內容和次數是否多於教師？

b. 學習者是否樂意參與討論？

c. 教師問了多少問題？問題的深入程度如何？

d. 師生互動是否充滿活力？

e. 討論的內容是否具有意義和連貫性？

f. 討論是否呈現關鍵概念？

　　各組案例創作後，進行案例同儕互評，加強師培生對於好的案例之知能。師培生案例互評不分組結果，見表6；其中第2題、第3題、第7題、第15題，有漏填者，故總計不足100%。在案例互評整體評價上，同意以上每題大多為50%以上。「標題」項目評鑑均頗高，達67%以上。「文本」項目評鑑稍低者為第7題（32.8%）與第8題（49.9%）。語文教學之商務案例，較難以置入「複雜性和兩難衝突」，應是富含「複雜性和兩難衝突」之商務案例專業性較高的緣故；至於「描述生動有趣」這項，是未來可加強提點師培生注意的項目。師培生案例分組互評結果見表7，各組互評，除第三組，其他小組評鑑均達3.5以上。

表6　案例教材評鑑不分組互評結果

一、標題 評鑑項目	非常同意-------非常同意				
	5	4	3	2	1
1. 案例的標題能激發我閱讀案例的興趣	12.8	54.4	25.0	6.7	1.1
2. 案例標的命名與案例的內容相符	23.3	48.9	24.4	1.1	1.7
3. 案例的標題中立客觀（即不做價值的暗示）	20.0	47.8	28.9	1.7	1.1
二、文本 評鑑項目					
4. 案例的主題明確，內容圍繞著重要事件進行	28.3	46.7	23.9	0.6	0.6
5. 我相信案例中的描述是真實可信的	28.3	51.1	19.4	1.1	0
6. 我能了解案例人物的背景及其態度立場	14.4	50.0	34.5	1.1	0

7.案例的內容包含了複雜性和兩難衝突	7.8	25.0	47.8	17.8	0.6
8.案例中的人物（或事件）的描述生動有趣	12.2	36.7	36.7	13.3	1.1
9.案例本文提供足夠的線索引發我對研究問題的思考	12.8	39.4	35.6	11.7	0.6
三、研究問題					
評鑑項目					
10.研究問題的題意是明確和具體的	24.4	47.2	20.6	7.8	0
11.研究問題是發散性的問題，正確答案有兩種以上	15.0	35.0	38.3	11.7	0
12.研究問題的措辭能鼓勵我思考	10.0	42.8	40.0	7.2	0
13.研究問題提供我智慧上的挑戰	15.6	31.1	43.3	8.9	1.1
14.研究問題能切中案例主題，具有關鍵性	23.3	43.9	27.2	5.0	0.6
四、寫作風格					
評鑑項目					
15.案例的敘述文筆流暢	18.3	57.8	21.7	2.2	0
16.案例的敘述生動有趣	12.8	35.6	40.0	11.1	0.6
17.案例的段落分明	21.7	50.0	23.9	4.4	0
18.案例的內容淺顯易懂	27.2	41.1	26.7	3.9	1.1
19.案例的開端引人入勝	13.3	36.1	44.4	6.1	0

資料來源：修改自張明杰（2000：93-99、112-122）

表7　案例教材評鑑分組互評結果

階段一	第一組	第二組	第三組	第四組	第五組	第六組	第七組
1.案例的標題能激發我閱讀案例的興趣	3.52	3.64	3.32	4.00	3.84	3.59	4.28
2.案例標題的命名與案例的內容相符	3.81	3.89	3.43	4.04	4.08	3.93	4.22
3.案例的標題中立客觀（即不做價值的暗示）	3.56	4.07	3.61	3.89	3.96	3.81	3.89

階段一	第一組	第二組	第三組	第四組	第五組	第六組	第七組
4. 案例的主題明確，內容圍繞著重要事件進行	4.22	4.11	3.50	4.15	4.12	4.04	4.00
5. 我相信案例中的描述是真實可信的	3.96	4.11	3.86	4.07	4.12	4.11	4.33
6. 我能了解案例人物的背景及其態度立場	4.04	3.93	3.36	3.63	3.92	3.89	3.67
7. 案例的內容包含了複雜性和兩難衝突	2.93	3.29	2.75	3.41	3.12	3.41	3.50
8. 案例中的人物（或事件）的描述生動有趣	3.41	3.39	3.11	3.63	3.72	3.52	3.44
9. 案例本文提供足夠的線索引發我對研究問題的思考	3.67	3.57	2.93	3.63	3.72	3.52	3.72
10. 研究問題的題意是明確和具體的	4.04	3.93	3.25	3.93	4.24	3.93	3.94
11. 研究問題是發散性的問題，正確答案有兩種以上	3.44	3.61	3.07	3.67	3.72	3.52	3.83
12. 研究問題的措辭能鼓勵我思考	3.52	3.64	3.00	3.63	3.64	3.70	3.89
13. 研究問題提供我智慧上的挑戰	3.48	3.79	3.07	3.44	3.56	3.56	3.78
14. 研究問題能切中案例主題，具有關鍵性	3.78	4.11	3.46	3.85	4.08	3.70	3.94
15. 案例的敘述文筆流暢	4.26	4.04	3.43	3.93	3.92	3.89	4.06
16. 案例的敘述生動有趣	3.59	3.43	3.07	3.59	3.68	3.52	3.61
17. 案例的段落分明	4.07	3.96	3.36	3.96	4.08	3.89	3.94
18. 案例的內容淺顯易懂	4.37	3.79	3.43	4.00	4.08	3.74	3.89
19. 案例的開端引人入勝	3.52	3.32	3.32	3.74	3.80	3.52	3.89
各組整體評價	3.75	3.77	3.28	3.80	3.86	3.57	3.89

資料來源：修改自張民杰（2000: 93-99, 112-122）

2. 分析與探究問題

　　第二步驟為課堂分析與討論，重點為：(1)採合作學習，小組單位進行分析討論，指派一位小組成員對小組所有同學發言做筆錄，最後小組形成一致觀點。教師採間接提問，引導學生找出解決問題的關鍵；(2)選派一位小組成員報告討論的結果或解決問題的方案；(3)鼓勵小組之間討論，以尋求更佳的解決方式，提高解決實際問題的能力。閱讀或呈現案例後，直接進入全班案例討論，這時教學者帶領學生針對案例內容的事實和議題，討論內容可以包括：案例的人物是誰？何時發生？何處發生？發生什麼等？（Colbert, Trimble, & Desberg 1996: 34-35），進行事實確認，做為案例討論的暖身動作。換言之，此階段即在進行「案例癥結」的討論。教學者亦可以透過教學媒體，將案例事實摘要列出，以引起學習者的注意。如果是以影片等非書面敘述型的案例呈現，必須先行播放影片，供學習者觀看後討論。

　　教學者在討論開始進行後，一方面要確保學習者可以自由、開放地進行討論；另一方面還要確保討論的內容不至於偏離案例的議題和課程主題，並要做適當的時間管理，在適當的時間內結束一個問題的討論，繼而進行下一個問題的討論。在技巧方面，教學者如何引導案例的討論，對教學過程有重要的影響（Merseth 1996）。案例分析的內容包括對主要問題的表述、案例背景分析、案例材料分析、行動建議、實施計畫及結論等。問題分析、撰寫教案過程中，師培生開始整合學科知識思考，針對問題個案，教學對象是誰？教學目標為何？需要多少時間教授？教授幾個生詞、哪個文法點？使用何教學法較恰當？教學活動如何安排？小組並進行教材研究、學習條件分析、教學方法、教學資源、教學目標、準備活動、教學活動等項目的討論。

　　學科教學知能聚焦於學生如何理解教學主題，強調以類比、透過真實活動等教學表徵，幫助學生對相關學科內容知識概念化，促成學生有意義的理解，並解決學生的學習困難（劉芷源 2010）。學生開始共同討論及分析問題初步的定義，並先列出什麼是我們已經知道的（What we know），什麼是我們為了解決問題需要知道的（What we need to know），及什麼是我們需要去做的（What we need to do）三步驟，以釐清自己的目標及方向，而這正是 PBL 發展歷程中重要的步驟（Edens 2000）。如 BOX1 問題提出，可以是：(1)如果你是華語老師，將為 A 先生設計甚麼樣的華語課程？(2)如果你是華語老師，將使用什麼樣的文本（教材）？

　　綜合討論階段是案例討論最核心的部分，包括了熊祥林（1990）所提的「問題鑑定」、「行動方案」兩個步驟。這個階段是由一連串的問與答所構成，問題可由教學者和學習者提出，而回答主要為學習者，教師則引導和促進。教學者提問時可以針對事先準備的研究問題，也可以針對以下六類問題提問：(1)分析的問題：怎麼會如此呢？(2)挑戰的問題：怎麼辦呢？(3)行動的問題：你將怎麼做？(4)假設的問題：假如…則…。(5)預測的問題：將會發生什麼呢？(6)與課程有關的問題：這則案例說明什麼？（Lynn 1999: 64-65）

　　以 BOX1 詢價案例為例，師培生必須設計課程與教材，必須先了解商務課程內容。詢價（Inquiry）係指買方或賣方為洽購或洽銷某項商品，向交易對手提出有關交易條件詢問，由進口商向出口商查詢，即稱為詢價。對於感興趣的商品，買方可進一步的向賣方發函詢價，賣方則可根據買方需要的商品數量或其他交易條件進行報價，但在市場競爭激烈的情況下，買方通常同時向多

家廠商詢價，再經過多方比價、還價後，慎選其中一家或一家以上的廠商合作。進口貿易流程有八個步驟：(1) 尋找商品／交易對象、(2) 商品詢價、(3) 議價簽約、(4) 付款或開立信用狀、(5) 進口簽證、(6) 付款贖單、(7) 報關提貨、(8) 售後服務或索賠。這是作為買方將國外商品或原料運往本國的交易行為，即為進口輸入（張真卿等 2011; 彭妮絲 2017）。

　　為避免買賣雙方對貨物品質與規格認知之差距，買方詢價時應提供完整而正確之資料以便供應商於短時間內提出準確有效之報價。內容不以價格為限，大都具體表明其所欲購買貨物的品名、品質、規格、數量、交貨期、包裝、幣別、貿易條件、付款條件、售後服務及保證期限等，並索取樣品、目錄、工程圖、說明書、測試與材料規格等有關資料。進一步詢價的內容則較詳細，主要有下列幾項：品名、規格、品質、數量、單價、付款條件、包裝、裝運、其他注意事項、客套話。根據上述商務華語詢價內容，擬定商務課程後，接著即是設計文本，師培生可自行撰寫，抑或尋找適合的文本，分析後援引或加以改寫。由師培生或新手教師獨立撰寫案例或許難度高些，故本研究舉《國際商務漢語教程》課文改寫為例改寫示範，分析以粗體字及底線標識出，為詢價、議價之流程及重點。

3. 呈現問題解決方案與反思調適

　　學生執行行動計畫並解決問題，於結案報告時展現其學習成果。最後，透過自我評鑑、小組互評與教師評鑑等方式，評估其解決歷程與結果。此處呈現師培生反思，針對自己在實際課程中的反省思考，有關課程內容方面的、教學策略的、學生相關的問題之省思；教師在實踐中發現問題，通過深入的思考觀察，尋求解決問題的方法和策略，以期達到自我改進、自我完善的目的。

4. PBL 案例總結

研究者歸納學習者不同的意見和看法，並做出結論。教師一方面總結課文的理論知識，以及和案例相關的知識點，另方面總結整個教學過程，包括本次案例討論的過程、重點，以及如何運用課本的理論知識去解決現實問題等。所提出的結論並不是單一的標準答案，而是針對討論的結果，提出綜合和概要的說明和整理（Lynn 1999: 100）。討論期間，教師可以使用黑板記下學生提出的不同觀點和想法，以便在歸納結論階段做綜結（Lang 1986: 20; McAninch 1989: 111-112），歸納結論也可以由學習者進行（王麗雲 1999: 128）。

上述詢價還價教材僅為案例討論中的一個策略回饋，除了對話，師培生也可以影片的方式組織，作為上課文本。

5. 評估、同儕評量與自評

最後，透過自我評鑑、小組互評與教師評鑑等方式，評估其解決歷程與結果。其後進行評量；學習檔案與同儕評量，是 PBL 評量方法。在每一個問題完成，或每一課程單元結束時，進行小組組內互評與小組同儕互評，藉此以提高師培生對於教學方法的覺知、組織協調分工及分析概括等能力的提升。組內與小組間同儕互評，師培生可以既定標準審視他組教學演示（如教學觀摩評估表），繼而將此標準內化。

開展 PBL 教學，必須根據 PBL 課程設計特點，採用合理的評價方式，重視形成性評量，對學生評量內容包括學生知識點的掌握程度，及個人與學習小組學習能力兩部分，評量亦兼具同儕評量與自評。本研究以 Adam 的學習者行為描述問卷來評估學習成效；為了瞭解案例應用的成效，Wassermann（1994:136-155）引

用 M. Adam 編製的「學習者行為描述問卷」（the Profiles of Student Behavior），做為評估案例教學的工具。此問卷分為三個層面，其內涵說明如下：

(1)心智發展層面：評估學習者在案例教學過程，其思考及心智運作之方式是否達到標準。此層面的評估內涵主要是學習者思考的品質。

(2)技能層面：評估學習者在案例教學過程，在表達意見、分析資訊、人際關係等方面的能力是否獲得成長。此層面可分為三項內涵：a.溝通想法的能力：藉由學習者口語及文字表達得知；b.研究能力：指的是學習者組織及分析資訊的能力；c.人際能力：主要在瞭解學習者討論時與其他同學之互動情況。

(3)態度層面：評估焦點在學習者的態度。此層面可分為三項內涵：個人視野、信念與價值，及自我評估（高熏芳 2002: 61-63; Wassermann 1994: 136-155）。

課程結束後，學生進行「學習者行為描述問卷」之評估，結果如表 8。師培生評估各項結果，百分比頗高，依序為：「能了解案例的主要觀念」（79.5%）、「能舉出例子以支持想法」（77.7%）、「能抱持正面的看法」與「能以開放的態度進行」並列第三（76.5%）、「能對資料作出明確的解釋」和「能明智地蒐集及組織資訊」並列第四（75.9%）。比率較低的項目依序為：「能夠容忍對立的資料」及「能藉由文字將思考的品質表達出來」兩者均為不同意以下（8.2%），第三為「能容忍含糊不清或曖昧不明的狀態」（7.7%）。

表8　學習者行為描述問卷

評量層面	評量內涵	評量項目	非常同意-------非常同意				
			5	4	3	2	1
心智發展層面	思考的品質	1. 能了解案例的主要觀念	47.1	32.4	16.5	3.5	0.6
		2. 能包容別人所提出的意見及想法	34.7	35.3	23.5	6.5	0
		3. 能區分意見、假設與事實間的區別	36.5	30.6	28.8	4.1	0
		4. 能夠容忍對立的資料	21.2	38.2	32.4	8.2	0
		5. 能舉出例子以支持想法	47.1	30.6	17.1	5.3	0
		6. 能對資料作出明確的解釋	50.0	25.9	17.1	7.1	0
		7. 學習過程具獨創、發明及創造力	37.6	31.2	25.3	5.3	0.6
			44.1	30.6	18.2	7.1	0
人際能力	溝通想法的能力	1. 能藉由文字將思考的品質表達出來	45.3	23.5	22.9	8.2	0
		2. 能藉由語言將思考的品質表達出來	50.6	24.7	19.4	4.7	0.6
	研究能力	1. 能明智地蒐集及組織資訊	51.2	24.7	17.6	5.3	1.2
		2. 能正確的記錄資訊和摘要	48.8	24.1	20.6	6.5	0
	人際能力	1. 能注意別人的觀點	35.3	38.2	22.4	4.1	0
			41.2	33.5	21.2	3.5	0.6

評量層面	評量內涵	評量項目	非常同意-------非常同意				
			5	4	3	2	1
態度層面	個人視野	1. 能抱持正面的看法	52.4	24.1	18.2	5.3	0
		2. 能容忍含糊不清或曖昧不明的狀態	29.4	31.8	31.2	7.1	0.6
		3. 能從宏觀的角度看問題或議題	35.9	30.0	28.2	5.9	0
	信念與價值	1. 能透過行為表現出信念	45.3	28.2	20.6	5.9	0
	自我評估	1. 能以開放的態度進行	50.6	25.9	16.5	7.1	0
		2. 有進行自我評估的能力	41.8	28.2	22.9	7.1	0

資料來源：Wassermann（1994: 136-155）

　　在 PBL 模式的學習歷程中，小組合作學習是最主要的策略之一（Evensen & Hmelo 2000）。合作學習是一種透過小組分組，以增進個人與小組其他成員學習成效的學習和教學法，可用於學科內容的教學，強化學習的認知過程，提升學生的學業成就（Johnson et al. 1984）。教師學習應以專業發展為導向（鄭明長2005）；愈來愈多學者強調藉由合作學習刺激教師學習，藉由合作，教師得以對話互動，產生新理念，創造學習文化。本研究之課程撰寫案例、編寫對話、設計一頁逆向式教案、小組教學演示，均採小組合作方式進行。

6.逆向式問題導向師培模式發展示例

　　在「逆向式問題導向師培模式發展」三階段設計中，第一階段：提出期望的學習結果；第二階段：證據證明學生有能力達到此結果；第三階段則是提出：若要達到此結果，學習活動應該如何安排，此階段並融入PBL教學，之後由學生小組合作編寫一頁逆向式案例。在期中已進行傳統教案編寫，由傳統教案撰寫能力遷移至「逆向式問題導向教學」教案。本研究「逆向式問題導向」師培模式課程「一頁式逆向教案設計範例」見表9，商務華語師培生習作見表10。

表9　課程一頁逆向式教案範例

階段一：期望的學習結果	
既有目標（**Established Goals**）： 這項課程設計工作處裡哪些相關的目標（如：學科學習標準、科目或課程的目標、學習目標）？欲透過本案使學生更加清楚在真實情境中易遇到何種場景，了解該如何妥善並適宜的應對，且不失文化禮儀。 1.了解詢價過程與詢價重點。 2.能夠設計商務華語課程與教學活動。	
理解（**Understandings**）： 學生將會理解⋯ **1.**哪些是大概念？ **2.**期望學生理解的是哪些具體的大概念？ **3.**哪些錯誤概念是可以預測到的？ 1.商務華語詢價內容與過程 2.商務華語案例撰寫 3.商務華語課程暨教學設計	主要問題 （**Essential Questions**）： 哪些有啟發性的問題可以增進理解、增進學習遷移？ 1.如果你是華語老師，將為A先生設計甚麼樣的華語課程？ 2.如果你是華語老師，將使用什麼樣的文本（教材）？ 3.如何進行商務華語詢價單元教學？

階段一：期望的學習結果	
1. 由於本單元的學習，學生將習得哪些關鍵的知識和技能？ 2. 由於習得這些知識和技能，他們最終將有甚麼樣的能力表現？ 1. 進口貿易流程有八個步驟：(1)尋找商品/交易對象、(2)商品詢、(3)議價簽約、(4)付款或開立信用狀、(5)進口簽證、(6)付款贖單、(7)報關提貨、(8)售後服務或索賠。 2. 詢價內容1：買方詢價時應提供完整而正確之資料以便供應商於短時間內提出準確有效之報價。內容不以價格為限，大都具體表明其所欲購買貨物的品名、品質、規格、數量、交貨期、包裝、幣別、貿易條件、付款條件、售後服務及保證期限等，並索取樣品、目錄、工程圖、說明書、測試與材料規格等有關資料。 3. 詢價內容2：進一步詢價內容，內容較詳細，主要有下列幾項--品名（Name of Commodity）、規格（Specifications）、品質（Quality）、數量（Quantity）、單價（Unit Price）、付款條件（Payment）、包裝（Packing）、裝運（Shipment）、其他注意事項（Others）、客套話（Compliments）。	學生將能夠…（Students will be able to…） 讓學生於課堂上實際操作，懂得在面臨真實場合時如何妥善應對。 1. 能採逆向式方式設計商務華語課程。 2. 能採PBL教學法進行商務華語與活動設計。 3. 能進行商務華語教學。

階段二：評量結果的證據	
實作任務（Performance Tasks）： **1.**學生將透過哪些真實的實作任務來表現期望的學習結果？ **2.**理解能力的實作表現會以哪些效標來判斷？ 1.撰寫貼近真實情境之商務華語案例。 2.根據學習者，設計課程與教材。 3.據所撰寫之案例，設計教學活動與教案。 4.進行商務華語教學演示。	**其他證據（Other Evidence）：** **1.**學生將透過哪些其他的證據（如：隨堂測驗、正式測驗；開放式問答題、觀察報告、回家作業、日誌等）來表現達成期望的學習結果？ **2.**學生將如何反省及自我評量其學習？ 1.採形成性評量，教師觀察學習者課堂及上台表現。 2.案例、課程設計，同儕互評。 3.本課程學習，同學自評。
第三階段：學習計畫	
斟酌WHERETO要素，並融入PBL教學 1.介紹逆向式課程設計方式。 2.介紹PBL教學設計方式。 3.進出口國際貿易流程概說。 4.說明好的案例特色及撰寫方式。 5.逆向式問題導向師培模式發展，包括案例教學展示、討論、分析與評鑑等。	

資料來源：研究者自製

表10　師培生一頁式教案示例

階段一：期望的學習結果
既有目標（Established Goals）： 這項課程設計工作處裡哪些相關的目標（如：學科學習標準、科目或課程的目標、學習目標）？

理解（Understandings）： 希望學生將會於此課程理解到人際互動與職場知識，期望學生能夠於此課程後，學習到建立人際關係之概念。	主要問題（Essential Questions）： 1. 在日常生活中，初次與人見面時，談話內容通常會涵蓋什麼？ 2. 在商務場合中，初次見面時又要如何跟他人介紹自己呢？日常生活與商務場合之初次見面時的談話內容有何不同？
學生將知道… （Students will Know...） 於本單元的學習後，學生將習得之關鍵知識和技能有：建立關係之用語、職位職稱、名片的內容、交換名片時的禮儀、工作項目與內容等。	學生將能夠… （Students will be able to...） 習得這些知識和技能以後，學生能夠大方地在商務場合上與初次見面的人介紹自己，並且能遵守正確的名片交換禮儀，與對方建立良好的關係。
階段二：評量結果的證據	

實作任務（Performance Tasks）：	其他證據（Other Evidence）：
學生將以製作名片的活動，來了解名片上的資訊內容；並與同學分組進行演練，實際體驗初次在商務場域見面時之自我介紹與應對來表現期望的學習結果。 學生在實際演練時，以是否運用教過之詞彙、語法及文化點，活用所學內容等效標作為判斷依據。	以名片製作之完整度與實際演練之熟練度等項目來作為學生習得此技能之依據。 學生將透過與他人互動、別人之發表及分享以及老師之回饋與反思，來達到自我反省與補足自我不足的部分。
第三階段：學習計畫	

學習活動（Learning Activities）：

哪些學習活動和教學活動能使學生達到期望的學習結果？這項課程設計將：

W＝幫助學生流利地在商務場合上與初次見面的人介紹自己，並且能遵守正確禮儀。以日常生活之較非正式的自我介紹作為開端，使教師能夠了解學生語言程度，並讓學生能夠由先備知識延伸至商務的領域。

H＝藉由學生已知的知識（通用華語的自我介紹）引導至職場上的自我介紹，具相關性與實用性。

E＝在日常生活中，初次與人見面時，談話內容通常會涵蓋什麼？

R＝在商務場合中，初次見面時又要如何跟他人介紹自己呢？日常生活與商務場合之初次見面時的談話內容有何不同？

E＝讓學生透過與他人互動來修正自己的錯誤或補足缺少的部分，以達自我修正之效用。

T＝讓學生依照自己的個性、特色、職業、職稱等不同的條件來製作屬於自己的名片。

O＝教學活動從一開始的導入（從通用華語談）、延伸至商務的內容。讓學生從先備知識、引導之問題討論、學習新詞、課文、語法、介紹名片內容並製作個人專屬名片、文化點到實際演練的活動，讓學生可以融合舊有的知識，結合新學到的知識，並融會貫通實際運用，不僅能夠在課堂上實際操演，未來還能將此技能運用於職場上。

資料來源：第一組（小組撰寫）

六、結語

　　本研究即採逆向式課程暨教學設計，結合PBL教學，擬定「逆向式問題導向師培模式發展」，並將此商務華語課程暨教學發展模式應用於師資培育。第三階段教學規劃部分，以PBL教學法，藉由小組合作，對於華語文教材教法、教學知能、教學信念

等進行統整，以增進教師商務華語學科知能的發展。「逆向式問題導向教學模式」內含於「逆向式問題導向師培模式」中。「逆向式問題導向師培模式」流程如下（見圖4）：

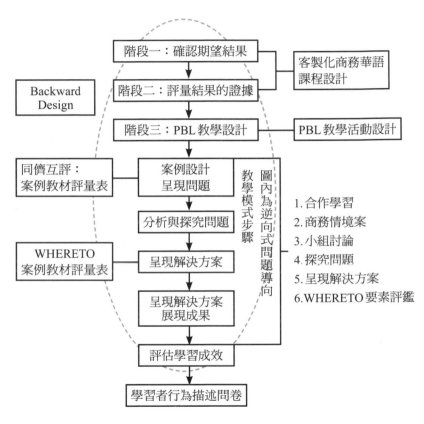

圖4 逆向式問題導向師培模式發展

資料來源：研究者自製

商務華語教師可依「逆向式問題導向教學」流程步驟，內容

導向個別化課程設計，依照學生程度、需求與目的，設計安排相關情境及語法和語用項目，讓學生學習實用的語言和溝通技能，以及相關知識與文化。以具有真實性、語篇性、開放性、廣泛性和時效性的商務漢語案例為教學內容，以案例討論為課堂主要教學組織形式，經由案例的分析與探究，引導學習者調適原有的認知模式與知識，再建構新的知識；通過學習者閱讀、分析案例，小組和集體討論案例，撰寫案例報告等方式來實現教學目的。從傳統的通過句子和詞彙的教學，轉變為通過篇章分析和理解篇章整體意義，來進行商務華語教學，扣緊語言的使用和交際，使學生能夠通過對語言內容的正確理解和準確表達，來掌握語言形式，並通過實際案例，使商務華語學習者的語言綜合運用能力得到提高。

徵引文獻

王文科（2007）。《課程與教學論》（臺北：五南出版社）。

王麗雲（1999）。〈個案教學法之理論與實務〉。《課程與教學季刊》2.3: 117-134。

沈庶英（2013）。《商務漢語教學理論研究與方法創新》（北京：北京語言大學出版社）。

李育娟（2011）。〈商務華語學習者需求分析〉。《華語文教學研究》8.3: 23-46。

俞雅珊、張景媛、范德鑫（2009）。〈人為什麼要學習？～以問題導向學習法進行綜合活動主題課程之研究〉。《慈濟大學教育研究學刊》no.5: 211-257。

徐靜嫻（2013）。〈PBL融入師資培育教學實習課程之個案研究〉。《教育科學研究期刊》58.2: 91-121。

高熏芳（2002）。《師資培育：教學案例的發展與應用策略》（臺北市：高等教育）。

張民杰（2000）。《案例教學法之研究及其應用——以教育行政課程應用為例》。博士論文，國立臺灣師範大學教育研究所。

張民杰（2001）。《案例教學法——理論與實務》（臺北：五南出版社）。

張民杰（2003）。〈超學科統整模式之一：問題導向學習在國中九年一貫課程的設計與實施〉。《新竹師院學報》no. 17: 389-424。

張真卿、劉金華、葉影棉（2011）。《國際貿易實務》（臺北：國立空中進修學院）。

張黎（2012）。〈漢語在國際商務領域使用情況調查與分析〉。《語言教學與研究》no. 1: 30-36。

彭妮絲（2017）。〈商務華語教學案例分析與應用〉。2017年開創華語文教育與僑民教育之新視野國際學術研討會。中原大學應用華語文學系，中壢市。

彭妮絲（2018）。《商務華語逆向式問題導向教學模式發展研究》（臺北：新學林出版社）。

楊坤原、張賴妙理（2005）。〈問題本位學習的理論基礎與教學歷程〉。《中原學報》33.2: 215-235。

芷源（2010）。〈運用教師社群發展國小數學教師TPCK之行動研究〉。《數理學科教學知能》no. 2: 24-44。

鄭明長（2005）。〈教師實務知識與專業成長〉。《教育科學期刊》5.2: 126-137。

Barrows, H. S. (1980). *Problem-Based Learning: An Approach to Medical Education* (New York: Springer).

Barrows, H. S. (1986). "A taxonomy of problem-based learning methods." *Medical Education,* vol. 20: 481-486.

Barrows, H. S. (1996). "Problem-based learning in medicine and beyond: A brief overview." *New Directions for Teaching and Learning,* no.68: 3-12.

Brown, H. D. (2003)。《原則導向教學法 —— 教學互動的終極指南》(*Teaching Principles: An Interactive Approach to Language Pedagogy*) [2001]。施玉惠、楊懿麗、梁彩玲（譯）（臺北：培生教育出版集團）。

Colbert, J., Trimble, K., & Desberg, P. (eds.) (1996). *The Case for Education: Contemporary Approaches for Using Case Methods* (Needham Height, MA: Allyn & Bacon).

Delisle, R. (2003)。《問題引導學習PBL》(*How to Use Problem-Based Learning in the Classroom*)[1997]。周天賜（譯）（臺北市：心理出版）。

Edens, K. M. (2000). "Preparing problem solver for 21st century through problem-based learning." *Journal of College Teaching* 48.2: 55-60.

Hmelo-Silver, C. E. (2004). "Problem-based learning: What and how do students learn?" *Educational Psychology Review* 16.3: 235-266.

教學思辨能力初探
——以中文作為二語教學為例

劉力嘉

Jennifer Li-Chia LIU

（哈佛大學東亞語言與文明系）

摘　要

　　本研究在師資培訓理論的基礎上，通過分析教師反思週記，探討新手教師的教學思辨能力。研究資料取自某語言強化項目26名教師三週的反思週記，對教師的教學「挫敗時刻」進行了調查和分析。定量分析顯示新手教師在工作中多關注四個方面，關注度由高到低依次為：課堂動態、教學內容/語言點、教學時間和節奏的掌控、個人與人際問題。定性分析顯示：教師的思辨能力可以分為「問題」、「原因」和「解決方法」三個維度，每個維度又可分為不同的深度。將維度與深度進行組合，即可對中文教師的教學能力或水準進行大致的描寫。這種描寫將為中文教師、二語教師，甚至普通師資培訓專案提供分析反思內容的標準，從而說明語言教師提高自我意識，促進個人職業成長。

關鍵詞：中文作為二語教學 、師資培訓、教學思辨能力、自我評估

一、引言

近十多年來，全球中文教育蓬勃發展，「中文熱」的現象在美國尤為明顯。這一現象的出現與政府的支援、非政府組織的介入與教育機構的創舉密不可分。2006年美國政府將戰略性外語（包括中文）的教與學上升到了國家安全的高度，國家情報總監辦公室（The Office of the Director of National Intelligence, ODNI），啟動了「星談計畫」（STARTALK），（該計畫由國家安全局（National Security Agency, NSA）監督實施，由馬里蘭大學國家外語中心設計、管理）該計畫啟動後，第一年全國各州就開辦了25個暑期中文短期班及中文教師培訓班（總計有944名高中生、427名高中教師參與其中），為大學前中文教育的開展創造了有利條件。

與此同時，美國大學理事會（College Board）也在2007年起將中文加入其先修課程中（Advanced Placement），並開始提供AP中文考試，這一做法增加了中文的實用價值，讓全美高中生開始重視中文教育，也讓中文成為了美國的主流外語。然而學習興趣的高漲與學生數量的激增也意味著教師隊伍必須隨之擴大，但中文教學在美國一向多限於大學課堂，教師雖是相關領域如語言學、二語習得的精英，但並不熟悉美國教育體制與文化，很難變成能與中小學生打成一片的「孩子王」。中小學教師人才奇缺是學界的共識。2008年美國亞洲學會的報告顯示，全美對中文的需求不斷擴大，此時必須應對的挑戰之一即是「缺乏教師培訓的資源及教師認證機制」（Lack of teacher education capacity and teacher certification mechanisms）（Asia Society and The College Board 2008: 4）。

　　正是在這一背景下，中國國家漢辦的漢語教師志願者項目
（2004年開始啟動），積極向美輸出中小學漢語教師，彌補了美國
中小學漢語老師的缺口。迄今，漢辦每年仍招聘約5500名志願者
教師，包括合作院校的孔子課堂志願者3000名左右，普通志願者
2500名左右。雖然中文教師的隊伍不斷壯大令人欣喜，但值得深
思的是，量的增加是否等同於質的飛躍？

　　據調查，2009年全美外語學習人數達到過去五十年來（1958-
2009）的峰值，之後即緩慢下滑。受這一趨勢的影響，2016年，
全美各大學學習中文的人數比2013減少了13.1%，從150多萬降
到了近140萬，比十年前熱潮開始的時候少了約15萬名學生
（Looney and Lusin 2018）。

（參與問卷調查的大學數量：2547）

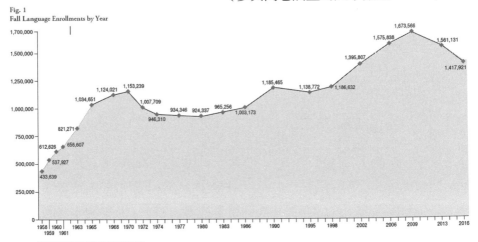

圖一　　1958-2016每年秋季全美大學所有外語註冊人數

　　「中文熱」的降溫固然可能與國際形勢變化或中美兩國關係日趨緊張有關，但也值得我們反思：為何在中小學就開始學習中文的學生，到了大學卻後繼無力、熱情不再。也許作為一門外語，過去十年中文雖然從「很少教授的冷門語言」（less commonly taught languages, LCTL）成為了「較常教授的熱門語言」（more commonly taught languages），但未必是「教得最好的語言」（most well-taught languages）。

二、師資培訓與教學思辨能力的相關理論和研究

　　師資培訓的重要性是毋庸置疑的，國內外各大學也紛紛成立了培養中文教師的系所，但培訓的重點仍以傳遞學科知識（如語言學、二語習得）或課堂技巧（如設計「學習任務」、應用「科技手段」）為主，中文學界的關注點也多在語言本體，很少觸及教學的關鍵——知識技巧的掌握者——教師。關於中文教師的研究寥寥可數，且多集中在外現行為、課堂實踐的層面。比如Xu (2012)曾透過個案研究，發現中國外派的志願者教師到美國中小學教書時，遇到了重重困難和無數挑戰，包括語言障礙和文化衝擊，對師生角色的不同理解和期望，與家長的溝通不暢，教學方法和風格的差異，課堂難以管理等。

　　中文教師培訓理論和研究不足，但其他語言在師資培訓方面有不少研究成果。早在20世紀90年代，Freeman (1991)即提出，將語言教學視為「過程——結果」的觀念已經過時。語言教學和任何其他學科一樣，「行動」(action) 固然重要，但其根源仍是「思維」（thinking）；因為表層行為結果容易改變，深層認知過程卻很難更改（Richards and Nunan 1990: xii）。Wright（2010）也指

出，過去十多年來語言教師的知識儲備及師資培訓的理論基礎已經發生了範式轉變（paradigm shift），從灌輸模式轉向建構模式，不但注重社會文化視角，並將關注點由傳統的學科知識、教學技巧（the knowledge-for-teachers）轉向教師本身（teacher knowledge），即從知識論走向了認知論。近20年來，語言教師的認知內涵（Borg 1999a, 1999b, 2003, 2006）、語言意識/語言敏感度(Andrew 2007)、身份認同（Kanno and Stuart 2011）、心理狀態/情緒變化（Sakamokto 2011; Golombek and Doran 2014; Chen 2016）都得到了學者的關注。

　　二語教師的認知內涵中包括教學思辨能力（pedagogical reasoning），這指的是教師對教學問題的思考與判斷。Shulman（1987）提出了「教學思辨與行動的模式」（Model of Pedagogical Reasoning and Action），說明教學過程中教師必須經歷哪些階段，考慮哪些問題，並指出教育改革的核心理念是理解、思辨、轉化和反思（comprehension, reasoning, transformation, reflection）。他認為任何一名教師在授課之前都必須對所教內容有一定的「理解」，然後將其「轉化」為適用於學生的材料。在轉化階段，教師還需要進一步「準備組織內容」「篩選示例」「選擇教學方法」「完成通用教案」，最後才能「完成個性化教案」（preparing, representation, instructional selection , adaptation, tailoring）。之後組織課堂、舉例「教學」、師生互動，並即時查驗學生的理解程度，「評估」學習效果。課後「反思」，回顧教學場景，比較教學結果與授課目標的異同。Shulman的模式被許多學者採用、修改（Webb 2002），並廣泛應用在科技教學的領域中。根據Shulman的模式，Webb (2002) 認為教師的知識儲備（knowledge base）應包括：學科專業知識、一般教學知識（如教

圖二　教學思辨與行動的模式

學方法、課堂管理等）、專業教學知識（如教師理解的授課內容和方法）、關於學習者的知識、教學環境的知識（如班級、學校、社區等）、以及教學目的、教學理念、文化背景方面的知識。

「學科知識」和由實際經驗中獲取的「專業教學知識」孰重孰輕？知識與經驗的多少對中文教學能力有何影響？筆者在2014年以「點評教案片段」與「回答開放性問題」的方式，對41位元新手教師的思辨能力進行了研究。在研究中，筆者將問卷中教案點評正確與否，以及答案涵蓋面的多少作為衡量教師思辨能力的標準。在對調查結果進行定性與定量分析後發現，經驗的積累（華語教學時數）與知識的豐富性（修課多少），和教學思辨能力（教學水準）之間並不存在直接相關性，即修過對外漢語教學課程的學生，其中文教學能力不一定比其他學科的學生能力強；有一些課堂經驗的老師也未必比完全沒經驗的新手教師的能力強。

然而，當新手教師積累了一定的教學經驗（為期九週的課堂實踐）後，之前所學的專業知識就起到了作用。這時，修過三或四門以上與語言教學相關的課程的學生比只修過一兩門課的學生的教學水準提高得更多。另一研究發現，遇到不同教學問題，如學生困惑、犯錯時，新手教師的教學思辨能力表現出了不同的水準：

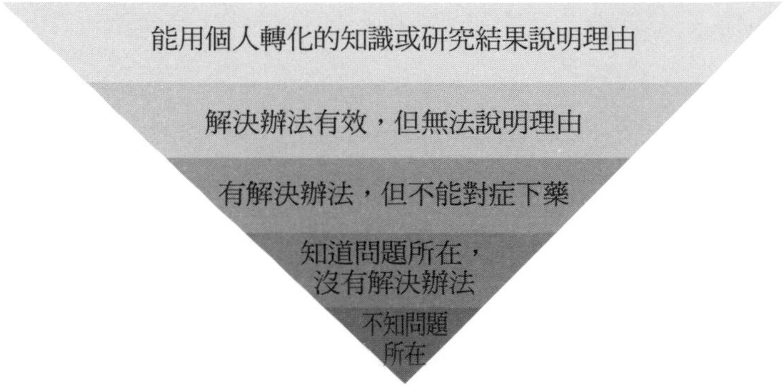

能用個人轉化的知識或研究結果說明理由

解決辦法有效，但無法說明理由

有解決辦法，但不能對症下藥

知道問題所在，沒有解決辦法

不知問題所在

圖三　教學問題思辨能力的表現

根據上述研究，筆者也提出了「教學思辨能力假設」（pedagogical reasoning hypothesis），即二語教師的思辨能力越強（思考問題的深度與複雜度），教學水準越容易提高。因為較強的思辨能力能讓教師對教學中出現的問題有更好的理解，提高自己的能動性，這樣更能「知行合一」（informed actions），從而更可能改善教學，提高教學水準。

三、研究問題、方法、結果與分析

　　基於以上研究，2016年筆者又對新手教師的教學思辨能力做了進一步的調查，提出了三個研究問題：(1)在教學中，剛入門的新手教師特別關注哪些問題；(2)如何具體地描述並區別不同的教學思辨能力；(3)中文二語教師在反思所遇到的課堂問題時，思辨能力的表現有何不同？本項研究的資料取自某一暑期強化班2014年的檔案──教師「反思週記」(weekly reflective journals)。週記裡記錄了教師對以下三個問題的反思：(1)對你而言，本週教學的亮點是什麼？請詳細說明當時情況和理由；(2)你認為自己本週教學最糟糕的時刻為何？請詳細說明當時情況和理由；(3)關於本週教學還有哪些你覺得有意義或可以改進的地方？在總共八次的反思週記裡，筆者選取了26名新手教師三週的週記（第二週、第三週、第六週）做定性與定量分析。之所以只選其中三週的週記是為了避免環境因素對反思表述的負面影響（Borg 2006）。選取的教師基本上都沒有教學經驗，教的是同一課型，即小班語法操練，師生比例為1：4。另外，分析的重點集中在第二個問「最糟糕的時刻」。因為根據Loughran（2016）所言，思考是教學的關鍵，是知識產生的源頭，是新手教師最應該關注的方面，也是師資培訓的重點。他認為，

　　　「教學更像是在問題叢生的沼澤窪地中進行實踐，教師們通過探索‘不確定的實踐領域’獲得專業知識。在這一過程中，教學思辨能力十分重要，它就像腳手架／鷹架一般支撐著教學這一複雜的實踐工作。因此，研究清楚教學思辨能力，特別是即將成為教師的學習者的教學思辨能力如何發展

並影響教學實踐至關重要，這也是師資培訓項目不可忽視的挑戰。[1]」

（一）研究結果一　新手教師的關注點

我們經過研究發現，新手教師在反思週記中所關注的問題可以大致歸納為以下四類：(1)課堂動態（class dynamics），如師生互動無效，學生沒參與課堂活動等；(2)教學時間和節奏（time and pace）的掌控，如沒有合理分配時間，完成應教的內容，或課堂教學進行不順利；(3)教學內容/語言點（instructional content/language targets），如無法針對某個語言點提出一個好的問題，無法幫助學生更好地理解某個語言點；(4)個人與人際問題（personal and interpersonal issues），如老師感受到壓力，對自己課堂上的表現失望，感歎保持良好師生關係困難。具體示例如下：

課堂動態

星期三的小班課主題「京劇」，正是我感興趣的話題，因此準備起來特別起勁，希望能多帶一些討論。不過今天剛好有位特別慢的學生，輪到她答題大家就低下頭，或是放空，因此我給她的句子都是特別簡單而且沒有趣味的課本題。下課後她看起來有些無精打采，我覺得我應該多提一些難度低但有意思的提問，可

---

1 Schön的著名理論。他在《反思的實踐者：專業人士如何在行動中思考》（New York: Basic Books, 1983）一書中將研究者所處的環境比喻為高地，而將實踐者所處的情況比喻為沼澤窪地。高地上的問題可以用理論、技術解決，但往往和個人或整個社會沒有直接的關係；而沼澤地的問題則是人們普遍關心的，卻也十分複雜，難以用已有的理論或技術來處理。

以照顧到學習狀況比較差的學生。（3D6-W3）[2]

時間和節奏

週三的課有18個語法點，感覺自己在時間的分配上還是存在第一節課拖遝，第二節課緊張的毛病，在語法點多的情況下應該著重給出課文的重點生詞，讓學生出句子，但是第一節課還是問了很多簡單的問題，比如「NP多的是」這樣的語法其實簡單操練兩三個句子就行了，但是自己拖拖拉拉這麼簡單的語法練了七個句子，其實應該分配更多的時間在有難度的語言點上，以後必須避免了。（2L2-W2）

教學內容/語言點

在操練一些有賴於情境的語言點時，有時候鋪墊完情境學生已經疲勞了，老師提醒後也只能說個七零八落的句子，甚至是錯句子。考慮到已經用了很多時間，老師只是自己重複一下正確的句子就過了，沒有再讓學生重複或集體合唱句子，這樣實際沒有達到給學生操練的效果。以後如果是太難鋪墊情境的語言點，可以直接帶出語言點操練。如果鋪墊了情境，最後一定讓學生自己再說一遍完整正確的句子。（3D7-W2）

個人與人際問題

練習「新官上任三把火」這個語法點時，問到政策方面的句子，學生說他對政策不太瞭解，我說「那你猜猜」，他笑了一

---

2 所有資料分析全是匿名處理，代號3D6-W3是表示三年級第六名小班教師第三周的反思。

下，我再次提示他「你可以編一下」，他就說「這個我編不好吧！」當時覺得挺尷尬，我是想著要他練習這個點，而且因為之前這個學生小班課的時候會很配合。（5D3-W2）

大體來說，教師所關注的這四類問題在所分析的週記中所占的比例相差不大（見下表）。

表一　新手教師反思週記中關注的問題

關注主題	課堂動態	時間節奏	教學內容	個人／人際問題
週記數量	30	22	24	18
比例	31.9%	23.4%	25.5%	19.1%

教師最關心、思考最多的問題是「課堂動態」，這意味著教師對學習者課堂參與的意識很高。其次，教師也特別關心自己所教的內容，即語言點的練習。對內容的關注次於課堂動態這個發現與前人的研究吻合。Andrews (2007) 在教師的語言意識一文中，曾提到新手教師往往更關注如何處理課堂問題（classroom management），而非內容問題（content management），這可能是因為課堂上出現的管理問題，或師生互動、學生反應等問題容易外現，也比較明顯，而教師需要關注的語言問題太多，除了必須注意到所授語言的複雜性和多樣性，還要同時思考其用法。這對母語教師來說更是一大挑戰，因為許多語言現象對他們來說已經習以為常，需要分析、思考才能釐清。

時間和節奏的掌控也是新手教師比較能注意到的、明顯的問題，因為時間分配不理想，教課時前鬆後緊，常常會導致教案上的教學任務無法完成。至於個人與人際關係的問題，雖然是週記反思中較少提及的方面，但也占了一定的比例，而且反映了一個

現象：新手教師往往更多地關注自己的情緒和心理狀態，而非客觀地思考教學的成效或自己與學生互動過程中的細節。在前人的研究中「情感內容」充斥的現象也十分普遍。這是教師認知發展過程中必不可少的一部分，也是個人對理想與現實之間不協調的自然反應（Golombek and Doran 2014）。

（二）研究結果二　教學思辨能力的劃分標準

如前所述，「思考、解決問題」是教學的關鍵，筆者便從「問題」入手，對反思週記進行三個維度的分析：問題、原因和解決辦法(problems, reasons, and solutions, 簡稱P-R-S)。「問題」指的是教師在課堂中遇到的困難，「原因」是教師自己推測造成困難的因素，「解決辦法」是教師提出避免前述問題的方法，這涵蓋了what-why-how三類問題。分析週記中教師反思的問題、原因和解決辦法後發現：教師的思辨能力在這三個維度上的表現有很大程度的不同，可以由淺而深地（1→2→3）區別開來。

在說明問題時，

P1：有些教師只表達了自己在某個方面的憂慮或關注點；

P2：有些教師不僅指出具體的問題，而且說明了細節。

在說明問題產生的原因時，

R1: 有些教師只陳述了導致問題的明顯的事實；

R2：有些教師不僅陳述事實，而且還解釋為何這些事實會導致問題的產生；

R3：有些老師除了陳述事實，解釋原因，還會試圖對該問題和原因進行分類或概念化的反思。

當提供解決方法時，

S1：有些教師只是重述問題，然後表明希望在未來能尋找到

解決方法；

　　S2：有些教師清楚地說明問題的解決辦法。

　　（需要說明的是，解決辦法是否實際可行不在本研究的考慮範圍內，因為分析的重點是教師的思維能力，而非執行能力。）

　　具體示例見下表：

表二　思辨能力標記：「問題」維度的標準與示例

深度	標準	課堂動態	語言內容	時間節奏	個人/人際問題
P1	模糊	首先是對整個班級的掌控程度(…)所以學生也較難集中。(2D12-W6)	我覺得我當時的解釋並不是很好。(2D3)	但課堂進度和時間把握上還需要進行更嚴密、週全的設計。(3L1-W6)	突然感到很沒自信很沒底，當時緊張得一直出汗，說話也控制不住一直跑嘴，學生也都很沒精神，一下子就感到自己很失敗，所以之後上得也十分不好。(4D1-W6)
P2	具體	學生的積極性調動不起來，在練習「在……的同時」時，我問的問題不能很好的產出句子。(2D3-W6)	就導致後面每個語法裡問題的順序都需要臨時作出調整，才能銜接起來。(2D10-W6)	就是感覺有時候ppt之間的銜接與過渡不太自然。(2L1-W3)	可惜當天她的報告有許多需要討論和修改的部分、佔據了大量時間，因此沒進一步傾聽她的個人感受。(3D6-W6)

表三　思辨能力標記:「原因」維度的標準與示例

深度	標準	課堂動態	語言內容	時間節奏	個人人際問題
R1	模糊	學生太累時走神。	週二的小班課最後的語言活動選擇的題目有點大。 (2D5-W6)	每一篇課文的語法點都比較多。 (3D1-W6)	在食堂裡迎面碰到學生在說英文,所以向年級負責老師彙報,最後決定要給學生髮警告信。 (4L1-W6)
R2	事實+解釋	這週很多語言點都不太難,過去也操練過相似的,所以有些程度比較好的同學上課就開始開起了小差做起了小動作,有玩手機的有在筆記本上塗鴉的。 (3D7-W3)	我覺得在小班課教學中很重要,但在操練的同時要讓學生明白語法點使用的語境,讓學生在日常生活中能夠正確的使用。 (2D3-W2)	有時講完一張ppt以後,以為下面要講別的內容了,但沒想到還有一些小詞沒有講到,或者是跳出一張圖片,或者無法在言語之間很自然地過渡到下一張ppt,只能硬跳過去「來,我們來看下一個,這樣。這些自然是因為備課的時候想法很多,但是熟悉度不夠。 (2L1)	經過一些反省,還是覺得自己做事情欠缺筋,考慮不周到,同時,正如A老師提到的,應變能力力欠佳,有時過分執拗。(4D4-W3)

深度	標準	課堂動態	語言內容	時間節奏	個人／人際問題
R3	事實＋解釋＋分類	經過反思，我覺得狀況主要有以下幾點：1. 作為教師，我還沒有完全為的適應哈北班的工作節奏，總覺得備課時間不夠。特別是準備大班課的時候還涉及到課文講解，常常覺得沒有足夠的時間熟悉課文。所以上課時很容易忘記要講解的內容是什麼。然後就會重複學生的話，給自己一些緩衝的時間，導致課堂速度變慢。2.《兩個美國》這篇課文雖然內容答得很好，但是在文作，	設問不懂要考慮到學生所掌握的生詞量，更要注意學生對語法的理解能力和語境感知能力，此類錯誤發生的原因，就是老師結到一點，老師的設問非常不合理。此設問如改成「這週末你想去做什麼？（[答]這週末我想去喝個茶/這週末我想去唱個歌/這週末會）」，則「V個」不能表示習慣、或經常發生的動作，它具有一定		

深度	標準	課堂動態	語言內容	時間節奏	個人／人際問題
		章有太多重複性的話，而且在敘述上不是特別直接明瞭，所以上課時也不太好帶。3.老師的情緒會影響學生，所以如果我的狀態也會影響學生的發揮。(4L1-2)	的突發性（偶然性），沒有持續性，動作很快發生、完結，有點轉瞬即逝的情境。而老師在設問的時候，顯然沒有考慮到該語法的這類特徵，因此出現了錯誤設問，誤導了學生，以至讓他們說出了錯誤句子。(2D6-W3)		

表四　思辨能力標記：「解決辦法」維度的標準與示例

深度	標準	課堂動態	語言內容	時間節奏	個人/ 人際問題
S1	重述問題	我應該更好地帶動學生的氣氛。 (2D7-W2)	對於此類教學事故，我以後要長期警惕，決不能再犯了。(2D6-W3)	但作為老師，我也應該適時給予他們一些調整。(2D5-W3)	希望下個週能更加穩重，改正毛躁的缺點。(4D1-W2)
S2	具體辦法	雖然很難做到，但是我想是有辦法的，比如在備課的時候，儘量有一些出彩的話題和句子，能夠引起學生的興趣。再次，在問問題的時候要掌握技巧，首先聲音洪亮這是最基本的，其次，語調切忌平鋪直敘，要有抑揚頓挫，必要的時候，老師還要有表演，這樣可以讓學生感受到老師的熱情，同時被感染。整個課堂氣氛就活躍起來了。(2D9-W2)	以後如果是太難鋪墊情境的語言點，可以直接帶出語言點操練。如果鋪墊了情境，最後一定讓學生自己再說一遍完整正確的句子。(3D7-W2)	以後出現類似情況，不再過分遷就，可以讓其他學生告訴他問題或直接跳過。(2D10-W2)	後來想了想，還能聊什麼呢，什麼都聊唄，見什麼聊什麼，至少能搭上話。(4D4-W2)

（三）研究結果三　教學思辨能力的不同表現

　　應用以上的標準，教師不同的教學思辨能力可以清楚描述並區別開來。反思週記可以按三個維度和不同的深度定義進行標記，如P1+R2+S1，即問題思考達到一級深度、原因思辨達到二級深度、解決方法達到一級深度。由此我們可以找出高思辨能力，如P2+R2+S2：

　　週三的課上，課文裡有一個句子「最近二十多年以來，中國發生了翻天覆地的變化，以經濟方面的變化最為明顯。」

　　在這個句子裡，有兩個語法點，而且後一個對學生來說特別難理解和掌握。但是，我在設計練習時，為了追求連貫性，用一個可以把兩個語法連在一起的句子作為過渡。

　　我先問學生，「電腦的出現對我們的生活影響大嗎？」然後問「在哪個方面影響最大？」有的學生意識到我要練下面的語法了，就自己出來了一個句子。但是有些不太合適。這個句子改過來了，但是因為有一些複雜，導致學生們理解這個語法出現一些困難。最後，我們在這個語法點上花了很長時間（P2）。

　　我覺得問題有兩個：一是我自己的提問不合適，如果我問「在哪個方面的影響最明顯」，就可以避免學生出錯；二是像「以……最為+adj.」這樣極難理解的語言點，我就不應該追求過渡的連貫（R2）。而是應該老老實實地先給學生講解，給一兩個示範的例子，然後再開始練習（S2）。

　　或低思辨能力，如P1+R1+S1：

　　在星期二的小班課上，課堂氣氛比較低沉（P1）。可能是因為自己教學的節奏比較慢，學生疲憊（R1），我應該更好地帶動學生的氣氛（S1）。（Teacher 1）

　　最難熬的瞬間：這個週很有幸得到機會嘗試大班課，真的是不上不知道，一上嚇一跳，這才知道兩位大班老師之前有多辛苦！雖然一直準備到深夜，但第二天上課的效果還是不太理想。尤其是剛上課的時候，突然感到很沒自信很沒底，當時緊張得一直出汗，說話也控制不住一直跑嘴，學生也都很沒精神，一下子就感到自己很失敗（P1），所以之後上得也十分不好。後來A老師跟我說了種種問題，感覺自己真的很愧對於這次好機會，應該更加仔細的備課研究的。比如名詞講解過多，動詞形容詞反而講解不夠這種基本錯誤真心應該避免的，好像每次一太緊張就反而腦子發蒙，正常的事情都無法思考了一樣，希望以後再成熟一點兒，不要犯這種低級錯誤（S1）。再就是自己不注意，單班課的時候跟X坐成並排（R1），確實這種小細節如果不注意那麼就會有大問題發生，下次，哦不沒有下次了，一定在心裡儘量提醒自己，不再給其他老師和同學添這種麻煩，剩下的三個星期真希望平平安安順利到底啊！希望能有一個最好的交代！（Teacher 2）

　　從以上二例可以明顯看出：思辨能力的高低和週記內容的長短並沒有一定的關聯，即語言數量或長度不等同於思考的品質。另外，特別有趣的是：有些教師在反思時會有「遽下結論」的表現。雖然週記提問中已寫明「請詳細說明當時情況和理由」，這些教師卻只提了自己遇到的問題和可能的解決辦法，沒有任何的思辨或推理過程。出現這種結果，可能有三種情況：(1)教師提出的解決辦法很可能會是有問題或無效的，因為若不理解問題的成因，結論下得過於隨意，極有可能會變成「妄下結論」；(2)教師無法表述或闡明他們的思辨過程；(3)教師懶得表述或闡明他們的思辨過程。

　　不論是哪種情況，我們都可以確認經過挑選培訓的新手教師，可能善於觀察、模仿，所以易於發現問題，特別是表象的問題，但他們經驗不足，並不善於解決問題，所以提到解決方法時往往是「樂觀地重述問題」（如：希望以後不要再犯類似的錯誤）。解釋問題的成因對新手教師而言，是最困難的。因為「答案」來自對所出現的問題的理解，必須依靠個人的思考和判斷。推理或思辨是抽象的，也最費心思，所以有些教師乾脆直接跳過這「痛苦」的一步，不予考慮。這說明新手教師的思考往往不夠徹底、深入。Johnson（2005）在對一般「專家」的研究中指出：資深專業人士的思考比非專家更深入、有更多的步驟。這就是所謂的「哈姆雷特決策模式」（Hamlet model of decision-making），這種思考是客觀的、主動的，而且有時也是極為痛苦的抉擇（Dreyfus & Dreyfus 1986: 28）。

四、本研究帶來的啟示與今後的研究方向

　　初步研究教學思辨能力的結果可以讓我們認識到以下幾點：

（一）教學思辨能力的重要性

　　教學能力的養成或教師的成長不能僅僅靠知識或經驗的積累，教師需要透過「思辨」的過程，才能將陳述性知識（declarative knowledge）和程式性知識（procedural knowledge）內化，創造屬於個人的「專業教學知識」。二語教師更需要鍛鍊的是「即時反思」（reflection-in-action—during teaching）的決斷能力，即在課堂內如何提供多樣有效的輸入及回饋，如何跟學生更有效地互動，如何將自己所學的知識和技能結合起來，在合適

的時機採用恰當的教學策略，把可理解、吸收的內容呈現給學生。然而當下反思、決斷的敏捷準確程度有賴於長期課前、課後有系統的、針對特定問題的反思訓練（"reflection-on-action"——before and after teaching）（Schon 1983）。

（二）教學思辨能力的養成

Lik（2008）指出，反思技能及表達模式是說明教師進入教學領域的先決條件。但遺憾的是，雖然學界及師資培訓專案早已認識到反思對教師個人的成長及長期的職業發展至關重要，但這種「鍛煉」往往在學院中進行，很少融入教學項目中。很多教師可能是「為反思而反思」，或根本不知道如何有效地反思。

為了提高新手教師的思辨能力，促進他們思考，研究者認為可以從以下幾點對反思週記進行改善：(1)給新手教師提供更加具體的反思提示。比如，除了「具體說明情況和原因」外，還須包括「你打算如何處理這個問題」，以獲取相關的回應。(2)雖然反思週記的長度不等同於思考的品質，但過短的反思無法讓教師充分表達自己的觀點，或闡明他們的思辨過程，所以反思週記應規定最起碼的字數。(3)思維方式雖然抽象，但還是可以模仿的，我們應該訓練新手教師像熟手教師一樣思考，為他們提供具體的反思「範例」。(4)最重要的是，讓教師明白反思的目的不僅僅是描述或闡述自己課上的經歷，而是讓教師有機會挖掘、探討個人表層教學行為如何受到自己深層理念、假設（personal beliefs and assumptions）的影響，從而打破教學思維定勢，不斷提升自我。如Farrell（2009）所言，反思能幫助教師更好地意識到個人在以往學習經歷中形成的概念或信念。教師一旦養成了「深思熟慮」的習慣，不滿足於知道「教什麼」、「怎麼教」，更願意窮究「為

什麼」，更願意在無數的可能性中思索教學中最佳的選擇，提高思辨能力，必能終身受惠。

（三）師資培訓的新方向

無可置疑，所有師資培訓項目都致力於提高準教師的教學能力。除了專業內容、使用科技的能力（van Olphen, Marcela, 2014）以外，測試、評估也十分重要，必須納入教師的知識和技能儲備（Rupp 2008）為了評估學生的語言水準，全美外語教師協會（ACTFL）在1986年就建立了「口語水準測試準則」（Oral Proficiency Interview Guidelines），這一標準在外語界早已成為了公認必備的專業知識和技能。然而，教師的自我評估方法卻相當欠缺。儘管前人所提出的反思手段，可以讓教師記錄自己之前未察覺的假設和信念，但解讀自己的反思文本對許多新手教師來說，無疑是一片會令人迷失方向的叢林。也有學者曾經指出，自我意識和自我觀察是所有師資培訓的基石，因此中文教師不僅需要教學能力的訓練，更需要與個人背景、經驗相吻合的持續性培訓（developmentally appropriate continuous training）（Wang 2009）。而本研究提出的教學思辨能力考查維度（P-R-S）及標記方式，可以作為分析的工具，讓任何一個階段的教師都能觀察、瞭解個人的思考過程，並用此來指導個人的職業成長。另外，本研究發現的新手教師的四個關注點，也可以作為今後師資培訓系列講座或工作坊的主題內容。

（四）今後研究的新方向

雖然「反思」的過程，讓教師可以較為客觀的、更清楚地思

考自己在課堂中的言行，但我們也不能排除「反思」可能有「言不由衷」、「言行不一」的情況。教師課堂的實際表現也許會和他們記憶中自己做過的事、說過的話也有一些出入（Richards & Lockhart 1994）。所以反思週記的定性分析，還需佐以其它的研究資料如課堂錄影等，確保記錄二語教師的真實表現，從而瞭解教學思辨能力（pedagogical reasoning）的深度是否和教學水準（pedagogical proficiency）有關。另外，可以更多地關注有經驗的教師，分析比較新手教師和熟手教師對特定問題反思的異同，因為前人研究中曾指出，有系統的反思對於教師觀念的改變是至關重要的，但這種反思往往建立在他們對自己今後角色的定義上，即他們想成為什麼樣的人（Ideal self）（Kubanyiova 2012）。如果我們的目標是讓新手教師儘快成為熟手教師，那麼熟悉、瞭解有經驗的教師的思辨方式也是必要的。熟手教師的視角，可以豐富中文師資培訓的內容。一份問卷調查研究指出，當熟手教師回顧自己過往的經歷時，他們希望自己的學程專案能讓他們有更多實地操練的一線經歷，提供具體的教案範例，安排設計良好的有人督導的教學實踐，以及幫助他們瞭解實際教學中可能會遇到的問題（Attaran and Yishuai 2015）。基於教師反思的「問題」或「挫敗時刻」，我們可以確定各階段教師的關注點，並瞭解教學能力或教學水準究竟涵蓋哪些方面，依此設計情境題，進行更多、更準確的教學能力定量研究。

五、結語

　　教學能力的訓練不是一簇而就的，需要日積月累，才能逐漸提高。雖然本研究的重點是新手教師的思辨能力，但研究的啟示

是：人才的培養、二語教學能力的描述、分級極其重要。不管語言本體分析多細緻，中文水準分級多準確，課程設置多合理，當一切落實到課堂時，最終教學的成功與否還是取決於課堂的實際操作者——教師。優秀的教師往往能夠「起死回生」，可以說優秀教師是教學成功的有力保障。若有一天我們能對二語教師的成長進行量化，對其教學能力進行分級、測試，就如我們對學生語言能力進行分級測試一樣（美國ACTFL的口語水準測試（OPI）；中國國家漢辦的漢語水平考試（HSK）；臺灣的華語文能力測驗（Test of Proficiency-Huayu, TOP）），那麼我們就能為眾多二語教師提供個人事業發展及職業生涯規劃的準則。

俗話說，「藝術，源於生活，又高於生活」，對我們來說，則是「教學，源於課堂，又高於課堂」。我們必須從課堂中求取實證，但又不能受限於課堂。為了不斷提高教學水準，所有教師都需要加強自己分析、思辨和研究的能力。若不想淪為「教書匠」，就不能照本宣科，必須求新求變。若不想原地踏步、在某個階段滯留不前，就必須具備良好的思辨能力處理所有的教學問題。雖然不是每位教師都想成為學者，但每位教師都是終身的「學習者」。生而為人師的極少，如何從新手教師邁向熟手教師，再邁向資深教師，甚至是「大師」，需要經歷哪些階段，發展哪方面的技能，考慮哪些問題，培養怎樣的思辨能力，還需要眾多學者繼續深入探討，需要業界同行的共同關注與努力。

徵引文獻

國家漢辦。〈關於組織2018年漢語教師志願者報名的通知〉。（http://www.hanban.org/news/article/2017-11/01/content_705075.htm）

Andrews, S. J. (2007). "The TLA of expert and novice teachers." *Teacher Language Awareness* (Cambridge: Cambridge University Press), 118-142.

Andrews, S. J. (2008). "Teacher language awareness." M. Stephen(ed.): *Encyclopedia of Language and Education* (Boston, MA: Springer), 2038-2049.

Asia Society and the College Board (2008). *Chinese in 2008: An Expanding Field*, 1-11.

Attaran, M., & Yishuai, H. (2015). "Teacher education curriculum for teaching Chinese as a foreign language." *Malaysian Online Journal of Educational Sciences* 3.1: 34-43.

Borg, S. (1999a). "Studying teacher cognition in the second language grammar teaching." *System* 27.1: 19-31.

Borg, S. (1999b). "The use of grammatical terminology in the second language classroom: A quality study of teachers' practices and cognitions." *Applied Linguistics* 20.1: 95-124.

Borg, S. (2003). "Teacher cognition in language teaching: A review of the research on what teachers think, know, believe, and do." *Language Teaching* 36.2: 81-109.

Borg, S. (2006). *Teacher Cognition and Language Education* (London: Continuum).

Chen, J. (2016). "Understanding teacher emotions: The development of a teacher emotion inventory." *Teaching and Teacher Education,* vol. 55: 68-77.

Dreyfus, H. L., & Dreyfus, S. E. (1986). *Mind Over Machine* (New York: Free Press).

Farrell, T. C. S. (2009). "Critical reflection in a TESL course: Mapping conceptual change." *ELT Journal* 63.3: 221-229.

Feryok, A. (2010). "Language teacher cognitions: Complex dynamic systems?" *System* 38.2: 272-279.

Freeman, D. (1991). "Language teacher education, emerging discourse, and change in classroom practice." J. Flowerdrew, M. Brock, & S. Hsia (eds.): *Perspectives on Second Language Teacher Education* (Kowloon, Hong Kong: City Polytechnic of Hong Kong).

Golombek, P., & Doran, M. (2014). "Unifying cognition, emotion, and activity in language teacher professional development." *Teaching and Teacher Education,* vol. 39: 102-111.

Johnson, K. (2005). "The 'general' study of expertise." *Expertise in Second Language Learning and Teaching* (New York: Palgrave Macmillan), 11-33.

Kanno, Y., & Stuart, C. (2011). "Learning to become a second language teacher: Identities-in-practice." *The Modern Language Journal* 95.2: 236-252.

Kubanyiova, M. (2012). *Teacher Development in Action: Understanding Language Teachers' Conceptual Change* (New York: Palgrave Macmillan).

Liu, I. C. (2012). *The Relationship Between Pedagogical Beliefs and Teacher Efficacy: A Case Study of Chinese Foreign Language Teachers in Texas.* Ph.D diss. Department of Culture Literacy and Language, The University of Texas at San Antonio.

Looney, D., & Lusin, N. (2018). *Enrollments in Language Other than English in United States of Higher Education, Summer 2016 and Fall 2016: Preliminary Report.* (Retrieved from https://www.mla.org/content/download/83540/219 7676/2016-Enrollments-Short-Report.pdf).

Loughran, J. (2016). "Pedagogical reasoning in teacher education." J. Loughran & M. L. Hamilton (eds.): *International Handbook of Teacher Education* (Singapore: Springer), 387-421.

Luk, J. (2008). "Assessing teaching practice reflections: Distinguishing discourse features of 'high' and 'low' grade reports." *System* 36.4:624-641.

Richards, J. C., & Nunan, D. (eds.). (1990). *Second Language Teacher Education.* (New York: Cambridge University Press).

Richards, J. C., & Lockhart, C. (1994). *Reflective Teaching in Second Language Classrooms.* (New York: Cambridge University Press).

Ruan, J., Zhang, J., & Leung, C. B. (eds.). (2015). *Chinese Language Education in the United States,* vol. 14 (Switzerland: Springer).

Rupp, A. A. (2008). "Current issues in second language assessment: Lessons from large-scale contexts about bridging theoretical desiderata and practical resource constraints." P. Duff & P. Lester (eds.): *Issues in Chinese Language Education and Teacher Development* (Cananda: Centre for Research in Chinese Language and Literacy Education), 103-115.

Sakamoto, N. (2011). "Professional development through *kizuki*—Cognitive, emotional, and collegial awareness." *Teacher Development* 15.2:187-203.

Schön, D. A. (1983). *The Reflective Practitioner: How Professionals Think in Action* (New York: Basic Books).

Schön, D. A. (1987). *Educating the Reflective Practitioner* (San Francisco: Jossey-Bass).

Shulman, L. (1987) "Knowledge and teaching: Foundations of the new reform." *Harvard Educational Review* 57.1: 1-22.

Stewart, V., & Livaccari, C. (2010). *Meeting the Challenge: Preparing Chinese Language Teachers for American Schools* (New York: Asia Society).

van Olphen, M. (2014). "TPCK: An integrated framework for educating world language teachers." *Handbook of Technological Pedagogical Content Knowledge (TPCK) for Educators* (New York: Routledge), 117-138.

Wang, S. C. (2009). "Preparing and supporting teachers of less commonly taught languages." *The Modern Language Journal* 93.2: 282-287.

Webb, M. (2002). "Pedagogical reasoning: Issues and solutions for the teaching and learning of ICT in secondary schools." *Education and Information Technologies* 7.3: 237-255.

Wright, T. (2010). "Second language teacher education: Review of recent research on practice." *Language teaching* 43.3: 259-296.

Xu, Hui. (2012). *Challenges Native Chinese Teachers Face in Teaching Chinese as a Foreign Language to Non-native Chinese Students in US Classrooms.* MA thesis, Department of Teaching, Learning and Teacher Education, University of Nebraska-Lincoln.

在日常課堂條件下利用真實語料進行語法語用教學的理論與實踐

陶紅印

Hongyin TAO

（加州大學洛杉磯分校亞洲語言文化系）

摘　要

在漢語（或華語）作為二語法語言教學界，傳統做法一般是圍繞典型教材語言設計教學法。教學重點及評估方法一般是基於靜態的語言結構現象。本文將會說明，類似影視材料的真實語料如果選取精當，並配以適當的課堂活動和測試方法，則會起到對傳統教材的有效補充作用。

Most traditional classroom teaching settings feature limited authentic materials and little student involvement, as manifested by artificial textbook language, rigid grammar-based instructions, and form-focused assessments. In such an environment, authentic materials are often seen as disruptive and highly unpredictable, so their use is typically limited to a few simple items at best. In this paper, I show that authentic materials, if carefully curated and prepared and done with meaningful student involvement, can be used in systematic ways to supplement teaching activities in the traditional classroom.

關鍵詞：真實語料、影視材料、語言與文化、語氣詞、了

Keywords: authentic material, video materials, language and culture

Using Authentic Materials in a Regular Classroom: Some Theoretical and Practical Considerations

1. Introduction

Most traditional classroom teaching settings feature limited authentic materials and little student involvement, as manifested by artificial textbook language, rigid grammar-based instructions, and form-focused assessments. In such an environment, authentic materials are often seen as disruptive and highly unpredictable, so their use is typically limited to a few simple items at best. In this paper, I will show that authentic materials, if carefully curated and prepared and done with meaningful student involvement, can be used in systematic ways to supplement teaching activities in the traditional classroom. This project is based on the ongoing UCLA Chinese Video Clips collection, which I will describe later.

In an earlier paper on textbook languages (Tao 2005), I have shown that most textbook language is highly artificial and lacks real communicative skills as well as contextual information. As far as Chinese culture is concerned, most textbooks try to represent general cultural issues such as festivals, food, costumes, etc., without considering how people use language to interact in real life situations.

Another fundamental issue with traditional teaching materials is the heavy emphasis on static language structure rather than structure in use. While most linguistic research can be seen as focusing on formal properties of language such as phonological structure, morphological marking, and syntactic rules, how language is deployed for interpersonal communication is often left out.

Concerning language, learning, and teaching I have elsewhere (Tao 2007, 2011) argued that language proficiency, at all levels, needs to be defined above and beyond the structure-based accuracy and fluency matrixes as we know them. Common structural benchmarks used to define proficiency typically appeal to such parameters as inventory and level of vocabulary, syntactic complexity, oral fluency, and the like. Rarely do we see proficiencies defined in terms of discourse pragmatics. If we emphasize the importance of social interaction and communicative competence in the definition of language proficiency, we need to consider a broader range of parameters for language instruction, practice, and assessment. Previously (Tao 2005, 2015) I have proposed that the following parameters need to be taken into serious consideration when replacing or supplementing traditional materials with authentic materials.

1) Understanding genre/register differences. Discourse genres can be seen as conventionalized features being bundled together to communicate meanings suitable for specific communicative contexts. Thus conversation, narrative, fiction, news reports, academic papers, user manuals, and so forth, are recognized as common genres/registers. Genre as a discourse phenomenon has been studied from the points of view of text linguistics (e.g. Longacre 1983; Werlich 1983), corpus linguistics (e.g. Biber 1988), literary styles (Biber and Conrad

2001), and writing (Askehave and Swales 2001), among others. Recognizing genre types and the associated features will enable the learner to have a better view of the correlation of linguistic features and discourse contexts and lead to a better understanding of the individual features (Johns 2008).

2) Understanding speaking as social action. Speech Act theory has long reminded us that utterances can carry illocutionary forces (Austin 1961; Searle 1969), or as Wittgenstein puts it, "words are deeds" (Wittgenstein 1980: 46). Anthropological linguists have also advocated the view that the nature of speaking as social action with carefully documented data from different languages and cultures (Duranti 1997). Understanding the constitutive nature of speech acts can be beneficial in the learning of a second/foreign language. For example, how and why speakers select one form over another and the effect of such choices on interpersonal relations in actual discourse (Halliday 1985; McCarthy and Carter 1994) can be critical for learners to understand the nature and relationships of linguistic forms - a prerequisite for a better grasp of the target language and culture.

3) Strategies for stance marking. The scope of stance is usually understood to include both epistemic and affective stances (Ochs 1996). Epistemic stance refers to the speaker's commitment to what is being said in terms of certainty and source of information. Affective stance has to do with the speaker's emotional and attitudinal orientation toward what

is being said (Ochs 1996). In spontaneous conversation, speakers utilize lexical, grammatical, prosodic, as well as gestural devices to express stances (Goodwin 1990). Understanding stance-marking in a multimodal environment can give learners a major advantage in seeing how multiple semiotic resources work in concerted ways, which can raise their consciousness about how to mobilize multiple resources for interaction in the target language.

4) How speakers manage information flow, track discourse entities, and maintain discourse coherence and cohesion (Halliday and Hasan 1976). Discourse is not simply a bunch of isolated sentences put together, but rather, language materials needed to form a coherent whole. Tracking what is being said before and linking different elements together in order to continue the flow of speech in an orderly and interactively appropriate manner is a skill that learners have to acquire and practice. To acquire this type of skill, pedagogically speaking, it is hard to imagine there are any other ways than exposing the learner to real discourse.

5) Finally, a critical component in a pragmatically sound pedagogy is interactional moves. This refers to how conversation participants make moves in consideration of the local, social, cultural, and interactive contingencies (Duranti and Goodwin 1992). Classical pragmatic notions such as politeness and face, sociolinguistic factors such as power relations and identity (Bucholtz and Hall 2005), cultural

norms (Kramsch 1993, 1998), as well as interactive preference patterns identified by Conversation Analysts (Sacks et al. 1974) are all relevant here. As CA research has shown, the key is to view these contingencies as locally managed and subject to speaker negotiation.

However, there are always the practical aspects of teaching pragmatics and culture in a regular classroom, especially at the non-advanced levels. Some of the potential issues are well known. For example, authentic language may go well beyond the proficiency level of the student; there may be a lack of pedagogical focus; and finally, there may be difficulties for the instructor to spot important social interactional (or discourse-pragmatic) phenomena in the seemingly chaotic data. To address such issues, the UCLA Film Clips Teaching Project takes on an approach where short video clips are used in conjunction with traditional course materials with a focus on teaching scenarios, which I will describe next.

2. Methods and pedagogical approaches

One of the key concepts in the UCLA Film Clips project is teaching scenarios (TS). TS refers to a key theme that is covered under a lesson. However, a lesson may contain more than one TS. For example, a lesson may start with a greeting, followed by a sequence of discussion about course work at college, which is then followed by a parting sequence. In this case there would be three TS: greeting, discussion of college course work, and parting. Teaching scenarios can be matched with media (movie and TV show) clips, but media clips can go beyond the standard textbook TS, due to the fact that media clips are authentic materials that tend to contain richer structure and social cultural information than one can find in the typical textbook language.

Once the TS segments are selected and a matching video or video clips are identified, instructors need to develop a lesson plan to make it possible to integrate the unit into its normal curriculum and involve student active participation, including classroom use, homework/ exercises, and assessment. This is also one of the key features that distinguish many other projects (e.g. Liu 2017) that use short media clips in language instruction, as they tend to lack a coherent teaching plan in integrating the materials with the regular curriculum other than a few key lexico-grammatical features.

In the following I will show two excerpts as a quick demonstration of some of the ways in which short video clips can be used in a normal classroom teaching context. My focus will be on discourse pragmatic properties as well as grammatical features, or both.

3. Sample teaching units

3.1. Utterance-final particles

Utterance-final particles（啊，呀，哇，吧, etc.）are a pervasive feature of Mandarin spoken discourse (Chao 1968, Li and Thompson 1981). They may be simple from a syntactic point of view, yet they are rich in discourse pragmatics. Media video clips are especially helpful for the teaching of their use in terms of interactional pragmatics, namely the negotiation of interpersonal relations, making speaker stance, displaying and reinforcing identities, and so forth.

One of the clips in our collection is from the movie 實習生 *The Interns*.[1] The episode involves a visit from an investor, who the hotel manager is trying to lure into investing in his hotel business, which is important for its expansion plans. Two interns (Lin, the protagonist, and one other) are assigned to help with the reception of the visitor and to accompany the guest bowling on the hotel premise. However, in the bowling scene the investor slips and falls at the bowling alley, embarrassing himself in front of everyone while the two interns make successful bowling moves and then celebrate wildly. In the end, the investor leaves the bowling alley visibly upset, which makes the hotel manager and his female assistant nervous and, at the same time, angry at the interns.

Figure 1: The bowling scene. (From left to right: hotel manager, manager's assistant, investor, Lin's intern friend, and intern Lin.)

1　For other studies using the same movie, see Zhang (2011) and Tao (2015).

The key linguistic point is the contrast in language use by the hotel management personnel toward the investor vs. toward the interns. In their talk to the investor, the manager and his assistant use utterance-final particles extensively, in an obvious attempt to ingratiate themselves with the investor. To the interns, on the other hand, the language used by the manager is stern and even bordering on scolding, which features a total lack of utterance-final particles.

In the classroom, the students were first given a quick review of final particles, including sound assimilation patterns in cases such as *a* 啊 > *ya* 呀 and *wa* 哇, which most of them could recall based on past learning experiences. However, when asked about the functions of the particles, few could give a coherent account as expected.

The students were then given a transcript of the bowling scene of the movie. Before the movie clip was played, a few questions were posed to the class:

(5)

- Who uses particles more?
- Where/when the particles are used?
- How are the particles used in terms of communicative motives?

These questions were meant for the students to pay attention to the relationships between use of particles and speaker roles, as well as speakers' interactive moves.

The movie clip was then played a few times. Control of the viewing process was aided greatly by the Transana software program (Woods and Fassnacht 2013), which enables line-by-line navigation and display as well as the integration of text, audio, and video. While text is obviously important, in this context the prosodic features of the particles (lengthening, stress patterns or lack of), and visual images are all critical for an effective understanding of the use of particles (or lack thereof).

The following is the transcript of the bowling scene.

(6) The bowling scene

01)	林：	哎，老闆，您請，您請。
02)	投資家：	嗯。
03)	林：	哎。您請。
04)	女：	啊，這回看我們李總啊。
05)		（（李摔倒））
06)	女：	啊！
07)		哎，哎，哎。李總，哎你看，摔著了吧？
08)	經理：	來吧，來吧。來。喝點飲料。
09)	女：	哎呀！滑倒了。
10)	經理：	喝點飲料。
11)	投資家：	算了。
12)		（轉身回座）
13)		（（林：投球））
14)	實習生：	好哦！（（鼓掌））
15)		（（實習生相互擊掌））
16)	投資家：	走吧。
17)	經理：	下次再來啊。
18)		下次再來。

19)　　　下次再來啊。

20)　　　慢走啊！

21)　　　慢走！

22)　　　下次再來。

23)　　　慢走啊！

24)　　　（（走回來，對林奇））

25)　　　不是跟你交代了嗎？要讓人家玩兒得開心。可你倒好，

26)　　　一中午打了三局。讓人家一局都不開張。你也忒--！

After the movie clip was played a few times, students were told to identify final particles in the transcript first. They were able to identify tokens such as *a* 啊, *ba* 吧, and *le* 了 as final particles. Some of the students asked about the different uses of le 了 as an aspect marker vs. as a particle, as well as the differences between interjections and final particles for such tokens as *a* 啊 and *ai* 哎. The functions and their locations of the tokens in the stream of speech are discussed as criteria. The students were then instructed to try to answer the questions posed in (5). After the questions were discussed, the students were further probed to explore some more general questions:

- How are the distribution patterns observed across the speakers in the episode?
- What can these uses tell us about the nature of Chinese utterance-final particles in general?

In the end, the students learned through discovery and discussion processes, that the particles are pragmatically significant in Chinese discourse as they are closely tied to the negotiation of social relations in interpersonal communication. Moreover, they learned that particles can be produced with varied prosodic features and that the lack of particles can be a significant contrast with segments where particles are present.

3.2 *Le*: notoriously difficult grammar points

While the previous section deals with a highly difficulty pragmatic issue, this section will discuss an equally difficult issue: grammatical particle *le*.

Final particle *le* has traditionally been described as "dynamic particle", which signifies: 1) the occurrence or completion of an action or event, or 2) the emergence of a situation. The action, event, or situation usually pertains to the past, but sometimes it can refer to the future. (Liu *et al*. 2009: 137-139). While such descriptions sound plausible, they can be limited in use due to the isolated nature of the language materials on which basis these assertions are made. As a result, learners of Chinese are often at a loss as to determine 1) what these described situations mean in real life contexts; and 2) when to use *le* as opposed to not use it or use something else. One way to address these issues is to show the learner specific contexts where the final particle *le* is used and how it compares with cases where is not used or cannot be used. This way the learner can build on the knowledge and apply it to novel situations and make the best choices available. I will demonstrate how this can be done with the following video clip.

In the video clip below (see Su and Tao 2018a for another analysis of the same clip), the main character Luo Pinzhong, a doctor, is surprised to find that his mother comes to the hospital to visit him while he is on the job.

Transcript

1. 品中：媽，	1. Pinzhong: Mom,
2. 媽媽：品中，	2. Mother:　Pinzhong,
3. 品中：你怎麼來了？	3. Pinzhong: Why are you here?
4. 媽媽：你三天沒回家了，	4. Mother: You haven't come home for three days.
5. 我當然過來看一看。	5. Of course I would come and check it out.
6. 還沒醒過來啊？	6. She still hasn't woken up?
7. 醫生怎麼說？	7. What did the doctor say?
8. 品中：許醫生說，	8. Pinzhong: Doctor Xu said,
9. 護士：羅先生，	9.　Nurse: Mr. Luo,
10. 不好意思，	10. excuse me.
11. 503 的病人醒了。	11. The patient in 503 has woken up.

While watching the clip in conjunction with the lesson on the final particle *le*, the instructor can ask the student to notice cases where le is used (lines 3, 4, and 11) as opposed to those where it is not used (lines 5, 6, 7, and 8).

The next step would be ask the student to identify the situation where the final particle *le* is used in their own understanding. For example, line 3 你怎麼來了 can be considered a case of surprise, unexpected situation. Line 4 你三天沒回家了 can be considered a case of counter-expectation (against normal daily life routines) and is used in a second (answer) position. Finally, line 11 represents a newly emerging situation and it comes also as a surprising development in the chair of events.

Once these situations are identified, various activities can be developed for students to practice. For example, students may engage in such exchanges as: 你怎麼今天不去上課了？我生病了。小王現在在哪裡？他去圖書館了。別出去了，天都黑了。

The next step would be to compare the non-use cases. These cases can be divided into at least two types. The first type is a situation where the use and non-use are both possible, but the implied meanings are different. For example, line 8, 許醫生說 is a structure for reporting speech; if *le* were to be used, it would have been a case of emphasizing what the doctor has already said. The second type is that the final *le* is simply not appropriate. This is the case of line 6, 還沒醒過來啊？, where a negation is not expressed with a final *le* but with the negation token *mei*. Line 7 represents a slightly different case, where 醫生怎麼說 focuses on the content of what has been said by the doctor, rather than a general situation.

The final step would be for the instructor to give a generalized statement to capture the overall use pattern, despite the apparent idiosyncratic situations. Here we can adopt Li and Thompson's (1981: 240) propose that "the basic communicative function of *le* is to signal a 'Currently Relevant State' (abbreviated as CRS). What this means is that *le* claims that a state of affairs has special current relevance with respect to some particular situation".

A key element in understanding this statement, which needs to be driven home to the learner, is that when reporting events with the final particle *le*, the state of affair indicated by *le* must have some relevance to a particular situation, whether objectively or subjectively, or both. Thus, when the doctor asks his mother why you are here with a token of *le*, the implication is that her appearance in the hospital (objectively) is not expected. Similarly, when the mother says that the son has not been home for three days, the implication is that this is not (subjectively) a usual situation and that she is naturally concerned. Finally, when the nurse announces that the patient in the ward has just woken up, the implication is that (both objectively and subjectively) this is a new development in his health condition and it is worthy of the doctor's immediate attention. Short of these implied relevance, an event may be used with a final *le* likely with no grammatical issues but can be with pragmatic issues. Of course sometimes it is due to a grammatical constraint (such as in negations) that *le* is dispreferred or inappropriate.

3.3. Summary

The two sample teaching units, one on final particles and the other on the aspect marker and final particle combo *le*, in this section show that authentic materials such as media clips can be integrated meaningfully with teaching scenarios that are found in standard course works, thus taking advantage of the best of both worlds.

4. Conclusions

While media video clips may exhibit certain degrees of artificialness as they are the products of edited artistic work, they can still be useful as a form of authentic materials (Xian, Wu, and Tao 2012; Tao et al. 2018). One way to make use of the media video clips in the typical classroom setting is to have small segments of media clips to supplement the teaching of traditional curricular foci, or textbook scenarios (TS). The advantages of such an approach are that smaller clips are rich in social cultural as well as communicative information; they are more controllable and are highly focused; and, finally, they can also lend themselves to individual and multiple uses.[2]

While it may have been common knowledge that discourse pragmatic competence is an indispensable part of the language repertoire, pragmatics is also known for its elusive nature, having to do with multiple factors and largely non-formal features. Traditional classrooms, on the other hand, prefer regular curricula and readily identifiable linguistic features. These opposing demands often make the instructor less willingly to step out of the traditional box and implement a communicatively sound pedagogy. By employing authentic materials such as manageable media clips, it is hoped that the reconciliation of the two sides can be reached and a more rigorous curriculum responding to multiple teaching needs can be developed.

From the point of view of long term, robust development of the

---

2　For example, the sample clips of final particles shown above can be used not only for the teaching of le, but also for such actions as reported speech.

field of Chinese as a second language, and for this type of language pedagogy to take wide-ranging effect, three things would need to happen. One is that there needs to be a well-defined and well-organized collection of teaching scenarios based on major course works. Second, there need to be a comprehensive collection of well curated media clips that fit the teaching scenarios. Finally, efforts need to be spent on developing the relevant materials such that they can be readily used in the actual classroom and for self-study. All of these actions need a great deal of commitment and energy from the practitioners in the CSL field. We are pleased to see that these issues have begun to be recognized in the field by CSL practitioners, as reflected in the TS cataloging effort of Liu and Fang (2014), the media collection effort by Liu (2018), and materials development in Su & Tao (2018a, 2018b), but certainly more efforts need to be made across all three areas of the enterprise.

References

劉華、方沁（2014）。〈漢語教學用話題庫及話題分類影視資源庫構建〉。《世界漢語教學》28.3: 378-392。

Askehave, I., & Swales, J. M. (2001). "Genre identification and communicative purpose: A problem and possible solution." *Applied Linguistics* 22.2: 195-212.

Austin, J. L. (1961). "Performative utterances." J. O. Urmson & G. J. Warnock (eds.): *Philosophical Papers* (Oxford: Oxford University Press), 233-252.

Biber, D. (1988). *Variation Across Speech and Writing* (Cambridge: Cambridge University Press).

Biber, D., & Conrad, S. (2009). *Register, Genre, and Style* (Cambridge: Cambridge University Press).

Bucholtz, M., & Hall, K. (2005). "Identity and interaction: A sociocultural linguistic approach." *Discourse Studies* 7.4-5: 585-614.

Chao, Y. R. (1968). *A Grammar of Spoken Chinese* (Berkeley: University of California Press).

Duranti, A. (1997). "Speaking as social action." *Anthropology* (Cambridge: Cambridge University Press), 214-244.

Duranti, A., & Goodwin, C. (eds.) (1992). *Rethinking Context: Language as an Interactive Phenomenon* (Cambridge: Cambridge University Press).

Goodwin, M. (1990). *He-said-she-said: Talk as Social Organization Among Black Children* (Bloomington: Indiana University Press).

Halliday, M. A. K. (1985). *An Introduction to Functional Grammar* (London: Edward Arnold).

Halliday, M. A. K., & Hasan, R. (1976). *Cohesion in English* (London: Longman).

Johns, A. M. (2008). "Genre awareness for the novice student: An on-going quest." *Language Teaching* 41.2: 237-252.

Kramsch, C. (1993). *Context and Culture in Language Teaching* (Oxford: Oxford University Press).

Kramsch, C. (1998). *Language and Culture* (Oxford: Oxford University Press).

Li, C. N., & Thompson, S. A. (1981). *Mandarin Chinese: A Functional Reference Grammar* (Berkeley: University of California Press).

Liu, Y., Yao, T., Bi, N. P., Ge, L., & Shi, Y. (2009). *Integrated Chinese* (Level 1, Part 1) (Third Edition) (Boston: Cheng & Tsui).

Liu, Z. (2018). "Teaching vocabulary and grammar using Zhigang Liu's video library." *Chinese Language Teaching Methodology and Technology* 1.3: 40-44. (https://engagedscholarshp.csuohio.edu/c.tmt/vol 1/iss3/5/)

Longacre, R. E. (1983). *The Grammar of Discourse* (https://engagedscholardy. csuohio.edu/cltent/vol1/iss3/5/) (New York: Plenum Press).

McCarthy, M., & Carter, R. (1994). *Language as Discourse: Perspectives for Language Teaching* (London: Longman).

Ochs, E. (1996). "Linguistic resources for socializing humanity." J. Gumperz & S. Levinson (eds.): *Rethinking Linguistic Relativity* (Cambridge: Cambridge University Press), 407-437.

Sacks, H., Schegloff, E., & Jefferson, G. (1974). "A simplest systematics for the organization of turn-taking for conversation." *Language* 50.4: 696-735.

Searle, J. (1969). *Speech Acts* (Cambridge, MA: Harvard University Press).

Su, D., & Tao, H. (2018a). "Teaching the Mandarin utterance-final particle *le* through authentic materials." *Chinese as a Second Language Research* 7.1: 15-45.

Su, D., & Tao, H. (2018b). "Teaching the *shi...de* construction with authentic materials in elementary Chinese." *Chinese as a Second Language Research* 7.1: 111-140.

Tao, H. (2005). "The gap between natural speech and spoken Chinese teaching material: Toward a discourse approach to pedagogy." *Journal of the Chinese Language Teachers Association* 40.2: 1-24.

Tao, H. (2007). "Position paper: Teaching Chinese with authentic materials." *Center for Advanced Language Proficiency Education and Research* (http://calper.la.psu.edu/downloads/pdfs/CALPER_ALP_Chinese.pdf).

Tao, H. (2011). *Working with Spoken Chinese* (Pennsylvania State University. State College, PA.: Center for Advanced Language Proficiency Education and Research (CALPER).)

Tao, H. (2015). "Teaching students to be discourse pragmatists: Practices in an L2 Chinese linguistics class." *CHUN- Chinesischunterricht* [*Chun: Chinese Language Teaching*] 2015.30: 30-51.

Tao, H., Salaberry, M. F., Yeh, M., & Burch, A. R. (2018). "Using authentic spoken language across all levels of language teaching: Developing discourse and interactional competence." *Chinese as a Second Language Research* 7.1: 1-13.

Werlich, E. (1983). *A Text Grammar of English* (2nd ed.) (Heidelberg: Quelle & Meyer).

Wittgenstein, L. (1980). *Culture and Value* (Oxford: Blackwell).

Woods, D, & Fassnacht, C. (2013). *Transana v2.50.* (http://www.transana.org) (Madison, WI: The Board of Regents of the University of Wisconsin System).

Xian, L., Wu, H., & Tao, H. (2012). "Using authentic materials for language teaching: Theory and practice in TCSL." *Journal of the Chinese Language Teachers Association* 47.1: 135-157.

Zhang, L. (2011). "Teaching Chinese cultural perspectives through film." *L2 Journal* 2011.3: 201-231.

第三編

華語課堂「嗎」問句回應研究：
從回應與修補看課室言談與互動[*]

蔡宜妮

I-Ni TSAI

（國立臺灣大學華語教學碩士學位學程）

* 本篇論文的原始初稿發表於 2018 年 5 月舉辦之「國立臺灣大學華語教學碩士學位學程華語文理論與實務國際學術研討會」。感謝當日與會學者的提問與指教，也由衷感謝匿名審查委員提供寶貴意見，指引本文進行大幅度修訂，使論文更加嚴謹。寫作與修改過程中與齊婉先教授和陶紅印教授的討論多所啟發，在此一併致謝。文中若有任何疏漏，均係作者之責。

摘　要

　　提問與回答是最基礎的會話單位，而其中是非問答句不但日常生活頻繁出現，更是課堂教學等專業社會活動構成的基本語言架構。問答句看似簡單，但如何正確理解問句以及如何適切回應實為一個複雜的課題。本研究從華語課室中「嗎」問句及其回應切入觀察，試圖探究師生如何共同建構課室言談，並從回應修補看學習者的回應互動能力。本研究利用會話分析作為研究方法，微觀分析華語課室中「嗎」問答出現序列的特性，發現了三種與教學有關的常見序列。在序列中教師皆利用「嗎」問句回應的肯定與否定特性引導學生，並以學生回應為基礎建立活動架構或教學重點，呈現了師生協力共構的言談序列。另外，本研究也觀察語料中「嗎」回應的修補現象，其中以否定回應修補的比例最高。藉由分析否定回應的修補現象與母語者回應習慣，討論學習者在回應時可能遇到的潛在困難。本研究希望藉由「嗎」問句回應作為窗口窺見教學現場的溝通互動，以及學習者溝通互動能力的展現。

關鍵字：「嗎」問句、問句回應、課室言談、會話修補、會話分析

一、前　言

　　人類的日常互動由一來一往的對話形成，而提問與回答可說是會話互動中最頻繁出現的對話形式。問答句不但在日常生活出現頻率甚高，更是部分機構性社會活動（如訪談與課堂教學）的基礎互動架構。傳統漢語研究多針對是非問句本身進行考察（Chao 1968; Li & Thompson 1981; T.-c. Tang 1984; 邵敬敏 2014），較少針對問句的回應進行探討，但是如何正確理解問句，以及如何適切回應其實是一個複雜的問題。近期利用真實會話語料進行不同語言的考察研究中，開始注意到回應表現的複雜性和精緻分工（S.-h. Lee 2013; Stivers & Rossano 2010; Thompson Fox & Couoper-Kuhlen 2015）。而語言學習中口說技巧的教學討論，也將適切回應視為重要的溝通互動能力之一（Brown & Yule 1984; Celce-Murcia 2007），值得從學習者的表現試圖理解問答句的狀況。

　　跨語言的問句類型研究發現，是非問句是會話中出現頻率最高的問句形式（Stivers 2010）；華語教材和教師提問中，是非問句也是頻率最高的問句類型（陳純音 2011）[1]。而教師提問和學習者回應在強調溝通的課堂又更顯重要。以溝通為主軸的教學重視教學現場與課室貼近真實自然語言的營造，和師生互動與意義協商。是非問答序列可提供一個切入點，用以探究課堂言談和互動。

　　本研究為質性研究，以會話分析（Conversation Analysis，

1　在陳純音（2011）研究中，探究了教材中與教師提問中的問句類型。其中助詞問句一類，不論是華語教材，還是教師提問，總體來說都是比例最高的一類問句。

CA）作為方法論，以華語課室錄影語料為本，透過轉寫與觀察，微觀地分析華語課室中「嗎」問句的問答對話序列，尤其從三部序列IRF（Initiation-Response-Feedback/Follow-up）入手。觀察重點包括師生透過問答序列如何互動協商，並從回應中的修補（repair）現象切入考察學習者的回應表現。

　　會話分析學派由社會學發展而來，以日常生活的真實語料作為分析對象，試圖探索會話互動中語言行動的互動交際慣例（Goodwin & Heritage 1990）。會話分析提供一種主位（emic）的觀點，認為會話互動是一種動態而且共同建構的過程，試圖理解交際雙方如何在說話當下詮釋理解對方的會話行為，以及話語達成的社會功能。而會話分析應用於二語習得（CA-for-SLA）（Gardner 2019; He 2004; Markee & Kasper 2004; Seedhouse 2004; Sert 2015）也以同樣的觀點來看待課室中所有完成的互動，可能是師生互動，也可能同儕互動。這個互動的觀點將學習者和教師同樣視為主動參與的溝通者與行動者。Seedhouse 和 Walsh（2010）與 Sert（2015）論證了第二/外語課室的言談互動最為特殊之處：目標語既是教學的內容，更是師生教學和互動時的媒介語言。上述文獻也指出觀察課堂言談可了解師生如何利用會話共同建構出學習空間，可理解學習者在課室中的學習歷程，也可以觀察學習者對於目標語的掌握能力。

　　華語的是非問句雖包括幾種形式[2]，本研究將聚焦在「嗎」問句這個特定問句形式及其回應切入。雖然開放性問句較能夠引導

2　華語是非問句包含幾種類型：華語的正反問句[或稱A-not-A問句]）、句末助詞是非問句、陳述性問句和附加問句。本研究將納入句末助詞「嗎」是非問句和「嗎」構成的附加問句。

語言課室的師生互動，但本研究選擇聚焦封閉式的「嗎」問句，目的是想凸顯即便在封閉性是非問句建構的話輪序列，學生回應參與受限的情況下，都可以顯現師生互動合作的軌跡，並從中理解課室互動的本質。而會話修補是日常會話中重要的機制之一，藉由修補而達到溝通者雙方的共同了解與共識（Schegloff 1979; Schegloff et al. 1977）。藉由回應修補切入，期望能進一步探究問句-回應在課室中展現的互動協商歷程。

　　本研究希望從華語課堂中的「嗎」問答序列，理解師生如何共同建構課堂內容，也利用回應修補現象理解學習者問句回應的表現。因此我們試著提問和觀察：(1)華語課室中師生利用「嗎」問句和回應配搭而成的對話序列有什麼特色？(2)師生如何透過這些序列共構課室言談與學習過程？(3)問答的對話序列有哪些回應修補的現象？可從中理解學習者哪些潛在困難？

二、文獻回顧

　　本研究試圖探究師生如何利用問答結構共同建構課室言談，也從回應修補討論學習者的回應表現。以下的前人研究著眼三個面向：語言課室中的問答研究、語言課室中的修補研究以及和回應結構有關的是非問句回應類型研究。

（一）語言課室中的問答序列：師生的協商共構

　　會話分析提出，人類互動對話的基礎架構是由話輪轉換建構而成。而問答句則是會話在話輪交替的機制之下所產生的基本序列結構，稱之為基本相鄰應對（adjacency pair）。相鄰應對的第一應對成分（first pair part）一旦出現，慣常引導第二應對成分的

出現（second pair part）。例如：「提問」和「回答」或「邀請」和「接受或拒絕」。也可以說，第一應對成分的出現引導並型塑其後第二應對成分的出現。而在課室言談中最常出現的問答序列就是IRF（Mehan 1979; Sinclair & Coulthard 1975），指的是課室言談中的三步序列：教師引發（I, Initiation）- 學生回應（R, Response/ R）和教師回饋或後續（Feedback/Follow-up, F）。教師引發（I）多以問句確認學生知識或以祈使句下達指令；學生回應（R）則是學生回應教師問題或指令，展現自己相關知識或能力；教師回饋或後續（F）的語言行動最為複雜，除了評估、評價、後續提問外，還可完成重述、補充或修正學生回應等各式不同功能（Lyster & Ranta 1997）。

　　從會話分析切入理解IRF序列時，不再將這個三個話輪的序列視為制式化且功能固定的課堂言談結構，而是師生雙方共同建構課室言談的動態過程，協力共同創造學習空間（Hall 2010; Hellermann 2003, 2005; Seedhouse 2004; Sert 2015），呈現了IRF序列的多樣性。

　　會話分析研究展示了IRF三部序列和當下課堂活動特性的關係。He（2000）研究華語教師在課室中指令行為，發現教師在進行連續指令的活動時（例如聽寫），常頻繁中插問答序列。中插問答是教師利用學生對於指令活動和內容的認識與了解，請學生說出教師的下一個指令，從而形成教師詢問（I）- 學生回應（R）- 教師同意後下達指令（F）的序列。而Koshik（2002）和Waring（2012）發現在某些檢討練習或作業的序列中，教師的問句表達了質疑的立場，藉助這樣的質疑引領學生自我發現並修正錯誤。

　　另外，第三話輪（F）在前人研究也受到很多關注。

Hellermann（2003）發現英語教師很常在第三話輪重複學生回應，而且大部分會利用和學生一樣的音高但些微拉長音的方式表達對學生回應的認可。如果音高較低或無特別拉長音，則大多有意結束當下序列或請學生再補充說明。Park（2014）提出在不同的教學情境中，參與者對教師第三話輪的重複有不同的詮釋。在確認正確性的序列中，教師的重複代表認可學生的回應；但是在強調流暢與有意義溝通的情境之下，教師的重複學生回應多被詮釋為意圖推動學生進一步闡釋，因此學生大多會針對自己第二話輪的回應再多加說明。Y.-A. Lee（2007）也發現第三話輪幾種不同的語言行動，如教師會在教師在第三話輪拆解原來複雜的問題，慢慢引導回答等。

Hall（2010）從IRF整體架構來看，提出IRF序列實則建立了一個框架，教師引發（I）主要建立理解的框架，學生回應（R）是展現學生是否成功理解的空間，而藉由觀察第三部分（F）的教師語言行動則可以理解教師如何呈現學習重點。

以上的研究說明了，IRF三個部分不應該是一個固定而抽象的類別，對話輪的理解還是要回歸序列中逐一分析，才能看出教師如何機動而連動地詮釋及應對學生產出的前一話輪，並完成在序列中可能的多重行動。本研究接續這樣的理論思維，將考量當下的教學活動並逐個話輪檢視，試圖理解參與者在「嗎」問句及其回應所引出的IRF三部序列當下所完成的語言行動和共同建構出學習的空間。

（二）語言課室中的修補

會話修補的研究始於對自然會話的觀察。會話修補指的是會話互動過程中參與者意識到有話語產出、話語接收或話語理解的

問題時，說話者為處理這些問題會截斷或暫停話語，並產生重複、重述或修正的現象（Schegloff 1979; Schegloff et al. 1977）。會話修補分為四個種類：自我發起自我修補，自我發起他人修補，他人發起自我修補以及他人發起他人修補。會話修補是日常會話中重要的機制之一，藉由修補而達到溝通者雙方的共同了解與共識。而語言課堂是以教學為目的的機構性互動，因此呈現了和日常對話不同的修補種類和分佈。McHoul（1990）發現，在一般的對話當中，自我修補相對來說比較常見，但在課室的狀況中，雖然也傾向自我修補（老師引導學生自我修補），但會系統性地有教師介入修補的情況。而課室修補除了和產出、接收和理解的問題有關外，常常和學習者表達形式的正確性或自然度有關。Macbeth（2004）則強調，修補與修正不僅是課室言談的特色，其序列本身正是構成語言課室言談不可或缺的重要成分，透過修補序列參與者表達了教學為核心的目標，也體現了師生之間角色關係的認同。本研究試圖藉由修補現象切入理解在課室中學生問句回應的表現和潛在難點。

（三）跨語言和華語是非問句的回應類型

是非問句（yes-no），或稱為極性問句（polar questions），問句本身所尋求的答案基本有兩極的分別——是與非或肯定與否定。語言類型學研究者曾經提出一個具有代表性的回應分類綱要，將是非問句的答句形式分為三種：(1)簡單助詞系統（yes-no system）(2)同意/不同意系統（agree-disagree system）以及(3)重複回聲系統（echo system）（König & Siemund 2007; Sadock & Zwicky 1985）。部分語言會以其中一種作為主要回應類型，而某

些語言則會兼有兩種以上的類型。[3]以華語來說，由於肯定回應的「對」頻率高，重複性回聲也很常見，因此學者一般認為華語的答句基本上屬於同意／不同意系統與重複回聲系統同時並行（謝心陽 2018; 蕭國政 1994）。

在漢語研究的文獻當中，對是非問句回應的關注較少，主要包裹在對是非問句的研究探討成果中（朱德熙 1982; 劉月華等 1996; Chao 1968; Li & Thompson 1981; T.-c. Tang 1984）。回應系統是前人研究問句類型時的重要依據。前人多以立場中立與否，來試圖區隔「嗎」問句和正反問句：「嗎」問句為非中立問句，問者已有預設立場，而正反問句則是中立問句，沒有預設立場。因此簡單回應[4]主要用來回應有預設立場的「嗎」問句；至於重複性回聲系統，則多用來回應正反問句。郭銳（2000）則提出利用確信度高低來理解「嗎」問句。回應人必需判斷說話者對訊息確信度的高低，再作出相對的回應。以「你要去公園嗎？」提問為例，若回應者詮釋此問句為高確性度的「嗎」問句，則回應者可以用「對」回答，表示同意問話者假設；但若回應者詮釋為中確信度的問題，表示疑問程度相對較大，則以重複性的回聲系統回答。確信度高低的討論，和英語是非問句回應研究中談及訊息掌握度和知識權威高低（Heritage 2012; Heritage & Raymond 2012）相互呼應。這個脈絡的研究提到，回應的選擇和說話者之間對於事件訊息的掌握度和知識權威高低有關。以英語為例，若回答

3　舉例而言，英語的問句回應類型兼具簡單助詞（yes-no）和重複回聲，但簡單助詞頻率最高，為最典型回應結構（Stivers 2010）；芬蘭語則是兼具簡單助詞和重複回聲，而且肯定的簡單助詞有兩個（joo和nii）（Sorjonen 2001）。

4　在這些研究中提出，肯定的簡單回應包括「是」、「是的」、「對」、「對了」、「嗯」，而否定回應則包括「不」、「不是」和「沒有」。

yes/no表示被動接受提問者的預設立場，主要表達同意（affirm）；若用重複型回應（如以I am），則並非單純回應提問的是或否，而是表達了以自我觀點與立場進行確認（confirm）。

　　直接針對華語問句回應表現進行系統探究的研究較少，主要有蔡美慧（1993）、蕭國政（1994）和謝心陽（2018）。蔡美慧（1993）發現在臺灣華語中，慣常回應的肯定簡單答詞為「對」和「heN」，「是」的比例很低；否定簡單回應最常見的則為「沒有」和「不是」，否定項「不對」只佔了1%。研究中也發現了最常見且重要的回應組合[5]。而肯定回應常見的功能為接受請求或建議（「好」、「可以」）以及同意陳述（「對」和「heN」），而否定常見的功能則為不同意陳述（「不是」、「沒有」）或否定狀態（「不會」、「沒有」）。蕭國政（1994）根據原問句類別將回應分為四類：不Ｖ式、Ｖ過/了/著、Ｖ補式、非Ｖ式。相對回應如下：「不Ｖ式」為否定問句，回應為「Ｖ-不Ｖ」；「Ｖ過/了/著」的回應為「Ｖ過/了/著-沒有Ｖ」；「Ｖ補式」的回應為「Ｖ得C-Ｖ不C」；「非Ｖ式」的例子為選擇性問句（如：你去北京還是去上海），選擇以動詞外的名詞回應（如：「北京」或「上海」）。另外還有歎詞一類。謝心陽（2018）觀察由句法-詞彙手段構成的問句和附加問句的回應。研究中將觀察到的回應類型分為「單詞型回應」、「簡單重複型回應」、「完全重複型回應」和「其他回應」，最後以頻率證明單詞型回應和重複性回應皆為漢語中無標記的回應形式。其中單詞型回應主要是表同意，而重複型主要表

5　研究發現的重要組合包括：有-沒有、是-不是、對-不對、會-不會、要-不要、可以-不可以、好-不好。此研究也注意到了原問句的功能行為，發現當原問句為請求或建議時，肯定答詞為「好」和「可以」，「行」則未出現；否定答詞為「不用」和「不行」，肯定答詞的否定項「不好」則未出現。

確認而突顯主觀性，呼應了英語研究中回應方式和訊息掌握度及知識權威有關的討論。上述文獻論證了原問句的形式和功能將引導不同形式的回應類型，而華語的情況相對複雜。

　　前述文獻幫助我們了解是非問句回應的複雜性，也展示了對是非問答的理解必須考量問句形式、立場表達（確信度或知識情態）以及當下對話的序列環境和脈絡。本研究將在前人對問句回應的基礎上，試圖理解華語課堂中的「嗎」問句與回應。

三、研究方法

　　本研究以會話分析作為研究方法，以語言課堂的錄影語料為本，透過轉寫與觀察，微觀地分析課堂師生互動中的語言表現，並探究學習者回應答句的能力。以下針對研究方法、語料取捨和分析進行說明。

（一）會話分析作為研究方法

　　會話分析學派認為人在談話中一來一往的話輪交替是我們理解人類社會互動最微觀而基礎的起點。會話是一個動態的過程，參與者藉由話輪交替（turn-taking）和序列結構（sequential organization）等機制而不停開展。我們對語言的理解應將語言置入社會情境和連續話語中考量。連續話語中的語句具有「雙重語境作用」（double contextual），不但受語境形塑，也形塑語境（Heritage 1984）：每個語句順應當下情境而生，而已產生的語句又成為新的語境，引領出後面的語句。因此在分析時，對每一個話輪的理解，都是根據對前一句的詮釋而來，而分析話輪所達成的社會功能時，也應該將下一句他人對當個話輪的回應納入考

量，才能挖掘深層的互動歷程和語言實踐。會話參與者藉由連續性話語的結構組織，達成溝通目的協商與相互理解，人類互動交際也得以協力完成。分析時特別著重從參與者的角度切入描述。

　　會話分析學派也認為，語言的場域會改變參與者身分與溝通目的，因此相當注重機構語言的研究[6]。課室語言作為機構語言的一個分支，可說受到學者最多的關注與研究。Seedhouse（2004）提出課室言談不是一個具有一致性的言談類別，而是由複雜的互動實踐慣例所組成的。研究中利用課室當下不同的教學目標和活動，探究了期間不同的話輪轉換機制和修補行為。課室的言談互動在對話當下逐步開展，師生雙方將當下脈絡納入考量從而理解彼此的意圖和語言行動，分析時需考慮教學當下的活動特性，也需將序列中的話輪逐個分析，方能理解整個序列中話輪之間互相牽動的關係。

（二）語料介紹與說明

　　本研究主要根據錄影採集的會話互動語料，包括學習者語料和母語者語料。學習者語料為小型華語教學課堂錄影[7]，約四段各一小時，總計四個小時。每段錄影有一位教師和三到四位學生。參與教師和學生皆為校內外招募而來模擬華語課堂進行語料錄製。參與教師的資歷從幾個月到九年教學經驗者皆有，而學生華

6　研究廣泛的機構語言包括課室語言、新聞訪談、法庭語言、醫病溝通等。

7　本研究使用之華語教學課室錄影語料為臺大文學院 105 年邁向頂尖大學計畫
　　小型團隊研究計畫成果。此小型研究團隊計畫由臺大華語文教學碩士學位學
　　程所有老師共同執行完成。在此感謝所有參與研究錄影的師生，讓計劃得以
　　順利進行。也在此感謝計畫助理蔡旻珊負責語料採集和初步轉寫，也感謝計
　　劃助理楊采莉和林婕協助初步語料轉寫。

語程度皆在進階級或以上，主要來自韓國、日本、德國、泰國、越南等不同國家。雖然教師背景和學生背景相當多元，但本研究著重在細部觀察師生雙方對話互動的進行，並以對話雙方在話語產出當下所展現的理解和詮釋為分析切入點，因此師生背景的多元性並不影響研究分析的進行。討論學習者回應修補現象時，將初步參照觀察華語母語者語料，總計也是四小時。華語母語者語料為筆者於2005年到2015年間錄影採集而來。參與者皆為臺灣出生的華語母語者，互動情境是朋友間的日常聚會聊天。錄影語料的轉寫主要根據Jefferson（2004）建立的轉寫系統為基礎，但根據漢字轉寫的特性做了局部的修改。Jefferson的轉寫系統主要配合會話分析研究特性而設計，因此轉寫符號可捕捉停頓、拉長音、重音等語言產出時的特性。語料的轉寫符號附錄於文後。

（三）語料取捨與分析

研究步驟上，首先就華語課堂語料和華語母語者生活會話語料的轉寫稿，尋找有「嗎」問句的序列進行觀察。其中有些例子無法觀察回應類型，排除在觀察語料外。排除的「嗎」字句語料一共有三類：(1)提問者自問自答；(2)提問者的問句之後並未停頓而接續說話；(3)提問之後，聽話者試圖釐清問題，但最後未回覆原問題。由於這些語料無法觀察問句回應，因此排除在語料觀察之外。

根據上述會話分析的考量，分析語料時，將考慮教學當下的活動特性，然後將序列中的話輪逐個分析。「嗎」所引出的IRF序列將利用➡1、➡2和➡3在語料中標示，如例子(1)所示。接著，進一步分析每一個話輪的組成和設計。以例子(1)為例，第一話輪（07行）的構成先是稱呼學生名字，選定特定回答對象，

接著才提出「嗎」問句。這個「嗎」問句其實有兩種回答方式，學生可以直接回答「風險」的意義，也可以「知道」或「不知道」作為回答。學生在第二話輪（08行）選擇了後者，以重複肯定的方式回答。教師在第三話輪（09行），重複前一話輪回應。由於這裡教師的「嗎」問句是確認學生理解詞彙的狀況，代表學生才是知道答案訊息的人。教師的重複，應詮釋為訊息接收，也同時代表對訊息回答方式的認可。訊息接收後，教師在這個前提下，在同一話輪接續提問。

例(1)　（LAP03-A1-07:50-風險）[8]

```
07  Teac: ➡1  Paty,你知道什麼是風險嗎？
08  Paty: ➡2  知道. ((⬇⬇點頭))
09  Teac: ➡3  知道.你覺得這三個風險哪一個可能高？可能最
10            高？
```

　　觀察IRF序列外，也觀察回應修補的現象。在觀察的四個小時語料中，他人（教師）發起修補的例子較多，自我發起的修補較少。例如下面的例(2)和例(3)。在例子(2)中，教師的提問（03行）得到了學生否定的回應（04行）。一般來說，教師提問請學生回答，教師在第三話輪會利用重複或其他手段標示對訊息的接受與認可，如例(1)所示。但例(2)中教師在第三話輪並未表示接受或認可學生回應，反而提供了同為否定回應的另外一個形式「不謙虛」，在序列中可視為某種修補，為他人（教師）發起他人（教師）修補的例子。

8　小型華語課室的語料中，教師（teacher）一律以Teac標示，學生則各給予一個英文假名。Alls代表全部學生。

例(2) （LAP04-A2-04:48-不謙虛）

01	Teac:		對對對．所以這個聽起來怎麼樣？
02			（0.5）
03	Teac:	➡1	謙虛嗎？
04	Dave:	➡2	沒有．=
05	Teac:	➡3	=不謙虛．好像有點自己誇一誇獎自己對不對？

　　根據前人研究，自我發起的修補包括話輪中有停頓、截斷、語音延長、填充發語詞、重複、替換等現象（Schegloff et al. 1977; X. Tang 2014）。例子(3)中Dave在第10行的問句回應有拉長音和停頓（不：(.)是），可視為自我（學生）發起自我（學生）修補的例子。教師則在第三話輪進行修補。教師在12行中利用重複句子、停頓和手勢，在13行中利用「不」拉長音，引導學生自我修補。14-15行學生在老師引導下齊聲說出「不急於結婚」，屬於他人發起（老師）自我修補（學生）。呼應Dave的自我修補，13行教師最終說出預期的否定式「不急於結婚」，則屬於自我（學生）發起他人（老師）修補。

例(3) （LAP04-A1-03:42-不急於結婚）

09	Teac:	➡1	所以現代人急於結婚嗎？
10	Dave:	➡2	不：(.)是．
11	John:	➡2	⇔⇔（（搖頭））
12	Teac:	➡3	所以現在人（0.3）（（手勢））=
13		➡3	=不：[：急於結婚．
14	John:		[。不急於結婚．
15	Dave:		[。不急於（　）．

　　下面兩小節將根據分析的步驟與方式分別呈現學生回應如何幫助建構當下序列以及回應修補的情況。

四、IRF中的回應觀察：協力共構教學言談序列

本研究觀察小型華語教學課室的語料，以「嗎」問句及回應切入，藉此觀察教師問題提出、學習者回應，和教師對其回應處理的序列脈絡中，理解師生如何透過「嗎」組成的問答應對共同建構當下的言談。

觀察四個小時的語料後發現，「嗎」問句主要是教師進行提問確認，教師利用是非問句調動學生已知的背景知識，以確認對學習內容的理解或利用「嗎」問句回應肯定否定的特性達成特定教學目標。下面為三種最常見的互動序列和情況：(1) 教師引導學生利用生詞造句之前，提問確認某些學生的背景經驗，以幫助後續練習建立情景框架；(2) 教師進行詞彙解說時，利用學生已知的詞彙和生詞之間語意的相對性，提問確認學生對教學目標生詞的理解；(3) 教師在進一步推進教學內容之前，向學生確認某些作為前提的知識。不論是哪一種情況，可以從中看到「嗎」所引導的IRF序列都出現在一個更大的課堂活動序列當中，為了推進當下的活動，教師選擇了「嗎」問句用以確認。大部分的時候「嗎」提問是在課堂互動進展中逐步推進而成的，而學生的回應也相對構成了當下教學活動的一部分。

（一）常見序列一：確認個人經驗建立練習情景框架

第一個常見的序列，是教師提問確認學生的背景經驗，藉此幫助建立情景框架。也就是利用學生的個人事件引導學生進入生詞認識或生詞造句的練習。值得一提的是，這一類利用個人經驗引導生詞例句理解或練習的情境，大部分的例子都處於高一個層次的序列架構中：教師首先確立句型練習的大流程，並利用不同

的主題進行說明和練習。這一類「嗎」問句就是利用詢問學生個
人經驗來確立不同的練習主題。下面以例子(4)說明。在例子中
教師在與學生討論「收費」這個生詞。在例子之前，教師已經利
用過「語言中心」作為主題，詢問語言中心的收費，並總結學生
的回應（01行）。在04-05行，教師第一次以租房子為主題提問，
試圖建立練習的主題框架，但未成功（07行-11行）。因此在例子
(4)的14行時，教師試著用開放性的問句請學生提供個人自身的
經驗，作為「收費」一詞討論的素材，但有長達2.8秒的沉默
（15行）沒有學生回應。

例子(4)　（LAP04-A1-26:19-收費）

01	Teac:	語言中心的收費還可以 , 好 . 那你們一你們在臺灣
02		不開車對不對？
03	Alls:	↓[↓((學生們點頭))
04	Teac:	好 , 不開車 .<那這個不能問 . 你們有一你們住房
05		子對不對？在外面你=
06	➡1	=們要付管理費嗎？
07	Dave: ➡2	沒有 .
08	John: ➡2	沒有 .
09	Teac: ➡3	沒有 . ((手比Dave方向)) 沒有 . ((手比John
10		方向)) 沒有 . ((手比Paty方向))
11	Paty:	沒有 .
12	Teac:	沒有 . 好 , 這個都不能問。
13	Alls:	huhuhuh. ((學生們笑))
14	Teac:	那你們最近付什麼錢？
15		(2.8)
16	Teac: ➡1	好 , 你們去過:故宮嗎？
17	Paty: ➡2	↓[↓. ((點頭))
18	John: ➡2	[嗯.[↓↓((點頭))
19	Dave: ➡2	[↓↓. ((點頭))

20	Teac:	➡1	去故宮，要錢對不對？
21	John:	➡2	[嗯.
22	Teac:	➡3	[好，去故宮看展覽. 你覺得他們的收費一怎麼
23			樣？（.）看一次展覽：（）
24	Dave:		一百五.
25	Teac:		一百五[嗎？
26	Dave:		⬇⬇（（點頭））
27	Teac:		一百五，對. 所以這一這樣的收費，怎麼樣？
28			（1.5）
29	Dave:		有一點貴.
30	Teac:		有一點貴，好.

　　在這樣的序列環境下，教師以「好」（16行）標記活動邊界，接著進行下一個嘗試：援引臺灣名勝故宮調動潛在共同的經驗來建立主題框架。這次即得到學生的回應，學生紛紛點頭。由於教師「嗎」問句試圖借用學生經驗作為練習主題，因此這類詢問涉及對學生背景的理解，可看出有時未能成功。第一次租房子的主題未成功，此時教師轉而利用開放性提問（14行），但開放性提問未得到學生回應後，還是回歸「嗎」問句作為引導（16行）。「管理費」的主題（06行）得到了學生否定的回應，而「故宮」的主題（16行）則得到學生肯定的回應，因此「嗎」問句的肯定和否定回應，正好對應了練習主題框架的成功與否。這個例子中，一旦確立了學生們去過故宮的經驗（17-19行），教師隨即跟著遞進引導（去故宮，要錢對不對？）（20行），最後詢問故宮看展覽的收費來完成練習引導。另外，比較特別的是，這個序列也同時展現了師生明顯對於建立練習主題框架這個行為的意識和認知，在例子的序列開頭教師未能成功建立主題框架時，教師直接公開地以「（那）這個（都）不能問」（04行和12行）幽默地

標記引導未成功的結果，這個標記引起學生以笑聲回應（13行）。而教師在01行所說「你們在臺灣不開車對不對」，顯示教師想到以「開車」為主題，但自己否認可行性，可說是教師公開展現對於主題框架建立的嘗試與思索。

　　例子(5)中的教師正在帶領學生練習「除了…都」的句型。在例子之前，教師利用水果為主題的情境進行練習。段落一開始的2.0秒空檔標誌著轉換，於是教師在02行以「好」標誌了新的練習主題的開始，轉而提問也同時以「旅遊」為背景主題。注意02行和15行的詢問就是以「嗎」問句來幫忙設立旅遊的情境以幫助後續練習。02行的問句其實得到學生的肯定回答，從序列來說是一個可以進入練習的時機點，但是教師未進入練習。教師在06行又重新提了一個問句，詢問學生來到臺灣的時間，確認都超過一年之後，才又重新提問「那你們有在臺灣旅遊嗎？」（15行）。

例子(5)　（LAP05-B-27:11-臺灣旅遊）

01			(2.0)
02	Teac:	➡1	好．大家有在臺灣旅遊嗎？
03	Mark:	➡2	[⬇[⬇.((點頭))
04	John:	➡2	[⬇[⬇.((點頭))
05	Dave:	➡2	[⬇⬇.((點頭))
06	Teac:		你們來臺灣多久了？
07	Dave:		一[年半]．
08	John:		[一年]（.）半．
09	Teac:		oh:,都是一年？
10	Mark:		[對．
11	Dave:		[超過了]
12	John:		[（超過]）一年．
13	Teac:		都超過一年．
14			（.）((⬇⬇大家點頭))

15　Teac:　➡1　那你們有在臺灣旅遊嗎？
16　John:　➡2　[有.
17　Mark:　➡2　[⬇[⬇.（（點頭））
18　Teac:　➡3　　[在臺灣旅遊過.
19　　　　　　　　（1.0）
20　Teac:　　　那你呢，Paty你有去過哪些地方？
21　Paty:　　　我只有臺南沒去過.
22　Teac:　　　只有臺南還沒去過. 那你呢？（（對著John））
23　John:　　　墾丁,花蓮,宜蘭,臺（h）東（h）.大部分,都
　　　　　　　　去過.

　　在15行教師再次提問時，其實完成了雙層的語言行動：藉由提問學生的旅遊經驗其實同時提出了練習的主題範圍。相對的，第16/17行學生的肯定回應也同時完成雙重行動：肯定了有旅遊經驗的同時，也因此協力共同建立了旅遊情境作為後續練習的情境。教師因此開始詢問學生曾經去過的地方。在這裡特別值得一提的是，學生肯定了旅遊經驗的同時也共同建立了旅遊情境作為後續練習主題的論點，可從學生的回答得到證明。第20行教師詢問Paty去過哪些地方，Paty的回答是「只有臺南沒去過」，這個回答的話輪設計似乎就是搭配著「除了…都」句型而組織的訊息。從這裡可以看出，學生理解老師詢問的雙重功效，並且配合提供了可供句型練習用的背景資訊，並以符合句型概念的方式呈現。在這樣的背景共識之下，教師理應可以順利推進「除了…都」的句型練習。但在這個例子中，教師未在這個時機點推進練習。

　　這一類「嗎」問句都包裹在詞彙句型練習的架構當中，藉由「嗎」問句與學生確認個人經歷，依序建立一個個不同的造句練習主題。這一類的教師提問可說完成了雙層的語言行動，除了詢

問學生的真實經驗外，其實也在設立主題範圍。很有意思的是，學生其實展現對於這個特殊序列的敏感度。雖然老師詢問的是學生的背景經驗，但是他們大多可以理解不是真實詢問，更屬於背景立場的建立。這可以從學生回應看出來。這一類的例子中，學生多以非語言的點頭回應。學生的點頭回覆其實更接近表達對練習主題轉換的理解，並共同建立主題練習的背景和框架。下面兩類較接近真正的詢問與確認，因此學生多會以重複方式回應。

（二）常見序列二：以詞彙相對性確認理解狀況

　　第二種最常見由「嗎」問句引導出的序列就是，教師利用詞彙意義的相對性和「嗎」問句回應的肯定與否定特性，確認學生對於詞彙意義或是課文內容的理解程度。一般來說，教師會利用學生已學過或已知詞彙的概念來和學生確認當下所學生詞的意義。可以例子(6)來進行解說。

　　在例子(6)中，教師正在進行「血本無歸」這個成語的解說。在進入這個生詞的時候，教師先強調了這是一個很重要的成語，之後教師利用很長的話輪進行解說。在解說中，教師先說明核心的意思，然後一個字一個字拆解說明，最後總結說，血本無歸就是流血流汗很辛苦賺來的錢不會回來了。之後接續著01行。在01行的時候有0.8秒的沉默，表示教師的解說之後，在這裡並未得到學生的回應。呼應著這個停頓，教師在02行繼續利用課本內容進行解說。這個時候她利用了課本提供的一段對話。在念完對話之後，教師接著問「所以他，有（.）賺錢嗎？」

例子(6) （LAP02-34:18-血本無歸）

```
01              (0.8)
02  Teac:       好,它說, 它-我們看它下面給的句子.<它說,
03              (.)A,你看到A嗎?A說你投資的股票,
04              獲利不少啊.然後B>就說<,ah別提了,股價
05      ➡1      慘跌,我這次的投資>血本無歸<.所以他,=
06      ➡1      =有(.)賺錢嗎?
07  John:  ➡2  沒[有.((搖頭))=
08  Mark:  ➡2     [⇔⇔((搖頭))
09  Teac:  ➡3  =沒有.他[那些[錢>是不是<,(.)不見了.
10  John:             [⬇⬇⬇((點頭))
11  John:       [⬇⬇((點頭))
12  Mark:       [⬇((點頭))
13  Paty:       [⬇((點頭))
14  Teac:       輸掉了,對不對.
15  Mark:       ⬇⬇((點頭))
16  Teac:       好.這是一個,很悲慘的,成(h)語(h).
17              (0.8)((⬇⬇ Mark點頭))
18  Teac:       好.
```

05行的前半是解說，最後教師用了「所以」進行確認。「所以」的使用顯示了下面的問題是教師對於學生進行總結性概念的確認提問，也就是在長時間的解說之後，確認學生是否正確理解。教師這裡利用的是已知詞彙「賺錢」的概念，並利用學生否定的答案「沒有」確認學生的理解。「賺錢」在投資上代表獲利，和「血本無歸」的核心意義賠錢相對。教師就是利用這種詞彙的相對性切入，在詞彙詞意上翻轉，讓學生經歷某種程度的推理而確認學生的理解。07行與08行得到學生「沒有」與搖頭的回應。09行教師重複學生「沒有」的回應表接受認同，並以此作為基礎，再次以附加問句強調血本無歸的意義和程度，後續皆僅得

到學生的點頭回應（11-13行）[9]。學生極小參與度的點頭確認，引導教師以「好」作為段落標記[10]，並以評價的方式（16行很悲慘的成語）結束了這個段落。在這個序列之中展示了教師在詞語解說時利用詞意相對性進行理解確認，雖然學生僅以是/否的簡單回應參與，但精準回應了教師生詞解說的引導架構，共同建立了教學重點。

以下的例子(7)中，教師當下的教學活動為進行生詞表中的生詞解釋，同樣試圖確認學生對生詞的理解程度。在例子段落之前，教師介紹的生詞為「時段」，因此引導學生說出一天當中的時段（01行到05行），在教師的引導之下，師生協力完成羅列了一天的時段。在短暫的停頓（08行）後，教師以「好」標記了新的教學段落開始，詢問「現在是週末嗎？」

例子(7)　（LAP04-A1-31:33-時段）

```
01  Teac:     早上,對,早上是一個時段.還有十二點,
02            吃飯的時候是:
03  Dave:     中[午.
04  Teac:       [中午.對,還有:
05  Dave:     晚[上.
06  Teac:       [下午,晚上.對,這都是時段.還有白天,有
07            晚上就有白天.
08            (.)
09      ➡1   好,現在是::週末嗎?
10  Paty: ➡2  [°不是.=((搖頭))
11  Dave: ➡2  [°不是.=((搖頭))
```

9　學生選擇點頭回應和教師09行與14行的確認以附加問句敘說，再加上先前已經長時間解說，並與教師多次確認有關。

10　Wang和Tsai（2005）探究了「好」在口語言談中的功能，其中曾提到了「好」可作為篇章結構中結束或過渡的一個標記。

```
12  Teac:  ➡3  =不是週末,是::(.)(0.3)((手指著生詞
13             表))[平::時:.
14  Paty:            ·[平[時.
15  John:              [°平時.
16  Teac:      對,平時.好,可以.所以這個,二十三個字是我
17             們的詞彙.好我們來看一下兩百二十一頁,這個
18             (.)對話.
```

由序列的發展得知,教師以「週末」與「平時」兩個詞彙意
義的相對性切入,試圖從學生處引導出否定答案(「不是」),再
從否定答案引導學生自主產出下一個生詞「平時」。「現在是週末
嗎?」開啟了一個IRF的序列,提問(I)順利地引導了學生的回
應(R)。而12行教師利用學生的否定回應開啟另一個新的IRF序
列。其中教師利用「不是X,是Y」的結構、拉長「是」這個
字、短暫的停頓和手指生詞表的方式,試圖引導出「平時」這個
詞彙。最後師生順利一同念出「平時」(13-15行),教師在第三
話輪進行重複、評價(16行,「對,平時.好,可以.」)。相較於
前一個例子,這個序列較為複雜,教師利用了「時段」的框架,
同時利用生活真實訊息(現在不是週末),試圖引導帶入下一個生
詞「平時」。

在上面兩個例子中,教師利用學生已學過或已知詞彙的概念
來和學生確認當下所學生詞的意義,已知詞彙和重點學習的詞彙
之間有明顯的相對性,以「賺錢」確認「血本無歸」,以「週末」
確認「平時」。兩者皆利用是非問句引導出否定回答,教師在第
三話輪再藉由否定回應作為材料確認學生對於重點生詞的理解。
在這些例子中的教師提問,似乎利用了是非問句肯定與否定的回
應類型達到特定具有教學目標的語言行動。不同於上一類,這一

類的提問是確認學生對詞彙的理解，學生理解他們主動回應與參
與的必要性，因此學生多會以重複方式回應。這符合前人提到，
重複回應大多標記自身對訊息掌握度較高的立場。

（三）常見序列三：確認前提推動後續活動

　　最後一種狀況是教師向學生確認他們對於某些詞彙或語法的
學習狀況，方便後續活動規劃可順利進展。在這個序列中，「嗎」
問句出現時也處於更大的序列之中。當下可能在進行課文討論或
詞語解說，但中插的「嗎」就是機動地用來確認一些前提性的知
識。以下藉由例子(8)試圖說明整個對話序列如何推動教師利用
「嗎」問句提問，又在提問的當下完成什麼互動語言行動。這裡
觀察的是06行的「Paty，你知道什麼是風險嗎？」以及其後續回
應。首先說明，這個段落教師使用的教材內容談的是投資理財，
因此教師在黑板上寫下了三種課本提出的理財方式：股票、基金
和政府公債，寫完板書轉身就開始了例子(8)中的序列。這個例
子中有兩個可供觀察的「嗎」問句，分別在02行和06行。

例子(8)　（LAP03-A1-07:50-風險）

01	Teac:	好,課本有說到這三個,你們ts-(.)覺得哪一種東
02	➡1	西,風險可能最高?有人可以跟我說什麼是風險嗎?
03		(0.3)
04	John: ➡2	⬇⬇((點頭))um::(.)
05		(0.5)
06	Teac: ➡1	Paty,你知道什麼是風險嗎?
07	Paty: ➡2	知道.((⬇⬇點頭))
08	Teac: ➡3	知道.你覺得這三個風險哪一個可能高?可能最
09		高?
10	Paty:	我覺得股票最高.

| 11 | Teac: | 股票最高 . 有人和他想法一樣嗎？或是不一樣？ |
| 12 | Dave: | 外匯 . |

　　教師試圖引導討論三種投資方式的風險高低，讓學生表達自己意見進而參與課堂，因此在01行的時候提出了她的問題，但是隨後又在同一個話輪和學生確認對於「風險」一詞的掌握程度。從教師連續提問可知，在對話行進的當下教師意識到對於「風險」一詞的掌握是學生回應問題的關鍵，因此請學生說明「風險」一詞（02行）。[11] 教師對於「風險」一詞說明的請求並未收到回覆，從03行/05行的沉默以及04行John點頭並努力嘗試回答但未成功可看出，說明的要求對學生來說有困難度。因此教師便更換了策略，先是指定學生並先確認學生是否知道「風險」的意思（06行），這次學生給了肯定的答覆「知道」（07行），而後教師在08行重複確認回答之後，才在同一個話輪的後半部分重新提出了01行的問題。從10行的學生回覆可看出師生雙方最終達成共識，成功完成了這個問答序列。需要特別注意的是，其中06行到08行所展現的是一個在互動當中逐漸成形的以「嗎」問句所引發的IRF序列。由於01到05行的互動狀況，讓教師將她的提問拆解成兩個部分，首先確認回答問題的前提─學生必須知道「風險」一詞，在得到學生肯定的回覆之後，教師再次重複肯定的答案，等於和學生建立了共識之後，才重新提出最開始的問題。06行的「Paty, 你知道什麼是風險嗎？」是作為前提的確認，並以其肯定回應為基礎開展教師想要提出的問題。

---

11 這個「嗎」問句承載了兩個功能。字面上是詢問「有人可以跟我說⋯嗎？」但尋求的回答不是「有人或沒有人」，而是希望誘發學生主動說明什麼是風險。

在這一小節裡，主要呈現了語料中「嗎」引導最常見的三種互動序列，分別是教師詢問學生個人經驗以建立練習主題框架、教師利用學生已知的詞彙和生詞之間語意的相對性，以「嗎」提問確認學生對教學目標生詞的理解、以及在推動課堂活動時確認某些前提知識。這些序列展現了兩個觀察重點。第一，「嗎」問句皆出現在當下一個更大的序列當中，也就是當下正在進行的教學活動。這個大序列可能提供了流程架構或教學重點。而「嗎」的出現有其脈絡可循，中插的「嗎」問句用來確認教學序列進展順利（如確認學生對詞彙的理解），或是推進整個序列前進（如確立練習背景或確認前提）。第二，「嗎」問句回應的肯定與否定特性，在當下的教學序列當中發揮其作用。學生是/非兩極的回應，可讓教師確認學生理解狀況，或確立後續活動的進行，以此完成教學重點或教學活動。上述的例子也顯示了，當開放性問句未成功時，「嗎」問句可成為下一個選擇。藉由「嗎」問句回應確認和確立的明確性、方便性，來逐步引導當下教學序列的進行。藉著例子話輪的逐一觀察，以上分析呈現了「嗎」問答在課室互動中所處於的序列環境，如何經由一個又一個話輪的推展形成，以及師生如何協商合作完成當下的活動。

五、回應修補與討論

在上面的例子當中，師生利用「嗎」問句回應的肯定與否定特性，共同建構了當下教學活動的序列。這個小節中，轉為分析觀察「嗎」問句回應的修補現象。如上一個小節所述，由於大部分的「嗎」問句多是教師在教學活動中因應當下序列而設計的提問，因此大多有明確答案，而且僅需回答肯定或否定。在這個狀

況下，學生不但可以以點頭和搖頭替代，遭遇困難時更大多數以沉默回應，因此回應修補的例子並不多。但發現的修補例子，以否定回應修補的比例最高。以下利用頻率最高的否定回應修補的例子進行說明與討論。

　　修補最明顯的例子來自教師藉由提問引導課本內容的序列，也就是說提問引導的回應基本上就是課文的內容。只有這種情況下教師才會在第三話輪進行明顯的修補，或由教師引導學生進行自我修補。下面的例子(9)可供說明。這個例子中觀察的提問是06-07行和11行的「所以現代人急於結婚嗎？」。這個提問從特性上來說，屬於上一小節所提出的第二種常見序列。在這個序列中，教師利用詞彙意義的相對性和「嗎」問句回應的肯定/否定特性，確認學生對於課文內容的理解程度。這個例子中，課本內容的字句是「現代人不急於結婚」，所以在01-03行的教師引導之後，教師以「所以」遞進詢問「所以現代人急於結婚嗎？」（06-07行）。由於只收到學生搖頭回應，並未獲得學生的口語回應，因此11行的時候教師又再一次重複提問。

例子(9)　（LAP04-A1-03:42-不急於結婚）

```
01  Teac:     還沒有，所以現在：現在人結婚，是越來越年
02            輕的時候結婚，還是越來越－年紀um越來越老的
03            時候結婚呢？
04  Dave:     [老.
05  John:     [老的時候.
06  Teac: ➡1 越來越老[的時候.好.>所以<現在人急於結婚
07            嗎？
08  John:              [⬇⬇（（點頭））
```

```
09                    （0.8）
10   Dave:   ➡2    ⇔⇔（（搖頭））
11   Teac:   ➡1    所以現代人急於結婚嗎？
12   Dave:   ➡2    不：（．）是．
13   John:   ➡2    ⇔⇔（（搖頭））
14   Teac:   ➡3    所以現在人（0.3）（（手勢））不：[：急於結婚．=
15   John:                            [。不急於結婚．
16   Dave:                            [。不急於（　）．
17   Teac:          =好，為什麼不急於結婚？
```

　　這個提問利用了詞彙相對性翻轉了課文的內容，試圖確認學生對課文內容或字句的理解和熟悉程度。但和例(6)和例(7)不同的是，這裡相對的詞彙不是如「賺錢-血本無歸」或「週末-平時」兩個單獨相對的詞彙，而是與否定詞「不」建立否定表達有關，以此形成相對性「急於-不急於」。而這個否定表達是課本中的內容，也正是教師試圖引導學生產出的字句。由於「不急於」這個否定表達是當下教學的重點，因此06-07行教師提問後，學生僅以搖頭的回應未獲教師接受，而教師在11行的時候重複提問。這次學生的回答—「不是」（12行）和搖頭（13行）一雖然同樣展示了學生理解回應的方向是正確的，但回應方式顯示了學習者對教師當下著重的教學點有產出困難。另外，值得注意的是Dave在12行回應中的自我修補。在這個話輪中，先以「不」作為回應，但拉長了音並有了停頓，才說了「是」。由這個修補我們可以看到在產出這個否定回答時學生遇到了一些困難。因此教師在14行中進行修補。這個修補需要注意的是：(1)教師以重複整句話的方式引導修補；(2)教師自身也產出了修補形式「（現代人）不急於結婚」；(3)教師同時利用停頓、手勢和拉長音的方式

引導學生進行自我修補。由這段序列可看出，教師藉由修補引導出課文中的「不急於結婚」為教學重點。

上一個例子我們看到，教師介入修補，試圖引導學生產出否定詞「不」所構成的否定表達，作為教學重點。下面的例子我們則可以看到，就算否定表達非教學重點，教師還是在第三話輪介入修補。在例子(10)中教師與學生討論課文中某位面試者誇獎了自己的工作能力。教師似乎試圖引導思考面試者有時需要展現自信以取得工作。這個思考引導從教師詢問「謙虛嗎？」開始。

例子(10) （LAP04-A2-04:48-不謙虛）

01	Teac:	對對對，所以這個聽起來怎麼樣？
02		(0.5)
03	Teac: ➡1	謙虛嗎？
04	Dave: ➡2	沒有.=
05	Teac: ➡3	=不謙虛.好像有點自己誇—誇獎自己對不對？
06	Dave:	嗯.
07	Teac:	對，所以他是要做這個工作的人，他如果說喔沒有
08		沒有我做得不好，那他一他要找他嗎？

在這個例子中，否定表達「不謙虛」並非課文內容，但是教師在第三話輪進行了修補。從此可看出在這兩個例子中，「不急於結婚」和「不謙虛」都是教師認為較恰當的回答，但學生選擇以「不是」和「沒有」回應。

從例子(9)中Dave的自我修補「不:(.)是」到教師以「不急於結婚」和「不謙虛」修正了「不是」和「沒有」的回答皆顯示了，不論是從學生產出還是學生表現，否定回應存在了潛在的困難。從表現上來說，這裡較為明顯的是，學生傾向以分類上的

「單詞型回應」[12]，也就是以否定單詞「不是」和「沒有」進行回應，但教師的修補則都是以「否定重複回應」的形式出現。所以「否定重複回應」是否是較為常見而恰當的形式呢？下面將利用母語者的語料，切入觀察含有否定詞的否定回應，根據語料呈現類型和頻率簡單對照討論。

在母語者四個小時的語料中，我們主要找到含有否定詞的否定回應27筆，其中高達59%（16/27）都是屬於否定重複回應[13]，否定單詞回應（「不是」和「沒有」）只有7筆（26%），最後有4筆（約佔15%）是否定副詞回應。如果問句當中明確帶有「是」或「有」的成分，則否定回應「不是」和「沒有」其實屬於否定重複，但像例(9)和(10)皆無「是」或「有」，可看出學習者將否定單詞「不是」和「沒有」作為某種通用否定標記使用。在母語語料當中，「不是」和「沒有」作為通用否定標記其實並不常見，「不是」僅有1筆，而「沒有」則是6筆。而且兩者呈現了特

---

12 語料中還出現了學生以單詞「不」回覆的例子，如下：

　　例子(11)（LAP04-A1-15:22　儘管）

01		（1.0）
02	Dave:	儘管:=
03	Teac:	➡1	=對，你覺得你可以睡嗎？
04	Dave:	➡2	ah不，不．((⇔⇔[搖頭])
05	Teac:	➡3	[你應該不會[睡.可是他們想睡.你會跟
			他們說什=
06	Dave:		[mm. ⬇⬇ [⬇⬇((點頭))
07	Teac:		=麼？（ . ）你們:=
08	Dave:		=儘管:=
09	Teac:		=儘管[:
10	Dave:		[睡:覺 .=

13 否定重複的類型可以細分為兩種。第一種是利用否定詞加上重複利用句子的某個成分作為回應（如A：你要去嗎？B：不要）；第二種是問句本身是否定提問，可以直接重複否定部分作為回應（如A：你不去嗎？B：不去）。

殊使用序列情境，說話者以「不是」或「沒有」回應，預示先前的提問中有訊息需要更正或是有些誤解，進而接續延伸解釋或說明（Wang, 2008）。可觀察例子(12)和(13)。

例子(12) （D02-FA）
01	Faye:	就被大家－就是（.）那種管理處有個大哥，
02		他就帶我去一個：就是那種（.）像－
03		就是－[像－
04	Kate:	[好玩的地方嗎？
05	Faye: ➡	不是不是.因為鄉下，他們那邊本來就鄉下.
06	Kate:	mm.

例子(13) （D02-FA）
01	Brad:	加拿大（.）要簽證嗎？
02		（1.8）
03	Jack:	還是直接過去 [就.
04	Brad:	[不用 huh.
05	Jack:	不用.
06		（.）
07	Anne:	要吧.（.）不用嗎？
08	Jack: ➡	沒有，他是 [：
09	Hana:	[喔，你有那個喔.你有 [綠卡喔.
10	Jack:	[有身份：的.

Wang（2008）針對「不是」和「沒有」進行了深入的探討。研究結果指出，「不是」多是對命題的直接否定或是表達字面上有進行修正的需要，而「沒有」的否定則較為隱晦，多是對於某種預設與立場不一致的禮貌表達。我們可利用上述的區隔理解上面兩個例子中兩種回應的不同之處。例子(12)中，Faye描述一個她去過的地方，當Faye遇到產出困難而自我修補時，Kate猜測她

說的地方是個「好玩的地方」。這個猜測受到Faye以「不是」作
為否定。這裡有兩個話輪結構和序列特色：第一，「嗎」是名詞
詞組；第二，「嗎」的問句代表了Kate對Faye說話內容的猜測。
本研究觀察發現，名詞組加上「嗎」提出猜測這樣的話輪序列特
性，多得到「不是」作為否定回應，成為「不是」作為回應單詞
出現的常見序列環境。而例子(13)中，Anne針對Jack和Brad所
說（去加拿大）「不用簽證」這個論述進行質疑（07行「不用
嗎？」），Jack以「沒有」作為開頭否定回應。這裡需要理解的
是，Anne的質疑是由於背景知識的不同：Jack和Brad的立論前
提是Brad有綠卡，所以引導出了「加拿大不用簽證」的結論，但
是Anne則是根據一般人的狀況理解。Jack利用「沒有」進行回
應，並非直接否定Anne針對需不需要簽證所提出的問題與質
疑，而是標記了誤解和雙方立場和背景知識的不一致，並後續針
對Brad的身份提出說明與解釋。從上可知，「不是」和「沒有」
作為通用否定標記，有明確的序列特性和表達立場。比較起來，
例(9)和(10)的「嗎」問句並不具備這樣的特性，而且兩個例子中
的動詞都是狀態動詞（「急於」和「謙虛」）。在母語語料中，狀
態動詞加上「嗎」的提問，否定回應多是否定詞「不」加上原來
狀態動詞而組成。母語者語料的發現，在這裡為教師的修補提供
了語言使用習慣上的證據。

　　這一小節利用回應修補中最頻繁的否定回應的例子，試圖理
解學習者面對教師「嗎」問句時的回應表現和可能遇到的潛在困
難。從上面的例子看起來，語料中的學習者回應教師「嗎」問句
時，時常單獨以「不」以及「不是」、「沒有」作為通用否定回
應，而教師通常以否定重複修補，否定重複作為華語回應慣例也
可從母語者的語料得到驗證。語料分析後可知，學習者對於否定

重複回應形式和母語者使用「不是」、「沒有」的回應序列特色尚未完全掌握。否定回應在本質上有其複雜性。從這裡的語料分析加上前人華語是非回應研究，可得到一些啟示。教師可優先引導學習者熟悉否定重複回應，及其相應的的話輪和序列特色。從否定重複回應再引導學生注意「不是」、「沒有」在一般對話中的序列特色，最後延伸至其他複雜的否定回應[14]或否定可能涉及的語用考量。學習者單獨以「不」以及「不是」、「沒有」作為通用否定回應，是否和學習者母語有關[15]，則值得再一步探討。

六、結　語

　　問答序列引導我們窺見會話基本單位的內容本質。本研究從互動觀點出發，觀察華語課室的錄影口語語料，探索華語學習者對是非「嗎」問句回應的真實序列及語言實踐，並從中探討課室這類機構性語言的特性。

---

14 特殊否定的回應表達主要包括「不用」、「不行」和「不會」。這一類之所以特出，是因為這一組相對應的肯定表達一般為重複回應，但否定則不用否定重複形式。這一類的特殊否定回應，前人置於華語系統中肯定與否定不對稱的研究脈絡中討論（石毓智 1992; 蔡美慧 1998）。其中，蔡美慧（1998）利用口語語料，首先發現「要」表示義務時，肯定答詞100%皆為「要」，但否定答詞「不要」的幾率為0%，「不用」出現的幾率則為93%。曹逢甫（2015）探討了在臺灣華語中，可以作為言語行為的四個常見詞彙：沒有、不會、不行、拜託。其中「行」有「可以」的意涵，因此「不行」可單獨回答以「可以」提出的問題。

15 部分語言有簡單助詞系統（yes-no system），如英文的yes和no（S.-h. Lee, 2013），有潛在可能使學習者選用「不是」、「沒有」作為通用否定回應，以對應母語系統中的簡單助詞。

　　從會話分析的觀點看來，課室言談為機構性語言，而學習者和教師則為主動參與的溝通者。課室言談以教學為目的，引領了課室言談序列的進行，我們可以藉此了解「嗎」問句在這個機構性言談下，有別於日常會話的不同特色。本研究藉由對教師提問、學習者回應，和教師反饋處理的序列脈絡逐一分析，呈現話輪之間如何互相牽動，師生如何逐步協商共同建構出學習重點與空間，並完成當下的教學活動。另外，課室互動也可觀察學習者對於目標語的掌握能力，本研究討論了學生對於否定回應的掌握能力與潛在困難。

　　「嗎」字句的回應看似微小，但回應行為不但和「人際互動能力」直接相關，回應慣例也是「社交文化能力」的一部分。而回應時的互動簡短話輪（interactional short turns）在口語會話教學時也有其重要性。雖然本研究僅觀察問答的一個小部分，但對細節的呈現與分析期望能對師生提問回應能力、學習者歷程和課室互動的理解有所貢獻。

　　語言課室中，教師提問也是研究上的重要議題（Brock 1986; Long 1981; Pica 1994; 靳洪剛 2018）。本研究「嗎」問答觀察還未能參照教師提問研究進行討論，目前也還未能處理「嗎」字句的使用與教學效果的關係，這些都可成為今後研究的議題。期望本文提出的觀察發現與分析框架，能作為今後研究的參考資料。

附錄：語料轉寫符號

.	語調完結
,	語調持續未完
?	語調上昇
(h)	因笑或哭或上氣不接下氣時造成的爆破音
(0.0)	停頓時間，以相對的十分之一秒計算
(.)	語句間正常的短暫停頓
(　)	有人說話，但轉寫者聽不清內容
(內容)	轉寫者聽不清但聽到的可能內容
((訊息))	轉寫者提供的相關訊息
[	話語重疊開端
]	話語重疊結束
=	前後後面的話語緊密連接，沒有停頓
-	話語突然斷掉或自我截斷
::	聲音延長
粗體	音量較大
^	聲音加重，強調
°	標記後的語音特別輕柔小聲
<	跳過應有的停頓提早開始
><	夾在符號中的話語特別快速或受到壓縮
↑↓	音高特別高或特別低
.hh	吸氣聲
⬇	點頭
⇔	搖頭

徵引文獻

石毓智 (1992)。《肯定與否定的對稱與不對稱》（臺北市：學生書局）。

朱德熙 (1982)。《語法講義》（北京：商務印書館）。

邵敬敏 (2014)。《現代漢語疑問句研究》[1996]（北京：商務印書館）。

曹逢甫 (2015)。〈談臺灣「國語」中與言語行為相關的常用詞語─以「沒有」「不會」「不行」「拜託為例〉。《武陵學刊》40.4: 129-134。

郭銳 (2000)。〈「嗎」問句的確信度和回答方式〉。《世界漢語教學》no.2: 13-23。

陳純音 (2011)。《第二語言課室研究》(臺北：正中書局)。

靳洪剛 (2018)。〈提問互動法：語言課堂教師提問的理論與實踐〉。《國際漢語教育》3.1: 46-61。

劉月華、潘文娛、故韡 (1996)。《實用現代漢語語法》（臺北：師大書苑）。

蔡美慧 (1993)。《臺灣國語的肯定與否定首位答詞》。碩士論文，台灣輔仁大學語言學系。

蔡美慧 (1998)。〈你明天要不要去臺北-從答詞觀點探討臺灣國語助動詞「要」的用法〉。黃宣範（編）：《第二屆臺灣語言國際研討會論文選集》（臺北市：文鶴出版有限公司），329-344。

蕭國政 (1994)。〈現代漢語非特指問簡答式的基本類型〉。邵敬敏（編）：《語法研究與語法應用》(北京：北京語言學院出版社)，172-183。

謝心陽 (2018)。〈漢語自然口語是非疑問句和特殊疑問句的無標記回應〉。《世界漢語教學》32.3: 372-386。

Brock, C. (1986). "The effects of referential questions on ESL classroom discourse." *TESOL Quarterly* 20.1: 47-59.

Brown, G., & Yule, G. (1983). *Teaching the Spoken Language* (Cambridge: Cambridge University Press).

Celce-Murcia, M. (2007). "Rethinking the role of communicative competence in language teaching." E. A. Soler & M. P. S. Jordà (eds.): *Intercultural Language Use and Language Learning* (Dordrecht, Netherlands: Springer), 41-57.

Chao, Y. R. (1968). *A Grammar of Spoken Chinese*. (Berkeley: University of California Press).

Dörnyei, Z. (2013). "Communicative language teaching in the twenty-first century: The 'principled communicative approach.'" J. Arnold & T. Murphey (eds.): *Meaningful Action: Earl Stevick's Influence on Language and Teaching* (Cambridge: Cambridge University Press), 161-171.

Gardner, R. (2019). "Classroom interaction research: The state of the art." *Research on Language and Social Interaction* 52.3: 212-226.

Goodwin, C., & Heritage, J. (1990). "Conversation Analysis." *Annual Review of Anthropology*, vol. 19: 283-307.

Hall, J. K. (2010). "Interaction as method and result of language learning." *Language Teaching* 43.2: 202-215.

He, A. W. (2000). "The grammatical and interactional organization of teacher's directives: Implications for socialization of Chinese American children." *Linguistics and Education* 11.2: 119-140.

He, A. W. (2004). "CA for SLA: Arguments from the Chinese language classroom." *The Modern Language Journal* 88.4: 568-582.

Hellermann, J. (2003). "The interactive work of prosody in the IRF exchange: Teacher repetition in feedback moves." *Language in Society*, vol. 32: 79-104.

Hellermann, J. (2005). "Syntactic and prosodic practices for cohesion in series of three-part sequences in classroom talk." *Research on Language and Social Interaction* 38.1: 105-130.

Heritage, J. (1984). *Garfinkel and Ethnomethodology* (Cambridge: Polity Press).

Heritage, J. (2012). "Epistemics in action: Action formation and territories of knowledge." *Research on Language and Social Interaction* 45.1: 1-29.

Heritage, J., & Raymond, G. (2012). "Navigating epistemic landscapes: Acquiescene, agency, and resistance in responses to polar questions." J. P. d. Ruiter (ed.): *Questions: Formal, Functional, and Interactional Perspectives* (Cambridge: Cambridge University Press), 179-192.

Jefferson, G. (2004). "Glossary of transcript symbols with an introduction." G. Lerner (ed.): *Conversation Analysis: Studies From the First Generation* (Amsterdam: John Benjamins), 13-31.

König, E., & Siemund, P. (2007). "Speech act distinctions in grammar." T. Shopen (ed.): *Language Typology and Syntactic Description,* vol. 1 (Cambridge: Cambridge University Press), 276-324.

Koshik, I. (2002). "A conversation analytic study of yes/no questions which convey reversed polarity assertions." *Journal of Pragmatics*, vol. 34: 1851-1877.

Lee, S.-h. (2013). "Response design in conversation." J. Sidnell & T. Stivers (eds.): *The Handbook of Conversation Analysis* (Chichester, UK: Wiley-Backwell), 415-432.

Lee, Y.-A. (2007). "Third turn position in teacher talk: Contingency and the work of teaching." *Journal of Pragmatics* 39.6: 1204-1230.

Li, C. N., & Thompson, S. A. (1981). *Mandarin Chinese: A Functional Reference Grammar* (Berkeley: University of California Press).

Long, M. H. (1981). "Questions in foreigner talk discourse." *Language Learning* 31.1: 135-157.

Lyster, R., & Ranta, L. (1997). "Corrective feedback and learner uptake: Negotiation of form in communicative classrooms." *Studies in Second Language Acquisition*, vol. 20: 37-66.

Macbeth, D. (2004). "The relevance of repair for classroom correction." *Language in Society* 33.5: 703-736.

Markee, N., & Kasper, G. (2004). "Classroom talks: An introduction." *The Modern Language Journal* 88.4: 491-500.

McHoul, A. W. (1990). "The organization of repair in classroom talk." *Language in Society* 19.3: 349-377.

Mehan, H. (1979). *Learning Lessons: Social Organization in the Classroom.* (Cambridge, MA: Harvard University Press).

Park, Y. (2014). "The roles of third-turn repeats in two L2 classroom interactional contexts." *Applied Linguistics* 35.2: 145-167.

Pica, T. (1994). "Questions from the language classroom: Research perspectives." *TESOL Quarterly* 28.1: 49-79.

Sadock, J. M., & Zwicky, A. M. (1985). "Speech act distinctions in syntax." T. Shopen (ed.): *Language Typology and Syntactic Description,* vol. 1 (Cambridge: Cambridge University Press), 155-196.

Schegloff, E. A. (1979). "The relevance of repair to syntax-for-conversation." T. Givon (ed.): *Syntax and Semantics, vol. 12: Discourse and Syntax* (New York: Academic Press), 261-286.

Schegloff, E. A., Jefferson, G., & Sacks, H. (1977). "The preference for self-correction in the organization of repair in conversation." *Language* 53.2: 361-382.

Seedhouse, P. (2004). *The Interactional Architecture of the Language Classroom: A Conversation Analysis Perspective* (Malden, MA: Blackwell).

Seedhouse, P., & Walsh, S. (2010). "Learning a second language through classroom interaction." P. Seedhouse & S. Walsh (eds.): *Conceptualising 'Learning' in Applied Linguistics* (Basingstoke, UK: Palgrave Macmillan), 127-146.

Sert, O. (2015). *Social Interaction and L2 Classroom Discourse* (Edinburgh: Edinburgh University Press).

Sinclair, J., & Coulthard, M. (1975). *Towards an Analysis of Discourse: The English Used by Teachers and Pupils* (Oxford: Oxford University Press).

Sorjonen, M.-L. (2001). "Simple answers to polar questions." M. Selting & E. Couper-Kuhlen (eds.): *Studies in Interactional Linguistics* (Amsterdam: John Benjamins), 405-431.

Stivers, T. (2010). "An overview of the question-response system in American English conversation." *Journal of Pragmatics* 42.10: 2772-2781.

Stivers, T., & Rossano, F. (2010). "A scalar view of response relevance." *Research on Language and Social Interaction* 43.1: 49-56.

Tang, T.-c. (1984). "A further study of interrogative sentences in Chinese." *Bulletin of National Taiwan Normal University*, vol. 29: 383-437.

Tang, X. (2014). Self-repair practices in a Chinese as a second language classroom. *Taiwan Journal of Chinese as a Second language*, vol. 9: 101-133.

Thompson, S., Fox, B., & Couper-Kuhlen, E. (2015). *Grammar in Everyday Talk: Building Responsive Actions* (Cambridge: Cambridge University Press).

Wang, Y.-F. (2008). "Beyond negation—the roles of *meiyou* and *bushi* in Mandarin conversation." *Language Sciences* 30.6: 679-713.

Wang, Y.-F., & P.-H. Tsai (2005). "Hao in spoken Chinese discourse: relevance and coherence." *Language Sciences* 27.2: 215-243.

Waring, H. Z. (2012). "Yes-no quetions that convey a critical stance in the language classroom." *Language and Education* 26.5: 451-469.

作者簡介（按目次順序）

白樂桑（Joël Bellassen）

　　法國漢語語言學和漢語教育學家。曾任法國國民教育部漢語總督學。積極推廣漢語教育，對於法國漢語教育的普及有相當大的貢獻。現任世界漢語教學學會副會長、歐洲漢語教學協會會長、法國漢語教學協會會長，法國東方語言文化學院博士生導師，並在外語及文化的習得與教學研究所（PLIDAM）擔任研究者。致力於推行「字本位」漢字學習法。著有《漢語語言文字啟蒙》、《漢語語法使用說明》等40部漢語教材及著作，及100多篇學術性文章。

陳立元

　　現任臺大美國國家領航臺灣中心主任，臺華會與世華會理事，教育部華語文教學能力認證考試諮詢委員與命題委員、國家教育研究院華語文八年計畫『建置應用語料庫及標準體系』諮詢委員。從事對外華語教育近四十年，於國內外之國際研討會發表過教學與研究的相關論文數十篇。擔任過臺大國際華語研習所教務主任與所務主任及師訓班教務，規劃執行臺大華語師訓班與ICLP教學模式師訓班，獲得經濟部「教材產生方法及系統，及其機器可讀取媒體」之專利發明等，曾於美國歐柏林大學（Oberlin College）擔任客座講師。臺師大華語文教學碩士，北京語言大學語言學暨應用語言學博士。專長於各等級對外華語教學，教材與教法、漢語語概與語法、師資培訓。

嚴翼相

首爾漢陽大學中文系教授、博士生導師、人文科學學院院長。《Language and Linguistics》,《International Journal of Chinese Linguistics》,《Lingua Sinica》等期刊的編輯委員。前任韓國中國語言學會、韓國中國語教育學會、韓國漢字音研究會會長。獲延世大學學士、碩士和印第安納大學博士學位。研究領域為漢語音韻音系學、韓漢音韻比較、漢語教學等。韓文著有《中國語音韻論與應用》（2016）、《從中國音韻學的角度看韓國漢字音》（2015）、《中國語教育論》（2011, 合著）等。主要論文在《語言暨語言學》、《語言研究》、《Lingua》、《Journal of Chinese Linguistics》等期刊發表。其他《Oxford Handbook of Chinese Linguistics》（2014）、《Encyclopedia of Chinese Language and Linguistics》（2017）裏有四篇文章。2005年由於將漢城的新中文名稱起名功勞獲得首爾市長的首爾政策人大獎。

邱力璟

現為臺灣大學華語教學碩士學位學程助理教授，教授課程包括：漢語語法學、雙語教學、華語文教學設計、詞彙語意學等課程。2011年取得國立清華大學語言學研究所博士學位，博士論文題名「漢語的詞組性空範疇」，以漢語各個詞組的語料，研究句法和韻律介面的刪略現象。研究經歷包括：2010年至哈佛大學語言學系短期訪問、2012至2014年於科技部人文與社會科學研究中心從事博士後研究，以及2019年於加州柏克萊大學進修。研究興趣及專長包括：形式語言學、生成語法、詞彙語意學、華語語法教學以及方言語法。近年來發表的文章以名詞組的刪略現象、閩南語語料庫荔鏡記、華語語法教學等主題為主。

陳純音

　　美國伊利諾大學語言學博士，現任國立臺灣師範大學優聘教授兼系主任，亦擔任教育部國際華語推動指導委員會諮詢委員、臺灣語言學學會監事及高中英語教科用書編輯主任委員。曾任科技部語言學門召集人、臺灣語言學學會理事長、科技部人文社會科學研究中心諮詢委員、考選部英文題庫建置小組召集人等。主從事語言習得、對外華語教學、英語教學及句法學等研究。榮獲中華民國教育學術團體93年木鐸獎、科技部99～106、108年度補助大專校院獎勵特殊優秀人才獎。

張莉萍

　　臺灣大學華語教學碩士學位學程副教授兼學程主任。研究領域是中文做為第二語言或外語的教與學。1997-2017任職於台灣師範大學國語教學中心，主要負責教材與評量的研發工作，開發過華語文能力測驗、執行編輯多種華語教材，廣為學習者使用。2018年進入臺灣大學擔任教職。近年研究著重在學習者語料庫的建置、不同語料庫之間的對比分析、應用語料庫輔助於華語教學。重要研究成果包括華語詞彙量、不同母語學習者的用詞特徵、學習者句式習得等等。個人網頁 http://homepage.ntu.edu.tw/~lchang/

王萸芳

　　高雄師範大學華語文教學研究所教授。研究專長為漢語句法學、語用學、語篇分析和語料庫語言學。2006年到2007年擔任高師大語教中心華語組組長，2007年到2012年擔任高師大華語所所長。目前擔任《臺灣華語教學研究》（Taiwan Journal of Chinese as a Second Language）期刊之編輯委員。曾發表論文於國內外期刊，如 *Cahiers de Linguistique Asie Orientale*，*Journal of Chinese Linguistics*，*Text*，*Concentric: Studies in Linguistics*，*Taiwan Journal of Linguistics*，*Language Sciences*，*Discourse Studies*，*Journal of Pragmatics*，*Language & Communication*，*Chinese Language and Discourse*，*The Asian ESP Journal*，*Taiwan Journal of Chinese as a Second Language*，*Language and Linguistics*，及 *International Review of Applied Linguistics in Language Teaching*。

謝妙玲

臺灣師範大學英語系副教授。在美國求學期間，於南加州大學、加州大學聖地牙哥分校、密西根大學教授中文多年，2001年取得美國南加州大學語言學博士後，回臺任教於臺師大英語系至今，並於2007年到2016年期間兼任臺師大國語教學中心課程組組長。此外，除了在2012-2015期間擔任國際漢語語言學學會副秘書長，負責會訊編輯外，多次擔任臺師大英語系期刊 *Concentric: Studies in Linguistics* 主編，並於2014-2015年擔任台灣語言學學會理事長。主要的研究的專長為形式語法、語法習得和臺語研究。著作包含專書「漢語名詞詞組的內在結構」以及多篇論文發表於國內外期刊，如：*Cognition, Concentric: Studies in Linguistics*，*Language and Linguistics*，*Journal of East Asian Linguistics*，*Taiwan Journal of Chinese as a Second Language*，*Taiwan Journal of Linguistics*。

徐淑瑛

國立中山大學外國語文學系教授，美國南加州大學語言學系

博士畢業。主要教授語言學相關科目。曾任臺灣語言學學會理事
（2014-2015），國立中山大學通識教育中心人文與社會科學教育
組組長（2013-2016），現任臺灣語文研究的編輯委員。她的研究
專長為形式句法，以及語意-語用-韻律的介面研究，尤其是與
「焦點」和「主題」句型相關的研究。曾發表論文於國內外期
刊，如 *Linguistics*，*Language and Linguistics*，*Journal of Chinese
Linguistics*，*Studies in Prosodic Grammar*，*Journal of Chinese
Language Teachers Association*，以及專書之專章論文，如 A
Reference Grammar of Chinese，*Encyclopedia of Chinese Language
and Linguistics*，*Handbook of Chinese Linguistics* 等書。

劉德馨

　　國立臺灣大學華語教學碩士學位學程助理教授，曾擔任法國
巴黎第八大學語言學系兼任講師、國立臺灣師範大學應用華語文
學系兼任助理教授。法國巴黎第八大學語言學博士，學術專長為
音韻學理論和漢語連續變調，近年來研究領域拓展至認知語言
學，致力於從構式語法的角度梳理四字格成語的規律性、習語性
和能產性。文章見於 *Journal of Chinese Linguistics*，《清華學
報》，《華語文教學研究》等國內外期刊。

曾妙芬

　　任教于美國維吉尼亞大學，擔任世界外語中心創辦主任暨東
亞語言文化與文學系教授。其研究領域主要為以漢語作為第二外
語之習得、任務型教學、師資培訓、線上教學等，經常受邀海外
演講，並著有二十餘篇學術論文與三本專著。曾教授近幾年榮獲
Albert Nelson Marquis Who's Who Lifetime Achievement Award 美

國名人終身成就獎（2019），臺灣臺北大學傑出校友獎（2018），
美國第三任總統傑弗遜基金會Jefferson Trust外語教學與課程創新
獎（2018），美國Helen Warriner-Burke FLAVA傑出外語貢獻獎
（2016），連續12年獲得美國星談中文教師培訓與學生項目獎項
（2008-present），亦擔任AP中文教師指引作者暨課程審查資深顧
問（2006-present），美國大學理事會顧問（2006-present），美國
維吉尼亞州中文教師學會創始人暨會長（2009-13），以及全美中
文教師學會理事（2011-14）。

彭妮絲

　　中原大學應用華語文學系教授。歷任中原大學應華系主任、
教學卓越辦公室主任、環球科技大學副教務長、世界華語文教育
學會副理事長，及《中原華語文學報》主編等職。研究領域為商
務華語、專業華語、華語文文化教學、語言課程設計及語言教材
教法。著作包括〈華語文讀寫讀本暨教學研究—以系統功能語言
學理論為基礎之探究〉、〈以雙語合作統整閱讀理解模式為基礎之
華語文讀寫教學研究〉、〈華裔學習者華語文文化學習特質初
探〉、〈華人節慶文化活動認知探究〉，以及專著《商務華語逆向
式問題導向教學模式發展研究》、《專業華語概論》、《華語文教
育學講義》、《白話文暨文言文閱讀理解教學研究》、《卜辭所見
殷商家族制度研究》等。

劉力嘉

　　哈佛大學東亞語言與文明系中文教學項目主任。就任期間，
她曾招納及培訓了24位講師和教授，並參與設計和負責每年多達
二十門語言課程。暑假期間，她指導著名的暑期強化課程哈佛大

學北京學院，為哈佛北京書院的總負責人。美國俄勒岡大學博士，以語言教學和課程設計為主要研究方向。研究集中在教學和課程問題上，尤其是在教師培訓，課程開發和教學設計領域。曾編著 "Interactions I-II: A Cognitive Approach to Beginning Chinese"、"Connections I-II: A Cognitive Approach to Intermediate Chinese"、"Encounters I-II: A Cognitive Approach to Advanced Chinese" 系列書籍。

陶紅印

　　洛杉磯加州大學（UCLA）亞洲語言文化系教授、中文部主任，研究生事務主管，同時兼任臺灣師範大學英文系榮譽講座教授。曾在新加坡國立大學、美國康奈爾大學等校任教。目前主要研究興趣為話語語法、應用語言學及華語教學、社會文化語言學、語料庫語言學以及英語語言學等。發表專書、論文等有一百三十多項。

蔡宜妮

　　國立臺灣大學華語教學碩士學位學程助理教授，曾擔任國立臺灣大學學術寫作中心和文學院語文中心講師、國立臺中教育大學語文教育學系助理教授。美國加州大學洛杉磯分校應用語言學博士，研究領域為：功能言談語言學、互動語言學、會話分析以及多模態互動語言分析。近期的研究關注華語日常互動言談中的提問言語實踐、聽話者回應和華語四字格構式意義與功能。文章見於《臺大東亞文化研究》、《清華學報》（合著）、*Multimodality in Chinese Interaction*。

Linking Chinese
華語文教學的多元視野與跨界思考

2020年2月初版　　　　　　　　　　　　　　　　　定價：新臺幣550元
有著作權·翻印必究
Printed in Taiwan.

	編　　　者	國立臺灣大學華語教學碩士學位學程
	主　　編	蔡　宜　妮
著者：	叢書主編	李　　　芃
王萸芳、白樂桑、邱力璟、徐淑瑛、陳立元、陳純音	校　　對	鄧　觀　傑
陶紅印、彭妮絲、曾妙芬、張莉萍、劉力嘉、劉德馨	內文排版	楊　佩　菱
蔡宜妮、謝妙玲、嚴翼相（按姓氏筆畫排列）	封面設計	江　宜　蔚

出　版　者	聯經出版事業股份有限公司	副總編輯	陳　逸　華
地　　　址	新北市汐止區大同路一段369號1樓	總經理	陳　芝　宇
編輯部地址	新北市汐止區大同路一段369號1樓	社　長	羅　國　俊
叢書編輯電話	(02)86925588轉5317	發行人	林　載　爵
台北聯經書房	台北市新生南路三段94號		
電　　　話	(02)23620308		
台中分公司	台中市北區崇德路一段198號		
暨門市電話	(04)22312023		
台中電子信箱	e-mail：linking2@ms42.hinet.net		
郵政劃撥帳戶	第0100559-3號		
郵撥電話	(02)23620308		
印　刷　者	世和印製企業有限公司		
總　經　銷	聯合發行股份有限公司		
發　行　所	新北市新店區寶橋路235巷6弄6號2樓		
電　　　話	(02)29178022		

行政院新聞局出版事業登記證局版臺業字第0130號

本書如有缺頁，破損，倒裝請寄回台北聯經書房更換。　　ISBN　978-957-08-5474-9 (平裝)
電子信箱：linking@udngroup.com

國家圖書館出版品預行編目資料

華語文教學的多元視野與跨界思考/國立臺灣大學華語
教學碩士學位學程編 . 初版 . 新北市 . 聯經 . 2020年2月 . 456面 .
14.8×21公分（Linking Chinese）
ISBN　978-957-08-5474-9（平裝）

1.漢語教學　2.語文教學　3.文集

802.03　　　　　　　　　　　　　　　　　　109000924